HEYNE BÜCHER

Fantasy

Herausgegeben von Wolfgang Jeschke

Von Alan Dean Foster erschienen in der Reihe
HEYNE SCIENCE FICTION & FANTASY:

* Die Eissegler von Tran-ky-ky · 06/3591
* Das Tar-Aiym Krang · 06/3640
* Die denkenden Wälder · 06/3660
Alien · 06/3722
* Der Waisenstern · 06/3723
* Der Kollapsar · 06/3736
* Die Moulokin-Mission · 06/3777
Kampf der Titanen · 06/3813
Outland · 06/3841
* Cachalot · 06/4002
* Meine galaktischen Freunde · 06/4049
* Auch keine Tränen aus Kristall · 06/4160
* Homanx Eins · 06/4220
3 Romane in Kassette zum Sonderpreis
Das Tar-Aiym Krang
Der Waisenstern
Der Kollapsar
Der Bannsänger-Zyklus:
Bannsänger · 06/4276
Die Stunde des Tors · 06/4277
Der Tag der Dissonanz · 06/4278
Der Augenblick des Magiers · 06/4279
Die Pfade des Wanderers · 06/4508
Die Zeit der Heimkehr · 06/4509
Das dunkle Land · 06/4407
Colligatarch · 06/4338
* Die Reise zur Stadt der Toten · 06/4308
El Magico · 06/4355
Slipt · (in Vorb.)
Das Schloß der Wunder · (in Vorb.)

In der ALLGEMEINEN REIHE:
Das Ding aus einer anderen Welt · 01/6107
Krull · 01/6286
Starman · 01/6369
Pale Rider. Der namenlose Reiter · 01/6596

Die mit * gekennzeichneten Romane und Erzählungen spielen in Alan Dean Fosters Homanx-Commonwealth.
Siehe dazu den Aufsatz »ALAN DEAN FOSTERS HOMANX-UNIVERSUM. DIE COMMONWEALTH-KONKORDANZ« von Michael C. Goodwin, in: HEYNE SCIENCE FICTION MAGAZIN 12 (HEYNE SCIENCE FICTION & FANTASY, Band 06/4167).

ALAN DEAN FOSTER

Die Pfade des Wanderers

Fünfter Roman
des Bannsänger-Zyklus

Deutsche Erstausgabe

Fantasy

WILHELM HEYNE VERLAG
MÜNCHEN

HEYNE SCIENCE FICTION & FANTASY
Band 06/4508

Titel der amerikanischen Originalausgabe.
THE PATHS OF THE PERAMBULATOR
Deutsche Übersetzung von Ralph Tegtmeier
Das Umschlagbild schuf Klaus Holitzka

Redaktion: Friedel Wahren

Printed in Germany 1988
Umschlaggestaltung: Atelier Ingrid Schütz, München
Satz: Schaber, Wels
Druck und Bindung: Elsnerdruck, Berlin

ISBN 3-453-02762-0

I

Endlich einmal schien es rundum gut bestellt um die Welt, auch wenn es sich bei der fraglichen Welt um eine solche handelte, in die er unfreiwillig befördert worden war, dachte Jon-Tom mit resigniertem Seufzen. Es war ein unerhört prächtiger Herbstmorgen. Strahlender Sonnenschein wärmte ihm das Antlitz, der Magen machte ihm keine Schwierigkeiten, und die Luft war von köstlichem Biß.

Nicht nur um die Welt schien es gut bestellt, auch was ihn selbst betraf, so fühlte er sich außerordentlich gut. Sein Studium hatte einen Punkt erreicht, da selbst der Hexer Clodsahamp gewillt war einzugestehen (wenngleich auch nur zögernd), daß Jon-Tom, beharrliches Üben und Sorgfalt im Detail vorausgesetzt, sich tatsächlich einmal des ehrenvollen Titels eines Zaubersängers als würdig erweisen könnte. In letzter Zeit war der Hexer besonders gut gelaunt gewesen. Das mochte teilweise daran liegen, daß sein Famulus, der Eulerich Sorbl, nach einem dreitägigen Rausch dem Alkohol abgeschworen hatte. Während er bewußtlos auf dem Fußboden einer Taverne gelegen hatte, amüsierten sich seine Saufkumpane damit, ihm den größten Teil seiner Schwanzfedern auszurupfen. Das Resultat dieses Unterfangens hatte den Famulus hinreichend erschreckt, um ihn dazu zu bewegen, sich in den schon lange vergessenen Zustand zurückzubegeben, der unter der Bezeichnung Nüchternheit bekannt war und dessen Bekanntschaft er schon eine ganze Weile nicht mehr gemacht hatte.

Sogar die Eingeweide des Hexers benahmen sich wohlerzogen, wofür Jon-Tom ebenso dankbar war. Denn es gibt keinen erbärmlicheren Anblick als eine Schildkröte mit flottem Otto.

So gab es denn nur ein einziges Problem: Trotz seiner prächtigen Morgenlaune konnte Jon-Tom ein deutliches Gefühl der Unruhe einfach nicht abschütteln. Es war nichts Bestimmtes, nichts, worauf er hätte einen Finger legen können, doch es nagte schon den größten Teil des Morgens an ihm. Es war einfach verantwortungslos von etwas derartig Flüchtigem, ihm die Stimmung zu verderben.

Es ging doch nichts über ein gutes Frühstück, um hartnäckige Gefühle der Unzufriedenheit zu vertreiben, grübelte er, über sein Tablett gebeugt. Aber obwohl die Ringelwürmer frisch und die getrockneten Anemonen knackig und gut gewürzt waren, vermochte das Essen sein Unbehagen doch nicht zu lindern.

Er wandte sich dem einzigen Fenster zu, welches das Licht in die Höhle einließ, und drehte die Augenstengel, um einen besseren Blick zu bekommen. Dahinter krachten tief unten die Wellen energisch gegen die steile Granitklippe. Die feuchte Luft seiner Höhle war vom scharfen Geruch von Salz und Meerwasser parfümiert. Getrocknete Algen und Seetang schmückten Boden und Wände.

Beide Sonnen standen schon hoch am Himmel. Die größere schimmerte in tiefem Purpur durch die Wolken, während ihr kleinerer Begleiter sein gewöhnliches fahlgrünes Licht auf den Küstenzug niedergehen ließ. Die purpurnen Wolken spiegelten zwar seine Stimmung wider, waren dafür aber nicht verantwortlich.

Jon-Tom wandte sich von dem Eßtablett ab, um sich mit einer kleineren Kralle eßbare Happen in den Mund zu wischen. Die Anspannung verkrampfte ihm die Augen, und er strengte sich an, um sie zu entspannen.

Die Nerven, sagte er bei sich voller Entschiedenheit.

Nichts als die Nerven. Nur daß er gar keinen Grund hatte, nervös zu sein. Wenn alles so schön um die Welt stand, weshalb sollte er da nervös sein? Er seufzte schwer, schüttelte sich, massierte sich die Augen. Nichts half. Irgend etwas, irgendwo, lag ganz schlimm im argen.

Ein Zischen hinter ihm ließ ihn seine Aufmerksamkeit von seinem unentwegten Unbehagen auf den Gang lenken, der aus seiner Höhle hinausführte. Dem Zischen folgten ein schnarrendes Geräusch und ein förmlicher Gruß. Geschmeidig wälzte sich auf sechs gepanzerten Beinen Clodsahamp in die Höhle. Wie es seinem Alter zukam, war sein Panzer von doppelt so großem Durchmesser wie der von Jon-Tom, obwohl es eher der Intellekt des Hexers war, der Jon-Tom einschüchterte, als seine Größe.

Die Augen seines Mentors zuckten und tanzten an den Enden der fußlangen Stengel, die wie jene Jon-Toms ebenfalls von fahlem Türkisblau waren. Nachdem er seitwärts schleichend eingetreten war, nahm der Hexer einen Platz am Fenster ein, wo er die volle Kraft der salzdurchtränkten Luft einatmen konnte. Er ließ die Beine unter sich sinken und machte mit der Hauptklaue eine Geste.

»Eine Frage an dich, mein Junge. Wie fühlst du dich heute morgen? Hast du irgendwelche Beschwerden? Kopfschmerzen vielleicht, oder Schwindelgefühl?«

»Nichts.« Jon-Toms Augenstengel zuckten und tanzten vielsagend auf und ab. »Ich fühle mich großartig. Es ist ein wunderschöner Tag.« Er zögerte. »Außer ...«

»Außer was?« ermutigte ihn der Hexer fortzufahren.

»Ach, eigentlich nichts. Es ist nur so, daß ich seit meinem Aufwachen heute morgen, nun ja ... es läßt sich schlecht beschreiben. Ich fühle mich nicht hundertprozentig, obwohl ich mich eigentlich so fühlen sollte. Da ist irgend etwas, ein komisches Gefühl der ... ich weiß es nicht. Ich fühle mich einfach nur nicht *richtig*.«

»Du hast das Gefühl, daß irgend etwas nicht so ist, wie es sein sollte, kannst es aber nicht genauer definieren?«

»Ja, genau! Fühlen Sie das gleiche?«

»O ja. Ich glaube, ich bin davon sogar direkt aufgewacht.«

Jon-Tom nickte aufgeregt. »Ich auch. Aber ich kann es einfach nicht festnageln.«

»Ach, wirklich nicht? Ich hätte eigentlich gedacht, daß es dir inzwischen gelungen sei.«

Bevor Jon-Tom etwas erwidern konnte, kam ein drei Fuß langer Tausendfüßler in die Höhle gewandert. Traurig blickte er an Clodsahamp empor, bevor er Jon-Tom einen Blick zuwarf. Der erkannte den Famulus sofort.

»Sorbl! Du hast schon wieder getrunken! Ich dachte, du hättest dem Zeug entsagt.«

»Tut mir leid.« Der Tausendfüßler taumelte auf die Mulde in der Höhlenmitte zu. »Aber als ich mich heute morgen im Spiegel erblickte, na ja ... das kannst du dir ja vorstellen.«

»Was kann ich? Was kann ich mir vorstellen?«

Der Tausendfüßler ließ den betrübten Blick wieder zu seinem Herrn und Meister zurückschweifen. »Hat er immer noch nichts gemerkt?«

»Was gemerkt?«

»Dir fällt wirklich überhaupt nichts Ungewöhnliches auf?« fragte der Famulus ungläubig.

»Etwas Ungewöhnliches? Nein, eigentlich nicht ...« Und dann traf es ihn plötzlich so hart, als hätte er den Finger in eine Steckdose gesteckt. Das war nämlich sein Problem: Er bemerkte nichts. Bemerkte beispielsweise nicht, was mit dem Gehilfen des Hexers nicht stimmte. Sorbl war ein Eulerich, von ungefähr drei Fuß Größe, dazugehörigen Flügeln und großen gelben Augen, die meistens blutunterlaufen waren. Was er jedenfalls *nicht* war, war ein drei Fuß langer Tausendfüßler.

»Heiliger Bimbam, Sorbl – was ist denn mit dir passiert?«

Der Tausendfüßler starrte ihn fassungslos an. »Was mit *mir* passiert ist? Wie wäre es denn mal damit, was mit *dir* passiert ist? Oder hast du dich heute morgen noch gar nicht angeguckt?«

Da er nicht die richtige Ausrüstung zum Stirnrunzeln hatte, begnügte Jon-Tom sich damit, seine kleinere Schere mehrmals klicken zu lassen, um das Ausmaß seiner Verwirrung anzuzeigen. Dann nahm er sich die Zeit, sich selbst zu inspizieren.

Nichts Ungewöhnliches. Alles war an Ort und Stelle. Seine sechs Beine lagen säuberlich gefaltet unter ihm, die großen und kleinen Scheren waren vorgestreckt. Die Augenstengel gestatteten es ihm, jeden Teil seiner Anatomie zu begutachten. Oh, seine Palpen waren noch ein bißchen verschmutzt vom Frühstück, und auch sein Panzer konnte eine Reinigung vertragen, doch abgesehen davon schien alles in bester Ordnung.

»Du weißt wohl immer noch nicht, was verkehrt ist, wie?« Clodsahamp hörte sich eher neugierig als vorwurfsvoll an.

»Nein, weiß ich nicht.« Langsam ging diese Fragerei Jon-Tom auf die Nerven. »Ich weiß nicht, was geschehen ist, wodurch Sorbl verwandelt wurde, aber man kann wohl kaum von mir erwarten ...«

Verwandelt. Im Zusammenhang mit dem Unbehagen dieses Morgens bedeutete dieses Wort irgend etwas Wichtiges. Wandel. Veränderung. Andersartigkeit.

In seinem Kopf klickte etwas. Es war, als wären seine Augen Linsen in einer Kamera, die ganz und gar einem anderen gehörte, der nun soeben den Verschluß gelöst hatte.

Noch einmal nahm er sich selbst gründlich in Augenschein; gründlich und ausgiebig. Dann begann er zu zittern, was nicht eben einfach ist, wenn man mit sechs Beinen ausgestattet ist, auf diesen liegt und zugleich sitzt. Die inneren Schwingungen waren beeindruckend. Schwindel? Clodsahamp hatte beim Eintreten danach gefragt. Jetzt war er im Begriff, seine Frage bestätigt zu bekommen.

Jon-Tom starrte gleichzeitig in der Höhle umher und wünschte sich, daß ihn plötzliche Blindheit befallen mochte. Nicht nur Sorbl war verwandelt worden. Zunächst einmal lebte der Hexer Clodsahamp nicht in einer steinigen, von Feuchtigkeit durchtränkten Höhle, die über einem Meer lag. In Wirklichkeit lebte er nämlich in einer riesigen Eiche, deren Inneres durch einen Zauber des Hexers vergrößert worden war. Die Eiche wiederum wuchs mitten in einem Waldgebiet, das man die Glockenwälder nannte, nicht aber am Ufer irgendeines unbekannten Meeres, das nicht etwa weiß, sondern rot gegen die Felsen schäumte.

Außerdem war da die Sache mit dem Fehlen der Sonne und ihrem Ersatz durch zwei ungesund aussehende Himmelskörper in Grün und Purpur. Clodsahamp selbst war eine Schildkröte, die viele hundert Jahre alt war, und nicht ein Arthropode unbekannter Herkunft. Und wenn man schon dabei war, so mußte man auch feststellen, daß er selbst, Jon-Tom, geb. Jonathan Thomas Meriweather, eigentlich ein junger Mann von sechs Fuß und zwei Zoll Körpergröße war, ein bißchen hager, mit schulterlangem braunen Haar und nachdenklichem Gesichtsausdruck. Zum zweiten Mal blickte er zaghaft an sich selbst hinab. Seitdem diese Offenbarung ihn überwältigt hatte, hatte sich nichts verändert.

Er war noch immer ein riesiger blauer Krebs.

»Man hätte eigentlich erwarten sollen, mein Junge«, erklärte Clodsahamp in seinem entnervend herablassenden Ton, den er an sich hatte, »daß dir die Veränderung schon vorher aufgefallen wäre, aber ich nehme an, daß die Rückgewöhnung etwas länger dauert, wenn es sofort nach dem Aufwachen geschieht.«

»Rückgewöhnung?« Er stand ziemlich dicht vor der Panik. »Was zum Teufel ist hier los? Was ist mit Ihnen passiert? Was ist mit Sorbl geschehen? Was ...« Er gestikulierte mit einer Schere; doch sobald er sie vor sich schweben sah, riß er sie hastig zurück an den Körper, als ob diese Bewegung dafür sorgen könnte, daß sie verschwand. »Was ist mit *allen* passiert?«

»Nun, mein Junge«, sprach der Hexer, während er zugleich seelenruhig mit seiner Zweitschere einen Augenstengel säuberte, als täte er dies jeden Morgen, »es hat den Anschein, als stünden wir vor einem Problem von großer Tragweite.«

»O nein!« stöhnte Jon-Tom. Wenigstens hatte er vor zu stöhnen. Heraus kam aber ein pfeifendes Zischen. »Warum muß es denn ausgerechnet immer ein Problem von großer Tragweite sein? Können wir denn nicht einmal eins von kleiner Tragweite bekommen? Ein Problem von milder Tragweite? Ein Problem, das nur ganz einfache, geradlinige Lösungen verlangt?«

»Du wirst hysterisch, mein Junge.«

»Ich werde nicht hysterisch!« fauchte Jon-Tom. »Sarkastisch und wütend und vielleicht ein bißchen verrückt, aber nicht hysterisch.«

In diesem Augenblick verschwand der riesige blaue Krebs, der ihm geduldig zugehört hatte. Die algen- und seetangübersäten Wände der Höhle taten das gleiche, ebenso das Meeresrauschen draußen und der zähe, klebrige Geruch der Salzgischt. Das purpurne und grüne Licht, das die Höhle erhellt hatte, wich einer warmen, undeutlichen Durchsichtigkeit. Clodsahamp der Hexer, der richtige Clodsahamp, saß keine sechs Fuß entfernt auf einem Schemel und musterte in aller Ruhe seinen jungen Gast.

Hinter dem Hexer befand sich das weiche blondbraune Holz, das die Innenwände des großen Baumes bildete. Auch die Höhle war verschwunden, ersetzt durch die vertraute Umgebung seines eigenen Zimmers. Hier war sein Bett, dort standen sein Schreibtisch und sein Stuhl, drüben in der Ecke sah er das schlichte Spülbecken mit den Wasserhähnen. Auf wackligen Beinen erhob er sich, schritt zu dem Becken hinüber, drehte den Kaltwasserhahn voll auf und bespritzte Gesicht und Arme reichlich mit dem kalten Naß. Als er sich abtrocknete, spürte er erleichtert die weiche glatte Haut, die seine Arme bedeckte. Der harte Chitinpanzer war verschwunden. Er berührte den Kopf, spürte deutlich das erst vor kurzem gewaschene schulterlange Haar.

Ich bin wieder ich, dachte er voller köstlicher Erleichterung.

Die Welt war wieder normal. Doch war sie das wirklich? Was war dann mit dem Problem, das der Hexer angesprochen hatte? Jon-Tom wußte, daß der Schildkröt derlei Dinge nicht leichtfertig ins Spiel brachte, und der Ernst des Problems war ihm bereits hautnah vor Augen geführt worden.

Na ja, egal. Sie würden die Sache schon schaffen, wie sie schon öfter derlei Sachen geschafft hatten. Clodsahamp würde wissen, wie man ihr begegnen mußte, was zu tun war. Sicher, er würde stöhnen und ächzen und jammern wegen der vielen kostbaren Zeit, die es ihm abverlangen würde, doch er würde sich um die Dinge kümmern, und Jon-Tom würde wie immer aus dieser Erfahrung lernen. Von einem Hexer, der eine Strategie ausgeheckt hatte, um die Gepanzerten am Jo-Troom-Tor zu schlagen und der mitten in einer Eiche fließendes Warm- und Kaltwasser beschaffen konnte, durfte man ja wohl erwarten, daß es ihm gelingen würde, diese kleine Sache in den Griff zu bekommen, daß man plötzlich in einer anderen Welt im Körper eines riesigen blauen Krebses erwachte, nicht wahr? Nur – was, wenn es noch einmal geschehen sollte?

Mit gewisser Überraschung bemerkte er, daß ihm die Hände zitterten.

»He«, sagte er und versuchte gelassen zu klingen, dabei jedoch scheiterte, weil seine Stimme ebenfalls zitterte, »schauen Sie mal meine Hände an. Wie finden Sie das denn? Vielleicht bin ich doch ein bißchen hysterisch.«

Clodsahamp antwortete mit einem klagenden Glucksen, wenngleich sein Gesichtsausdruck voller Mitgefühl war. »Reaktionsverzögerung.« Er griff in eine der Schubladen, die in seinen Brustpanzer eingebaut waren, suchte eine Weile darin herum und holte ein kleines Folienpäckchen hervor. Den Inhalt warf er in die Luft, während er einen Zauber aufsagte, der Jon-Tom neu war.

Lasset das Zittern und Beben verklingen,
dämpfet Unrast und Trubel.
Neurales Geästel soll sanfter nun singen,
samtweiche Pfoten in stummem Gejubel.
Tallium, Condralium,
herfür, Endorphine und Valium!

Sofort durchflutete ein Gefühl großer Zufriedenheiten und behaglichen Wohlbefindens Jon-Toms ganzen Körper. Seine Erleichterung kam so plötzlich und war so groß, daß ihm auch die Tatsache nichts ausmachte, daß er nicht mehr aufrecht stehen konnte. Sorbl fing ihn gerade noch rechtzeitig auf und half ihm hinüber auf sein Bett.

»Vielleicht habe ich es ein wenig übertrieben«, murmelte Clodsahamp.

»Nein, nein, ich fühle mich prächtig«, versicherte Jon-Tom. »Einfach ... präch-tig.«

Der Hexer nickte vor sich hin. »Mit Sicherheit übertrieben. Du genießt es zu sehr.« Und er zog einige Zeichen in die Luft, während Jon-Tom sich abmühte, um zu protestieren.

Sein Geist wurde wieder klar, und die Hände hörten

auf zu zittern. Er versuchte, sich seine Enttäuschung nicht anmerken zu lassen.

»Äh, was war das denn für ein Zeug, werter Herr?«

Drohend wackelte der Schildkröt mit dem Finger. »Es ist dies nicht die Stunde für pharmakologische Experimente, mein Junge. Du bist noch nicht reif genug, um derlei Zauber in der ihm angemessenen maßvollen Weise zu nutzen. Dein Kopf muß klar sein, und das, was du an Gehirn besitzt, sollte bestmöglich funktionieren. Oder hast du schon vergessen, was ich dir gerade eben gesagt habe?«

»Schon gut, schon gut.« Unfähig, seine Langeweile zu verbergen, setzte er sich im Bett auf und legte die Hände auf die Knie. »Mal wieder so ein ernstes Problem. Tolle Abwechslung.«

Clodsahamp musterte ihn eindringlich. »Es besteht kein Zweifel, ich hätte einen weniger kräftigen Zauber verwenden sollen. Doch was tut's, die paar Nachwirkungen werden schon bald nachlassen.«

»Schade«, brummte Jon-Tom. »Also wirklich, das habe ich doch alles schon einmal gehört. Ich finde es nur nicht mehr aufregend. Besonders deswegen nicht, weil Sie ganz offensichtlich dazu in der Lage sind, die Sache allein zu meistern.«

»Tatsächlich?« Clodsahamp lugte ihn durch seine sechseckigen Brillengläser an. »Was läßt dich glauben, daß ich sie handhaben kann?«

»Das haben Sie bereits getan.« Mit einer wedelnden Handbewegung deutete Jon-Tom auf sein Zimmer. »Sie haben alles wieder gerichtet. Ich meine, ich bin wieder ich selbst, und Sie sind Sie, und die Welt ist wieder das, was sie sein sollte. *Alles* ist so, wie es sein sollte.«

»So ist es in der Tat, nur daß ich zu meiner eigenen Betrübnis eingestehen muß, daß ich nichts damit zu tun hatte.«

Jon-Tom blinzelte ihn an. »Wollen Sie etwa behaupten, daß Sie die Dinge nicht wieder in ihren Normalzustand zurückgebracht haben?«

»Nein, mein Junge, das habe ich ganz bestimmt nicht getan, ebensowenig wie ich sie zuvor durcheinanderbrachte.«

»Dann«, sagte Jon-Tom, plötzlich sehr viel langsamer sprechend, »könnte es also wieder geschehen? Ich könnte wieder in einen riesigen blauen Krebs verwandelt werden?«

»O ja, aber gewiß doch. Und ich selbst könnte ebenfalls, genau wie Sorbl, wieder in dieses krabbelnde Ding verwandelt werden, das er war, und dieser bequeme Baum könnte wieder zu einer feuchten Höhle werden, und ...«

»Schon gut, schon gut.« Der Gedanke daran, wieder in diese krabbelnde krebsähnliche Gestalt zurück zu müssen, die nach Fremdartigkeit und See stank, genügte vollauf, um Jon-Tom aus seiner Langeweile zu reißen. »Aber ich verstehe es nicht. Solche Sachen passieren doch nicht *einfach so!*«

»Ah, wir haben aber unwiderlegbare Beweise dafür, daß sie es doch getan haben, mein Junge. Und sollte es erneut geschehen, so könnten die Effekte völlig andersartiger Natur sein.«

»Was soll das heißen: *völlig andersartiger Natur?*« fragte Jon-Tom beunruhigt und beäugte sein Zimmer, als lägen die Vorzeichen und Omen einer etwaigen Veränderung dort auf seinem Stuhl herum oder hingen neben seinem Reservehemd vom Kleiderständer herab.

»Ich meine, daß die Welt beim nächsten Mal möglicherweise noch weniger wiederzuerkennen sein wird. Und das kann jederzeit geschehen, ohne die geringste Vorwarnung.«

Darüber dachte Jon-Tom nach. »Dann war es gar keine Illusion? Dann habe ich mich also wirklich verwandelt? Und Sie und Sorbl auch?«

»In der Tat. Die ganze Welt hat sich verwandelt. Du

hast dir nicht nur eingebildet, daß du ein großer blauer Krebs seist. Du bist *wirklich* zu einem großen blauen Krebs geworden.«

»Ich war mir nicht sicher. Ich dachte mir, daß vielleicht ...« Er brach ab.

»Daß vielleicht was, mein Junge?«

Jon-Tom fiel es schwer, dem Hexer in die Augen zu schauen. »Daß Sie mir irgendeine Art von kompliziertem Streich spielen. Sie stellen mich ja ständig auf die Probe.«

»Aus deiner Sicht eine nicht ganz unvernünftige Annahme, nur daß ich mich niemals mit etwas so Kindischem wie Schabernack abgebe. Das war keine Prüfung. Ich wünschte, es wäre eine gewesen.«

Jon-Tom nickte nachdenklich, dann griff er nach der Duar, die an ihrem Schulterriemen von einem Bettpfosten herabhing. Er schob sich den Riemen über die Schulter und legte das Instrument gegen die Rippen.

Nun war der Hexer an der Reihe, beunruhigt dreinzublicken. »Was hast du damit vor, mein Junge?« Wenngleich Jon-Toms Beherrschung seiner Zaubersängerei unter der Anleitung des Schildkröts beachtliche Fortschritte gemacht hatte, war sie doch immer noch alles andere als vollendet. Seine Fähigkeit, mit seiner Musik wunderbare Dinge heraufzubeschwören, wurde nur noch durch seine Unfähigkeit in den Schatten gestellt, diese auch zu beherrschen.

»Ich halte sie einfach nur«, erwiderte Jon-Tom gereizt. Hielt Clodsahamp ihn etwa immer noch für einen bloßen Amateur? »Glauben Sie vielleicht, daß ich nach all meiner Überei immer noch nicht weiß, was ich tue?«

»Ich selbst hätte es nicht besser ausdrücken können.«

Jon-Tom wollte schon etwas Scharfes erwidern, doch dazu kam es nicht. Er war zu sehr damit beschäftigt, den kleinen Finger der linken Hand anzustarren. Der war sechs Zoll gewachsen und hatte sich in einen zukkenden, wimmelnden Wurm verwandelt. Er bog sich nach hinten über seinen Handrücken und funkelte ihn aus winzigen Goldaugen an.

So schnell er erschienen war, so schnell verschwand er auch wieder. Jon-Tom zappelte mit dem kleinen Finger und schluckte.

»Ja, ich habe es gesehen«, erwiderte Clodsahamp in Antwort auf Jon-Toms ungestellte Frage. »Die Verwandlungen sind von unterschiedlichem Grad. Nicht alle müssen so drastisch und vollständig sein wie jene, mit denen wir aufgewacht sind. Die ganze Welt und alles in ihr können sich verwandeln, es kann aber auch geschehen, daß sich nur ein kleiner Teil verschiebt. Zum Beispiel ein einzelner Finger. Unsere Reaktion auf solche Veränderungen hängt davon ab, was wir im Augenblick ihres Auftretens gerade tun. Wir hatten Glück, daß wir gerade mit nichts Komplizierterem als Frühstücken beschäftigt waren, als die erste Störung zuschlug. Der Schaden wäre weitaus ernster gewesen, vom seelischen Schock einmal ganz zu schweigen, wenn du beispielsweise gerade beim Zaubersingen oder auf der Toilette gewesen wärst.«

»Ich verstehe«, meinte Jon-Tom kopfschüttelnd. »Ich habe ja schon mit einem Haufen Magie zu tun bekommen, seit Sie mich hierhergeholt haben, aber ich habe noch nie von etwas gehört, das auch nur halb so mächtig ist wie dies hier.«

»Das hat nichts mit Magie zu tun«, bestritt der Hexer entschieden. »Was da geschehen ist, ja was immer noch geschieht, ist das Ergebnis eines Naturgesetzes.«

»Wie auch immer.« Jon-Tom tat den Kommentar mit einem Handwedeln ab und nahm sich eine Sekunde Zeit, um sicherzugehen, daß das Objekt, das er da gerade bewegte, auch tatsächlich eine ganz normale fünffingrige Hand war. »Sie nennen es Naturgesetz, ich nenne es Magie, andere nennen es Physik. Das Ergebnis ist dasselbe. Strukturen und Funktionen werden gegen den Willen der Beteiligten verändert.« Er ließ die Finger der rechten Hand leicht über die Saiten der Duar streichen. Ein sanfter, weicher Ton füllte den Raum aus. Das war glücklicherweise schon alles, dennoch überprüfte Clodsahamp die Ecken des Zimmers, nur um sicherzugehen.

»Ja. Und es gibt auch keinerlei Möglichkeit vorherzusagen, wann die Veränderungen auftreten werden oder wie schlimm ihr Ausmaß sein wird. Aber es muß gebremst werden. Wenn nichts dagegen unternommen wird, werden die Veränderungen immer und immer häufiger auftreten. Und sie werden auch noch extremer werden.«

»Wie sollte ich wohl etwas noch Absonderlicheres werden können als ein riesiger blauer Krebs?«

»Schau dich nur einmal an und überleg dir die Antwort selbst«, versetzte der Hexer trocken. »Ich würde lieber als blauer Krebs leben denn als großes pigmentloses Säugetier.«

Jon-Tom war gegen Bemerkungen über die Unzulänglichkeiten seiner Spezies abgehärtet und fuhr fort, die Duar sanft zu stimmen. »Na schön, wer hat es denn dann auf uns abgesehen?«

»Niemand hat es auf uns abgesehen.«

»Wie, hinter diesen Geschehnissen steckt kein übles Böses? Das ist ja mal was Neues.«

»Nicht, was die Ursache der Störungen angeht, nein«, erwiderte Clodsahamp. »Das ist ein Naturphänomen wie ein Erdbeben.«

Was Erdbeben anging, wußte Jon-Tom es zwar besser, entschied sich aber dafür, den Hexer nicht durch eine Abschweifung zu unterbrechen. »Sie sagen *das*. Dann hat also alles, was geschehen ist, eine einzige Ursache?« Sein kleiner Finger wollte sich wieder in den Wurm verwandeln, doch ein strenger Blick schien die drohende Verwandlung zu verhindern.

»Das stimmt.« Clodsahamp ging im Schlafzimmer auf und ab. »Sie bringt Unschärfen hervor, Veränderungen,

Verwandlungen in der Zusammensetzung der Existenz, indem sie die Atomstruktur der Materie verschiebt. Dies tut sie durch das Aussenden von destabilisierenden Energiefeldern unglaublicher Intensität. Das Ausmaß der Veränderungen unseres Universums, wie wir es wahrnehmen, verhält sich direkt proportional zur Stärke eines jeden Energieausbruchs.«

»Unseres Universums?« Wieder mußte Jon-Tom schlucken.

Clodsahamp nickte düster. »Habe ich nicht gesagt, daß es sich um ein großes Problem handelt? Glücklicherweise sind solche Vorkommnisse ebenso selten, wie sie ernst und bedrohlich sind. Es gibt eben nicht viele Wanderer. Und das, mein Junge, ist die Ursache für diese entnervenden Veränderungen, die wir durchmachen.« Er blinzelte ihn durch seine Brille an. »Du verstehst, was ich sagen will?«

»Äh, klar, völlig. Oh, was ist denn ein Wanderer?«

»Nun, in der Fachsprache heißt es Perambulator, und das kann zwei Dinge bedeuten. Entweder einen Kinderwagen oder einen grenzgehenden Primfaktor. Ich glaube, ersteren können wir als Ursache wohl mit einiger Sicherheit ausschließen. Der zweite dagegen ist schwer zu definieren. Es soll sich dabei um ein teilweise organisches, teilweise anorganisches, teilweise orgasmisches Wesen handeln, das weder hier ist noch dort, nur daß es in diesem Falle sowohl hier ist als auch dort. Es treibt umher, treibt sich herum zwischen einer unendlichen Zahl möglicher Universen wie auch unmöglicher, Veränderungen auslösend, wo immer es sich hinbewegt.«

»Ich verstehe«, murmelte Jon-Tom, während er verzweifelt versuchte, in diesen Stückchen und Scherben scheinbar widersprüchlichen Unsinns, den der Hexer ihm da auftischte, irgendeine Art von Sinn zu erkennen.

»Es gibt nicht viele von ihnen«, fuhr Clodsahamp fort.

»Normalerweise ziehen sie so schnell durch unser Universum, daß die wenigen Ausbrüche, die sie auslösen, keine große Aufmerksamkeit erregen. Obwohl es noch nie getan wurde, ist es theoretisch immerhin doch möglich, einen Wanderer einzufangen, ihn zu zügeln und ihn an einem Ort festzuhalten. Wie du dir vorstellen kannst, wäre dies äußerst ärgerlich für ein Wesen, das es gewohnt ist, sich gleich zwischen ganzen Universen frei zu bewegen. Unser hypothetisch gefangengehaltener Wanderer würde höchstwahrscheinlich reagieren, indem er noch häufigere Ausstöße störender Energie von sich gibt. Ich glaube, daß dies geschehen ist.«

»Sie wollen damit also sagen«, antwortete Jon-Tom schleppend, »daß wir hier in Schwierigkeiten stecken, weil irgend etwas, das imstande ist, das gesamte Gewebe der Existenz durcheinanderzubringen, am Gegenstück eines interdimensionalen Anfalls von Klaustrophobie leidet?«

»Deine Analyse ist zwar stilistisch unnötig überladen, wie üblich, aber im Prinzip hast du recht.«

»Ich wollte, es wäre nicht so. Wie kann man so etwas denn aufhalten?« Er merkte, daß seine Haut plötzlich eine delikate flohfarbene Tönung angenommen hatte. Clodsahamp war von strahlendem Rosa. Es dauerte nur einen Augenblick, dann kehrte seine normale, gesunde Hautfarbe wieder. »Ich begreife, daß die Sache dringend ist. Es ist ohnehin schon schwierig genug, sich in der Welt zurechtzufinden, selbst wenn man sich keine Sorgen darüber machen muß, daß sie sich von Tag zu Tag verändert.«

»Die Lösung selbst ist einfach, obwohl das für ihre Durchführung möglicherweise nicht der Fall ist. Wir müssen den Ort finden, wo der Wanderer innerhalb des Raumzeitgefüges festgehalten wird, und ihn befreien.«

Jon-Tom schüttelte den Kopf. »Ich begreife immer noch nicht, wie ein Ding, das immerhin dazu fähig ist, zwischen Dimensionen oder sogar Universen hin und her zu springen, festgehalten werden kann. Das ist doch schließlich nicht dasselbe, als würde man einen Schmetterling einfangen.«

Clodsahamp spreizte die Finger. »Ich weiß auch nicht, wie das möglich ist, mein Junge. Aber irgend etwas hat es nun einmal getan. Oder irgend jemand.«

Der hochgewachsene Jüngling versuchte ein nervöses Grinsen. »Ach, kommen Sie! Sie glauben doch wohl nicht im Ernst, daß jemand wie Sie oder ich dazu fähig ist, so etwas zu tun?«

»Jeder ist fähig zu allem«, belehrte Clodsahamp ihn streng. »Es gibt nichts Vorstellbares, was nicht auch irgendwann durchgeführt werden kann, sofern nur genügend Zeit, Hingabe, Intelligenz und schieres Glück mit im Spiel sind.«

»Aha. Also muß irgend jemand dieses Ding finden, sich mit seinem Überwinder auseinandersetzen und es befreien, bevor wir alle durchdrehen. Herrlich.« Wieder streichelten seine Finger die Saiten der Duar. »Und warum kann das nicht zur Abwechslung irgend jemand anderes tun? Warum schickt man denn nicht einen ganzen Trupp Hexer hinter diesem Ding her?«

»Weil ich, wie du sehr genau weißt«, sagte Clodsahamp in allerbestem Dozententon, »der mächtigste und wichtigste Hexer bin, den es gibt. Also geziemt es sich, daß ich dort zugunsten des Allgemeinwohls eingreife, wo andere nicht einmal die leiseste Ahnung hätten, wie sie verfahren sollten.«

Jon-Toms Miene wurde säuerlich. »So, so. Und ich muß Sie natürlich begleiten, weil ich Heim und Kost mit Ihnen teile und weil Sie meine einzige Möglichkeit sind, jemals wieder nach Hause zurückzukehren.«

»Und weil du ein gutes Herz hast, meinen Rat schätzt und unter dem schier unwiderstehlichen Drang leidest, anderen zu helfen, die in Schwierigkeiten geraten sind«, fügte der Hexer hinzu. »Und außerdem bist du ein unverbesserlicher Angeber.«

»Dafür muß ich wohl danke sagen, nehme ich an. Na ja, wenigstens brauchen wir uns nur mit diesen verdammten Veränderungen herumzuplagen. Sicher, sie sind unangenehm, aber es ist ja auch nicht so, als würden sie uns in körperliche Gefahr bringen.«

»Das muß sich erst noch herausstellen«, bemerkte der Hexer entmutigend.

»Hören Sie, können Sie nicht mal ohne mich auskommen? Wenigstens dieses eine Mal? Ganz allein?«

Clodsahamp reckte die aneinandergelegten Fingerspitzen steil zum Himmel empor und hob den Blick. »Wenn der Wanderer nicht freigesetzt wird und die Welt sich allzuoft verändert, könnte es geschehen, daß sich die örtliche Struktur der Materie dauerhaft verzerrt. Dabei könnten wir vielleicht das eine oder andere einbüßen.«

»Was denn, zum Beispiel?«

»Beispielsweise die Schwerkraft.«

Jon-Tom atmete tief durch. »Also gut, ich komme mit. Sie haben es ja deutlich genug gemacht, daß man sich vor diesen Dingern nirgendwo verstecken kann.«

»Ja, mein Junge, nirgendwo, ebensowenig wie vor meiner Kritik.«

»Wollen Sie mich auch wirklich dabei haben, da ich doch so ungenau zaubersinge und so?«

»Du solltest dir meine kleinen Uzereien nicht so zu Herzen nehmen. Du hast mit diesem Instrument schon einige Wunder vollbracht und mit deiner Stimme auch, und vielleicht hast du im Laufe unserer Reise Gelegenheit, noch einmal dasselbe zu tun. Außerdem komme ich selbst auch langsam in die Jahre, ich brauche jemanden, der jung und kräftig ist ...«

»Um Ihnen über rauhes Gelände zu helfen, ich weiß, ich weiß«, sagte Jon-Tom, der sich das Gejammer des Hexers schon oft genug hatte anhören müssen. »Ich habe doch gesagt, daß ich mitkomme, oder? Ich habe schließlich keine Wahl. Wahrscheinlich hat keiner von uns die Wahl, nehme ich an, wenn es um die Stabilität der ganzen Welt geht. Wie sieht dieses Wandererding überhaupt aus?«

Clodsahamp antwortete achselzuckend: »Das weiß niemand. Es heißt, daß es wie irgend etwas aussehen kann oder auch wie nichts. Wie ein Baum, ein Stein, ein Luftzug. Wir beide definieren das, was wir sehen, nach dem Maßstab dessen, mit dem wir vertraut sind. Neue Anblicke vergleichen wir mit der Natur, die wir kennen. Der Wanderer ist keine bloße Laune der Natur; er ist eine Laune der Übernatur. Es heißt, daß er von seiner Gestalt und Zusammensetzung, von seiner Struktur und seinen Umrissen her so ist wie viele Individuen, die ich kenne: nämlich unstabil. Es gibt uralte Überlieferungen, die darauf beharren, daß sein Anblick angenehm sei. Auch besitzt das Ding keinen bösartigen Charakter. Es stört uns nicht absichtlich oder weil es böse Zwecke verfolgte. Die Störungen und Aufwallungen sind vielmehr die unvermeidliche Konsequenz seiner eigenen Natur. Ich vermute, daß es sogar sehr nett wäre, diesem Ding einmal zu begegnen, wenn es nicht die unglückselige Angewohnheit hätte, das Universum, in dem es sich gerade aufhält, in den völligen Wahnsinn zu treiben.«

»Und Sie sind sich ganz sicher, daß wir es mit ebendiesem Ding zu tun haben?«

»Nur ein Wanderer könnte die Welt auf solche Weise durcheinanderbringen«, versicherte ihm Clodsahamp. Der Hexer hatte inzwischen die Gestalt eines ältlichen Elchs mit leuchtendgelben Schwingen angenommen. Die Flügel brauchte er auch, denn er hockte oben im Wipfel einer hundert Fuß hohen Fichte. Jon-Tom blickte in den schwindelerregenden Abgrund unter seinen eigenen baumelnden pelzigen Beinen und mühte sich mit aller Gewalt ab, um sich an dem Wipfel seines eigenen Baumes festzuhalten. Er sah keinen Grund, der Einschätzung des Hexers zu widersprechen.

Diesmal dauerte die Störung länger, fast drei Minuten, bevor die Welt wieder in die Wirklichkeit zurückgerissen wurde. Jon-Tom atmete erleichtert auf, als es deutlich wurde, daß sie wieder in die Realität von Clodsahamps Baum zurückgekehrt waren. Natürlich hatten sie sich in Wirklichkeit gar nicht bewegt, hatten sie sogar nie verlassen. Nur die Wirklichkeit selbst hatte sich bewegt.

»Und Sie sind sich *sicher*, daß wir hier wirkliche Veränderungen durchmachen und nicht einfach nur zum Opfer irgendeiner raffinierten Massentäuschung geworden sind?«

»Das hättest du schon selbst herausgefunden, wenn du von dem Baum herabgestürzt wärst, auf dem du gerade eben noch kauertest«, versicherte Clodsahamp. »Natürlich hättest du dich danach zurückverwandelt, aber dann hättest du dich auf dem ganzen Boden hier verteilt. Gewiß, du hattest auch Flügel, aber wäre dir ihr Gebrauch in dem kurzen Augenblick des Absturzes auch klar geworden?«

»Langsam sehe ich ein, warum wir diesen Wanderer aufstöbern und möglichst bald befreien sollten.« Er schritt hinüber zum Waschbecken und goß sich ein Glas Wasser aus dem Krug ein, der daneben im Regal stand. Nur daß sich das Glas anstelle von Wasser mit einer beunruhigend lärmenden blauen Flüssigkeit füllte, die heftige Blasen schlug und schäumte. Er hatte den eindeutigen Eindruck, daß sein Getränk wütend auf ihn war.

Das Glas glitt ihm aus den Fingern. Während es herabstürzte, nahm das Zischen geradezu epische Proportionen an. Jon-Tom stürzte zu der gegenüberliegenden Seite des Betts hinüber, während Clodsahamp sich in seinen Panzer zurückzog. Von dem explosiven blauen Zischen angetrieben, schoß das Glas wie eine Rakete durch den Raum, prallte von plötzlich gummiartig gewordenen Wänden ab und jagte wie wild hinter dem

Wesen her, das es gewagt hatte, aus ihm zu trinken. Nur knapp verfehlte es Jon-Toms Kopf, als der unter das Bett kroch.

Da sie weder ein Schmetterlingsnetz noch eine Schrotflinte besaßen, konnten sie lediglich warten, bis das Zischen seine Kraft verloren hatte. Dies geschah beinahe exakt im selben Augenblick, als sie in die Wirklichkeit zurückglitten und die Störung aufhörte. Nunmehr mit ganz gewöhnlichem Wasser gefüllt, verlor das Glas mitten in der Luft seine Schubkraft und zerschmetterte feuchtspritzend am Fußteil des Betts. Clodsahamp kam aus seinem Panzer hervor, während Jon-Tom vorsichtig unter dem Bett hervorkroch und ein wachsames Auge auf die feuchten Überreste warf, für den Fall, daß die Pfütze versuchen sollte, ihn zu beißen.

»Versuch es noch einmal mit dem Waschbecken, mein Junge. Es müßte jetzt eigentlich wieder in Ordnung sein.«

Jon-Tom richtete sich auf. »Vergessen wir es. Plötzlich habe ich überhaupt keinen Durst mehr.«

»Du wirst lernen müssen, deine Nerven zu zügeln. Das müssen wir alle. Ach je, und dabei haben wir noch nicht einmal richtig angefangen, und die Dinge können immer nur noch schlimmer werden, bevor sie wieder besser werden!«

»Das gefällt mir so daran, Ihnen beizustehen, Clodsahamp. Sie sind immer so ermutigend, wenn es um den Ausgang einer Angelegenheit geht.«

»Tz, tz, mein Junge«, tadelte der Hexer ihn streng. »Du mußt auch angesichts des Chaos gelassen bleiben. Und sei es auch nur, um die Kontrolle über deinen Zaubergesang beizubehalten.«

»Kontrolle behalten. Gelassen bleiben. Sie haben gut reden. Sie wissen wenigstens in etwa, womit wir es zu tun haben und daß Sie der größte Hexer der Welt sind. Natürlich können Sie Ihre Reaktionen unter Kontrolle behalten. Sie sind sich schließlich Ihrer eigenen Fähig-

keiten sicher. Ich bin es nicht. Sie wissen genau, daß Sie es schon schaffen werden.«

Clodsahamps Erwiderung war nicht eben dazu angetan, Jon-Toms Selbstvertrauen zu stärken.

»Reißt du Witze, mein Junge? Wenn ich so ein Ding hätte, ich würde mir vor Angst in die Hose machen.«

II

Jon-Tom mußte den Kopf einziehen, um nicht damit an die Decke zu stoßen. Was seinen unschönen jungen Menschengast anging, hatte Clodsahamp sich als entgegenkommender Gastgeber erwiesen, doch sein Entgegenkommen ging nicht so weit, den Baumhauszauber so zu verändern, daß das dimensional vergrößerte Innere auch höhere Decken und Türrahmen bekam. Solche Zauber waren zeitaufwendig und teuer, so hatte der Hexer ihn informiert, und normalerweise pfuschte man nicht an den Einzelheiten herum, es sei denn, daß mit den Wasserleitungen etwas nicht stimmte.

Also war er dazu gezwungen, immer wieder den Kopf einzuziehen, wenn er von einem Zimmer ins andere trat. Doch ganz so schlimm war es auch wieder nicht. Die Sache hatte durchaus ihre guten Seiten. Während der Monate, die er bereits in dem Baumheim verbracht hatte, war er recht wendig und geschmeidig geworden, und inzwischen konnte er einen Hieb gegen die Stirn ertragen, ohne auch nur mit der Wimper zu zucken.

Er hatte geglaubt, daß er jedes Zimmer und Schlupfloch im Baum genauestens kannte, doch der Tunnel, durch den Clodsahamp ihn gerade führte, war ihm neu. Er sah nicht nur fremdartig aus, er schien sie zudem nach unten zu führen.

Da erschien Sorbl, der sie erwartete. Der Famulus hielt eine glühende Birne am Ende eines Stocks. Das Licht flackerte unruhig, ein deutliches Anzeichen dafür, daß Sorbl persönlich die Birne mit einem Beleuchtungszauber versehen hatte.

»Hier bin ich, Meister.«

»Mal wieder betrunken«, fauchte der Hexer vorwurfsvoll. Sorbl richtete sich gerade auf.

»Nein, Meister. Seht mal, ich schwanke nicht einmal.« Tatsächlich wirkte Sorbl fest und aufrecht wie eine Eiche. »Ich kann Euch und Jon-Tom deutlich erkennen.«

Jon-Tom musterte den Famulus. Ja, die großen gelben Augen waren tatsächlich viel weniger blutunterlaufen als sonst.

Brüsk nickte Clodsahamp in Richtung Glühbirne. »Die brauchen wir nicht.«

»Ihr geht hinunter in den Keller, Meister?«

»Keller?« Jon-Tom ließ den Blick emporschweifen. »Ich wußte gar nicht, daß der Baum auch einen Keller besitzt. Wieso haben Sie ihn mir nie gezeigt?«

»Das ist kein Ort, den man für Vorräte benutzt. Es ist ein Ort, der nur für bestimmte Dinge benutzt wird. Und bisher gab es keinen Grund, ihn zu benutzen.«

Der Famulus streckte die Stange mit der Glühbirne vor. »Hier, Meister. Ich gehe jetzt.«

»Du gehst? Wohin gehst du? Du kommst mit mir, Sorbl. Wie willst du denn jemals etwas lernen, wenn du ständig abhaust?«

»Aus Büchern, Meister.«

»Bücher allein genügen nicht. Man muß auch Erfahrungen sammeln.«

»Aber Meister, ich *mag* den Keller nicht.«

Clodsahamp blickte angewidert drein und stemmte die Fäuste in die Hüften – na ja, zumindest gegen den Rand seines Panzers. Da er von schildkrötischer Provenienz war, blieben seine Hüften unsichtbar.

»Manchmal glaube ich, daß du niemals über den Rang eines Famulus hinauskommen wirst. Aber unser Vertrag verpflichtet mich dazu, dir etwas Wissen einzuhämmern. Behalt das Licht, wenn es dich beruhigt.« Er schüttelte den Kopf. »Eine Eule, die sich vor dem Dunkeln fürchtet!«

»Ich fürchte mich nicht vor dem Dunkeln, Meister«, erwiderte Sorbl schnell, er schien etwas von seinem Selbstrespekt wieder zusammenzuraffen. »Ich fürchte mich nur vor dem, was unten im Keller ist.«

»Einen Augenblick mal«, warf Jon-Tom ein, »ist das etwas, wovon ich auch erfahren sollte? Worum geht es hier eigentlich? Wovor hast du denn solche Angst, Sorbl?«

Der Eulerich blickte aus riesigen gelben Augen zu ihm empor. »Nichts.«

»Na ja, dann ...«, fragte der durch und durch verwirrte Jon-Tom, »wovor fürchtest du dich denn sonst?«

»Ich habe es dir doch gesagt«, versetzte der Famulus, »vor nichts.«

»Ich glaube, hier liegt ein mißglückter Sprechakt vor«, sagte der aufgebrachte Jon-Tom. Er blickte Clodsahamp an. »Wovor fürchtet er sich denn so?«

»Vor nichts«, teilte der Hexer ihm feierlich mit.

Jon-Tom nickte ironisch. »Na klar. Dann bin ich ja froh, daß wir die Sache so gut aufgeklärt haben.«

Der Hexer funkelte seinen Helfer böse an. »Sorbl, du mußt bei mir bleiben. Es kann sein, daß ich deine Hilfe brauche. Wir müssen es tun, weil es die einzige Möglichkeit für mich ist, die Stelle zu bestimmen, wo sich der Wanderer aufhält. Das sollte jedem einleuchten.« Erwartungsvoll musterte er Jon-Tom. »Nicht wahr?«

»Absolut«, sagte Jon-Tom ohne Zögern und fragte sich gleichzeitig, womit er sich da gerade einverstanden erklärte.

»Und außerdem«, fuhr Clodsahamp fort und wandte sich dabei wieder an Sorbl, »wirst du mich auf dieser kommenden Reise begleiten.«

»Ich?« quietschte Sorbl. »Aber ich bin doch immer noch ein bloßer Famulus, ein niederer Gehilfe. Und außerdem muß jemand hierbleiben, um nach dem Baum zu sehen, die Rechnungen zu bezahlen, Spaziergänge mit dem ...«

»Der Baum kann für sich selbst sorgen. Ich schäme mich für dich, Sorbl.« Er machte eine Geste in Richtung Jon-Tom. »Dieser Junge hier kommt ebenfalls mit mir, wie kannst du da auch nur daran denken, zurückzubleiben?«

»Das ist ganz leicht, ich muß mich nur ein wenig darauf konzentrieren.«

»Er kommt aus einer völlig anderen Welt und hat keinerlei Absichten, eine Hexerlehre zu absolvieren, und doch hat er sich durch seine Beharrlichkeit zu etwas entwickelt, das einem Bannsänger nicht unähnlich ist. Du solltest dir ein Beispiel an ihm nehmen. Was ist denn nur mit deinem Ehrgeiz geschehen, mit deiner Antriebskraft, mit deinem Verlangen, die Geheimnisse des Universums zu erfahren und zu ergründen?«

»Kann ich nicht einfach nur hierbleiben und mich um die Wäsche kümmern?« bat Sorbl hoffnungsfroh.

»Du bist mein Lehrling, nicht mein Haushälter«, erinnerte Clodsahamp ihn streng. »Wenn ich nur einen Haushälter gewollt hätte, hätte ich einen Vertrag mit jemandem geschlossen, der viel hübscher und noch dazu vom anderen Geschlecht ist. Aber als mein Lehrling wirst du mitkommen und dazulernen, ob es dir gefällt oder nicht. Du hast den Vertrag unterschrieben. Damals dachte ich, du würdest es mit einem halben Gehirn tun. Mir war nicht klar, daß du dabei gerade unter den Nachwirkungen eines Vollrausches littest, noch wußte ich, daß dies dein bevorzugter Bewußtseinszustand ist. Doch Vertrag bleibt Vertrag. Ich werde einen Hexer aus dir machen, und wenn wir beide dabei zugrunde gehen sollten.«

»Würde es nicht genügen, wenn es nur einer von uns täte?« murmelte Sorbl, doch nur für sich.

»Im übrigen«, fuhr Clodsahamp in versöhnlicherem

Ton fort, »kannst du uns auf diese Weise ganz besonders von Nutzen sein.«

»Kann ich? Ich meine, ich kann?«

»O ja. Während der Störung, die wir heute morgen durchmachten, hast du kein bißchen von jener Panik zur Schau getragen, die man von jemandem erwartet hätte, der ein intellektuelles Temperament hat wie du.«

»Störung? Was ist das denn?« Sorbl wirkte aufrichtig erstaunt.

»Erinnerst du dich nicht?« Jon-Tom starrte den Eulerich fassungslos an. »Die Verwandlung. Der Baum, der sich in eine Höhle verwandelt hatte, der Wald dort draußen, der zu einem Meer geworden war. Clodsahamp und ich wurden zu blauen Riesenkrabben, und du hast dich in irgendeine Art zappelnden Tausendfüßler verwandelt.«

»Ach so, *das.*« Sorbl wirkte erleichtert. »Ich dachte schon einen Augenblick lang, ich hätte etwas verpaßt. Soll das heißen, daß ihr es auch bemerkt habt? Das ist ja mal was Neues!«

»Sorbl«, erklärte Jon-Tom geduldig, »diese Verwandlung war echt. Die Störung ist tatsächlich passiert.«

»Ihr macht wirklich keine Witze?« Er blickte erst den Hexer an und dann den Bannsänger. »Ganz bestimmt nicht?« Mensch und Schildkröt nickten düster. »Na und? Ich meine, was brauchen wir uns deswegen so aufzuregen?«

»Verstehst du?« Clodsahamp wandte sich Jon-Tom zu, während er seinen unschuldig dreinblickenden Famulus ansah wie ein neues Metall oder wie etwas Interessantes, das man unter einem Baumstumpf gefunden hatte. »Wir sind gerade Zeugen der einzigen positiven Wirkung eines langzeitigen Alkoholgenusses. Die Störung hat Sorbl nicht durcheinanderbringen können, weil er ohnehin bereits in einem Zustand permanenter Störung lebt – obwohl der Ausdruck ständige Betäubung vielleicht genauer wäre.«

»Schon kapiert«, erwiderte Jon-Tom. »Sie wollen sagen, daß ihm die plötzliche Verwandlung der Umgebung auch nicht aufregender erscheint als alles, was er während seiner routinemäßigen Saufgelage erlebt, da er ohnehin jeden Tag mit dem Delirium tremens verbringt.«

»Ich habe keine routinemäßigen Saufgelage«, protestierte Sorbl empört. »Jedes davon ist nämlich das Ergebnis einer glorreichen spontanen Eingebung.«

»Und dies ist auch der Grund, mein guter Famulus«, belehrte ihn Clodsahamp, »weshalb du uns auf dieser Reise von solch großer Hilfe sein kannst. Denn nichts, was uns durcheinanderbringt, wird dir etwas anhaben können, weil du derartige Verwandlungen gewöhnt bist. Und damit du in diesem wohltätigen Zustand verbleiben kannst, werde ich dir sogar gestatten, einen Vorrat an Alkohol mitzunehmen, den ich dir persönlich auf täglicher Basis in großmütigen Mengen verabreichen werde. Ein Wagen läuft dann am besten, wenn er richtig geschmiert wird, und das gilt wohl auch, so hat es den Anschein, für einen bestimmten Famulus.«

Sorbl traute seinen Ohren nicht. Sein Schnabel klappte fast bis zu den Fußfedern herunter.

»Ich komme mit, Meister – da ich ja ohnehin keine andere Wahl habe.« Er zögerte. »Habt Ihr es wirklich ernst gemeint, als Ihr sagtet, Ihr würdet mir gestatten, ein paar, äh, Erfrischungen mitzunehmen?«

Clodsahamp nickte. »So sehr die Vorstellung mir auch mißbehagt, ist es doch von großer Wichtigkeit, daß du in jenem Zustand verbleibst, an den du dich am liebsten dauerhaft gewöhnen würdest. Dein Einnahmepensum wird sorgfältig dosiert bleiben. Du wirst fröhlich bleiben, aber nicht bewußtlos.«

»Da macht Euch mal keine Sorgen, Meister!« Fast hätte der Eulerich salutiert. »Ich werde Eure Instruktionen wortgetreu befolgen.«

»Hmmmm. Wir werden sehen. Und nachdem wir

nun die Frage gelöst haben, wer wohin gehen soll, machen wir uns weiter auf unseren Weg nach unten. Wir haben nicht viel Zeit zu verlieren. Wenn der Wanderer nicht so bald wie möglich freigesetzt wird, werden die Störungen immer häufiger auftreten, so daß wir riskieren, Opfer einer dauerhaften Verwandlung zu werden.«

»Ich weiß, Meister«, murmelte Sorbl, während er voranging. »Aber ausgerechnet der *Keller!*«

Clodsahamp verpaßte ihm einen Stoß. »Ich habe schon gesagt, daß es keine andere Möglichkeit gibt. Und jetzt setz gefälligst endlich deine Beine richtig in Bewegung, sonst zünde ich deine Federn an und benutze *dich* als Lampe!«

Sorbl beschleunigte merklich sein Tempo.

Die Wände des Tunnels bestanden lediglich aus gewöhnlicher gestampfter Erde. Sichtbare Stützen waren nirgends zu erkennen: keine Holzbalken, keine Betonsäulen, keine Metallträger oder Mauerwerk. Nur die feuchte, streng riechende Erde. Die verschmierte ihm die Stiefel. Vor ihrem nahenden Licht wichen winzige krabbelnde Dinger zurück und huschten hastig in Wände oder Fußboden fort. Vielleicht brauchten sie das Licht ja gar nicht, wie Clodsahamp gemeint hatte, dennoch war Jon-Tom froh über seine Anwesenheit.

Möglicherweise wurde der Zustand des Tunnels durch einen weiteren von Clodsahamps komplizierten Dimensionszaubern aufrechterhalten, vielleicht gehörte er aber auch zum Baumhauszauber dazu. Die Vorstellung von einem Baum mit Keller war noch unglaublicher als die Wirklichkeit eines Baumes, dessen innere Dimensionen erweitert worden waren.

Sorbl war ihnen inzwischen einige Schritte voraus, so daß sich Jon-Tom vorbeugen und dem Hexer zuflüstern konnte: »Er kann uns nicht hören, also können Sie mir vielleicht jetzt mitteilen, wovor man sich dort unten fürchten soll?«

»Sorbl hat es dir bereits mitgeteilt: vor nichts.«

»Nun hören Sie, ich will ja nicht begriffsstutzig erscheinen, aber könnten Sie sich vielleicht ein bißchen genauer ausdrücken?«

»Die Genauigkeit ist der Kern jeder Erklärung, mein Junge. Eine Frage: Was ist die kürzeste Strecke zwischen zwei Punkten?«

»Eine Gerade, natürlich. Ich meine, ich bin zwar erst im juristischen Vorstudium, und Mathematik war nie meine Stärke, aber soviel weiß ich wohl.«

»Dann weißt du nichts, oder genauer, du weißt nichts über das Nichts, das natürlich der kürzeste Abstand zwischen zwei beliebigen Punkten ist.«

Jon-Tom runzelte die Stirn. Seine Verwirrung wuchs nur noch, anstatt sich zu vermindern. »Nichts ist der kürzeste Abstand zwischen zwei Punkten?«

»Ah!« Der Hexer wirkte erfreut. »Jetzt hast du es verstanden. Natürlich ist der kürzeste Abstand zwischen zwei Punkten Nichts. Es ist doch ganz offensichtlich: Wenn es zwischen zwei Punkten nichts gibt, dann müssen sie Seite an Seite koexistieren.«

Darüber dachte Jon-Tom nach. »Ich bin mir nicht sicher, ob das wirklich einen Sinn ergibt.«

»Ist die Logik nicht einleuchtend?«

»Semantisch vielleicht, aber mathematisch ...«

»Dann paß mal auf. Wenn zwischen zwei Punkten Nichts ist, dann kann sie auch nichts daran hindern, einander zu berühren, oder? Wenn alles, was zwischen uns und dem nichtperambulierenden Wanderer liegt, Nichts ist, dann müßten wir ihn eigentlich recht einfach ausfindig machen können.«

»Aber es liegt doch sehr wohl etwas zwischen dem Wanderer und uns, nämlich eine ziemliche Entfernung. Das haben Sie selbst gesagt.«

»Das stimmt, das habe ich gesagt.«

»Wie, zum Teufel, können Sie dann erwarten, ihn ausfindig zu machen, indem Sie in diesen Keller hinabsteigen?« wollte der empörte Jon-Tom wissen.

»Aus folgendem Grund. Wenn wir nämlich in den Keller hinabsteigen, werden wir feststellen, daß dort nichts ist. Und auf der anderen Seite dieses Nichts liegt der Wanderer – und alles andere, was ist. Doch uns geht es im Augenblick nur um den Wanderer.«

»Ich verstehe«, sagte Jon-Tom und entschloß sich, es aufzugeben und statt dessen abzuwarten, was sie tatsächlich dort unten im Keller erwarten mochte.

So schritten sie weiter. Es schien wie eine Stunde zu dauern, umspannte in Wirklichkeit aber nur wenige Minuten, bevor der Tunnel scharf nach links abbog. Er führte sie in einen kleinen Raum mit Kuppeldach, der, soweit Jon-Tom das berechnen konnte, direkt unterhalb der Mitte der großen Eiche liegen mußte, die der Hexer zu seinem Zuhause gemacht hatte. Der gestampfte Erdboden war glatt und sauber. Irgend etwas verharrte einen Augenblick wie gelähmt von Sorbls Licht, dann huschte es über den Boden, um in einem kleinen Loch in der gegenüberliegenden Wand zu verschwinden.

Aus der Decke traten dicke knorrige Äste hervor, die sich über ihnen wanden und umeinander schlangen. Obwohl sie völlig natürlichen Ursprungs waren, verliehen sie der Kuppel das Aussehen eines Raums mit einer Flechtwerkdecke. Aus den größeren Holzwindungen traten kleine Fasern hervor, die die Luft nach Nährstoffen und Feuchtigkeit absuchten.

Wurzeln, dachte Jon-Tom. Ein Wurzelkeller. Natürlich. *Daran hätte ich denken müssen,* sagte er bei sich. Und er teilte es auch Clodsahamp mit.

Der Hexer hatte auf dem einzigen Möbelstück im Raum Platz genommen. Der stämmige Stuhl nahm die genaue Mitte des Kellers ein.

»Ein Wurzelkeller, ja, und zwar ein ganz besonderer.« Prüfend blickte er an die Decke, bevor er schließlich auf etwas zeigte. »Dort oben ist die Wurzel des Neids. Dort drüben die Wurzel der Inspiration.« Er drehte sich ein kleines Stück auf seinem Stuhl. »Und dort oben in der

Ecke, siehst du es, dieses leicht güldene Holz? Das ist die Wurzel allen Übels.«

Jon-Tom starrte sie an. Bestand dieser Ast nun aus goldgetöntem Holz oder aus holzgetöntem Gold? Clodsahamp bemerkte die Intensität seines Blicks und lächelte.

»Laß dich nicht von ihr so beeinflussen. Sie ist nicht alles, was sie scheinen mag.« Dann richtete er den Blick wieder auf die Raummitte. »Sorbl, da wir die Leuchtkugel schon haben, stell sie hier ab.«

Der Famulus kam näher, rammte den lichttragenden Pfahl in die Erde und zog sich wieder zur Wand zurück, ohne daß Clodsahamp ihn erst dazu auffordern mußte. Jon-Tom stellte sich neben den Lehrling. Clodsahamp kreuzte die Arme über dem Brustpanzer und schloß die Augen, ein sicheres Anzeichen, daß er einen höchst mächtigen Zauber vorhatte. Ein weiterer Beweis seiner Ernsthaftigkeit war die Tatsache, daß er ein paar Sätze murmelte, um dann die Brille abzunehmen und sie in ihr Etui in einer der obersten Schubladen seines Brustpanzers zu legen.

»Was nun?« flüsterte Jon-Tom dem Eulerich zu. »Was wird er jetzt heraufbeschwören?«

Sorbl drückte sich so dicht gegen die Wand wie möglich, ohne darauf zu achten, ob seine Weste oder sein Gefieder dadurch schmutzig wurden. Mit weitaufgerissenen Augen starrte er den Hexer an, der sich in seine Vor-Evokations-Trance begeben hatte.

»Das weißt du bereits. Er wird Nichts heraufbeschwören.«

»Ach so, ja, das hatte ich vergessen. Na ja, dann brauchen wir uns auch vor *nichts* zu fürchten, nicht wahr?« Es war als Witz gemeint gewesen, doch die Erwiderung des Famulus blieb völlig humorlos.

»Das stimmt, das stimmt! Du verstehst es also doch!«

Clodsahamp drehte sich langsam zu ihnen um, die Augen noch immer fest geschlossen. Aus einer anderen

Schublade seines Brustpanzers holte er ein kleines, dicht zusammengerolltes Stück Papier hervor. »Sorbl.«

»J-ja, Meister?« Zögernd trat der Famulus auf ihn zu.

»Dir obliegt das Lesen.« Voller Ehrfurcht bemerkte Jon-Tom, daß die Stimme des Hexers sich verändert hatte. Sie war etwas lauter und wesentlich mächtiger geworden, ganz so, als sei ihr Eigner in den wenigen Augenblicken schweigender Kontemplation um zweihundert Jahre verjüngt worden. Es gab vieles, was er gern hätte wissen wollen, doch dies war weder die Zeit noch der Ort, um Fragen zu stellen.

Auf jeden Fall vermutete er, daß Clodsahamp schon bald seine Absichten, wenn schon nicht schildern, so doch unter Beweis stellen würde.

Vorsichtig entrollte Sorbl den oberen Teil des Papiers und blinzelte die Zeilen an. »Ich weiß nicht, ob ich das lesen kann, Meister. Der Druck ist sehr klein.«

»Natürlich kannst du es lesen«, rumpelte Clodsahamp in seiner jugendlichen Stimme. »Deine anderen Eigenschaften verlangen zwar nach viel Entwicklungsarbeit, aber deine natürliche Sehfähigkeit ist überragend. Kehr an die Wand zurück, wenn du willst, aber wenn ich den Arm hebe, mußt du beginnen.«

»Wie Ihr meint, Meister.« Sorbl zog sich zurück, bis er wieder ganz dicht neben Jon-Tom stand. Mensch und Eulerich warteten auf das, was als nächstes geschehen würde.

Langsam hob Clodsahamp beide Hände, bis die Arme steil in die dunkle Luft emporzeigten. Zu Jon-Toms Überraschung hoben sich die Arme immer weiter, den Körper des Hexers nach sich ziehend, bis er plötzlich mehrere Zoll über der Sitzfläche seines Stuhls im Leeren saß. Er zog die Beine in seinen Panzer ein, dann ließ er auch den Kopf verschwinden, bis nur noch die Augen über den oberen Rand des Panzers hinauslugten. Ob er dies tat, um sich zu schützen? fragte sich Jon-Tom. Seine Blicke huschten durch den Raum, konnten aber nur Erdreich und aus diesem hervorwachsende Wurzeln wahrnehmen. Es war nichts dort, was sie hätte bedrohen können.

Genau das, was der entsetzte Sorbl ihm mitzuteilen versucht hatte.

Clodsahamp hob zu sprechen an, in einem merkwürdigen monotonen Singsang. Während er sprach, schien die Schwärze sich immer enger um sie zu legen. Sie schob und stieß und prallte mit Wucht gegen das einzelne Licht der Glühbirne, bis es kaum mehr war als ein nadelkopfgroßer Lichtpunkt, der die nahende Dunkelheit aufzuhalten versuchte.

In dieser beinahe völligen Schwärze klang alles lauter. Jon-Tom konnte das Pochen des eigenen Herzens vernehmen. Die Atmung wurde flach. Die Dunkelheit, die sie umgab, war keine gewöhnliche Finsternis. Sie hatte nicht einmal das Tröstende einer mondlosen Nacht an sich, denn es gab auch keine Sterne. Es war eine feste dichte Schwärze, nicht einfach nur das Fehlen des Lichts, sondern ein Ding mit Gewicht und Masse, das sich ihm schwer auf Hals und Bauch legte.

Er bemerkte, daß er am Rand der Panik stand, spürte, wie er keuchte, erstickte, als plötzlich ein zweites Licht erschien und den Umhang der Obsidianluft gerade weit genug auseinanderschob, daß er wieder atmen konnte. Es kam von der Rolle, die Clodsahamp seinem Famulus überreicht hatte. Während Sorbl die winzige Druckschrift las, zunächst zögernd, dann mit wachsender Zuversicht, wurde das Licht des Papiers immer heller.

»Meine Freunde«, rezitierte der Eulerich, »ich bin heute zu euch gekommen und bitte euch nur um eure Stimmen. Wenn ich gewählt werde, verspreche ich, euch lange und treu zu dienen. Ich will versuchen, der beste Gouverneur der Provinz Cascery zu werden, den es je gab. Ich werde die Steuern senken und die öffentlichen Ausgaben beschneiden. Ich werde die finanzielle Unterstützung der älteren Mitbürger erhöhen und unsere Verteidigungskraft stärken. Ich werde ... ich werde ...«

Der völlig verblüffte Jon-Tom lauschte der vertrauten Litanei endloser Versprechungen, während Sorbl weiterlas. Die Worte, die der Eulerich da rezitierte, hatte er nicht erwartet. Das Ganze hörte sich an wie die üblichen Wahlversprechen von Politikern. Dieselben alten Behauptungen, dieselben alten Versprechungen, in dieser Welt um kein Deut anders als in seiner. Einfach nur politische Schaumschlägerei, die wie immer nichts anderes war als ein Haufen ...

Nichts.

Clodsahamp rief es herbei, beschwor es, brachte es an diesen Ort der Kraft. Er suchte das Nichts, das zwischen ihnen und dem Wanderer lag, damit er dessen Position bestimmen konnte. Das war es, was sich um sie schloß, was versuchte, sie mit der vollen Kraft seines ehrfurchtgebietenden Nichts-Selbst auszulöschen. Er konnte es spüren, ein trockener wattiger Geschmack im Mund. Es kroch über ihn wie eine lebende Decke, und es versuchte, ihm die Nasenlöcher zuzustopfen und sich einen Weg durch seine Kehle hinabzubahnen. Nur das matte Licht der Glühbirne und das kräftigere Licht der Papierrolle hielten es in Schach ...

Es gab noch eine andere Möglichkeit: Er hatte noch immer seine Duar dabei. Einen Augenblick lang dachte er daran, etwas Hübsches und Fröhliches zu singen. Doch der gesunde Menschenverstand riet ihm, Schweigen zu bewahren. Wenn seine Bannsängerei von Nutzen hätte sein können, so hätte der Hexer dies schon erwähnt. Wenn er nun ungefragt ein Lied anstimmte, in diesem offensichtlich so entscheidenden Augenblick, würde das Nichts den Zauber des Hexers möglicherweise überwinden. Und auch wenn nichts sonst ihn umbrächte, Clodsahamp würde es *bestimmt* tun. Also stand er schweigend da und sah zu und versuchte etwas zu lernen.

Wie konnte nur nichts im Raum sein, wenn es dort doch ganz offensichtlich etwas gab? Da war Clodsahamps Stuhl und die Glühbirne an ihrem Stab und die Papierrolle, ganz zu schweigen von den drei Gefährten. Das machte ihm einige Augenblicke Sorge, bis Sorbls Geleier ihm die Antwort gab.

Es war eine typische Wahlkampfrede, so prahlerisch und so randvoll gestopft mit den üblichen Lügen und Falschheiten wie alle anderen. Es war nicht nur einfach nichts, es war sogar *weniger* als nichts und löschte dadurch die wenigen Etwasse aus, die den Keller bevölkerten.

Doch offensichtlich nicht alle. Mühsam starrte er in die Dunkelheit hinein. Dort die Glühbirne, dort Sorbl und seine Rolle, in der Mitte der Baumhöhle der schwebende Clodsahamp und sein am Boden stehender Stuhl – und plötzlich etwas mehr. Gestalten. Formlos, umrißarm und die Konturen verschiebend, doch ganz eindeutig vorhanden. Unscharfe Gräue, die langsam durch schwarzes Gelee schwamm. Sie hatten weniger Farbe, als daß sie um ein paar Nuancen weniger schwarz waren als ihre Umgebung. Anthrazitgespenster.

Während er sie anstarrte, verloren sie etwas von ihrer Nebelhaftigkeit. Holzkohlegraue Köpfe mit grauen Gesichtern. Graue Zungen, die erwartungsvoll über schwarze Zähne fuhren. Auch waren sie nicht stumm, denn sie wimmerten einander leise, fast unhörbar zu. Ob diese Geräusche zu Worten gehörten oder zu Musik, oder ob sie Schmerzensrufe waren, konnte er nicht feststellen. Sie waren die Nichtse, die die Dunkelheit bewohnten.

Sorbls Stimme wurde etwas lauter. Es strengte ihn an, aufgrund der Anspannung und der Furcht weiterzulesen, doch er brach nicht ab. Clodsahamp fuhr mit seiner eigenen Rezitation fort, in regelmäßigen Kadenzen hoben und senkten sich seine undeutbaren Worte.

Die Glühbirne hellte sich auf. Oder vielleicht war es die Luft, die sie umgab, welche ein bißchen weniger unterirdisch wurde. Der Keller war verschwunden. Die Wurzeln, das feuchte Erdreich, welches sie noch im Augenblick zuvor so beengend umhüllt hatte, waren verschwunden. Verzweifelt wünschte er sie wieder zurück.

Doch nun waren sie vom Nichts umringt.

Sie schienen in einem Universum ohne Grenzen, ohne Umrisse zu treiben. Da gab es keine warme Erde, die sie mit ihren Wänden umgab, kein Gefühl einer großen Eiche, die den darüberliegenden Boden umarmte. Nichts als ferne einsame Sterne, die ihm verlassen zuwinkten, und selbst ihrer waren es nur wenige. Er sehnte sich nach dem Anblick eines Nebels oder zwei, doch keine großen Streifen aus Rot und Purpur begrüßten seine suchenden Augen. Dies war eine Gegend, vor der selbst der Staub floh.

Irgendwie gelang es ihm zu sprechen, und der leise Klang der eigenen Stimme erschreckte ihn. »Wo sind wir? Was ist das für ein Ort?«

»Ich habe dir doch gesagt, es ist nichts«, erklärte Sorbl und unterbrach seine Vorlesung lange genug, um ihm zu erwidern: »Einen Augenblick, ein vorbeiziehender Gedanke, etwas Gedachtes, das wirklich wird. Wir sind jetzt jenseits des Nichts. Dies ist die Rückseite des Chaos. Kein schöner Ausflugsort, und leben möchte man hier auch nicht.« Da gerieten sie plötzlich in eine Schräglage, und hastig machte er sich wieder an seine Rezitation. Er las zweimal so schnell wie zuvor, bis sie wieder aufrecht standen. Nur daß *aufrecht* ein höchst vager Begriff war. In Beziehung zu nichts konnte man unmöglich aufrecht stehen.

Plötzlich bekam die Glühbirne Gesellschaft von etwas Neuem. Es zog Jon-Toms Aufmerksamkeit sofort auf sich. An diesem Ort des schwebenden Nirgendwo strahlte es von Leben und Energie, drehte und wand sich und veränderte sich mit solch atemberaubender Geschwindigkeit, daß ihm die Augen zuckten, während er versuchte, sich darauf zu konzentrieren. Doch mit jedem Zucken hatte es auch schon ein völlig anderes Aussehen angenommen. Es lebte, doch nicht in jenem Sinne, wie er es tat. Es lebte, aber es war nicht organisch. Noch war es Gestein oder Metall. Es war etwas Anderes aus einem Anderswo, und es gehorchte keinen Naturgesetzen außer seinen eigenen.

Er versuchte es zu benennen, konnte es nicht. Es war eine Kleinsche Flasche, die auf der Innenseite eines Möbiusbands entlangrollte, das oben auf einer Schwarzschild-Diskontinuität balancierte. Es tanzte und mutierte, metamorphisierte und glitt aus einer Unwirklichkeit in die andere. Es wirbelte mit einer Geschwindigkeit von einer Milliarde Meilen in der Sekunde durch Nichts und war größer als ein Roter Riese. Und da war noch etwas anderes, etwas, das er nicht sehen konnte und das sich im Hintergrund hielt, aber sehr nahe war. Etwas viel Gewöhnlicheres und doch von gewaltiger Energie und Kraft berührt.

Es sah sie.

Jon-Tom wußte nicht, wie es sie sehen konnte oder womit. Er spürte nur die Gegenwart ungesehener Augen, doch er fühlte ihre Berührung, als sei er von einem Paar Hämmern geschlagen worden.

Der ungesehene Beobachter stieß ein erzürntes Heulen aus. Dies mußte irgend etwas bewirkt haben, denn plötzlich krümmte sich jene herrliche, unbeschreibliche, undefinierbare Gestalt zusammen, die der Wanderer war. Das Chaos rundum kristallisierte. Es gab ein so explosives, schmetterndes Geräusch, daß Jon-Toms Schädel zu implodieren drohte. Seine Hände fuhren empor an die gemarterten Ohren, und die Zähne malmten gegeneinander. Irgend etwas trommelte ein Crescendo auf der Kesselpauke, in der er plötzlich sein Domizil aufgeschlagen hatte. Er geriet ins Taumeln und wäre gestürzt, hätte es irgend etwas gegeben, auf das er hätte herabstürzen können.

Sorbl wurde emporgerissen und gegen eine Mauer der Leere geschleudert. Die Papierrolle zwischen seinen Flügelspitzen wurde auseinandergerissen, und die Schnipsel stoben in alle Richtungen davon. Verzweifelt versuchte er, wenigstens ein paar Fetzen festzuhalten, um weiterzulesen, doch es war unmöglich. Binnen Sekunden war schon der nächste Schnipsel Tausende von Parseks entfernt.

Mit einem *Wompp* prallte er auf den Boden und landete hart auf den Schwanzfedern.

Sie waren wieder zurück.

Zurück im Keller. Zurück zwischen Wurzeln und Feuchtigkeit und Erdreich. Jon-Tom atmete tief ein, sog die dichte Feuchtigkeit in sich. Sie schmeckte nach Erdboden und Wasser und lebenden Dingen. Der Keller war reich vom Parfüm des Lebens, das Erdreich der Wand, an die er sich klammerte, war dicht vom Gefüge der Wirklichkeit.

In der Mitte des Raums leuchtete die Glühbirne mit voller Kraft. Clodsahamp schwebte nicht mehr einige Zoll über dem Stuhl, sondern saß fest auf dem harten Holz. Fest umklammerte er mit beiden Armen die Stuhllehnen und atmete schwer. Als er sich davon überzeugt hatte, daß sie nicht hinter ihm verschwinden würde, ließ Jon-Tom die Hand fahren und stolperte auf den Hexer zu, um nachzusehen, ob er ihm irgendwie helfen konnte. Er schwitzte stark in der Hitze des Kellers. Nur daß es nicht heiß war. Es war die gleiche Temperatur wie vorhin, als sie hier eingetroffen waren.

Er schwitzte von der Kälte, der Kälte jenes Orts, wo sie gewesen waren. Deshalb erschien es ihm jetzt auch als heiß. Vorhin war ihm nicht kalt gewesen. Auf der gegenüberliegenden Seite des Nichts spürte man weder Hitze noch Kälte. Man spürte überhaupt nichts.

Er zitterte.

»Wie geht es Ihnen?«

Der Hexer blickte zu ihm herauf, fing sich wieder und stieß ein langes Seufzen aus. Dann lächelte er beruhigend. »Alles in Ordnung. Den Umständen entsprechend. Ich reise auch nicht mehr so gut wie früher. Hast du es gesehen?«

»Ich habe etwas gesehen, aber ich weiß nicht, was.« Er starrte auf die Glühbirne, die oben auf ihrer Stange hockte, sog das fahle beruhigende Leuchten ein. Noch nie war er so dankbar dafür gewesen, sich in einem Loch im Boden zu befinden. »Ich glaube, es könnte der Wanderer gewesen sein.«

»Was hätte es sonst sein sollen?« Clodsahamps Kraft kehrte zurück, und mit ihr seine Begeisterung. Er schob den Stuhl zurück, stellte sich neben das Licht und streckte sich. »Du darfst dich als etwas Besonderes fühlen, mein Junge. Ich glaube, daß niemand jemals einen Wanderer sah, seit wir denken können. Normalerweise bleiben sie nicht lange genug, um sie zu erkennen, und selbst wenn sie es tun, kann es sein, daß man gar nicht merkt, worauf man dort eigentlich blickt. Ich muß zugeben, daß sein Aussehen mich überraschte.«

»Sie meinen, so wie er sich ständig veränderte?«

»O nein. Die Veränderung ist ja die Seele eines Wanderers. Was ich nicht erwartet hatte, war seine Schönheit.« Er blickte an dem hochgewachsenen jungen Menschen vorbei. »Sorbl? Bist du immer noch bei uns?«

Der Famulus hatte sich erhoben und rieb sich das Gesäß. Er schnitt dem Hexer eine Grimasse. »Leider ja, Meister.«

»Gut. Dann sortier deine Federn. Wir gehen wieder nach oben.«

»Ich habe die Rolle verloren, Meister. Sie wurde mir aus den Federn gerissen. Ich konnte nichts dagegen tun.«

»Das spielt keine Rolle. Die kann ich jederzeit ersetzen. Ich habe Zugang zu unbegrenztem Nachschub.

Und jetzt schnell an die Arbeit, bedarf es doch eures Packens für die Reise!«

Der Famulus taumelte auf die Glühbirne zu und riß den Pfahl aus dem Boden. »Ihr braucht mich nicht erst zu überreden, Meister. Ich tue alles, um von hier verschwinden zu können.« Clodsahamp streckte einen Arm vor. »Ein bißchen Stützung, wenn du so gut sein magst, mein Junge. Ich fühle mich um eine Winzigkeit geschwächt.«

»Das wundert mich nicht. Bin auch nicht gerade kräftig auf den Beinen.« Er legte den rechten Arm um den Rücken des Hexenpanzers und stützte ihn, während sie Sorbl folgten.

Sobald sie sich wieder im eigentlichen Tunnel befanden und mit dem Aufstieg begannen, hieß Clodsahamp sie anhalten, während er seine Brille aus der obersten Schublade des Brustpanzers holte. Er hielt die sechskantigen Gläser auf Armlänge von sich und musterte sie. »Vernebelt, mein Junge.« Dann holte er ein Tuch hervor und säuberte sie. »Das war eine ganz schöne Umstellung.«

Jon-Tom ertappte sich dabei, wie er besorgt den Tunnel entlang zurückblickte. Nichts folgte ihnen, nichts jagte ihnen aus den Tiefen des Kellers nach. Wer sollte das auch tun? Schließlich waren sie dort unten allein gewesen. Nichts hatte ihnen Gesellschaft geleistet.

»Ich weiß nun, wohin wir müssen, mein Junge.« Der Hexer klopfte sich an die Schläfe. Das erzeugte ein lautes Klickgeräusch, als Panzer auf Panzer schlug. »Ein langer, aber kein beschwerlicher Weg.«

Das habe ich schon öfter gehört, brummte Jon-Tom, doch nur bei sich. Tatsächlich aber sagte er: »Kenne ich den Ort zufällig?«

»Ich denke nicht. Er liegt weit im Norden, nördlich der Glockenwälder, vorbei an Ospenspri und Kreschfarm-in-den-Keegs, weiter nördlich, als du bisher gekommen bist. Weiter nördlich übrigens, als zivilisierte

Leute gern reisen. Wir werden uns beeilen müssen. Noch einen Monat, dann hat uns der Winter eingeholt, und dann wird das Reisen durch solches Gebiet unmöglich. Wir müssen den Wanderer befreien, bevor der Schnee einsetzt. Und außerdem gibt es da noch ein neues Problem.«

»Noch eins?«

»Ich fürchte ja. Ich hatte gedacht, der Wanderer werde von irgendeiner Laune der Natur festgehalten, sei durch irgendeinen Bodenriß oder in irgendein Loch im interdimensionalen Gewebe der Existenz gefallen. Dem ist jedoch nicht so.«

Jon-Tom spürte, wie die Kälte zurückkehrte. Er erinnerte sich an den Druck jener ungesehenen Augen, hörte einmal mehr jenes einzigartige wilde Heulen.

»Dann ist er also nicht zufällig dort?«

»Nein, mein Junge«, erwiderte der Hexer düster. »Er wird dort absichtlich festgehalten, ganz gezielt. Das scheint zwar unglaublich, doch so ist die Wahrheit häufig. Ich kann es selbst kaum glauben.«

»Ich kann es *überhaupt nicht* glauben. Nach allem, was Sie mir über ihn erzählt haben, kann ich mir nicht vorstellen, wie irgend jemand ihn einfangen oder gar festhalten kann.«

»Ich auch nicht, und doch ist mir völlig klar, daß ebendies geschehen ist. Hier ist eine gewaltige und finstere Macht am Werk. Ich könnte so etwas nicht. Etwas – jemand – hat den Wanderer eingefangen und hält ihn in diesem Raumzeitrahmen gefangen. Wenn er nicht befreit wird, könnte er nicht nur dauerhaft unsere Welt verändern, er könnte sie bei seinen Befreiungsversuchen sogar vernichten.«

»Dann könnte derjenige, der ihn festhält, ebenfalls vernichtet werden.«

»So ist es«, stimmte der Hexer nickend zu.

»Das ist doch verrückt«, meinte Jon-Tom entschieden.

»Ah! Nun beginnst du langsam zu begreifen, womit wir es hier zu tun haben.«

Den Rest ihres Aufstiegs an die Oberfläche verharrte Jon-Tom in Schweigen.

III

Er brauchte nicht sehr lange mit dem Packen. Ein sehr guter Freund hatte ihm einmal gesagt, daß man am besten reise, wenn man wenig Gepäck mit sich trage, und seitdem hatte Jon-Tom sich an diesen Rat gehalten. In dieser Welt war Geschwindigkeit wichtiger als Komfort, Flexibilität war ein besserer Gefährte als eine Hose zum Wechseln.

Er fand Sorbl im Arbeitszimmer des Hexers vor, wie dieser gerade unter Clodsahamps Aufsicht Fläschchen und Pakete einpackte.

»Ich bin fertig«, teilte er seinem Mentor mit.

»Gut, mein Junge, gut.« Clodsahamp legte eine milde Verärgerung an den Tag, als er gerade einen Schrank durchwühlte. »Wo habe ich bloß diese Meßlöffel hingelegt? Wir können sofort aufbrechen, sobald ich hier fertig bin.«

Jon-Tom lehnte sich gegen die nahe Wand. »Ich habe darüber nachgedacht, was Sie gestern sagten, als wir den Keller verließen. Über das, *womit wir es zu tun haben.* Wenn ich Ihre Ausführungen richtig verstanden habe, dann ist das oder der, was oder der den Wanderer gefangen hält, von labiler Natur.«

»Du hast beinahe recht.« Clodsahamp stöberte einen Satz winziger Löffel auf, die von einem leuchtenden Goldring zusammengehalten wurden, blickte selbstzufrieden drein und gab sie an Sorbl weiter. »Wer immer es ist, er ist labil; ist verrückt, bescheuert, plemplem, durchgedreht, meschugge, lebt in Wolkenkuckucksheim. Drücke ich mich deutlich genug aus, oder brauchst du noch weitere Erklärungen?«

»Nein, ich glaube, ich habe das Wesentliche verstanden«, erwiderte Jon-Tom trocken.

»Das ist auch wichtig. Es ist wichtig, daß wir alle es verstehen. Es ist höchst unwahrscheinlich, daß wir mit diesem Was-immer-es-sei vernünftig argumentieren können. Es ist schwierig, gegen jemanden zu kämpfen, der sich noch nicht einmal der Tatsache bewußt sein mag, daß er sich in einem Kampf befindet.« Er zog eine große Metallkiste aus einer weiteren Schublade und öffnete den Deckel mit ungewöhnlicher Vorsicht. Jon-Tom reckte sich und konnte erkennen, daß die Kiste mit Polstermaterial gefüllt war.

Der Hexer holte eine kleine Holzkiste hervor, öffnete sie, um den Inhalt zu begutachten, der aus einem einzigen Glasfläschchen mit öliger grüner Flüssigkeit bestand. Zufrieden schloß er die Kiste und sicherte den Deckel, dann reichte er sie mit beiden Händen seinem Famulus Sorbl.

»Verstau das hier in der Mitte deines Rucksacks, und was auch immer passiert, laß es niemals fallen!«

Zaghaft nahm Sorbl den Kasten an und umschlang ihn mit seinen beiden biegsamen Flügelspitzen. »Was würde denn passieren, wenn ich es fallen ließe, Meister?«

Clodsahamp beugte sich zu seinem Lehrling vor. »Etwas so Schreckliches, so Übles, so unvorstellbar Widerliches, daß ich in den über zweihundert Jahren meines Lebens noch nicht genügend Vokabeln gelernt habe, um es zu beschreiben.«

»Oh.« Sorbl drehte sich um, um den Kasten in seinem offenen Rucksack zu verstauen. »Ich werde sehr sorgsam damit umgehen, Meister.«

Clodsahamp bewegte sich zu Jon-Tom hinüber und machte sich daran, Werke aus einer Reihe von Minibüchern auszusuchen, die auf einem langen Regal standen. Der sehr viel größere Mensch fragte, während er den packenden Sorbl im Auge behielt: »Was ist denn in dem Fläschchen, das Sie Sorbl gegeben haben? Irgendeine Säure oder ein Sprengmittel?«

»Natürlich nicht«, erwiderte der Hexer leise. »Meinst du etwa, ich bin so töricht, mit gefährlichen Flüssigkeiten auf die Reise zu gehen? Das ist Zitronenlimonade.«

Jon-Toms Brauen bewegten sich aufeinander zu. »Schätze, das verstehe ich nicht.«

»Das sagst du viel zu oft, aber deine Unwissenheit wird durch deine Ehrlichkeit noch in den Schatten gestellt. Wirst du denn niemals begreifen, daß man, um die Magie wirkungsvoll zu handhaben, lernen muß, Menschen ebenso zu manipulieren wie Zauberformeln? Wenn er keinen Grund zur Sorge hat, wird Sorbl schon Mittel und Wege finden, um sich allzusehr an dem Alkohol gütlich zu tun, den mitzubringen ich ihm gestatte – ich wünschte, seine Findigkeit würde sich auch auf seine Studien erstrecken. *Das* wird ihm jedenfalls etwas geben, um das er sich sorgen kann.«

»Ich dachte, wir hätten schon genügend Sorgen, aber ich verstehe Ihr Problem.« Er sah zu, während der Hexer einen Band nach dem anderen durchblätterte und die Mehrzahl wieder in das Regal stellte, während er die kleine Auswahl zum Packen beiseite legte.

»Wie, glauben Sie, ist unser Gegner? Außer gefährlich, meine ich.«

Clodsahamp überlegte. »Wenn man geistesgestört ist, gibt es zwei Möglichkeiten, um dafür zu sorgen, daß man sich besser fühlt. Man kann sich heilen lassen, oder man kann alles und jeden, womit man zu tun hat, verrückt machen. Dies hier ist der erste Fall, den ich kenne, wo ein Psychotiker es mit der zweiten Methode versucht.

Es ist klar, daß derjenige, der den Wanderer gefangenhält, wer immer es auch sein mag, dies aus einem bestimmten Grund tut, weil er ein eindeutiges Ziel verfolgt. Dieses Ziel scheint darin zu bestehen, die Welt auf den Kopf zu stellen und umzukrempeln. Denn für ein wahnsinniges Individuum könnte eine wahnsinnige Welt recht gemütlich sein. Keiner kann einem vorwerfen, wahnsinnig zu sein, wenn er ebenfalls wahnsinnig ist. Niemand kann sagen, daß man sich in eine Welt der eigenen Phantasien zurückgezogen hat, wenn er in derselben Welt lebt. Das ist es, womit wir uns befassen müssen, mein Junge. Mit der Logik der Verrückten.«

Und während er mit dem Wort *Verrückten* schloß, begann der Hexer sich zu verwandeln. Sein Körper wurde dünner und länger. Sekunden später unterhielt sich Jon-Tom plötzlich mit einer großen pelzigen gelben Raupe. Und er lehnte auch nicht mehr gegen die Wand des hexerischen Studierzimmers. Die Eiche war durch eine riesige Seidenkugel ersetzt worden, in der seltsame Objekte unbekannter Herkunft und ungewisser Bestimmung herumhingen.

All dies nahm er durch zwei Paar Facettenaugen wahr. Er fühlte sich unbehaglich, und von der Hüfte abwärts juckte es ihn. Mit mehreren Beinen gleichzeitig fing er an, sich zu kratzen und nach kleinen Wesen in seinem braunorangefarbenen Pelz zu wühlen. Drüben in der einen Ecke der Kugel flatterte eine kleine blaue Motte besorgt hin und her.

»Wie seltsam«, sagte die Motte. »In dieser Welt, Meister, seid Ihr größer als Jon-Tom. Hier muß die Körpergröße wohl das Alter widerspiegeln, denn ich bin der kleinste von allen.«

»Sie spiegelt wohl eher die Intelligenz wider«, bellte der Hexer. »Die Sache ist höchst lästig. Ängstigt dich deine neue Gestalt denn nicht?«

»Ach nein. Ich glaube, die habe ich schon einmal angenommen.«

»Nun, mir gefällt sie jedenfalls nicht«, brummte Jon-Tom, »und ich hoffe, daß wir uns bald wieder zurückverwandeln.« Seine Mägen vollführten Purzelbäume, und das Fehlen eines Skeletts versetzte ihn in Angst davor, auch nur einen Schritt nach vorn zu wagen, obwohl es recht unwahrscheinlich war, daß sein matschiger weicher Körper unter ihm zusammenbräche. Er war entschlossen, sich nicht zu übergeben, nicht nur um vor Clodsahamp das Gesicht zu bewahren, sondern auch, weil es ihn nicht im mindesten interessierte, mitansehen zu müssen, was eine vier Fuß lange orangebraune Raupe ausspeien könnte.

Also blieb er sitzen und kratzte sich. Einige Minuten verstrichen. Nochmals fünf. Nun war es die Nervosität, die ihn juckte, und nicht das Ungeziefer. »Was sollen wir tun?«

»Wir können nichts tun.« Clodsahamp putzte gerade mehrere seiner Fühler. »Wir können nur Ruhe bewahren und die Sache aussitzen.«

»Diesmal hat es länger vorgehalten«, bemerkte der beunruhigte Jon-Tom.

»Erheblich. Ich habe ja bereits darauf hingewiesen, daß die Dauer der Störungen sich verlängern kann.«

»Diese hier gefällt mir nicht. Die gefällt mir noch weniger als neulich, als ich ein blauer Krebs war.« Er veränderte die Stellung, um etwas bequemer zu sitzen, allerdings mit geringem Erfolg. »Ich glaube, ich werde mich jetzt übergeben.«

»Versuch, es lieber nicht zu tun, mein Junge. Ich habe zwar schon damit gerechnet, daß bald die ersten Nebenwirkungen auftreten, aber auf diese können wir getrost verzichten. Obwohl es recht interessant sein könnte.«

»Zum Kotzen interessant!« brüllte Jon-Tom. Er beugte sich vor.

Nur um sich plötzlich wieder in dem vertrauten eichengetäfelten Arbeitszimmer vorzufinden. Er war wieder er selbst, groß und menschlich und im Besitz einer soliden inneren Generalstruktur. Doch das Innere dieser Generalstruktur war noch immer verzagt, eine ungemütliche Bestätigung der Tatsache, daß die Verwandlung kein bloßer Traum gewesen war. Er lief zum Waschbecken hinüber und ließ kaltes Wasser über Gesicht und Hände strömen, und als er sich dazu in der Lage fühlte, es auch aufzunehmen, begann er daran zu nippen. Es blieb im Magen, ebenso wie sein Frühstück. Als er den Blick vom Waschbecken hob, mit beiden Händen fest dessen Rand umklammernd, war er bleich im Gesicht.

»Ich verstehe, daß diese Störungen mehr als lästig werden können.«

»In der Tat.« Jon-Tom konnte nicht feststellen, ob der Hexer enttäuscht darüber war, daß er sich nicht übergeben hatte, oder ob es ihm gleichgültig war. »Wenn man beispielsweise gerade eine Brücke überqueren will und diese Brücke sich plötzlich in ein dünnes Seil verwandelt, hätte man nur einen einzigen Augenblick zur Verfügung, um sich auf die neue Situation einzustellen, indem man sein eigenes Gleichgewicht herstellt oder sich fest an dem Seil festhält. Sonst stürzt man, und wenn die Welt dann plötzlich wieder normal wird, findet man sich in tausend Stücken wieder, durchaus tot, auch wenn man während der Störung zugrunde gegangen ist. Das wäre wirklich äußerst unangenehm.«

Sorbl trat zu ihnen. »Alles ist fertig, Meister.«

Der Hexer nickte. »Wird auch Zeit. Du hast deinen Packen, mein Junge, und ich habe meinen.« Er watschelte zum Ausgang des Arbeitszimmers und schickte sich an, einen der beiden Packen aufzunehmen, die der Famulus vorbereitet hatte. Jon-Tom legte seinen eigenen Rucksack an und folgte seinem Mentor hinaus in die Diele.

Dort blieb er stehen und fragte sich, warum der Gedanke ihm nicht schon vorher gekommen war. »Einen Augenblick mal! Warum gehen wir eigentlich zu Fuß? Wir wollen doch wohl nicht zu Fuß bis zum Nordplateau?«

»Natürlich nicht«, beruhigte Clodsahamp ihn. »Wenn wir erst einmal in Lynchbany sind, können wir dort einen Wagen oder eine Kutsche mieten.«

»Aber das ist ja auch schon ein ganz gutes Stück zu Fuß! Warum überhaupt so weit laufen«, – er ließ die Duar vom Rücken vor den Bauch gleiten –, »wenn wir doch fahren können?«

»Oh, oh!« Sorbls Augen spähten nach einem unauffälligen Versteck.

»Junge.« Clodsahamp räusperte sich. »Ich bin nicht in der Stimmung, es mit Transportzaubern zu versuchen. Dazu bin ich viel zu sehr mit anderen Dingen beschäftigt. Außerdem gibt es ein bis zwei Punkte hexerischen Wissens, die zu vergessen mir in den vergangenen zweihundert Jahren gelungen ist, und wir haben nicht genügend Zeit, die wir damit vergeuden könnten, die erforderlichen Zauberformeln herauszusuchen.«

»Ich weiß ja, daß Sie nicht gerade unter Bescheidenheit leiden.« Jon-Tom lächelte den alten Zauberer von oben herab freundlich an. »Deshalb muß ich auch davon ausgehen, daß die Auseinandersetzung mit dem Nichts Sie ausgelaugt hat.«

»Ich will nicht leugnen, daß die Anstrengung ermüdend war.« Clodsahamp musterte beunruhigt die Duar. »Ich ahne, was dir vorschwebt, aber ich bin mir nicht sicher, daß du der Sache auch gewachsen bist. Ich weiß zwar, daß du während der vielen vergangenen Monaten sehr viel geübt hast, aber dennoch läßt die Genauigkeit deiner Bannsängerei noch viel zu wünschen übrig.«

Jon-Tom merkte, wie er errötete. »Ich behaupte nicht, vollkommen zu sein. Das habe ich auch nie getan. Aber inzwischen bin ich doch verdammt viel gewitzter als beim ersten Mal, als ich diese Duar in die Hände nahm und zu spielen begann. Und außerdem habe ich schon früher Transportzauber durchgeführt. Boote und Flöße, und einmal sogar M'nemaxa persönlich.«

Clodsahamp nickte bedächtig. »Mir ist durchaus klar,

was du bereits geleistet hast, mein Junge, und du hast guten Grund, stolz zu sein. Doch die Fähigkeit, ein einfaches Landtransportmittel heraufzubeschwören, ist ein Talent, das dir offenbar nicht beschieden ist.«

»Das haben Sie wohl vergessen. Erinnern Sie sich nicht daran, wie wir zum ersten Mal nach Süden zum Tailaroamfluß reisten, um dort Transport flußaufwärts bis Polastrindu zu finden? Damit wir alle zusammen in aller Bequemlichkeit reisen konnten, habe ich eine wunderbare l'borische Reitschlange heraufbeschworen.«

»Du hast recht. Das hatte ich vergessen. Jetzt ist es mir aber wieder eingefallen – wie mir auch wieder eingefallen ist, daß du damals eigentlich etwas völlig anderes herbeizaubern wolltest. Du warst ebenso verblüfft vom Erscheinen der Schlange wie wir anderen auch.«

Jon-Tom wich seinem Blick aus und hüstelte. »Das war ich. Aber wenigstens habe ich etwas hervorgebracht, und es stellte sich als überaus brauchbar heraus. Aber diesmal werde ich ganz gezielt versuchen, eine l'borische Reitschlange herbeizuzaubern. Nachdem es mir schon einmal gelungen ist, müßte es inzwischen auch auf Verlangen gehen.«

Der Hexer überlegte und sagte schließlich zögernd: »Ich muß gestehen, daß mich die Aussicht auf den langen Fußmarsch nach Lynchbany nicht sonderlich erbaut. Ich bin geneigt, deinen Versuchen meinen Segen zu erteilen. Wenn du zuversichtlich sein solltest ...«

»Natürlich bin ich zuversichtlich.«

Clodsahamp seufzte. »Meine Beine fühlen sich noch älter an als mein Kopf. Immerhin könnten wir dann auch das widerliche Gefeilsche vermeiden, das sich mit Sicherheit einstellen würde, sollten wir versuchen, eine Kutsche anzumieten. Also gut. Sehen wir einmal, was du hervorbringen kannst. Doch zuvor wollen wir hinausgehen. Einige dieser Möbel sind nämlich recht alt.«

Jon-Tom folgte ihnen, er fühlte sich schon um mehrere Zoll größer. Nicht etwa körperlich, sondern gefühlsmäßig, denn keine Störung erschütterte die Welt. Es war das erste Mal, daß der Hexer ihn regelrecht darum gebeten hatte bannzusingen. Deshalb war er auch dazu entschlossen, seinen Wohltäter und Lehrer nicht zu enttäuschen.

Der Morgen war frisch und klar, und die Luft hatte den ersten Biß des Herbstes. Clodsahamps Drängen auf einen baldigen Beginn der Reise beruhte auf dem Nahen des Winters, der die Wege zum Nordplateau mit Frühschnee verstopfen würde. Es fiel schwer, sich alles in Weiß gekleidet vorzustellen, so kräftig leuchteten die Rot- und Goldtöne des Waldes.

Sie stellten ihr Gepäck ab. Jon-Tom bereitete sich vor, während Clodsahamp einen einfachen, aber wirkungsvollen Schloßzauber auf seine Vordertür legte. Dann stellten er und Sorbl sich abseits auf, während Jon-Tom in das höhere Gras hinausschritt, hinaus aus dem Schatten der gewaltigen alten Eiche.

Er ließ die Finger die Doppelseiten der Duar stimmen, stellte die Lautstärke- und Tremoloregler ein und räusperte sich. Sorbl löste sich von der Seite seines Meisters und versuchte, unauffällig Schutz hinter dem Baumstamm zu finden. Clodsahamp war aus härterem Holz geschnitzt. Er konnte die Sorge seines Lehrlings zwar verstehen, hielt aber die Stellung aufrecht.

Jon-Tom baute sich abseits auf und ließ einzelne Akkorde und Noten aus der Duar perlen. Es war nicht das erste Mal, daß er zögern müßte. Das Problem bestand darin, daß er zwar genau wußte, was er heraufbeschwören wollte, nicht aber, welches Lied er dazu verwenden mußte. Schlangen waren in der Popmusik nicht eben populär.

Allerdings gab es eine Gruppe, die sich *White Snake* nannte. Irgendeiner ihrer Songs würde schon geeignet sein, solange er nur mit Transport zu tun hatte. Ihm fiel nichts Passenderes ein, und es war ihm nur zu bewußt, wie der immer ungeduldiger werdende Clodsahamp unweit von ihm dastand und ihn anstarrte. Da war es wohl besser, irgend etwas zu singen, und sei es auch nur, um sich ein wenig aufzulockern, als weiterhin wie ein absoluter Narr hier herumzustehen. Er schloß die Augen, erinnerte sich an den Text, schlug mit dem rechten Fuß den Takt und sang drauflos.

Ein leises Flattern der Luft, eher geahnt als gesehen, ließ ihn die Augen öffnen. Ein oder zwei Gnieschies, die Boten der Magie, neckten gerade den Rand seines Gesichtsfelds. Sie erschienen immer, wenn seine Bannsängerei funktionierte. Es war ein gutes Zeichen, das ihn anspornte, sich mit der Duar noch mehr Mühe zu geben. Doch während die Gnieschies blieben, am Rande der Realität umherzuckend und -tänzelnd, erschienen sie doch nicht in der erhofften Anzahl. Die lange schuppige Gestalt der Reitschlange tat es ebensowenig.

Also sang er noch stärker, perlte die Riffs von der Duar, ebenso glatt und geschmeidig, wie Richie Blackmore es sich nur hätte wünschen können. Er bemühte sich und sang, und schließlich materialisierte sich tatsächlich etwas: eine zusammengekrümmte zuckende Gestalt, vor ihm auf dem Boden.

Am liebsten hätte er gelächelt und Clodsahamp sowie Sorbl etwas zugerufen, doch der Zauber war noch längst nicht beendet, und es war offensichtlich, daß er noch sehr viel singen mußte. Der Famulus war immerhin zuversichtlich genug geworden, um wieder hinter dem Baum hervorzuschleichen, da es nicht so aussah, als würde ihm jemand den Boden unter dem Gefieder wegsprengen. Jon-Tom sang weiter und weiter. Langsam machte er sich Sorgen.

Nicht daß etwas auch nur im entferntesten Gefährliches passiert wäre, doch egal wie viele Strophen er rezitierte, die Gestalt auf dem Boden weigerte sich, sich auszudehnen. Das war nur ein Anfang. Und es blieb auch nicht mehr als ein Anfang. Er spielte so lange, bis sowohl der Song als auch seine Kehle am Ende waren. Der letzte Akkord verklang in den Bäumen. Die beiden Gnieschies erloschen und suchten sich angenehmere Gefilde.

Jon-Tom trat auf das Ding zu, das er heraufbeschworen hatte. Es war kaum mehr als ein paar Fuß lang, nur ein dünner Abklatsch der massiven, kraftvollen Gestalt einer l'borischen Reitschlange. Doch immerhin *hatte* er etwas hervorgebracht. Er zögerte, dann beugte er sich vor, um es aufzunehmen. Es war tatsächlich eine Schlange, doch keine, die L'bor ihre Heimat nannte. Sie war nicht nur viel zu klein dafür, sie war auch noch aus Gummi.

Clodsahamp war herbeigeschritten, um sich zu ihm zu gesellen, und starrte über seine Brillengläser hinweg das Objekt nachdenklich an. »Unter Hexern ist es wohlbekannt, mein Junge, daß sogar die Schicksalsgöttinnen einen Sinn für Humor haben.«

Verdammter Spötter! Jon-Tom schleuderte die Gummischlange so weit wie möglich fort ins Gestrüpp. Die Sorge war dem Zorn gewichen. Er war nicht nur in seiner lauthals verkündeten Absicht gescheitert, er hatte sich noch dazu vor seinem Mentor erstklassig blamiert. Die ganzen Wochen des Übens, all das sorgfältige Studieren von Griffmethoden und Positionen und Klangeinstellungen, nur damit er etwas aus einem interdimensionalen Scherzartikelladen heraufbeschwören konnte! Vielleicht waren es nicht gerade die Schicksalsgöttinnen, die ihn soeben auslachten, aber irgend etwas lachte ganz bestimmt, irgendwo ...

Clodsahamp seufzte und rief nach Sorbl. »Nimm dein Gepäck auf, Famulus! Wir sind Lynchbany nicht näher gekommen, und ich möchte höchstens eine Nacht in diesen Wäldern verbringen.«

»Warten Sie ... warten Sie einen Augenblick! Ich bin noch nicht am Ende.«

»Du magst vielleicht noch nicht am Ende sein, mein Junge, aber es sieht so aus, als wärst du fertig.«

»Nur ein wenig Geduld, bitte. Ich bitte Sie nur noch um einen einzigen weiteren Versuch.« Sie wollten also eine ordentliche Bannsängerei miterleben, wie? Nun gut, Banngesang sollten sie bekommen! Entweder würde er eine l'borische Reitschlange oder ein halbwegs passendes Faksimile davon heraufbeschwören, oder er würde es so lange versuchen, bis ihm die Därme platzten. Mit grimmigem Ausdruck wandte er sich von dem Hexer und seinem Lehrling ab und machte sich an ein weiteres Lied. Seine Enttäuschung und seine Verlegenheit verliehen jedem Satz, den er sang, zusätzliche Betonung.

Beide waren sie mächtige Kräfte, und wenngleich er sie nur ungern freiwillig dazu benutzt hätte, um seine Magie zu erhöhen, stand ihre Wirksamkeit doch außer Frage. Sofort schien sich der Herbstmorgen um sie herum zu verdunkeln. Im matten Licht zeichneten sich die plötzlich materialisierten Gnieschies scharf ab. Diesmal waren es nicht etwa nur zwei, sondern Hunderte, die Sänger und Begleiter in eine Wolke aus schimmerndem Licht hüllten. Wie gewöhnlich ließ sich nicht eine dieser winzigen Erscheinungen geradewegs anblicken. Man konnte sie immer nur im Augenwinkel wahrnehmen.

Jon-Tom jammerte und krümmte sich, sang und spielte. Die Finger der linken Hand tänzelten über die oberen Saiten, während die Rechte vor dem Bauch der Duar nur noch ein undeutlicher Flecken war. Während er spielte, nahm etwas Neues vor ihm Gestalt an, etwas Feststoffliches, etwas, das der besten Anstrengung eines Bannsängers wert war.

Sorbl verkroch sich wieder hinter dem Baum, und selbst Clodsahamp wich unwillkürlich einen Schritt zurück. Ein übelriechender Wind wehte ihnen von der sich verfestigenden Manifestation entgegen. Diesmal begannen die Umrisse nicht zu flattern und auseinanderzubrechen, statt dessen wurden sie immer schärfer und deutlicher. Das Ding wuchs und gewann an Gewicht und Wirklichkeit.

Aber die Form war noch immer falsch. Er beeilte sich, den Song zu beenden, und versuchte durch die leuchtenden Nebel hindurchzuspähen, die das Objekt umgaben. Es war nicht das Objekt seiner Begierde. Mit Sicherheit war es alles andere als eine l'borische Reitschlange. Andererseits war es aber auch kein kosmischer Witz wie jenes Fahrzeug, das er zuvor heraufbeschworen hatte.

Von seiner Gestalt her war es mehr als nur wiedererkennbar; es war sogar äußerst vertraut. Mit Sicherheit hatte er nicht damit gerechnet, einmal etwas Derartiges mit eigenen Augen zu sehen. Seine Kehle war heiser, und seine Finger waren taub von den Anstrengungen, die er auf den Song verwandt hatte. Vorsichtig, schmerzhaft ließ er die Duar zurück über die Schultern gleiten, bis ihm das Instrument wieder vom Rücken herabhing. Dann schritt er auf das Produkt seines Banngesangs zu. Das nachhängende Leuchten, welches es umgab, löste sich schnell auf.

Sorbl kam hinter dem Baum hervorgeflogen, kreiste ein paarmal um die Manifestation und landete dann neben Jon-Tom. »Was, im Namen der sieben Luftdämonen, ist denn das?«

Jon-Tom überhörte ihn, während er das Ding berührte. Er hatte kein Gefühl des Verbrennens an der Haut, noch war es gefährlich kalt anzufassen. Die Oberfläche war glatt und glänzend wie die Haut einer l'borischen Reitschlange. Er schritt ganz um das Objekt herum und inspizierte es aus jedem nur erdenklichen Winkel, während Clodsahamp sich zu ihnen gesellte.

»Wie ich schon befürchtete – nicht eben das, was du wolltest, mein Junge, aber dennoch ein interessantes Stück Arbeit. Obwohl ich weder seinen Ursprung noch seine Zusammensetzung wiedererkenne, handelt es sich doch eindeutig um irgendeine Art von Fahrzeug. Zum einen besitzt es Räder.« Er klopfte gegen ein Rad. »Sie scheinen weder aus Holz noch aus Metall zu sein, sondern aus irgendeinem dehnbaren fremden Stoff.« Er rümpfte die Nase so gut, wie er nur konnte. »Es eignet ihm ein höchst unangenehmer Geruch.«

»*Ich* weiß aber, was es ist«, teilte Jon-Tom ihm mit. »Ich hätte gar nicht geglaubt, daß so etwas tatsächlich existiert. Ich würde sagen, daß es erheblich seltener ist als eine l'borische Reitschlange. Aber es sieht so aus, als würden wir nun doch bis Lynchbany und noch weiter fahren. Nicht sonderlich stilvoll, und ich will auch zugeben, daß das Ding stinkt, doch wenigstens brauchen wir nicht zu Fuß zu gehen.

Dort, wo ich herkomme, gibt es Bücher, Magazine und andere billige Druckwerke, und sie enthalten alle Werbeanzeigen für dieses Ding, doch hätte ich nie geglaubt, daß es wirklich existiert, und ich habe auch nie von jemandem gehört, der tatsächlich einmal eines von diesen Dingern bekommen hat. Bei den Anzeigen geht es um den Verkauf überschüssiger Armeebestände.«

»Ich weiß, was eine Armee ist«, meinte Clodsahamp nachdenklich, »aber ich muß erst noch einer begegnen, die sich rühmen kann, irgendwelche Art von Überschüssen zu besitzen.«

»In meiner Welt«, informierte Jon-Tom ihn, »existieren Armeen ausschließlich zu dem einen Zweck, das Geld des Steuerzahlers an sich zu reißen, damit sie es für Dinge ausgeben können, die sie nicht brauchen, um das Zeug dann ihrerseits an ihre Armeeläden zu verscherbeln. Die Armeen besitzen weniger Material und brauchen mehr Geld denn je, und jedes Jahr schießen weitere Läden dieser Art aus dem Boden. Es ist ein Wunderkreislauf, der keinem anderen Phänomen in der Natur gleicht.

Diese Druckwerke, von denen ich gesprochen habe, enthalten immer Anzeigen für viele Dinge, die ziemlich nützlich sind. Über das hinaus, was sie tatsächlich verkaufen, versuchen sie auch, unsere Aufmerksamkeit mit Gegenständen zu fesseln, die es meiner Überzeugung nach nie gegeben hat. Der berühmteste Gegenstand dieser Art ist der *Jeep aus Armeerestbeständen für nur fünfundzwanzig Dollar.*

Es ist zwar unmöglich, einen Jeep für fünfundzwanzig Dollar zu verkaufen, doch trotz aller Postvorschriften erscheinen solche Anzeigen nun schon seit Jahrzehnten. Aber nicht einer dieser Jeeps für fünfundzwanzig Dollar hat jemals existiert. Und jetzt weiß ich auch, warum. Die einzige Möglichkeit, wirklich an eins dieser Fahrzeuge zu gelangen, ist die Magie. Dieses wundervolle Aroma, das Sie da gerade einatmen, ist übrigens der herrliche Duft verbleiten Benzins. Einer der am weitesten verbreiteten Gerüche in meiner Welt.«

»Dafür sei dir mein tiefempfundenes Mitgefühl zuteil«, sagte Clodsahamp und schnüffelte ganz hingabevoll.

»Ich kann es immer noch nicht glauben«, murmelte Jon-Tom, während er den offenen, matt olivfarbenen, abgetakelten, aber dennoch benutzbaren echten Armeejeep für fünfundzwanzig Dollar anschaute. Sein Staunen war gerechtfertigt, denn er war tatsächlich, genau wie er argwöhnte, der erste Mensch in der Geschichte, der eine dieser phantastischen, mythischen Maschinen zu Gesicht bekam. Es mußte einen besonderen Ort für solche Dinger geben, sagte er sich. Eine ganz besondere, beinahe unmöglich zu ortende Ecke des Kosmos, wo Hunderte von Fünfundzwanzig-Dollar-Armee-Restbestands-Jeeps Seite an Seite mit solch anderen Phantasiewesen wie Gemüsehackern standen, die mit dem leisesten nur erdenklichen Druck funktionierten, mit Brustvergrößerungscremes, Röntgenbrillen für zwei Dollar, die es pubertierenden Jungen gestatteten, durch Wände zu schauen, und Einkommensteuererklärungen, die tatsächlich auch von Menschen ausgefüllt werden konnten, die noch nicht ihren Doktor in Steuerrecht absolviert hatten.

Er nahm seinen Rucksack auf und ließ ihn auf den Rücksitz plumpsen. »Worauf warten wir noch? Auf geht's!«

Mißtrauisch musterte Clodsahamp die fremdartige Manifestation. »Bist du sicher, daß dieses Ding ungefährlich ist?«

»Es ist ziemlich unwahrscheinlich, daß wir auf einer unübersichtlichen Kreuzung ein zweites Gerät dieser Art rammen werden«, erwiderte Jon-Tom. »Daher glaube ich, daß es gefahrlos ist.«

»Eine Schlange wäre mir lieber gewesen.« Knurrend kletterte der Hexer auf der Beifahrerseite in den Wagen und versuchte es sich bequem zu machen. »Merkwürdiger Sitz, aber ich schätze, wir müssen damit vorlieb nehmen.«

Sorbl erhob sich vom Boden und ließ sich auf der oberen Kante des Rücksitzes nieder, die ihm eine bequeme und stabile Sitzstange war. Wahrscheinlich würde die Fahrt durch das rauhe Gelände ihm mit ihrem vielen Auf und Ab am wenigsten ausmachen, dachte Jon-Tom, weniger jedenfalls als seinen beiden flugunfähigen Begleitern.

»So, mal sehen.« Das Armaturenbrett war noch unterhalb der Basismodellstufe. Vom Zündschloß baumelten die Schlüssel herab. Er drehte sie herum, stampfte ein paarmal aufs Gaspedal und wartete. Die Maschine sprang mühelos an. Er ließ den Motor ein paarmal aufheulen und genoß den überraschten Ausdruck auf Clodsahamps Gesicht, dann trat er auf die Kupplung und legte den Gang ein. Sie starteten in schnellem Tempo und schafften es halb um den Baum, dann blieb das Fahrzeug stehen. Der Motor starb ab. Jon-Tom runzelte die Stirn, riß ein paarmal am Zündschlüssel. Die Batterie ließ den Motor zwar beben, doch er sprang nicht an.

Daran war allerdings auch nichts Magisches: Jon-Toms Blick senkte sich auf die uralte Tankuhr. Die Nadel war schon weit über die Reservemarke hinausgelangt und so reglos wie eine Leiche.

Er atmete tief durch. »Nun, *fast* hätten wir eine Spritztour machen können. Ich bin der Sache zwar so nahe gekommen, wie ich nur konnte, aber selbst eine l'borische Reitschlange braucht Sprit.«

Clodsahamp musterte das mysteriöse Meßgerät und die reglose Nadel. »Ich verstehe. Was frißt dieses Ding denn?«

»Benzin, wie ich Ihnen schon sagte.« Jon-Tom blickte säuerlich drein. »Was wir da riechen, das ist der Boden des Tanks.«

»Woher bekommt man dieses Benzinzeugs?« fragte Sorbl.

»Ach, überall«, erwiderte er verbittert. »Wißt ihr, was ich tue? Ich latsche einfach zur nächsten Shell-Station und hole mir einen Kanister voll.«

»Du denkst nicht mehr, mein Junge.« Streng wackelte Clodsahamp mit einem Finger nach ihm. »Du suhlst dich in Selbstmitleid. Hexern ist jedoch der Luxus des Selbstmitleids nicht gestattet. Gelegentlich einmal schmollen, ja, aber nicht mehr als das. Das ist schlecht für das Ansehen. Und jetzt *denk nach*. Dieses Benzin – woraus besteht es?«

»Das ist ein raffinierter Treibstoff.« Noch während er es erklärte, fragte Jon-Tom sich, warum er sich überhaupt die Mühe machte. »Es wird aus Öl gewonnen. Sie wissen schon, Öl. Erdöl. Eine dicke schwarze Flüssigkeit, die aus dem Boden hervorsickert. Na und? Selbst wenn wir etwas Öl fänden, würde es uns nichts nützen. Zufällig habe ich nämlich gerade keine Raffinerie in der Hosentasche dabei.«

»Kümmere dich gefälligst um deine eigenen Hosentaschen, mein Junge.« Die Augen des Hexers glitzerten. Er griff in eine der unteren Schubladen seines Brustpanzers und holte eine murmelgroße schwarze Pille hervor.

»Wo ist die Fütterungsstelle? Der Mund?«

Stirnrunzelnd stieg Jon-Tom aus und schritt ans Heck des reglosen Fahrzeugs. »Hier drüben, an der Seite.«

»Gib dies hinein.« Clodsahamp reichte ihm die schwarze Pille. Jon-Tom nahm sie entgegen und rollte sie zwischen den Fingern. Sie hatte die Konsistenz von Gummi und den Glanz einer schwarzen Perle.

Nun, warum nicht? Es konnte dem, was sie nicht besaßen, ohnehin keinen Schaden zufügen. Zweifelnd an seinen eigenen Bemühungen, doch wohl wissend, daß man sich auf die Fähigkeiten des Hexers verlassen konnte, ließ er die Pille in den Benzintank fallen. Ein matter Aufschlag, als sie auf den Boden traf.

Clodsahamp hob die rechte Hand und murmelte etwas gen Himmel. Dann spie er zur Seite aus. Jon-Tom glaubte, daß der Speichel des Hexers ganz eindeutig schwarz war, war sich dessen aber nicht ganz sicher.

»Und nun versuch es, mein Junge.«

Achselzuckend glitt Jon-Tom wieder hinter das Steuerrad und betätigte zweifelnd die Zündung. Der Motor rumpelte ein paar Mal und sprang nur schwach an. Jon-Tom pumpte das Gaspedal, dann wurde aus dem Rumpeln ein beharrliches Brüllen. Als er die Fußsohle vom Pedal nahm, rollte der Jeep geschmeidig los. Der Zeiger auf der Tankuhr war zur Marke *Voll* übergeschwungen.

»Was haben Sie getan – nein, *wie* haben Sie es getan? Was war in dieser Pille drin?«

»Erdöl, wie du es nennst, ist ein häufiger Bestandteil vieler wichtiger Gebräue«, belehrte ihn der Hexer. »Ich habe lediglich ein paar Konzentrate davon verwendet und sie mit einem alten Zauber katalysiert, mit dem man Kohlenwasserstoffe anpaßt. Nichts Kompliziertes. Ich habe zwar keine Vorstellung davon, wie lange die Kombination vorhalten wird, um diese Maschine anzutreiben, doch es hat zumindest den Anschein, daß wir wenigstens im Augenblick tatsächlich ein Transportmittel zur Verfügung haben, und zwar dank deines Banngesangs und meiner Magie.«

»Wenn ich jemals wieder nach Hause zurückkehren sollte«, sagte Jon-Tom zu Clodsahamp, »wäre ich Ihnen sehr verbunden, wenn Sie mir ein Muster dieser Pille und eine Abschrift des dazugehörigen Zaubers mitgeben könnten.« Er legte den Gang des Jeeps wieder ein, dann fuhr er damit auf den nahegelegenen Handelsweg zu, der nach Lnychbany führte. »Fahren werden wir also – es sei denn, daß noch irgend etwas an der Karosserie dieses Urzeitrelikts fehlen sollte.«

Doch als sie über Stock und Stein auf den Hauptverkehrsweg zu rumpelten, wurde ihm klar, daß er keine allzu strengen Maßstäbe an seine Schöpfung anlegen durfte.

Denn als Trinkgeld für einen Straßenmusikanten war sie gar nicht so übel.

IV

Der abgetakelte Jeep holperte und knatterte gen Norden. Jon-Tom war davon überzeugt, daß er überhaupt keine Stoßdämpfer besaß: einfach nur Räder an einer Achse, die direkt mit Bolzen am Boden der Karosserie befestigt waren. Er fragte sich, was wohl als erstes auseinanderfallen würde, das Unterteil des Jeeps oder sein eigenes.

Clodsahamp war hin und her gerissen, was Jon-Toms andersweltliche Errungenschaft anbelangte. Obwohl der Jeep um einiges unbequemer und weniger vertrauenerweckender war als eine l'borische Reitschlange, mußte er doch zugeben, daß er wenigstens schneller war. Er hatte auch keinen eigenen Willen. Als sie eine fünfzehn Fuß große Troukechse erschreckten, die sich gerade mitten auf dem Weg sonnte, unternahm der Jeep nicht das geringste, um sie zu verteidigen. Eine l'borische Schlange hätte das Ungeheuer schon schnell vertrieben.

Statt dessen mußten sie mit einem ruhmlosen Endspurt um den aufgeweckten Fleischfresser herum vorliebnehmen. Das daraus resultierende Geschüttel hätte den Hexer fast aus seinem Panzer geschlagen. Abgesehen von diesen unerwarteten Nachteilen verlor der Kohlenwasserstoffzauber, der den Metallbauch des Dings satthielt, auch noch ständig an Kraft und mußte in regelmäßigen Abständen erneuert werden. Clodsahamp erinnerte Jon-Tom daran, daß seine Vorräte nicht unbegrenzt waren. Es konnte nicht mehr lange dauern, da würden sie an einen Punkt gelangen, da die Maschine nutzlos für sie wurde, weil sie sie nicht mehr mit Treibstoff versorgen konnten.

Die knochenzerrüttende Fahrt machte Sorbl am wenigsten aus. Wenn ihm das Holpern und Hopsen zuviel wurde, breitete er einfach die großen Schwingen aus, ließ den Rücksitz los und erhob sich in die Lüfte, um mühelos über die Baumwipfel dahinzufliegen, während er mit seinen bedauernswerten Begleitern unten am Boden mithielt.

Immerhin begegneten sie keinen weiteren schlummernden Fleischfressern, und je näher sie Lynchbany kamen, um so ebener wurde auch der Weg. Die herbstlichen Glockenwälder boten einen wunderschönen Anblick, viele Blätter hingen noch immer an den Bäumen, während der Boden dazwischen von einem Teppich aus Braun und Gold bedeckt war.

Weniger angenehm war es freilich, ihnen zuzuhören, da die sterbenden Blätter, die noch immer die Äste umschlangen, höchst unmelodisch durcheinanderläuteten, wenn der Wind hindurchpfiff. Clodsahamp erklärte, daß die Musik des Glockenlaubs eine unmittelbare Funktion der Jahreszeiten war. Ein erfahrener Waldläufer konnte das Wetter vorhersagen, indem er der Musik der Bäume lauschte. Die Baumweisen waren im Frühling süß und melodiös, träge im Sommer und hart und atonal, wenn im Herbst die Blätter von den Ästen fielen. Sie versuchten den unmelodiösen Chor von Lynchbany bis Oglagia einfach zu überhören, bis sie unmittelbar südlich von Ospenspri die Wälder verließen.

»Nicht ganz ein solch prächtiger Anblick wie das großartige Polastrindu«, bemerkte Clodsahamp, »aber dennoch eine attraktive kleine Stadt für sich, zwischen den wogenden Hügeln am nördlichsten Rand der Zivilisation eingeschlossen.« Erwartungsvoll hatte er sich vorgebeugt und hielt im Gelände Ausschau, erwartete den ersten Blick auf diese wunderschöne Metropole.

Inzwischen fuhren sie durch Herden fetter Abismoechsen, die man zum Äsen auf das letzte Gras des Sommers losgelassen hatte. In der Ferne erhob sich das Gelände gen Himmel, die fernen Hänge waren die ersten Anzeichen des hohen Nordplateaus. Jon-Tom fand es seltsam, daß zwischen den Abismos keine Hirten zu sehen waren, aber vielleicht hatte man dem Viehzeug ja auch beigebracht, bei Nachteinbruch von allein in seine Stallungen zurückzukehren.

»Ospenspri ist berühmt für seine Obsthaine«, erläuterte Clodsahamp gerade. »Hier oben wachsen die besten Äpfel und Toklas in den Warmländern.«

Jon-Tom umklammerte mit beiden Händen fest das Steuerrad. Die lange Fahrt von Lynchbany nach Norden hatte dem Jeep stärker zugesetzt als ihnen allen. Zwar hatte er auf die Lenkung noch nie so reagiert wie ein Porsche, doch war es nun schlimmer denn je geworden. Die letzten beiden Tage war Jon-Tom von Alpträumen verfolgt worden, in denen er plötzlich das abgerissene Lenkrad in den Händen hielt, als sie gerade eine scharfe Kurve zu nehmen versuchten. Doch das Lenkrad blieb fest auf seiner Säule.

Bring uns nur in die Stadt, flüsterte er stumm der geplagten Maschine zu. *Dann sorge ich auch dafür, daß du ein würdiges Begräbnis bekommst.*

Sie kamen um einen kleinen Berg, der von Föhren gekrönt war, und sahen als erstes die Wolke. Eine massive schwarze Wolke. Sie bewegte sich nicht. Sie hing einfach an einer Stelle wie ein Klumpen rußiger Watte, den man an den Himmel geheftet hatte. Direkt über Ospenspri. Jon-Tom drosselte die Geschwindigkeit, hielt aber nicht an.

Was das wunderschöne Ospenspri anging, jenes Ospenspri, das ihm in den allerschönsten Farben zu beschreiben Clodsahamp während der Fahrt nicht müde geworden war, das Ospenspri mit den vielen Flüssen und den zartgebogenen Brücken und zahlreichen Springbrunnen, Ospenspri, die Blume des Nordens – so besaß es wenig Ähnlichkeit mit den Wortbildern des Hexers.

Anstelle von hohen anmutigen Gebäuden mit nach oben verjüngten Mauern wurde das Tal unter der schwarzen Wolke von einem Haufen Lehm- und Ziegelhütten bevölkert. Schmutziges Wasser strömte durch ein paar Zentralkanäle. Diese mündeten unterhalb der Stadt ineinander, um einen einzigen Fluß zu bilden. Was jedoch allem Verständnis Hohn sprach, war nicht etwa die Tatsache, daß das Wasser oberhalb der Stadt klar und rein dahinströmte, sondern daß es sofort wieder frisch zu werden schien, sobald es die Stadtgrenze hinter sich gebracht hatte. Es machte den Eindruck, als sei die Verschmutzung der Stadt unfähig, diese zusammen mit dem Strom zu verlassen. Doch gab es keine Anzeichen für irgendwelche Filter- oder Kläranlagen an der Stelle, wo aus den Kanälen ein Fluß wurde.

Zwischen den Häusern wuchsen so viele Bäume, wie Clodsahamp es vorhergesagt hatte. Doch alle waren sie tot, und dies nicht etwa als Folge des nahenden Winters. Sie waren von etwas vernichtet worden, das noch viel schlimmer war als ungnädiges Wetter. An den Hängen nördlich der Stadt, wo die berühmten Apfel- und Toklahaine wuchsen, gab es nichts als verzerrte dürre Klumpen brauner Rinde, die sich gegen den Wind zusammenscharten. Keine sorgfältig gepflegten Reihen gesunder Bäume, zwischen denen emsige Bürger arbeiteten.

Und über allem schwebend diese einzelne, geheimnisvolle, reglose schwarze Wolke.

Sorbl flatterte herab, um sich wieder auf der Stange des Rücksitzes niederzulassen.

»Seid Ihr sicher, daß wir nicht irgendwo falsch abgebogen sind, Meister?«

»Nein, wir sind nicht falsch abgebogen, du gefiederter Blödmann.« Doch die Erwiderung des Hexers klang nicht sonderlich giftig. Ungläubig starrte er auf die

Stadt, die sich vor ihnen ausbreitete. »Das hier *ist* Ospenspri. Dort drüben liegt der Acomarry-Hügel, und dort sind die drei Bäche, die sich in die Stadt hineinwinden.« Er erhob sich und lehnte sich gegen die Windschutzscheibe, um sich abzustützen. Die stöhnte.

Hinter ihnen stand der herbstliche Forst der Glokkenwälder, die ihr Laub unter Begleitung trauriger, aber kaum bösartiger Klänge abschüttelten. Vor ihnen das einstmals so schöne Ospenspri mit seinen verschmutzten Wasserläufen, seiner verwüsteten Architektur und klaren Luft, die von dieser unnatürlichen Masse der Cumulonimbusse beherrscht wurde. Als er weitersprach, klang er eingeschüchtert.

»Fahr weiter, Junge, irgend etwas Schlimmes hat diesen Ort und die Leute befallen, die ihn ihr Heim nennen. Vielleicht können wir etwas tun, um ihnen zu helfen. Dazu verpflichtet uns die Ehre.«

Jon-Tom nickte und legte wieder einen Gang ein. Die zähe Übersetzung gab gurgelnde Geräusche von sich, dann schossen sie vorwärts.

»Was ist denn ein Tokla?«

»Du hast noch niemals ein Tokla gegessen, mein Junge?«

»Ich glaube nicht.« Er hielt den Blick auf den Weg geheftet, während er sprach. »Klingt nicht nach irgend etwas, das dort wächst, wo ich herkomme.«

»Dann ist das schade für euch, denn es ist eine äußerst köstliche Frucht. Man kann davon so viel essen, wie man will, weil sie im Magen kleiner wird.«

»Sie meinen, sie schrumpft?«

»Nein. Sie wird kleiner, bevor sie verdaut wird. Sie hat ungefähr diese Größe.« Mit den Händen malte er einen Umriß in die Luft, der Jon-Tom an zwei Birnen erinnerte, die an ihren Spitzen zusammengewachsen waren. »Jeder Bissen schrumpft auf dem Weg nach unten zusammen. Bis er den Magen erreicht hat, ist er kaum noch so groß wie ein Fingernagel, und doch weiß man genau, daß man etwas gegessen hat, das so groß ist wie ein Laib Brot.«

»Das wäre bei uns zu Hause in den Regalen der absolute Hammer«, murmelte Jon-Tom. »Die Tokla-Frucht-Diät.«

»Diät? Was ist eine Diät?« wollte Sorbl wissen.

»Du weißt nicht, was eine Diät ist?«

»Ständig wiederholst du Fragen, Jon-Tom. Ich weiß wirklich nicht, warum Menschen soviel von ihrer Redezeit vergeuden. Wenn ich wüßte, was eine Diät ist, müßte ich dich doch wohl kaum fragen, was eine Diät ist, oder?«

»Ich glaube, betrunken gefällst du mir besser, Sorbl.«

Der Eulerich zuckte die Schultern. »Das überrascht mich nicht. Ich gefalle mir auch besser, wenn ich betrunken bin.«

»Eine Diät ist, wenn Leute absichtlich ihre Nahrungsaufnahme vermindern, um Gewicht zu verlieren.«

Der Famulus ließ den Schnabel zucken. Auf seinem wackligen Rücksitz hockte er zwar nicht besonders fest, doch immer noch fest genug, um eine Absurdität als solche zu erkennen.

»Warum will denn jemand Gewicht verlieren, wenn doch fast alle so hart daran arbeiten zuzunehmen? Soll das etwa heißen, daß es in deinem Volk Leute gibt, die absichtlich hungern?«

»Bis zu einem bestimmten Ausmaß, ja. Das tun sie, um besser auszusehen. Es ist nämlich so: Unter den Menschen, wo ich herkomme, gilt man als um so schöner, je dünner man ist.«

Mit einer biegsamen Flügelspitze wischte sich Sorbl über den Mund. »Verrückt.«

»Diese Vielfalt seltsamer Vorstellungen, unter denen deine Welt leidet, erstaunt mich immer wieder aufs neue«, warf Clodsahamp ein. »Ich bin nur froh, daß ich allein durch dich damit konfrontiert werde. Ich glaube kaum, daß ich persönlich damit zurechtkäme.«

Sorbl unterbrach das Gespräch lange genug, um auf etwas zu deuten. »Seht mal! Die Stadt ist nicht verlassen.«

Sie fuhren nun zwischen den ersten Gebäuden hindurch, obwohl diese Lehm- und Flechtwerkgebilde kaum diese Bezeichnung verdient hatten. Ziellos taumelten die Bürger von Ospenspri durch die schmutzigen Gassen. Es war offensichtlich, daß die Katastrophe, die ihre Gemeinde heimgesucht hatte, sie auch persönlich betraf.

Wie in allen großen Städten, setzte sich die Bevölkerung aus vielen verschiedenen Arten zusammen, und alle hatten in gleichem Ausmaß leiden müssen. Katzen- und Wolfswesen, Vier- und Zweibeiner, alle trugen den gleichen benommenen Ausdruck zur Schau. Abgesehen von einer gemeinsamen Aura der Hilflosigkeit teilten sie miteinander eine bestimmte körperliche Verformung, die auf etwas anderes zurückzuführen sein mußte als auf defekte Gene. Wenn es ihnen auch am Anfang schwerfiel, dies zu glauben, wurden die Besucher während ihrer Fahrt durch die Stadt zum Hauptplatz doch durch das überwältigende Beweismaterial davon überzeugt:

Jeder Bewohner Ospenspris, jeder Bürger der Stadt, unabhängig von Alter oder Art oder Geschlecht, vom jüngsten Welpen bis zum ältesten Patriarchen, war bucklig geworden.

Clodsahamp hatte seine Brille zurechtgerückt, seine Miene wirkte ernst. »Was immer hier auch geschehen sein mag, es hat die Leute jedenfalls ebenso verkrüppelt wie das Land. Bieg an dieser Ecke dort rechts ab, mein Junge.«

Jon-Tom gehorchte, und der Jeep verlangsamte sein Tempo, als er auf einen offenen runden Hof kam. In dessen Mitte befand sich ein dreißig Fuß hoher Haufen aus Schlamm und Geröll. An seinen Seiten tropfte trübe das Wasser herab. Umgeben war er von einem

Zaun aus verfaultem Holz und ein paar Klumpen Granit.

»Hier anhalten.« Jon-Tom stoppte den Jeep und sah zu, wie Clodsahamp ausstieg, um das erbärmliche Ding zu begutachten.

»Was ist denn das?«

»Der Peridot-Brunnen. Drei Jahre haben die Entwürfe gebraucht, zwanzig Jahre dauerte der Bau. Errichtet wurde er von der Meisterhandwerkergilde von Ospenspri. Mein ganzes Leben lang habe ich darüber gelesen. An dieser Stelle sollte er sein, aber das ist er eindeutig nicht. Er besteht aus Marmor und Kupferröhren, aus getriebenem Alabaster und aus Peridoten von der Größe meines Panzers. Was immer diesen Ort heimgesucht hat, es ruiniert nicht nur die Rücken, sondern auch die Schönheit.«

Viele der niedergeschlagenen Bürger hatten die Fremden auf den Platz einfahren sehen, doch nur einer besaß noch genug Neugier und Unternehmungsgeist, um ihnen nachzugehen. Der Fuchs war wacklig und gekrümmt wie der Rest der Stadt. Schwer mußte er sich auf den Stock stützen, den er mit sich trug. Sein Gesichtsfell war weiß vom Alter, und auf der rechten Seite seiner Schnauze fehlten alle Barthaare. Ein paar der anderen versuchten ihn davon abzuhalten, doch er schüttelte sie ab und trat vor. Der Gedanke an den Tod ängstigte ihn nicht mehr. Es gibt ältere Leute, die von dieser Furcht niemals berührt werden, und der Fuchs gehörte zu ihnen.

»Fremde, woher kommt ihr? Ich sehe sowohl an eurer Körperhaltung wie auch an euren Gesichtern, daß ihr weder aus dieser Stadt noch aus der unmittelbaren Umgebung kommt.«

»Wir kommen von oben im Süden«, sagte Jon-Tom ihm. »Direkt südlich von Lynchbany.«

»Ein weiter Weg.« Der Fuchs nickte vor sich hin. Dann widmete er seine Aufmerksamkeit dem Jeep, schritt langsam um ihn herum und befühlte das Metall mit unsicherer Hand. »Eine höchst bemerkenswerte Transportmethode. So etwas habe ich noch nie gesehen. Ich würde gern dem Schmied mein Kompliment aussprechen, der dies hier geschaffen hat.«

»Wir behelfen uns mit dem, was wir haben.« Clodsahamp watschelte um das Fahrzeug, um sich vor ihm aufzubauen. »Mehr Sorge macht mir aber, was hier geschehen ist. Ich habe Eure Stadt zwar nie besucht, habe aber das Gefühl, sie sehr gut zu kennen, weil ich viel darüber gelesen habe, und auch Reisende haben mir sehr viel erzählt. Die letzte Beschreibung erhielt ich vor gar nicht allzulanger Zeit. In einer solch kurzen Spanne kann sich Ospenspri doch gewiß nicht so stark verändert haben.« Er deutete auf die einsackenden Bauten, die den Platz umgaben, auf die tote oder sterbende Vegetation. »All dies sieht nach einer plötzlichen Katastrophe aus, nicht aber nach einem lang anhaltenden Niedergang.«

Der Fuchs musterte ihn interessiert. »Du bist sehr aufmerksam, Hartschale. Es stimmt, wir haben alles von einem Augenblick auf den anderen verloren. Es gab keine Vorwarnung. Erst stand alles noch gut um unsere Stadt und um uns – und dann, dann war da plötzlich die Wolke.« Mit dem Stock stach er gen Himmel.

»Siehst du das böse Ding, das dort oben hängt? Es vergießt keinen Regen und bewegt sich auch nicht weiter. Es donnert nicht und gibt keinen Hagel von sich. Keinen anderen Wind stößt es hervor, nur einen üblen. Es ist so reglos wie Gestein.«

»Wart ihr denn unfähig, das Unglück zu beeinflussen?« Clodsahamp hatte den Kopf zurückgelegt und studierte die schwarze Masse.

»Alle Bemühungen unserer besten Magier haben versagt. Entweder wurden ihre Zauber überhaupt nicht wirksam, oder sie stießen einfach durch das Ding hindurch. Schließlich besteht es ja nur aus Dampf. Wie soll man Dampf drohen? Wir haben jedes Agens im meteorologischen Pantheon angerufen, doch alles ohne Erfolg.«

»Es ist kein klimatisches Phänomen, das über eurer Stadt und eurem Leben hängt, sondern ein Leichentuch der Übernatur. Wetterzauber können gegen derlei nichts ausrichten.«

»Der Wanderer«, sagte Jon-Tom, dem plötzlich klar wurde, worauf der Hexer hinauswollte.

»Ganz genau, mein Junge.«

»Aber wir sind doch jetzt auch in der Stadt und haben uns gar nicht verändert.« Er bemerkte, wie er selbst nachdenklich den Rücken streckte. »Und der Wald jenseits der Stadtgrenzen hat auch nicht darunter gelitten.«

»Nicht alle Auswirkungen des Wanderers sind globaler Natur, Junge. Viele der Störungen, oft von unterschiedlich hohem Grad, sind streng örtlich beschränkt. Die ganze Zeit über verschiebt er sich und dreht sich und schleudert aufwühlende Energie von sich. Manchmal trifft es einen Hain, manchmal aber auch, wie in diesem Fall, eine ganze Gemeinde.

Doch ist dies die schlimmste Störung, der wir bisher begegnet sind. Denk an das, was ich dir gesagt habe: Wenn er nicht befreit wird, werden die Störungen des Wanderers immer stärker, bis wir schließlich Gefahr laufen, in einer nicht mehr rückgängig zu machenden Veränderung festzustecken. Das ist hier in Ospenspri passiert. Die Störung, auf welche diese Wolke meiner Vermutung nach ein Hinweis ist, hat sich auf Dauer festgenistet. Dieser Teil der Welt ist nachhaltig geschädigt worden. Es sei denn ...«

»Es sei denn, Sie können etwas dagegen tun ... Meister«, beendete Jon-Tom respektvoll den Satz.

Der Hexer nickte. »Wir müssen uns auf jeden Fall alle Mühe geben.«

»*Wir* müssen *uns* alle Mühe geben.« Jon-Tom schritt hinüber zum Jeep und packte seine Duar aus. Clodsahamp folgte ihm und legte eine Hand auf das Handgelenk des jungen Mannes.

»Nein, mein Junge. Das hier überlaß mir. Die Bewohner dieser armen Gemeinde haben schon genug gelitten.«

Jon-Tom überwand seinen verwundeten Stolz. Er wußte nichts über die Kräfte, die Ospenspri verwüstet hatten, und er hatte bei vielerlei Gelegenheiten lernen müssen, wie schlimm falscher Stolz sein konnte. Es galt, dem Wunsch des Schildkröterichs zu entsprechen.

Der Fuchs musterte sie aufmerksam, während Sorbl Clodsahamp bei den Vorbereitungen half. Da kam eine zweite verkrüppelte Gestalt humpelnd auf sie zu und lief zu Jon-Tom hinüber.

Der drehte sich zu dem Neuankömmling um, als die gebeugte Gestalt näher gekommen war. »Wir sind Freunde. Wir werden versuchen, euch zu helfen. Aber mein Mentor dort braucht viel Platz, um seine Zauber durchführen zu können, und ...« Mitten im Satz brach er ab, die Augen fielen ihm fast aus dem Kopf. Trotz des Buckels hatte die sich nähernde Gestalt etwas beinahe Vertrautes an sich. Das war natürlich ein Witz, und dennoch ... dieser Umriß, diese Augen, diese Barthaare ...

»Sag mir bloß nich, ich soll ab'auen, du 'aariger Sohn eines Affen!«

»Mudge?« Jon-Tom konnte den Blick von der Gestalt nicht mehr abwenden. Inzwischen war sie sehr viel näher gekommen, und er konnte den Sprechenden deutlicher erkennen. Gekrümmt, schmutzig, heruntergekommen – und unverwechselbar. »Mudge, du bist es ja tatsächlich!«

»Natürlich bin ich's, du verdammter, zu groß geratener nackter Affe! Biste etwa blind geworden? Mein Kopf 'ängt zwar gerade 'n bißchen dichter am Boden als sonst, aber du glaubst doch wohl nich, daß das freiwillig wäre, wa? Das Gesicht is aber immer noch dasselbe. Deins auch, wie ich se'e. 'äßlich wie immer.«

Ein warmes Gefühl durchflutete Jon-Tom. »Mudge, es ist schön, dich wiederzusehen. Sogar unter diesen Umständen.«

»Die Umstände sind nur die 'albe Sache, Kumpel.« Der Otter nickte in Richtung Jeep. »Da is ja Seine 'exerschaft, so senil wie immer, und sein Tölpel von einem Lehrling. Ob der wohl was zu Saufen dabei'at, weißt du das zufällig? Könnte 'nen ordentlichen Schluck vertragen, wenn er nich schon den ganzen Alk zwischen 'ier und dem Südmeer weggesoffen 'at. Konnte die Leute nie verste'en, die bis zum Blackout saufen.«

»Das hört sich aus deinem Mund aber ziemlich komisch an, Mudge.«

»Wieso? Ich trinke nie bis zum Blackout, Kumpel. Mein Körper kennt das Wort über'aupt nich. Ich trinke immer nur, bis ich voll bin. Dann pinkel ich es aus und fang wieder von vorn an. Des'alb gerate ich auch nie in ein Blackout, wa? Sag mal, was tun du und Seine Merkwürden eigentlich so weit ab von seinem Baum? 'ätte gedacht, daß ihr euch warm und gemütlich unten im Süden einbunkert, und auf den Winter wartet.«

»Vielleicht ist dir in den letzten Wochen aufgefallen, daß die Welt sich eine Spur ins Ungewöhnliche verändert hat.«

Der Otter gluckste und schüttelte den Kopf. »'attest schon immer die Gabe der Untertreibung, Kumpel. Ja, könnte man wohl sagen, wenn man das Durchdrehen der ganzen Welt als 'n bißchen ungewöhnlich bezeichnen will.«

»Wie bist du denn hier oben nach Norden gekommen, Mudge? Und warum bist du in demselben erbärmlichen Zustand wie die Ospenspriter? Nicht daß dein üblicher Zustand nicht erbärmlich wäre, aber das hier ist doch etwas anderes.«

»'ab wohl bloß Glück ge'abt, schätz ich, Kumpel. Na ja, 'ab zufällig in Malderpot gearbeitet – is gar nich so'n übler Ort, seit die vor kurzem die Regierung gewechselt 'aben. Und da 'atte ich Gelegenheit, die Gegend 'n bißchen auf die Schnelle zu verlassen.«

»Wen hast du denn diesmal übers Ohr gehauen?«

»Ich, jemanden übers Ohr 'auen, Kumpel? Da stichste mir aber direkt ins 'erz, das tuste.«

»Vergiß es«, meinte Jon-Tom trocken. Beide musterten den Jeep. Clodsahamp war damit beschäftigt, aus den Holzstücken, die er von dem primitiven Zaun geholt hatte, der den Schlammspringbrunnen umgab, etwas zusammenzustellen, wobei er ein paar unerkennbare Gegenstände aus seinem Gepäck sowie einige Dinge hinzugab, die wie Küchengeräte aussahen.

»War 'n interessanter Monat für den guten alten Mudge«, fuhr der Otter fort. »Seit dem Tag, als das Ungewöhnliche uns gepackt hat. Jetzt weißte nie, wen du am Morgen im Spiegel vor dir siehst, und schon gar nich, mit wem du im Bett aufwachst. Ach, da war diese Nacht in Okot, wo ich mit der saftigsten Wasserschweindame geschäkert habe, die du je gese'en 'ast – du weißt ja, daß ich sie groß liebe, Kumpel.«

»Du liebst alles, was spaziert, redet und zum anderen Geschlecht gehört, Mudge.«

»Na schön, bin ich eben e'er begeisterungsfä'ig als wählerisch. Egal, jedenfalls wollten wir gerade den Abend zu 'nem schönen Abschluß bringen, als sie sich plötzlich, vor meinen Augen, von meinem Brustkasten ganz zu schweigen, in etwas verwandelt, das nich nur 'n 'albes Dutzend zusätzliche Glotzerchen und zwei Köpfe 'at, sondern bei dem auch die restlichen entscheidenden Teile ziemlich dämlich aus der Schußlinie sind. Ich 'ab natürlich ähnlich ausgese'en, aber ich sag dir, Kumpel, der Schaden, den das bei unserer jeweiligen Libido angerichtet 'at, war geradezu ver'eerend.«

»Das kann ich mir vorstellen. Aber dann erspar mir bitte das schäbige Danach.«

»Das war ja das Problem, Kumpel. Es gab kein schäbiges Danach. Und besonders viel vor'er auch nich.« Er seufzte erinnerungsvoll. »Jedenfalls 'atte ich danach 'n paar kleinere Schwierigkeiten und entschied, daß ich mich angesichts des Winters wohl besser gen Süden schleichen sollte. Und zwar schnell. Aber ich dachte, ich könnte noch 'n Weilchen 'ier im schönen Ospenspri rum'ängen – und schön war es mal, das kannste mir glauben, Kumpel.«

»Das hat mir Clodsahamp auch erzählt.«

»Genau. Also mache ich gerade 'n paar Besichtigungen, schnapp 'n bißchen frische Luft und gutes Essen und die eine oder andere willige und 'offnungsspendend betrunkene Dame oder zwei, als plötzlich wieder so 'ne verdammte plötzliche Verwandlung stattfand. Und die verwandelt nich nur mich, sondern auch die ganze verdammte Stadt und alle, die in ihr wohnen. Nur daß diesmal erst 'n paar Minuten vorbeige'en, dann 'n paar Stunden, und plötzlich müssen wir erkennen, daß die Veränderung bleiben will. Erst wird alles 'n bißchen verrückt, was ich ihnen ja auch gar nich mal verdenken kann. Bin selbst auch 'n bißchen durchgedreht. Dann weicht die Panik, und dann kommt diese ständige Depression, die einen packt. Wie wenn man eines Morgens aufwacht und feststellt, daß einem jemand die Eier geklaut 'at, während man am Schlafen war.« Er zeigte mit einem Daumen gen Himmel.

»Und über alledem diese verdammte, stinkende schwarze Wolke, die uns 'öhnisch angrinst und die Erinnerungen an unser frü'eres Leben veralbert. Verdammt erbärmlich, Kumpel. Und des'alb rede ich nun so mit dir, ganz gekrümmt und verbuckelt wie alle anderen. Ich 'offe, Seine 'exerschaft kann was dagegen unternehmen, denn die meisten dieser Leute sind so ziemlich am Ende.«

»Wenn irgend jemand etwas dagegen unternehmen kann, dann ist es bestimmt Clodsahamp«, sagte Jon-Tom voller Stolz.

»Ja, ja, wenn er nich wieder gerade mal die 'älfte des

Zaubers vergessen 'at, den er versuchen will. Vor zwei'undert Jahren 'ätte ich mir ja keine Sorgen gemacht, aber er is auch nich mehr der 'exer, der er mal war, mußte wissen.«

»Keiner von uns ist noch das, was er mal war, Mudge.«

Der Otter spuckte zur Seite aus. »Wenn du jetzt auch noch tiefschürfend werden willst, Kumpel, 'aue ich ab. 'abe in der letzten Woche genug feierliche Erklärungen zu 'ören bekommen, daß es mir für den Rest meines Lebens reicht. Sag mal«, – er warf seinem alten Freund aus verengten Augen einen scharfen Blick zu –, »was führt dich über'aupt aus dem bequemen 'eim des 'exers in diesen kalten Teil der Welt?«

»Eben das, was diese Stadt ruiniert hat. Dieselbe Sache, die auf der ganzen Welt ähnliche Veränderungen auslöst. Wenn nicht irgend etwas unternommen wird, um diese Störungen, wie Clodsahamp sie nennt, zu beenden, wird alles nur noch schlimmer.«

»Verste'e. Und du und 'err Clodsahamp versuchen also, was dagegen zu unternehmen? Was steckt 'n da'inter, Kumpel? Irgend so 'n wildgewordenes Naturgesetz?«

»Ja und nein. Diese Art von Veränderungen geschehen ständig, doch normalerweise in viel kleinerem Maßstab und vor allem sehr viel seltener. Das Problem besteht darin, daß irgend jemand oder irgend etwas dafür sorgt, daß die Ursache dieser ganzen Veränderungen bestehen bleibt. Clodsahamp glaubt, daß, wer immer es auch sein mag, völlig verrückt sein muß.« Er nickte in Richtung der Gebirgshänge mit ihren vernichteten Obsthainen. »Wer immer dafür verantwortlich ist, hat sich mit dem Wanderer, dem Veränderungsauslöser, irgendwo nördlich von hier eingegraben. Und dort ist auch unser Ziel.«

Mudge musterte ihn ungläubig. »*Nördlich* von 'ier? Das meinste doch wohl nich ernst, Kumpel! Weißte eigentlich, wie das Plateaugebiet zu dieser Jahreszeit sein kann, jetzt, da der Winter sich gerade einrichtet? Das is keine gemütliche Gegend, schon gar nich für 'nen armen Menschen wie dich, der keinen Pelz 'at, um sich vor kalten Winden und Schnee zu schützen.«

»Meine Bequemlichkeit spielt keine Rolle, wenn man sie im Rahmen des größeren Zusammenhangs betrachtet. Wenn dieser Wanderer nicht befreit und sein Wächter nicht unschädlich gemacht wird, dann riskiert die Welt eine dauerhafte Störung. Dagegen ist eine kleine Erkältung die lächerlichste Angelegenheit. Du weißt, wie ernst die Sache ist, da Clodsahamp die ganze Strecke selbst mitgekommen ist.«

»Anstatt also nur dich loszuschicken, riskiert Seine Zauberschaft tatsächlich mal den eigenen kostbaren Arsch, wa? Will zugeben, daß das 'n Argument is, Kumpel.« Der gebeugte Otter überlegte. »'n Wanderer, eh? Das is also die Ursache für den ganzen Ärger.«

Jon-Tom nickte. »So ist es.«

»Dann is es nur recht und billig, daß du und Seine 'exerschaft es sind, die die Jagd auf ihn aufnehmen. 'abe doch schon immer gewußt, daß der alte Clodsahamp mehr als nur 'n bißchen dauer'aft gestört is, und bei dir bin ich mir auch nie so ganz sicher gewesen. Na ja, ich 'offe, daß ihr beiden tut, was getan werden muß.« Er versuchte sich aufzurichten, doch sein verkrüppeltes Rückgrat lehnte sich dagegen auf. »Ich komm natürlich mit.«

»Was?« Jon-Tom starrte die gekrümmte pelzige Gestalt fassungslos an. Er mußte sich verhört haben. Das konnte unmöglich Mudge sein.

»Jawohl. Wie du schon sagtest, irgend jemand muß ja diese ganzen Veränderungen und Umschaltungen daran 'indern, noch schlimmer zu werden. Ihr könnt alle 'ilfe gebrauchen, die ihr bekommt, besonders dort, wo ihr 'ingeht. Und außerdem, Kumpel, wie willste denn ohne mich zurechtkommen, wenn ich nich ständig da bin, um dich aus der Patsche zu retten?«

Darauf hatte Jon-Tom keine Antwort parat. Und auch nach kurzem Nachdenken fiel ihm keine ein. Die Worte des Otters waren ein ebensogroßer Schock für ihn wie der Anblick der zerstörten und gestörten Stadt. Mudge besaß ein ausgedehntes und farbenfrohes Vokabular, doch soviel Jon-Tom wußte, war das Wort *freiwillig* ihm ebenso fremd wie der Begriff *enthaltsam*.

»Ich weiß ja nicht«, sagte er schließlich schleppend. »Soll das wirklich heißen, daß du deine Hilfe anbietest? Und das auch noch ganz freiwillig? Ohne daß Clodsahamp oder ich dich erst dazu zwingen müßten?«

»Aber natürlich, Kumpel.« Mudge blickte verletzt drein, was eine Spezialität seines riesigen Repertoires an Ausdrucksmöglichkeiten war. »Für was 'ältste mich eigentlich?«

»Mal sehen.« Jon-Tom zählte es an den Fingern ab, als er die Liste laut durchging: »Dieb, Schürzenjäger, Feigling, Schlitzohr ...«

Mudge beeilte sich, den Strom abfälliger Benennungen zu unterbrechen. »Nun laß uns mal bloß nich übertreiben, Kumpel! Natürlich melde ich mich freiwillig. Ihr werdet meine 'ilfe brauchen. Weder du noch Seine 'exerschaft sind gerade das, was man als Meisterpfadfinder oder Kämpfer bezeichnen würde, und dieser fliegende Sack gefiederten Gesöffs, den der alte 'artpanzer seinen Famulus nennt, is auch nich viel besser.«

»Bisher sind wir ganz gut zurechtgekommen.« Jetzt war Jon-Tom damit an der Reihe, beleidigt zu reagieren.

»Das Glück begleitet aber auch immer die Narren, wa? Macht nix. Ich komm jedenfalls mit, wenn ihr mich dabei'aben wollt. Jedenfalls das, was von mir noch übrig is.«

Die Kombination aus dem äußeren Erscheinungsbild des einstmals so lebensfrohen Otters und seines so offensichtlich selbstlosen Drangs, seine Hilfe anzubieten, ließ Jon-Tom die Tränen in die Augenwinkel steigen. Er mußte sich Mühe geben, um seine Stimme am Beben zu hindern, als er erwiderte:

»Natürlich freuen wir uns über deine Begleitung und deine Hilfe, Mudge.«

Der Otter wirkte sowohl zufrieden als auch erleichtert. »Dann is die Sache ja wohl klar.« Mit einem Nicken zeigte er auf den Schlammspringbrunnen, wo Clodsahamp immer noch sein Hexerzubehör aufbaute und die stete Litanei eines langen Zaubers mit ausgesuchten Flüchen vermischte, die er auf den tapsigen, unsicheren Sorbl häufte. »Was 'at 'n der vor?«

»Ich weiß es nicht«, gestand Jon-Tom. »Er hat gesagt, daß er diesen Leuten helfen will, aber über Einzelheiten hat er sich nicht geäußert. Du kennst doch Clodsahamp: Der führt die Sachen lieber vor, anstatt sie zu beschreiben.«

»Genau. Damit solch unschuldige Zuschauer wie du und ich keine Gelegen'eit 'aben, uns vor'er aus dem Staub zu machen.«

Ein paar der gestraften Bewohner Ospenspris hatten sich zum Zuschauen versammelt, doch blieben sie alle am äußeren Rand des Platzes. Nur der alte Fuchs war mutig genug, um bei ihnen stehenzubleiben und sich mit ihnen zu unterhalten. Jon-Tom überließ ihn einer lebhaften Konversation mit Mudge und schritt zu dem Hexer hinüber, um festzustellen, ob er ihm bei seiner Arbeit helfen konnte.

»Das kannst du ganz bestimmt, mein Junge«, meinte der alte Schildkröterich und rückte die Brille auf dem Schnabel zurück. Jon-Tom wollte schon seine Duar vor den Bauch schieben, als der Hexer ihn hastig daran hinderte. »Nein, nein, deinen Gesang brauche ich jetzt nicht! Aber könntest du dies hier vielleicht einmal hochhalten?«

Milde verärgert, schluckte Jon-Tom die Erwiderung hinunter, die er eigentlich machen wollte, und packte die zusammenklappbare Holzplattform, um sie auf der rissigen Oberfläche des Platzes aufzustellen. Mudge reagierte auf diese Degradierung ja gar nicht mit der erwarteten Salve höhnischer Bemerkungen! Vielleicht hatte die Verkrüppelung den Otter ernüchtert.

Jon-Tom versuchte in der ineinandergreifenden Plattform irgendeinen Sinn zu erkennen und scheiterte. »Was soll diese Sache überhaupt?«

Anstatt zu antworten, schritt der Hexer einen langsamen Kreis um die rätselhafte Apparatur ab, musterte sie eindringlich aus jedem Blickwinkel, beugte sich gelegentlich vor oder ging in die Knie, um ihre Lage im Verhältnis zu den Hügeln an der Nordseite der Stadt zu überprüfen. Von Zeit zu Zeit unterbrach er seine Umkreisung, um dieses oder jenes Stück Metall oder Holz zu richten, dann einen Schritt zurückzuweichen, um seine Reise um das Ganze wieder aufzunehmen.

Nachdem er wieder an derselben Stelle angekommen war, wo er begonnen hatte, machte er kehrt und schritt hinüber zu seinem Rucksack. Aus dem war eine große Schachtel entfernt worden, die nun danebenstand. Sie besaß ein halbes Dutzend Schubladen. Während Jon-Tom zusah und seine Neugier nur mühsam beherrschte, vermischte der Hexer in einer kleinen Schale verschiedene Pulver, die er aus den sechs Schubladen entnommen hatte. Es dauerte nur wenige Minuten. Dann leerte er den Inhalt der Schale in einen kleinen tiefen Metallkelch, der in der Mitte des Gerüsts stand, das Jon-Tom gerade gegen die Brise stabilisierte.

»Diese Wolke dort oben«, erklärte der Hexer, als sei überhaupt keine Zeit seit Jon-Toms Frage verstrichen, »ist der lokalisierte Mittelpunkt der Störung, die Ospenspri und seine Bevölkerung fest in ihrem Griff hält. Wenn wir ihre Zusammensetzung verändern können, ganz zu schweigen von ihrer Grundneigung, und zwar zurück in die einer ganz normalen Wolke, wird dies meiner Meinung nach eine Veränderung der Störung bewirken.«

Jon-Tom legte den Kopf in den Nacken, um die drohende Masse schwarzer Flüssigkeit zu mustern, die sich über ihnen zusammengeballt hatte. »Und wie wollen Sie das tun?«

»Auf die beste Weise, die ich kenne, mein Junge, auf die beste Weise, die ich kenne. Und nun halt die Plattform ganz fest.«

Jon-Tom verstärkte den Griff an zweien der Holzbeine und blickte seinen Mentor gleichzeitig mit gerunzelter Stirn an. »Das wird doch wohl nicht gefährlich sein, oder?«

»Mein Junge, würde ich dich etwa jemals in etwas Gefährliches verwickeln?« Bevor Jon-Tom Gelegenheit hatte, um die offensichtliche Antwort darauf zu geben, hatte der Hexer bereits mit einer äußerst beeindruckenden und kraftvollen Beschwörung begonnen, während der er beide Hände schnell über den mittleren Kelch fahren ließ, um komplizierte geometrische Muster in die Luft zu zeichnen.

Sausewinde, Winterwende,
fliehe meinen Zauber, sonst
vernichte ich dies Lähmungsende.
Zerteile dich und brich entzwei
aus dem cumulmich Einerlei!

Während der Hexer die Formel hersagte, begann der Kelch zu wackeln und zu hüpfen. Dann löste er sich aus seinen ledernen Fesseln, fiel aber nicht auf den harten Boden herunter, sondern blieb an Ort und Stelle schweben, tänzelnd und wirbelnd mit dem Beginn eines Leuchtens. Jon-Tom konnte die mächtigen Schwingungen durch die Stützstäbe spüren. Die Apparatur wirkte viel zu zerbrechlich, um das immer stärker werdende Rumpeln zu ertragen, das vom Fuß des Kelchs ausging, doch irgendwie hielten die Zaubergeräte doch zusammen.

Der Boden bebte nun. Während die wenigen Zuschauer, die sich am Außenrand des Platzes zusammengeschart hatten, in die Lehmhütten stoben, blieb Jon-Tom an Ort und Stelle. Das Rumpeln wurde zu einem ohrenbetäubenden Getöse. Er hatte das Gefühl, als würde er unter einem Wasserfall stehen. Clodsahamps Worte verblaßten ins Unhörbare.

Jählings ließ der Hexer beide Hände über dem Kopf zusammenfahren. Ein kurzes Donnergrollen rumpelte über den Platz. Sorbl wurde von seiner Sitzgelegenheit auf der Windschutzscheibe des Jeeps geschleudert. Jon-Tom biß die Zähne zusammen und hielt krampfhaft fest, der Stoß ließ ihm die Ohren klingeln, die Finger wurden ihm langsam taub.

Durch halbgeschlossene Augen erblickte er etwas Helles und Glänzendes, das aus der Kelchöffnung gen Himmel sauste. Das pfeifende Geräusch des aufsteigenden Miniaturkometen wurde schon bald von der wabernden Schwärze über ihnen aufgesaugt. Clodsahamp schirmte gerade die Augen mit einer Hand ab. Er sprach wie gedankenverloren, es war offensichtlich, daß er sich auf die Stelle konzentrierte, an der das glänzende Objekt in der Unterseite der großen Wolke verschwunden war.

»Jetzt kannst du loslassen, mein Junge.«

Das tat Jon-Tom auch erleichtert, um sich dem Himmelspähen des Hexers anzuschließen, während er sich die Hände knetete, damit sie wieder Gefühl bekamen.

Die Wolke ließ ein Rumpeln fahren, das wie ein weitaus mächtigeres Echo auf jenes des Kelchs wirkte. Es war weniger explosiv, es wirkte natürlicher, und sein Nachhall in den Ohren war nicht unangenehm. Ihm voraus ging etwas, das einem Blitz glich, doch nicht von der Wolke selbst stammte, sondern ein wohlwollenderer elektrischer Verwandter zu sein schien. Das fahlweiße Pulsieren, das die Unterseite der Wolke erhellte, breitete sich schnell aus, bis es ihre Ränder erreicht hatte. Von der gegenüberliegenden Seite erscholl ein zweites Rumpeln. Es hörte sich wie eine Frage an.

»Was haben Sie getan?«

»Das einzige, von dem ich wußte, wie, mein Junge, das einzige, von dem ich wußte, wie.«

»Und was geschieht jetzt? Irgend etwas Wunderbares und Magisches?«

»Wenn wir Glück haben, ja.«

Unfähig, den Kopf noch länger in den Nacken zu legen, widmete Jon-Tom seine Aufmerksamkeit dem inzwischen ruhig gewordenen Durcheinander aus Holzpfählen und Metallstreifen, mit dem das glitzernde Was-immer-es-war in den Himmel befördert worden war. Die Lederriemen, die den Metallkelch ursprünglich festgehalten hatten, hatten sich in Dunst aufgelöst. Der Kelch selbst lag nun am Boden, ein Klumpen aus halbzerschmolzenem Zinn. Wider alle Gesetze der Physik stand die wacklige Holzapparatur immer noch aufrecht. Die Explosion, durch die das glänzende Objekt gen Himmel geschossen worden war, hätte die zusammengedübelte Konstruktion eigentlich in tausend Stücke zerreißen müssen; und die Hitze, die den Kelch geschmolzen hatte, hätte es wiederum wie Zunder in Brand setzen müssen. Verwundert schüttelte Jon-Tom den Kopf. Clodsahamp war wahrhaftig ein Meister eleganter übernatürlicher Kräfte.

Mudge, der zu ihm hinübergehumpelt war, blickte die Konstruktion an und nickte. »Komisch, wa?« Die schwarze Nase zuckte, als er sich darauf zu beugte. »Eines Tages muß ich Seine 'exerschaft wohl mal fragen, warum Magie eigentlich immer so stinken muß.«

»Mudge, du könntest sogar noch einem Schloß im Feenreich den Zauber nehmen!«

»Schlösser stinken auch; Marmorböden zie'en Gerüche an. Und ich 'ab in meinem Leben schon 'n paar ganz hübsch schlampige Feen kennengelernt.«

Jon-Tom versuchte ihn zu überhören und beugte sich

dabei vor, um nach dem Kelch zu greifen. Über ihren Köpfen setzte der Donner seine zänkischen Rufe fort. Die Luft war von prickelnder Feuchtigkeit. Vorsichtig berührte er das geschmolzene Metall. In seiner Handfläche fühlte es sich kühl an.

Er entfernte es und drehte den kaum wiederzuerkennenden Klumpen in den Händen um. Er war nicht nur kühl, sondern eiskalt, trotz der gewaltigen Hitze, die er erst vor kurzem hatte aushalten müssen. Und Mudge hatte auch recht: Dem Metall eignete ein seltsamer Geruch. Er steckte einen Finger ins Innere des Kelchs und rieb damit gegen den Boden der Krümmung. Als er ihn wieder hervorzog, war der Finger schwarz verschmiert und glitzerte. Er hielt ihn unter die Nase und schnüffelte daran.

Mudge zog eine Grimasse. »Was is denn, Chef?«

»Ich bin mir nicht sicher.« Erneut musterte er den Himmel. »Es sieht ein bißchen so aus und riecht auch wie Silberjod. Wo ich herkomme, verwenden wir etwas ähnliches, um die Wolken damit zu bestäuben.«

Der Otter verpaßte ihm einen schrägen Blick. »'ierzulande bestäuben wir Blumen und nich Wolken, Kumpel. Du faselst Quatsch.«

Doch Jon-Tom wußte es besser. Er blickte zu dem geduldig abwartenden Clodsahamp hinüber, der reglos dastand, die Hand immer noch schützend vor den Augen und den Himmel inspizierend. Du raffinierter, gerissener Schelm, dachte er und mußte feststellen, daß er lächelte.

Dann geschah plötzlich etwas Wunderbares und Magisches, genau wie der Hexer es angedeutet hatte, und Jon-Tom merkt, wie er nicht nur lächelte, sondern sogar lachte. Er lachte und fühlte sich so wohl, daß er zur Feier ein kleines Tänzchen machte.

Es fing an zu regnen.

Das Grollen der Wolke hatte sich zunächst zornig angehört, dann verwirrt, doch nun dröhnte und brüllte es voll ungeschmälerter Gewißheit. Er stand da, während der Regen ihm über das emporgerichtete Gesicht perlte, und genoß das saubere, reine unverdorbene Naß.

Na ja, vielleicht war es doch ein kleines bißchen verzerrt.

Mudge grabschte nach dem Kelch. »'e, laß mich auch mal dran riechen, du Tanzaffe! Irgendwas stimmt 'ier nich.« Er atmete tief ein. Dann weiteten sich seine Augen. »Da 'obel mir doch einer 'nen entlaufenen Pfaffen! Das is Weinbrand, Kumpel, noch dazu allererster Güte! Vielleicht is ja noch 'n Tröpfchen für den guten alten Mudge drin, wa?« Und er wollte den geschmolzenen Kelch an die Lippen führen.

Jon-Tom riß ihm das Gefäß hastig aus der Hand. »Vorsicht! Silberjod ist ein kräftiges Gift, Mudge, oder war es Silberchlorid? Egal.« Er schnüffelte selbst daran und blickte überrascht drein. »Weinbrand ist es jedenfalls nicht. Das ist Bourbon.«

Der Otter beugte sich vor und sah plötzlich ebenso verwirrt aus. »Merkwürdig, Kumpel. Diesmal is es Schokoladenlikör.«

Und wieder Jon-Tom: »Maische – oder Wodka. Was ist hier eigentlich los?«

Clodsahamp versuchte gerade, seine Brille in dem Regenguß trockenzuhalten, der auf sie herabschüttete. »Es ist keins von alledem, mein Junge. Diese besondere Zutat, über die ihr da redet und die zu bestimmen ihr solche Schwierigkeiten habt, ist etwas viel Einfacheres, ganz zu schweigen davon, daß es auch viel teurer ist. Ich hätte das Mittel niemals so verschwenderisch gebraucht, wäre die Lage nicht so ernst gewesen. Es ist sehr selten, schwer zu beschaffen und viel gefragt, und zwar nicht nur von uns, die wir uns mit den Hexenkünsten befassen. Wir nennen es Lesuf.« Er sah wieder zum Himmel empor und musterte den Sturm mit kritischem Blick.

Es regnete beständig. Der Sturm hatte sich verbraucht, und nun war da nur noch das regelmäßige Prasseln des Regens auf dem Boden. Es wehte kein Wind, und die dicken Tropfen fielen senkrecht herab.

»Nie davon gehört«, gestand Jon-Tom.

»Die Essenz von Fusel. Ich war zu der Überzeugung gelangt, daß wir diese Wolke nicht nur scheren, sondern sie durch einen Schock in die Realität zurückbringen mußten. Außerdem brauchte ich etwas, das sich leicht mit Wasser vermischen ließ.«

Mudge stand mit zurückgelegtem Kopf da, den Mund weit aufgesperrt, schluckend und schmatzend. »Na, jedenfalls besser als 'ne Zanknudel mit Migräne! Sauf nur, Kumpel, sauf nur! So 'n Sturm kriegen wir bestimmt nie wieder.« Auch Sorbl genoß den alkoholischen Regen, tat es bereits seit dem Fallen der ersten Tropfen. Das erklärte auch das ungewöhnliche Schweigen des Eulerichs, überlegte Jon-Tom. Der Famulus schwebte friedlich in irgendeinem Säuferhimmel.

Vorsichtig öffnete Jon-Tom ebenfalls die Lippen und saugte die Flüssigkeit ein, die ihm von der Nase rann. Crème de Menthe. Ein zweiter Schlürfer bescherte ihm den Geschmack von Galliano, ein dritter von Midori oder etwas ähnlichem.

Genug, sagte er sich entschieden. Er war weder durstig, noch hatte er das Bedürfnis nach Bewußtlosigkeit.

»Oasafin«, plapperte Mudge. »Terraquin, Coosage, Goinal, Essark, Gutzaub, Sankerbeerenwein!« Der Otter lag rücklings im Schlamm, die Arme und Beine weit von sich gespreizt, doch nicht so weit, wie er den Mund aufgesperrt hatte.

Und er war nicht der einzige, denn die ungewöhnlichen Eigenschaften des Regengusses, den Clodsahamp hervorgerufen hatte, war unter den anderen Einwohnern von Ospenspri nicht unbemerkt geblieben. Sie kamen aus ihren Lehm- und Flechtwerkhütten getaumelt, zunächst in Paaren und zu dreien, dann in ganzen Scharen, die entzückt und glücklich herbeistürmten.

Sogar jene Einwohner, die sich für Antialkoholiker hielten, nahmen daran teil, denn eine solche wunderbare Leistung hexerischer Kunst konnten sie schließlich nicht einfach übergehen und ihren weniger zaghaften Nachbarn überlassen, damit diese ihnen dann hinterher, wenn alles vorüber war, davon erzählten.

Während der aromatische Regen weiterhin fiel, zeigte er auch Wirkung auf die ausgetrockneten Bäume und verschrumpelten Pflanzen. Aus scheinbar toten Stengeln blühten plötzlich Blumen hervor. Sträucher ließen frischgrünes neues Blattwerk sprießen. Oben in den verwüsteten Obsthainen richteten die Apfel- und Toklabäume sich wieder auf; ihre Äste hoben sich, und grün platzte es aus ihnen heraus. Zwar brachten sie keine Früchte hervor, denn dafür war die Jahreszeit schon zu weit fortgeschritten, doch die Ernte im nächsten Jahr würde dafür mit Sicherheit geradezu üppig werden.

Seine wundervollste Verwandlung bewirkte der Regen draußen auf den Feldern des späten Herbstweizens. Die plattgedrückten verbrannten Ähren richteten sich wieder gen Himmel, und ihre ausgetrockneten Spitzen schwollen von goldenen Körnern an. Golden war auch ihre Verheißung: Denn noch Monate später war das Brot, das aus dieser Ernte hervorgekommen war, in den ganzen Glockenwäldern und darüber hinaus berühmt. Dies galt sowohl für das Brot als auch für die Brötchen, die wegen ihrer Beschaffenheit und Farbe bestaunt wurden, vor allem aber wegen des leicht alkoholischen Geschmacks, der bei jedem Bissen dem Gaumen schmeichelte.

Durch den Regen und den Nebel, der diesen begleitete, konnte Jon-Tom die Verwandlung von Ospenspri und seinen Einwohnern mitansehen. Die Stadt selbst schien sich regelrecht zu strecken, als ihre Gesundheit zurückkehrte, Gebäude und Bürger zogen gleichermaßen Kraft aus diesem Regen und der dazugehörigen

Verwandlung der Wolke. Je heller die schwarze Masse aus Flüssigkeit wurde, um so lichter wurde auch die Stimmung der Stadt und des sie umgebenden Landes. Noch während er staunend zusah, verwandelte sich Ospenspri aus einer Insel der Verwüstung und Verzweiflung in das Juwel des Nordens.

Die Schlammhütten verschwanden und wurden ersetzt durch feinziselierte Gebäude aus Hartholz und poliertem Stein. Der Schlamm schien sich unter Jon-Toms Füßen aufzulösen und gab ockergestreifte Pflasterplatten aus weißem Marmor frei, deren Größe drei Fuß im Quadrat betrugen. Nahebei verwandelte sich der Schlammspringbrunnen in einen anmutigen Turm aus Filigranbögen. Aus Dutzenden von Speiern schoß oder tropfte das Wasser hervor. Zwischen den Marmorskulpturen, die den Springbrunnen bildeten, waren Hunderte von strahlendgrünen Granitsteinen zu erkennen, die Peridots genannt wurden und dem Platz seinen Namen gaben.

Dann ließ der Sturm nach, die schwarze Wolke brach auseinander. Nachdem die Auflösung erst einmal eingesetzt hatte, kam sie rasch voran. Zum ersten Mal seit Wochen schien die Sonne hell auf die geschundene Stadt. Die durstige Erde saugte alles auf, was den Wannen und Regentonnen der Bewohner entging. Nachdem sie ihre Kraft verbraucht hatten, verschwanden sowohl die Wolke als auch die Störung, die sie beherbergt hatte, mit gleicher Schnelligkeit.

Aber die Stadt war nicht das einzige, was wieder in den Normalzustand zurückkehrte. Mudge hatte sich aufgerichtet und tanzte nun einen wilden Säbeltanz auf dem marmornen Rand des hochaufragenden Springbrunnens. Doch Jon-Toms Aufmerksamkeit wurde von jenem Einwohner von Ospenspri gefangengenommen, der sie zuvor begrüßt hatte.

Der alte Fuchs, nicht mehr niedergebeugt und verkrüppelt, stand nun aufrecht und stolz vor Clodsahamp. Er war größer als Mudge, und seine von silbernen Strähnen durchwirkten Ohren befanden sich auf gleicher Höhe mit Jon-Toms Schultern. Während Hexer und Bannsänger zusahen, vollführte er eine tiefe, ehrfürchtige Verneigung. Anstelle der schmutzigen Lumpen, die er bei ihrer Begrüßung getragen hatte, war er nun in einen wunderschönen Anzug von dunkelbrauner Farbe mit grünen Samtborten angetan, dessen Hartholzknöpfe Intarsienarbeiten aus Messing aufwiesen. Auf dem Kopf ruhte ein besonders schmaler Hut aus grünem Filz und Leder.

»Ich bin Sorenset«, teilte er ihnen mit, »ein langjähriges Mitglied des Rats von Ospenspri.« Erneut verneigte er sich vor Clodsahamp. »Die Last Eures Genies erdrückt uns schier, Ehrwürdiger Herr, und doch hat Eure zeitige Hilfe uns wieder richtig aufgerichtet. Ich habe die Ehre, den Ruhm des größten aller Hexer zu verkünden.«

»Die Einwohner von Ospenspri waren schon immer berühmt für ihre scharfe Beobachtungsgabe«, erwiderte Clodsahamp zufrieden. »Ich habe nur getan, was jeder Reisende meines Rangs unternommen hätte.«

»Was aber kein anderer bisher vermochte.« Sorenset schloß die Augen und starrte zur Sonne empor, genoß das warme Licht auf dem Gesicht. »Der Fluch ist aufgehoben. Ospenspri hat schon öfter leiden müssen, doch solche Katastrophen haben ihr Unheil angerichtet und sich danach davonbegeben. Wir befürchteten bereits, daß es der schwarzen Wolke beschert sei, auf ewige Zeiten bei uns zu bleiben.«

»Sie könnte aber wiederkommen, in der gleichen Gestalt oder in einer anderen.«

Sorenset senkte den Kopf und starrte den Hexer an. »Sagt doch so etwas nicht! Habt Ihr die Wolke nicht etwa verbannt?«

»Ja, aber nicht ihre Ursache. Bevor wir das geschafft haben, wird kein Morgen mehr derselbe sein wie der vorhergehende, und niemand von uns kann in dem sicheren Gefühl einschlafen, sich selbst nach dem Aufwachen wiederzuerkennen. Um dies zu beheben aber, haben wir drei die Reise von unserem Zuhause im Süden unternommen.«

Sorenset nickte düster. »Alles was Ihr benötigt und was in Ospenspri zu haben ist, soll Euch gewährt werden. Wir werden Euch auf jede nur erdenkliche Weise helfen. Ihr habt unsere Leiber, unsere Stadt und unsere Seelen wiederhergestellt.«

Er wandte sich den wunderschönen Häusern zu, die nicht mehr bloße ärmliche Gebäude aus Lehm und Flechtwerk waren und die auf den Zentralplatz zeigten. Aus geöffneten Fenstern und Türen erschollen Gelächter, Rufe der Erleichterung und andere Klänge des Frohsinns. Das Geschrei hätte ohrenbetäubend sein können, doch hatten viele von Ospenspris wiederhergestellten Bürgern zuviel vom aromatischen Regenguß gekostet und lagen nun in benommenem Schlummer auf Veranden und Treppen, Straßen und Bänken und genossen ihre Wiederherstellung.

Mudge sprang von der Springbrunnenumzäunung und schlang die Arme um Jon-Tom, vor Entzücken heulend und bellend. Jon-Tom geriet unter dem Gewicht des Otters ins Taumeln und ging zu Boden, der Otter auf ihm. Er war nicht zornig. Er konnte nur grinsen. Die prächtige Laune des Otters war ansteckend. Außerdem hatte er von dem Alkoholsegen doch mehr als nur genippt. Er fühlte sich angenehm schwindlig.

Was den Famulus des Hexers betraf, so flog dieser in immer enger werdenden Kreisen um den Turm des Springbrunnens, bis Flügel und Koordinationskraft schließlich nachgaben. Mudge und Jon-Tom mußten ihn aus dem Becken zerren.

Ihrer eigenen Stellung entsprechend, blickten Sorenset und Clodsahamp mit nachsichtigem Auge auf diese Zurschaustellung jugendlicher Freude. »Es hat den Anschein, daß es nun uns überlassen ist, die praktischen Fragen zu besprechen.«

»Ich bin deswegen nicht böse«, teilte Clodsahamp dem Fuchs mit. »Dann werden wir wenigstens nicht von törichten Fragen unterbrochen. Ich werde Euch mitteilen, was wir benötigen. Wir haben nur bescheidene Bedürfnisse. Außerdem brauchen wir eine richtige Unterkunft für die Nacht, vorausgesetzt daß irgendein Gastwirt sich hinreichend erholt hat, um uns bedienen zu können.«

»Da kenne ich genau das Richtige«, erwiderte Sorenset. »Das beste Haus am Platz. Wenn die Besitzer erfahren, welche Gäste sie beherbergen sollen, werden sie in ihrem Lob noch ausgesprochener sein als ich. Ich werde mich persönlich darum kümmern, im Namen des Rats und der Einwohner der dankbaren Stadt Ospenspri.«

Die Musik, die das Orchester zum Vergnügen der Speisenden spielte, war sanft und leicht, nur Flöten- und Saitentöne. Normalerweise hätten solche Klänge einen Hard Rock-Gitarristen wie Jon-Tom aus dem Gebäude vertrieben. Doch nach allem, was sie auf der langen Reise in den Norden durchgemacht hatten, war er froh, von allem Harten für eine Weile entbunden zu sein, Klänge eingeschlossen. Besonders faszinierten ihn die vielrohrige Flöte, auf der der Kater spielte, sowie die dreißigsaitige Leier, die von dem elegant gekleideten Gibbon gestreichelt wurde. Letzterer ließ die Doppelsaiten seiner Duar schlicht und einfach aussehen. Doch schließlich hatte der Gibbon ja auch Arme, die beim Gehen über den Boden schleiften. Kein Mensch konnte es mit seiner Reich- und Griffweite aufnehmen.

Andererseits, so sagte er sich, während er seine Duar liebevoll betrachtete, war es auch nicht eben leicht, Akkorde auf Saiten zu spielen, die dazu neigten, dabei in eine andere Dimension zu verwaschen.

Es hatte den Anschein, als wollte jedermann in

Ospenspri sich persönlich bei den Erlösern der Stadt bedanken. Höflich, aber bestimmt wies Sorenset die Scharen der Gratulanten ab, indem er darauf verwies, daß ihre Besucher erschöpft seien und noch viele Meilen vor sich hätten.

Die Sintflut aus Lobpreisungen ließ allerdings merklich nach, als später an diesem Nachmittag die nächste Störung zuschlug. Zwar wirkte sie nicht so verheerend auf Geist und Gemüt, wie die schwarze Wolke es getan hatte, und sie dauerte auch weniger als zehn Minuten, doch war es eine ernüchternde Erinnerung an alle, daß die Welt noch lange nicht in ihren Normalzustand zurückgekehrt war. Alle verwandelten sich in bunte Schmetterlinge, aus den Gebäuden wurden Kokons unterschiedlicher Größe und Form. Es gab sehr viel nervöses Umhergeflatter leuchtend gefärbter Flügel, bevor die Störung endete und die wirkliche Welt mit einem Ruck zurückkehrte.

Es bestand kein Zweifel, daß dies Clodsahamps Leistung deutlich schmälerte. Nun brauchte Sorenset keine Bürger mehr abzuwimmeln, die dem Hexer unbedingt die Füße küssen wollten.

»Undankbares Gesindel!« Der Schildkröterich nippte an seiner Suppe. »Denen genügt es nicht, daß ich ihre Stadt wieder vom Kopf auf die Füße gestellt habe. Die wollen auch noch, daß ich gleich die ganze Welt für sie umstülpe.«

»Seien Sie nicht zu streng mit ihnen!« Jon-Tom beendete gerade seine eigene Mahlzeit und genoß die feinen Gewürze und das zarte Fleisch, die nun behaglich in seinem Magen ruhten. Nach Wochen hastiger Verpflegung, auf welche stets das Durchgerütteltwerden in dem alten Jeep gefolgt war, hatte die Mahlzeit im Gasthof ihn daran erinnert, daß das Essen nicht nur eine Notwendigkeit war, sondern auch ein Vergnügen sein konnte. »Sie begreifen nicht, was hier vorgeht. Wir sind wahrscheinlich die einzigen auf der ganzen Welt, die das tun – natürlich einmal abgesehen von demjenigen, der den Wanderer festhält.«

»Unwissenheit ist keine Entschuldigung für schlechte Manieren«, grunzte der Hexer. Doch es war Jon-Tom immerhin gelungen, ihn ein wenig zu besänftigen.

Sorenset und einige andere Ratsmitglieder gesellten sich an dem ovalen Tisch zu ihnen. Es war der schmollende Clodsahamp, der es Jon-Tom gestattete, ihre Geschichte zu berichten und zu erklären, was sie vorhatten. Höflich hörten die Regierenden von Ospenspri ihm zu.

»Eins ist gewiß.« Das Flughörnchen Talla war der Ratsvorsitzende und trug seine Orden auf den Hautstreifen, die die Handgelenke mit den Rippen verbanden. »Das Fahrzeug, in dem ihr angekommen seid, wird euch nicht zu dem Ort bringen, den ihr erreichen wollt. Zwischen hier und den Nordgebieten werdet ihr bergsteigen müssen.«

»Und was ist mit Reitschlangen?« fragte Jon-Tom.

Das Eichhörnchen schüttelte den Kopf. »Keine l'borische Schlange würde das Klima auf dem Plateau überleben. Dafür ist es viel zu kalt.«

»Dann werden wir eben zu Fuß weitergehen.« Clodsahamp klopfte mit den Fingern beider Hände auf den Tisch. »Ein einschüchterndes Vorhaben, und dennoch eines, das mich nicht zu einem Zehntel so sehr beschäftigt wie jenes, das am Ende unserer Reise liegen wird.«

»Was schlagt Ihr vor?« fragte Jon-Tom wieder. Sorenset überlegte. »Ospenspri ist die Heimat vieler unabhängiger Transportunternehmer. Doch in dieser Jahreszeit gen Norden auf das Plateau zu ziehen – ich weiß nicht recht. Wir können lediglich nachfragen, ob irgendein Vierbeiner bereit ist, eine solche Reise zu unternehmen. Ihr werdet alle nötigen Vorräte bekommen, aber wir können keinen Bürger unserer Stadt dazu zwingen, gegen seinen Willen das Leben zu riskieren.«

»Natürlich nicht«, bemerkte Clodsahamp.

»Ich werde sofort Erkundigungen einholen.« Eine

nervöse Malabarratte entschuldigte sich bei der Gesellschaft und eilte zur Tür.

»Selbst ein einziges Pferd, das bereit wäre, unsere Vorräte zu tragen, wäre schon eine große Hilfe«, sagte Clodsahamp, »obwohl ich nicht zuversichtlich bin, daß sich auch nur eines melden wird.«

»Wie, nachdem Sie doch die ganze Stadt gerettet haben?« fragte Jon-Tom.

Der Hexer warf ihm einen vielsagenden Blick zu. »Mein Junge, wenn du mal so lange gelebt hast wie ich, wirst du gelernt haben, daß Uneigennützigkeit nicht eben zu den häufigsten aller Tugenden gehört.«

Das nachdenkliche Schweigen, das auf diese weise Bemerkung folgte, wurde von einem lauten schmatzenden Geräusch an dem Tisch hinter dem Konferenzoval unterbrochen. Mißbilligend blickte Jon-Tom zu Mudge hinüber. Von dem Otter war nur noch die Schädeldecke zu sehen. Das Gesicht hatte er in das Mittelstück eines zwei Fuß langen Bratfischs vergraben. Jon-Tom ließ seinen Stuhl zurückwippen und flüsterte: »Mußt du unbedingt mit offenem Mund essen?«

Mudge hörte prompt mit dem Kauen auf, um seinen Freund anzuschielen. Von Zähnen und Kiefernlade hingen Fleisch- und Hautstücke herab, und sein Gesicht glänzte von Öl. »Na schön, Chef, wenn du mir zeigen kannst, wie ich mit geschlossenem Mund essen soll, will ich's gern versuchen. Und wenn nich, dann sei 'n lieber Kerl und verpiß dich.« Dann versenkte er das Gesicht wieder in den gefüllten Fisch, nahm einen riesigen Happen und zermalmte mit lautem Knacken Haut, Fleisch und Gräten.

»Das habe ich nicht gemeint.« Jon-Tom mußte sich Mühe geben, um nicht die Geduld zu verlieren. »Es geht um das Geräusch, das du dabei machst.«

Wieder hob der Otter den Blick. »Was is 'n damit?«

»Es ist störend. Du solltest leise essen und mit geschlossenem Mund kauen.«

Mudge seufzte erstaunt. »Ihr Menschen! Was ihr für Ideen 'abt! Kumpel, ich könnte nich mal so essen, wenn ich wollte.«

»Und warum nicht?«

»Weil mein Mund nich so flach am Gesicht anliegt wie bei 'nem Affen. Des'alb. Für dich is das leicht, den Brei 'inter den Zähnen zu be'alten, aber meine Kiefer ragen vor. Siehste?« Er schob das Gesicht dicht an Jon-Toms, und der Bannsänger wich vor dem überwältigenden Fischgeruch zurück. »Das Geräusch kommt von beiden Gesichtsseiten. Das is 'ne Sache der Konstruktion, nich des persönlichen Geschmacks.«

»Oh. Daran hatte ich nicht gedacht.« Schweigend saß er einen Augenblick lang da, während der Otter sich wieder vollstopfte. Nachdenklich runzelte er die Stirn, dann sprach er in scharfem Ton: »He, warte mal ...« Doch hatte er keine Gelegenheit mehr, den Gedanken zu Ende zu denken. Denn nun sprach Clodsahamp wieder.

Nur daß die Worte des Hexers sich diesmal nicht gegen die aufmerksamen Mitglieder des Rats von Ospenspri richteten, sondern gegen das neueste Mitglied der Expedition.

»Du!«

Schweigen. Bis sich dann die Erkenntnis in Mudges fraßversessenem Bewußtsein einnistete, daß alle ihn anblickten. Er drehte sich um, und es gelang ihm, um einen im Mund befindlichen Happen herum zu murmeln: »Wer, ich?«

»Ja, du, Flußratte.« Der Blick des Hexers hinter der sechseckigen Brille war fest und starr. Jon-Tom sah interessiert zu. Hier war etwas Ernstes im Gange.

Mudge spürte es auch. Vorsichtig legte er den Rest seines Fischs auf dem Teller ab und leckte sich mit großer Geste die Finger ab. »Was kann ich für Euer Magierschaft tun?«

»Jon-Tom hat mir erzählt, daß du dich freiwillig dazu

gemeldet hast, uns nach Norden zu begleiten, um uns bei unserem Bemühen zu unterstützen.«

»Mmm. Na, wenn Johnny-Tom das sagt, dann 'ab ich das wohl auch tatsächlich gesagt.«

Clodsahamp beugte sich vor. »Ich bin neugierig, den Grund dafür zu erfahren. Es paßt gar nicht zu dir.«

»Das will ich mal über'ört 'aben, Chef.« Er begann damit, sich die Barthaare zu putzen. »Es ist genauso, wie ich's Jon-Tom erzählt 'abe. Ihr 'abt mir genauso ge'olfen wie allen anderen. Ich bin wieder ich selbst. 'ätte mir keine Freude gemacht, das ganze Leben lang unter dieser verdammten Wolke gekrümmt rumlaufen zu müssen. Ihr 'abt mich gerettet. Des'alb meine ich, daß ich Euch was schuldig bin. 'ätte in meinem Beruf schließlich nich total verkrümmt und verknorpelt weitermachen können.«

»In deinem Beruf?« Hätte der Hexer Augenbrauen gehabt, so wären sie jetzt in die Höhe geschossen. »Meinst du damit etwa deine Beschäftigung mit Taschendiebstahl und Diebereien aller Art?«

»Also 'ört mal, werter 'err, be'andelt man so 'n alten Freund, der sich aus schierer Güte seines 'erzens 'eraus anerbietet, Euch auf einer Reise zu begleiten, die bestimmt genauso gefährlich is wie alle anderen? Wenn Ihr nix anderes könnt als dazusitzen und mich zu beleidigen, sollte ich vielleicht doch nich ...«

»Ich wollte dein großzügiges Angebot keineswegs herabwürdigen. Ich versuche lediglich, mir Klarheit über deine Motive zu verschaffen. Ich hege den Verdacht, daß du nur dabei bist, weil du das Ausmaß der Gefahr spürst, und da du eine Art derber Bauernschläue besitzt, ist dir wahrscheinlich klar, daß der sicherste Ort wohl in meiner Nähe sein dürfte.«

Leise fragte Jon-Tom seinen Freund: »Hat er recht, Mudge?«

»Kumpel, du tust mir unrecht. Ihr tut mir beide unrecht. Sieht ganz so aus, als könntet ihr immer nur meine Absichten in Frage stellen, wenn ich mich mal freiwillig melde, um euch Burschen zu 'elfen, ohne etwas auf meine persönliche Sicher'eit zu geben. Ich kann dir gar nich sagen, wie weh das tut.«

»Es wird dir noch sehr viel weher tun, wenn du dich lediglich in unsere Gesellschaft einschleichst, weil du dabei egoistische Ziele verfolgst. Doch geht es mir weniger um deine Gründe als vielmehr um deine Treue, wenn wir erst einmal unser Ziel erreicht haben. Ich kann es mir nicht leisten, mitansehen zu müssen, wie du im kritischen Augenblick davonrennst. Ich muß mich auf *alle* meine Gefährten verlassen können.«

Noch bevor Mudge den unausbleiblichen Protest aussprechen konnte, deutete Clodsahamp mit dickem Finger auf ihn. Hinter den dicken Brillengläsern schienen die Augen des Hexers von ihrem natürlichen Braun in ein tiefes glühendes Rot übergewechselt zu sein.

»Schwöre, Sohn eines Flusses, mißratener Nachwuchs einer Müllmagd, daß du aus eigenen freien Stükken auf diese Reise mitkommst, daß du tun wirst, was man von dir in Zeiten der Gefahr als Gefährte erwarten kann, und daß du es tun wirst, ohne an deine eigene Sicherheit zu denken und vielmehr nur zum Besten aller Bewohner der Warmländer.« Ein roter Nebel hatte den Tisch umhüllt, ebenso die eingeschüchterten Gäste des Gasthofs. Alle hatten sich umgewandt und sahen zu.

»Schwöre mir dies nun, bei dem Blut, das in deinen Adern strömt, bei der Intelligenz, die sich in deinem Hirn verbergen mag, und bei den Begierden, die deine Lenden regieren.«

»Na gut, na gut«, meinte Mudge angewidert und hob schützend beide Pfoten. »Immer mit der Ru'e! Mannomann, Ihr könnt es aber auch wirklich übertreiben, Euer 'exerschaft. Aber wie dem auch sei, ich schwöre es.«

Der Dunst verschwand wieder in den Wänden des Gasthofs, und Clodsahamps Augen nahmen erneut ihren gewöhnlichen ruhigen Ton an. Befriedigt lehnte er sich wieder in seinem Stuhl zurück. Der war höher als die meisten, damit sich der mittlere Teil seines Körpers auf Tischhöhe befand. Dann nahm er eine Gabel auf und stocherte damit in der glitschigen Masse bunten Flußbodengemüses, das man serviert hatte.

»Also schön. Ich nehme deinen Eid an, ebenso deine Begleitung. Es bedarf wohl keiner besonderen Erwähnung, daß die Konsequenzen eines Verstoßes gegen diese Abmachung zu schrecklich sind, um sie in Worte zu fassen.«

»Ich weiß.« Mudge seufzte. Doch wirkte er nicht im mindesten erregt oder auch nur beeindruckt. »Dieser ganze blöde Lärm um nichts.« Er nahm seinen Fisch wieder auf und wollte gerade erneut hineinbeißen, als Jon-Tom sich zu ihm hinüberlehnte.

»Das ist das erste Mal, daß Clodsahamp dich einen Eid hat schwören lassen.«

»Na und, Kumpel?«

»Das läßt dir nicht viel Spielraum, um eigene Wege zu gehen, wie du es ja bei unseren bisherigen Reisen immer gern getan hast. Diesmal wirst du ziemlich nahe am Ball bleiben müssen, sonst widerfährt dir irgend etwas Grauenhaftes.«

»Das weiß ich, Kumpel. Aber was macht das schon?« Er biß in den Fisch. Gräten zersplitterten unter seinen spitzen Zähnen.

Jon-Tom war immer noch nicht zufrieden. »Mudge, das bist nicht du selbst. Du hast dich verändert.«

»Wer, ich? Ich 'ab mich kein bißchen verändert, Kumpel. Die Wahr'eit is, daß ich entgegenkommend bin, weil es mir so paßt, und nich wegen der alten Panzerkrücke da. Ich 'ab den Wanderer ein- bis zweimal zu kosten bekommen, und was Seine 'exerschaft über den sichersten Ort der Welt dicht neben seinem 'intern sagt, kommt der Wahr'eit verdammt na'e.«

»Dagegen kann ich auch nichts einwenden«, gestand Jon-Tom. »Es wird gut sein, dich dabei zu haben, vor allen Dingen bei der Auseinandersetzung mit dem Wesen, das ihn gefangenhält.«

Mudge hielt inne, den Fisch auf halber Strecke zum Mund bremsend. »Was faselste denn da, Kumpel? Wenn Seine Zauberschaft dort diesen Wanderer oder was zum Teufel er auch sein mag, befreit 'at, können wir doch wohl ohne Schwierigkeiten und in Sicher'eit nach 'ause zurück, oder?«

»Vielleicht nicht. Dann werden wir uns immer noch mit dem Urheber dieser Krise befassen müssen, und wir wissen nicht, wer oder was es ist, oder wie er oder es auf unsere Einmischungsversuche reagieren wird. Den Wanderer freizusetzen, rettet zwar die Welt, aber uns allein nützt es nichts. Wir müssen immer noch vor seinem Wächter fliehen. Ich stelle mir vor, daß dieser Verrückte nicht eben fröhlich reagiert, wenn wir seine Pläne durchkreuzen.«

»Verste'e.« Sorgfältig legte der Otter die Reste seines Fischs auf den Teller. »Ich glaube, ich 'ab genug. War nich davon die Rede, daß wir uns auch noch mit so 'nem verrückten Monster rumplagen müssen, nachdem wir diesen Wandervogel befreit 'aben.« Er wollte sich erheben.

Jon-Tom legte dem Otter eine Hand auf die pelzige Schulter. »Dein Eid, Mudge.«

»Eid? Kann mich nich daran erinnern, daß in meinem Eid davon die Rede war, daß ich an diesem Tisch bleiben muß. Wenn mich also alle entschuldigen wollen.« Schnell schob er seinen Stuhl zurück und schoß würdevoll in Richtung Badezimmer davon.

Sorbl saß hinter dem ovalen Konferenztisch auf einer Stange. »Was ist denn mit der Wasserratte los?« Er pickte eine weitere geröstete Eidechse von dem Spieß, den man an ein Ende der Stange gesteckt hatte, und verschlang sie. »Hat der zu schnell gegessen? Genug war es jedenfalls.«

»Ich habe noch nie erlebt, daß Mudge vom Überfressen krank geworden wäre«, meinte Jon-Tom zu dem Eulerich. »Ich glaube, es ist ihm gerade klar geworden, in was er sich da hineinmanövriert hat, und jetzt bleibt ihm sein Eid im Hals stecken.«

Sorbl nickte traurig. »Diese Eide lassen sich auch oft schwer schlucken. Nur wenige von uns haben genügend Weitsicht, um die Konsequenzen aller unserer Taten vorauszusehen. Wenn ich da an den Vertrag denke, mit dem ich zum Famulus des Hexers wurde ...«

»Was war das? Hast du etwas gesagt, Sorbl?« Clodsahamp blickte finster zu seinem Lehrling hinauf.

»Ich habe gesagt, daß Jon-Toms Gesang uns allen ein Beispiel ist, Meister.« Der Eulerich rülpste höflich und lächelte.

V

Die Betten des Gasthofs waren ebenso wohlvorbereitet wie das Essen, und alle genossen den tiefsten Schlaf seit Wochen. Wie üblich war Clodsahamp bereits auf und schrieb an seinen Notizen, bevor Jon-Tom aufstand. Sorenset gesellte sich zum Frühstück zu ihnen. Der Fuchs wirkte müde.

»In der Stadt gibt es noch viel zu tun. Manche Leute leiden noch immer unter den Nachwirkungen der Störung, wie Ihr sie nennt. Ganz zu schweigen von den Nachwirkungen dieses bemerkenswerten Regens. Aber ich habe auch gute Nachricht für Euch. Wenn Ihr Eure Mahlzeit beendet habt, soll ich Euch zu den Transportbaracken begleiten.«

»Dann habt Ihr also einen Freiwilligen für uns gefunden?« Sorenset nickte, und Clodsahamp blickte zufrieden drein. »Gut. Das wird unser Vorankommen erheblich beschleunigen.«

»Ein Freiwilliger ist es nicht ganz.« Der Fuchs blickte bedauernd drein.

»Was soll das heißen: *nicht ganz?* Habt Ihr nun jemanden gefunden, der uns unsere Vorräte trägt, oder nicht?«

»Höchstwahrscheinlich. Das Problem ist nur, daß ich mir nicht sicher bin, ob Euch diese Transporterin sonderlich behagen wird. Sie hat etwas von einer Bilderstürmerin an sich, besitzt einen sehr starken Willen und bringt es fertig, einen Vertrag sofort aufzukündigen, sobald es auch nur den leisesten Ärger gibt.«

»Sie?« Clodsahamp grunzte. »Macht nichts. Hauptsache, sie hat einen kräftigen Rücken und ebensolche Beine. Und was die fiktive Möglichkeit eines Persönlichkeitskonflikts angeht, so macht mir das keine Sorgen. Ich bin die liebenswürdigste Person der Welt, und ich kann mit jedem zurechtkommen, mit dem ich zusammenarbeiten muß.«

Am anderen Ende des Tisches erklang ein merkwürdiges Geräusch. Clodsahamps Augen verengten sich, als er seinen Lehrling ansah. »Schmeckt dir irgend etwas am Frühstück nicht, Sorbl?«

»Gnuff ... nein, Meister«, gelang es dem Eulerich hervorzuhusten. Er hielt sich eine dicke Serviette vors Gesicht, doch es ließ sich nicht sagen, ob er es nur tat, um seinen Mund oder seine Miene zu verbergen.

»Prima. Wir müssen sofort dieses kräftige Transportwesen aufsuchen und mit ihm einen Vertrag abschließen. Wir haben keine Zeit zu vergeuden.«

»Aber Chef!« protestierte Mudge. »Ich 'ab mein Frühstück noch gar nich zu Ende gegessen.«

Jon-Tom erhob sich und zerrte den Stuhl des Otters vom Tisch fort. »Komm schon, Mudge! Du hast gehört, was Clodsahamp gesagt hat. So wie du dich heute morgen vollstopfst, könnte man meinen, daß du gestern abend nichts zu essen bekommen hast.«

Der Otter wischte sich die Barthaare. »War ja kaum genug, um mir den 'ohlen Zahn zu füllen. Ein einziger kleiner Fisch, und nich mal den konnte ich richtig aufessen.«

»Dieser kleine Fisch war fast so groß wie du. Komm schon!«

»Na schön, wie du meinst.« Knurrend sprang der Otter vom Stuhl. »Aber wart nur, eines Tages erwisch ich dich auch noch, wenn du gerade 'ungrig bist.« Er schnallte sich seinen Köcher und den Bogen über den Rücken, während Jon-Tom seine Duar und seinen Rammholzstab aufnahm. Gemeinsam folgten sie Clodsahamp und Sorenset hinaus auf die Straße, wobei Sorbl über ihren Köpfen dahinglitt.

Der Fuchs führte sie vorbei an dem zentralen Platz, der nun wieder in seinen ursprünglichen wunderschönen Zustand zurückversetzt worden war, durch volle Geschäftsstraßen zum Industriegebiet von Ospenspri. Erst da hörte Mudge auf, sich zu beschweren.

Die Stallungen, aus denen die Transportbaracken bestanden, waren geräumig und gepflegt. Zwischen ihnen gab es reichlich Wege, die den Reinigungsmannschaften und Futterwagen hinreichend Platz boten. Die Gebäude gehörten, so erzählte Sorenset ihnen, einer alten und hochgeachteten Familie schwerer Pferde, von denen eines einen Sitz (oder genauer: einen Standplatz) im Stadtrat hatte. Verheiratete Zuggespanne und Familien hatten Ställe dreifacher Größe zur Verfügung, die in Unterkünfte für Hengste und Mähren unterteilt waren.

Am Anfang jeder Stallreihe befand sich ein Büro, wo angeheuerte Hilfskräfte die Geschäfte führten. Ein solches Arrangement war typisch für die Warmländer, denn ein Transporttier konnte zwar den ganzen Tag über schwer arbeiten, doch war es ihm mit seinen Hufen so gut wie unmöglich, mit Akten zu hantieren. Deshalb wurde die schriftliche Arbeit von Kapuzineraffen und ähnlich geschickten Individuen erledigt.

Sorenset führte sie an den prunkvolleren Unterkünften vorbei nach hinten, wo an einem kleinen Strom eine Reihe weniger schmucker, aber immer noch makellos sauberer Ställe standen. Diese Stallungen wurden zum überwiegenden Teil von Selbständigen bewohnt: von jenen Zug- und Lasttieren, die es vorzogen, allein und nicht in Mannschaften oder Gruppen zu arbeiten. Hier wurde deutlich mehr Heu angeliefert als Hafer oder Alfalfa.

Als sie um eine Ecke kamen und einen Weg entlanggingen, der von uralten Wollholzbäumen überschattet war, standen sie plötzlich vor einer Stallfront mit verschlossener Tür. Zur Linken der Doppeltür befand sich ein überdimensionaler Postkasten, ein großes rundes Ablagebehältnis, dessen Inhalt ebensoleicht mit Händen wie mit Lippen entfernt werden konnte. Darüber hing ein Messingschild, in das mit unerwartet eleganter Schrift nur ein einziger Name eingraviert war: DORMAS.

Sorenset lächelte ihnen zu, bevor er den Knopf der Türklingel betätigte. Drinnen schepperte es, dann erscholl eine tiefe, doch unverkennbar weibliche Stimme. Sie klang leicht gereizt.

»Hau ab! Bin jetzt nicht in Stimmung.«

Mudge nickte anerkennend. »Ah, 'ne Dame ganz nach meinem Geschmack.«

Sorenset wirkte verlegen, als er sich räusperte. »Ich bin es, Sorenset vom Stadtrat, im Augenblick fungiere ich als Führer.«

»Das ist mir egal, von mir aus kann es auch der Große Randury des Theaterensembles Moshen sein, der die Rolle der spasmischen Ente spielt! Bin nicht zu Gesellschaft aufgelegt.« Eine Pause, und dann: »Oh ... wart mal. Dich kenn ich doch. Du bist doch derjenige, der mir von diesen Südländern erzählt hat, die nach Norden wollen und jemanden brauchen, der sie hinauf aufs Plateau bringt.«

Sorenset versuchte mühsam die Würde zu bewahren, als er antwortete: »Der bin ich. Vom Stadtrat. Könnten wir bitte eintreten?«

»Wie Ihr wollt. Die Tür ist offen.«

Sorenset riß an dem Riegel und schob den schweren Holzbolzen beiseite, um die Tür aufzuhalten, während seine Schützlinge hindurchschritten.

Vor ihnen stand, eine beigefarbene Decke tragend, ihre Freiwillige. Jon-Tom furchte die Stirn, als er das Tier musterte.

»Du bist ja gar kein Pferd.«

Dormas blickte den Fuchs sofort mit einem gelb unterlaufenen Auge an. »Wer ist denn dieser Born der Weisheit?«

»O ja, tatsächlich, genau mein Typ von Dame«, sagte Mudge mit entzücktem Glucksen, während er die Beine kreuzte und sich gegen die Wand lehnte. Sorbl schloß hinter ihm die Tür.

»Du bist ein Maultier«, fügte Jon-Tom hinzu.

Sie ließ den Blick von ihrem Führer Sorenset zurück zu ihm schweifen. »Du hast wirklich nicht besonders viel Ahnung, Mensch.« Dann fuhr sie fort, so als wollte sie einem Dummkopf etwas erklären. »Zu deiner Information – ich bin kein Maultier. Ich bin eine Hengstlin.«

»Wie bitte?«

»Hm.« Sie musterte Sorenset wieder. »Er hat mir zugesagt, in Gesellschaft von Hexern und Kriegern zu reisen, nicht zusammen mit zurückgebliebenen Kindern.«

»Hör mal«, fing Jon-Tom an, »ich glaube nicht ...«

»Ein Maultier«, erklärte sie und unterbrach ihn dabei, »ist der Nachkomme eines Esels und eines Pferds, oder genauer, eines Esels und einer Stute. Eine Hengstlin dagegen ist die Nachkommin eines Hengstes und einer Eselin. Beides ist allerdings dem Ergebnis der Paarung von zwei nackten Affen vorzuziehen. Das Wunder daran«, fügte sie hinzu und musterte ihn von oben bis unten, »ist die Tatsache, daß aus so wenig Anstrengung soviel hervorspringen kann.«

Hastig machte er einige versöhnende Gesten. »He, tut mir leid, das wußte ich nicht. Die Biologie der Vierbeiner ist nicht gerade meine Spezialität.«

»Diplomatie offensichtlich auch nicht.«

»Ich habe doch schon *gesagt*, daß es mir leid tut! Ich heiße Jon-Tom. Das hier ist der Große Hexer Clodsahamp, sein Famulus Sorbl und mein Freund und Reisebegleiter Mudge. Wir sind hocherfreut, daß du dich bereiterklärt hast, uns zu helfen.«

»Euch zu helfen, daß ich nicht lache!« Sie schnaubte einmal und blickte zu Clodsahamp hinüber. »Es ist ziemlich klar, daß Ihr der Anführer dieses Pulks Geistesgestörter seid, Panzer hin, Panzer her. Der Mensch ist noch zu feucht hinter den Ohren, die Eule ist zu besoffen, und die Wasserratte hat heimtückische Augen. Somit seid Ihr ex negativo erkannt.«

»Ex negativo eines ungerechten Schicksals, wie ich das nenne«, murmelte Mudge, doch leise genug, daß Clodsahamp ihn nicht hören konnte.

»Der Fuchs hat mir erzählt, daß ich entsprechend der Gefahr des Unternehmens bezahlt werde. Da der Winter jeden Tag ausbrechen kann, ist das schon Gefahr genug.«

»Dem stimme ich zu, und das soll sich auch in deiner Entlohnung widerspiegeln«, teilte Clodsahamp ihr mit.

Durch diese sofortige Einwilligung schien sie ein wenig besänftigt. »Na, das klingt schon besser. Wollte nicht gleich abweisend wirken.«

»Nett, dich kennenzulernen«, sagte Sorbl und flatterte mit den Flügeln. Er hatte einen passenden Sitzplatz auf einem Querbalken gefunden.

»Meine ich auch«, fügte Jon-Tom hinzu. »Ich möchte mich für etwaige Unfreundlichkeiten entschuldigen, die ich vielleicht begangen habe. Ich kann dir versichern, daß es nicht meine Absicht war. Ich habe noch sehr viel über diese Welt zu lernen.«

»Hmphh. Ich bin Dormas. Keiner von uns kann etwas für das, was er ist.«

»Wie geht's denn so, 'übsche? Ich bin Mudge.« Der Otter ließ seiner Begrüßung noch einen fröhlichen Pfiff folgen.

»Heimtückische Augen, aber ich mag dich, Otter. Du schwebst wenigstens nicht gleich zwei Zoll über dem Boden.« Dann richtete sie ihre Aufmerksamkeit wieder auf den Ratsfuchs. »Haut ab, Sorenset. Muß Geschäftsverhandlungen führen. Und danke für die Vermittlung. Ihr kriegt Euren Anteil noch später.«

»Meinen Anteil?« Der Fuchs hastete bereits zur Tür

zurück. »Ich weiß überhaupt nicht, wovon du da sprichst!« Dann gönnte er den Rettern der Stadt ein wehmütiges Lächeln. »Muß mich sowieso auf den Weg machen. Lebt wohl und viel Glück.« Mit unwürdig wirkender Hast verschwand er.

»Und nun ist es an der Zeit, ein paar Einzelheiten zu klären«, sagte Dormas forsch.

»Einzelheiten? Ich dachte, Sorenset hätte sich bereits darum gekümmert«, erwiderte Clodsahamp.

»Nö. Hat uns lediglich zusammengebracht. Kommt nach hinten, dann könnt ihr euch eine Runde hinsetzen.«

Das Hinterzimmer war eine Offenbarung. Dort gab es ein fein gearbeitetes Strohbett, dessen Inhalt offensichtlich täglich gewechselt und parfümiert wurde, eine vergoldete Tränke und das übliche Sammelsurium pferdischer Kleidung. Es gab aber ebensoviel Kunstwerke, die meisten zeigten hübsch gemalte Hügellandschaften und üppige Weiden, aber auch einige Berglandschaften. Jon-Tom war besonders beeindruckt von einem Gemälde, das ihre Gastgeberin zwischen zwei Bergziegen zeigte. Alle drei hatten sie einen Huf gehoben, um dem die Szene festhaltenden Künstler zuzuwinken.

»Hat ein Schnellmaler für mich gemacht. Was meinst du? Kein übles Abbild.«

Mudge war zu Jon-Tom hinübergeschlendert, um das Bild zu begutachten. »Sieht aus, als wär es vor einer ganz 'übschen Anzahl Jahren gemalt worden.«

»Hmpf.« Wieder schnaubte sie, als sie sich umdrehte und zu einem überdimensionalen Aktenschrank hinüberschritt. Mit Lippen und Zähnen zog sie die zweite Schublade hervor, sortierte das darin befindliche Material und entwendete schließlich ein Stück Papier, das so dick wie Karton war. Dieses legte sie auf einen danebenstehenden Schreibtisch zwischen vier erhabene Holzstücke, die es festhielten.

»Mit einem Zahnstift komme ich ganz gut zurecht,

aber jemand, der Hände und Finger hat, kann es besser. Das hier ist mein Standardvertrag. Ich habe ihn bereits so abändern lassen, daß er unser Ziel enthält. Überprüft ihn.«

Clodsahamp watschelte herbei, rückte seine Brille zurecht und begann zu lesen. »Ich würde doch sagen, meine Dame, daß Ihr angesichts Eures Alters und Eurer Umstände wohl kaum in der Lage seid, Bedingungen zu diktieren.«

»Ach ja? Dann will ich Euch mal etwas sagen, Doppelatmer. Ich brauche diesen Job nicht. Ich lebe gern hier hinten, weil meine Freunde hier sind, weil ich gern auf den Bach hinausblicke und weil ich es nicht ausstehen kann, wie die Angeber in der teureren Gegend sich aufführen, als seien ihre Hufeisen aus Gold. Ich brauche keinen äußeren Schnörkel, weder am Körper noch zu Hause, um anderen meinen Wohlstand zu beweisen. Ich habe reichlich Kapital auf der Barackenbank, und ich brauche nicht mehr zu arbeiten, es sei denn, es gefällt mir. Wenn Ihr meint, daß Ihr jemand Besseres findet, dann geht doch ruhig mal die Stallungen entlang und versucht jemanden zu kriegen, der Euch Euren Plunder in dieser Jahreszeit aufs Plateau schleppt.«

»Wenn es dir so gut geht«, fragte Jon-Tom sie, »warum hast du dich dann überhaupt freiwillig gemeldet, um uns mitzunehmen?«

»Weil ich, junges menschliches Teiggesicht, zu schätzen weiß, was ihr getan habt, als ihr den Fluch fortgenommen habt, der auf unserer Stadt ruhte; und weil ich an das glaube, was ihr zu tun versucht, sofern es stimmt, was Sorenset mir erzählt hat. Und außerdem habe ich, anders als meine Kollegen, nicht nur einen breiten Rücken, sondern bin ich aufgeschlossen, ganz zu schweigen von einer Spur ethischen Empfindens. Ich meine, daß ihr Hilfe verdient habt – und natürlich zu einem fairen Preis.

Und außerdem kann ein bißchen Kleingeld nie schaden.« Jon-Tom hatte das Gefühl, als würde eine altjüngferliche Tante ihm eine Standpauke halten. »Und es gibt nichts, was mich hier hält. Ich reise gern, zu meinem eigenen Vergnügen und zu meiner Erbauung, nicht nur aus geschäftlichen Gründen. Es gibt auch nichts, was mich wieder hierher zurückziehen könnte, sollte sich dies als mein letzter Galopp erweisen. Ich befinde mich gewissermaßen zwischen den Büchern.«

»Büchern? Du liest wohl viel, wie?« fragte Jon-Tom.

Sie schüttelte den Kopf. »Du hast ein prächtiges Talent dafür, das Nichtzutreffende zu entdecken. Ich bin Schriftstellerin, und zwar eine von gewissem Renommee. Du siehst mir allerdings nicht gerade wie der Typ aus, der sich schicksalsträchtige Liebesgeschichten reinzieht, vor allen Dingen nicht solche, bei der die Hauptpersonen Vierbeiner sind – obwohl man nie genau vorher wissen kann, was jemand am liebsten liest. Ich nehme an, du hast noch nie von der Autorin Shiraz Sassway gehört?«

»Ich fürchte nein, allerdings hatte ich in letzter Zeit auch wenig Gelegenheit für leichte Lektüre«, erwiderte Jon-Tom. »Ich habe sehr viel studieren müssen.«

»Schade.« Sie wirkte wehmütig. »Muß dir mal ein Exemplar meines neuesten Werks geben, wenn wir zurück sind. *Langbeiners Liebeslust*. Hab gehört, daß es im Süden ganz gut weggeht.«

»Vielleicht könnten wir beide mal zusammen ein paar Recherchen durchführen – natürlich zusammen mit anderen«, meinte Mudge und zwinkerte ihr lüstern zu.

»Ich recherchiere nicht mehr, Wasserratte. Statt dessen verlasse ich mich auf meine früheren Erfahrungen. Ich habe eine sehr flotte Jugend gehabt. Das liegt inzwischen alles hinter mir.«

»Ich wette, das lag die meiste Zeit schon 'inter dir«, warf Mudge ein, sorgte aber dafür, daß er nicht in ihre Bißweite kam.

Doch es war Clodsahamp, der als nächster das Wort

ergriff. »Dieses eine einzige Dokument enthält ja mehr Klauseln als der Pakt zwischen Hexe und Familiar.«

»Bin ein- oder zweimal reingelegt worden. Nichts Persönliches, Hexer. Lest Ihr Eure Verträge etwa nicht?« Sie blickte nachdenklich drein, während sie ein paar Lieblingspassagen aufzählte. »Lasten werden nach meiner Manier zusammengestellt und verschnürt, nicht nach Eurer. Gewicht wird vorher festgelegt – keine Ergänzungen in letzter Minute, nicht mal ein Sandwich. Die üblichen Klauseln über Gefahrenzulagen. Im Gegenzug bekommt Ihr alles, was ich geben kann. Ich kann mehr tragen als jedes Pferd und bin schneller als jeder Esel. Ich kann an Graten emporklettern, bei denen das durchschnittliche Packpferd einen Herzinfarkt bekäme, und zur Not kann ich es sogar noch mit verbundenen Augen. Und all das bei weniger Futter, bei dem ich ohnehin nicht heikel bin. Mir genügt schlichter Wildweizen und Gras, wenn ich Lasten schleppe. Ich kann gut Nahrungsmittel aufstöbern und von Zeug überleben, mit dem ihr normalerweise allenfalls Häuser zusammenflechten würdet.

Ihr wollt nach Norden. Ich vertrage die Kälte besser als jedes Pferd, mit möglicher Ausnahme eines Pryzwalski, und von denen gibt es keine in diesem Teil der Wälder. Und außerdem habt ihr den Vorteil meiner Erfahrung. Ich bin schon ganz schön viel rumgekommen. Ich bin noch nicht so verstädtert wie manche von diesen Weichhufen, die draußen in den Vororten lediglich Waren von Tür zu Tür schleppen.«

»Wir sind auch nicht gerade auslandsunerfahren«, teilte Jon-Tom ihr mit.

»Freut mich zu hören. Bin nämlich nicht im Bemutterungsgeschäft, Fohlen. Ach ja, und noch etwas. Reiten ist absolut ausgeschlossen, es sei denn, jemand wird so schwer verletzt, daß er nicht zu Huf weitergehen kann. Ich bin ein Packwesen, kein Personaltransporter, und ich habe nicht vor, mich jetzt noch umzustellen. Wenn ihr es darauf abgesehen haben solltet, müßt ihr ein paar Ställe weiter nach oben und euch mit den Appaloosas und Pintos bereden.«

»Wir gehen zu Fuß«, verkündete Clodsahamp. »Das haben wir früher schon getan, und das werden wir jetzt auch noch können. An unseren Füßen ist nichts auszusetzen, außer daß wir leider nur auf zweien anstatt auf vieren gehen können. Ich verspreche dir, daß du nur unsere Vorräte befördern mußt. Uns befördern wir schon selbst.« Er zeigte auf den Vertrag.

»Aber bevor ich das hier unterzeichne, muß ich mich erst vom Ernst deiner Verpflichtungsabsichten überzeugen. Es könnte durchaus geschehen, daß wir in die tödlichen Hände eines Gegners geraten, dessen Aussehen und Name selbst für uns ein Geheimnis ist, und der von einem unbekannten Wahnwitz angetrieben wird. Außerdem müssen wir mit einem unglaublich mächtigen und gefährlichen Phänomen zurechtkommen, das nicht von diesem Universum ist. Hier geht es um allerernste Dinge. Es ist höchst wahrscheinlich, daß wir gemeinsam Augenblicke großer Gefahr überstehen müssen, und zu solchen Zeiten müssen wir ein Herz und eine Seele sein. Ich kann es nicht zulassen, daß ein Mitglied unserer kleinen Gruppe bei solchen Gelegenheiten einen Rückzieher macht, egal ob es aus persönlichen Gründen geschieht oder wegen irgendwelcher Fußnoten auf einem Stück Papier.«

Dormas richtete sich auf, bis sie um kein Stück weniger stolz aussah als ein Araber. »Ich werde nicht diejenige sein, wenn es hart auf hart kommt und der Schwarze Wind droht, uns davonzufegen. Darauf könnt Ihr Euch verlassen.« Sie ließ den Blick über die anderen schweifen, um ihn schließlich auf Mudge zu heften. »Was ist mit dir, Otter? Hast du denn keine Angst?«

Mudge hatte wieder seinen Platz an der Wand eingenommen. Er hatte einen Strohhalm aus dem Bett der

Hengstlin gezogen und kaute darauf, während er die Krallen seiner rechten Pfote begutachtete.

»Nun, Liebchen, tatsächlich mach ich mir aus Angst bald wo'in. Aber ich 'abe gese'en, was Seine 'exerschaft kann, ebenso wie mein nich allzu schlauer, aber gutmeinender Bannsängerfreund 'ier, und ich 'abe zu beiden Vertrauen. Diese Störungen des Wanderers scheinen mir 'n weltweites Problem zu sein. Da man vor ihnen nich weglaufen kann, denk ich mir, daß ich genausogut versuchen kann, die Sache richtig 'inzubiegen. Hab so was schon mal mit dem 'ier durchgemacht«, – er zeigte mit dem Daumen in Jon-Toms Richtung –, »und zwar mehr als einmal. Nich daß ich mich langsam dran gewöhnt 'ätte, mein kostbares Selbst regelmäßig in Gefahr der Entgliederung zu se'en, aber es überrascht mich nich gerade, wenn jemand es doch versucht.

Siehste, ich krieg nämlich langsam das Gefühl, daß mein Schicksal irgendwie mit diesem Bannsängerburschen 'ier verknüpft ist und daß ich genausogut mit ihm mittraben kann. Du weißt schon, das is wie bei einem Unfall, wo zwei Wagen an 'ner Kreuzung aufeinanderprallen und die Besitzer nich mehr voneinander loskommen.«

»Das ist aber nicht gerade eine schmeichelhafte Metapher, Mudge«, murrte Jon-Tom.

»Is ja auch nich gerade 'ne schmeichelhafte Bezie'ung, Kumpel.« Er wandte sich wieder an Dormas. »Na ja, und da man vor den Auswirkungen dieses komischen Wandergesellen sowieso nich wegrennen kann, 'ab ich mir gedacht, daß ich mitge'e. Vielleicht springt ja auch noch was dabei raus, wa?«

»Verstehe. Starke Gefühle und starke Gründe. Das gefällt mir. Gib mir den Schreiber, dort drüben im Wandhalter!«

Clodsahamp reichte ihr das Gerät. Sie nahm es entgegen und unterschrieb den Vertrag mit einem unerwarteten Schnörkel. Der Hexer nickte anerkennend.

Dann drückte er seinen Siegelring auf die freie Stelle unter ihrem Namen, was den Abdruck eines Schildkrötenpanzers mit einem großen C hinterließ.

Dormas studierte das Signet bewundernd. »Hübscher Trick.«

»Billiger, als ständig neue Schreibstifte zu kaufen«, teilte der Hexer ihr mit. »Ich würde ja einen für dich machen lassen und dir den notwendigen Dauertintenzauber verkaufen, aber dein Hufabdruck würde glatt die halbe Seite bedecken. Das würde deinem Rechtsanwalt bestimmt nicht gefallen. Dann hätte er weniger Platz zur Verfügung, um sich in Randbemerkungen zu beschweren.«

Sie lächelte, legte den Vertrag in eine Schublade und schloß diese mit einem Stubser ihrer Schnauze. »Ich bin wirklich nicht halb so zänkisch, wie ich wirken mag. Ihr werdet unterwegs feststellen, daß ich eine sehr angenehme und entgegenkommende Gefährtin bin.«

»Genau wie Seine 'exerschaft«, flüsterte Mudge Jon-Tom zu. »Da seien die guten Geister vor!«

»Wann beginnen wir mit der Klettertour?«

»Morgen früh, wenn es Euch paßt.«

»In Ordnung. Dann werde ich im Morgengrauen aufstehen. Wir können dann packen und uns schnell auf den Weg machen.«

»Schon wieder so 'n Dynamiker«, murrte Mudge düster. »Wann bin ich mal endlich mit vernünftigen Leuten zusammen, die sich Zeit lassen und das Leben leicht nehmen?«

»Es ist ziemlich schwierig, sich zu entspannen, wenn die Stabilität der ganzen Welt auf dem Spiel steht, Mudge.«

Der Otter streckte sich und gähnte. »Bin mir gar nich sicher, daß sie im Augenblick sonderlich stabil is, Kumpel. Nich daß es eine große Rolle spielte. Du weißt doch, wie es 'eißt: ›Alle sind verrückt außer mir und dir, und bei dir bin ich mir auch nich so sicher.‹«

Jon-Tom musterte ihn mit einem wissenden, vertrauten Blick. »Dieses ganze Gerede über deine Verpflichtungen gegenüber Clodsahamp und deinen Mitwesen – du kommst tatsächlich nur mit, um dich selbst zu schützen, nicht wahr?«

»'ab nie geleugnet, daß das auch 'n Grund war, Chef. Außerdem is 'ier in Ospenspri nich mehr allzuviel los, vor allem seitdem diese Wolke über die Stadt kam, und du weißt doch, wie schnell sich unsereins langweilt. Ganz zu schweigen davon, wie schwierig es is, mit verkrüppeltem, verzogenem Rücken die Würfel richtig zu 'alten.«

»Das hätte ich mir denken können. Du kämst bestimmt nicht mit, wenn du nicht auch pleite wärst, zusätzlich zu deiner Sorge um deine eigene Haut.«

Mudge zwinkerte ihm zu. »Kumpel, ich würd nich mal zu 'ner Beerdigung von 'nem Freund kommen, wenn ich dabei nich wenigstens das Monopol auf den Taschentuchverkauf in Aussicht 'ätte. Soweit kennste mich wenigstens.«

»Wahrscheinlich sollte ich jetzt erleichtert sein. Eine Weile habe ich nämlich geglaubt, daß die Störung nicht nur deinen Körper, sondern auch noch dein Gehirn beeinträchtigt hat.«

»Mich, wa? Ach, Bursche, der alte Mudge is so beständig wie die Bäume, so frei und wild wie der Fluß Tailaroam und so sicher und zuverlässig wie der Boden unter unseren Füßen.«

In diesem Augenblick verschwand der Boden unter ihren Füßen plötzlich. Ebenso der Himmel. Jon-Tom stellte fest, daß er in einem etwas trüben blaugrünen Wasser schwebte und ein Wesen anstarrte, das wie ein kleiner Barrakuda aussah. Zu seiner Rechten befand sich ein aufgeblasener Kugelfisch. Daneben trieb ein gepanzertes Exemplar des Rückschritts in jene Zeit, als die Fische die vorherrschende Lebensform auf dem Planeten waren.

Einen Augenblick lang kämpfte er ums Gleichgewicht. Als ihm klar wurde, daß er weder am Versinken noch am Ertrinken war, beruhigte er sich ein wenig. Dann streckte er prüfend die Flossen; erst die Rückenflosse, dann die beiden an den Seiten, als letzte die Bauchflosse. Die fischartigen Analogien von Mudge, Dormas und Clodsahamp starrten zurück.

Da huschte ihm ein Neuankömmling am Gesicht vorbei. Er war klein, von grellbunter Farbe und schnell. In rasenden Kreisen schwamm er um Clodsahamp herum. »Das ist ein bißchen viel«, sagte der Sorbl-Fisch.

»Verlier nicht die Ruhe!« riet ihm Jon-Tom. »Wir haben schon Schlimmeres durchgemacht.«

»Du hast gut reden«, versetzte Sorbl. »Der Meister verbringt sehr viel Zeit im Wasser, dein Otterfreund auch, aber ich bin es gewöhnt, mich *über* der Oberfläche aufzuhalten, nicht darunter.«

»Glaubst du etwa, du seist der einzige, der hier psychologische Anpassungsschwierigkeiten hat? Ich bin schließlich auch nicht gerade ein Wasserwesen, weder von meiner Struktur noch von meiner Natur her. Und Dormas sogar noch weniger.«

»Aber ihr seid wenigstens schon mal im Wasser gewesen«, protestierte der blaugestreifte Flitzer. »Ich habe Vettern, die das auch getan haben – Kormorane und Enten und so weiter –, aber ich habe mich noch nie im Leben unter den Wellen aufgehalten. Ich finde das äußerst schrecklich.«

»Ach, nun mach nich so 'ne Schau daraus, du Federtrottel!« Dies kam von der sofort erkennbaren Schwimmversion des Mudge. »Meinste etwa, daß ich gerne Flossen 'abe statt Füße? Und außerdem, wenn dieser Ozean 'ier bernsteinfarben statt blaugrün wäre, kämste dir wahrscheinlich vor wie zu 'ause, weil du ja ohne'in die 'albe Zeit am Boden einer Flasche verbringst.«

»Da stehe ich kurz vor dem Nervenzusammenbruch,

und der muß mich auch noch beleidigen«, grollte der Lehrling.

»Immer mit der Ruhe.« Jon-Tom sprach es geistesabwesend vor sich hin, fasziniert von der fremartigen Umgebung, in der er sich befand. »Die Störung wird schon bald wieder aufhören.«

»Ach, wird sie, ja? Da bist du dir ganz sicher, wie? Willst du sie etwa mit diesem prachtvollen Instrument, das du da umgehängt hast, durch Zaubergesang in die Wirklichkeit zurückbringen?«

Jon-Tom bemerkte, daß er anstelle der Duar nur einen breiten Streifen olivgrünen Seetangs umgehängt hatte.

»Oder«, fuhr Sorbl fort, »soll der Meister die Welt in die Normalität zurückzaubern, mit Hilfe seiner Gebräue und Zaubersprüche? Denk mal dran, was mit Ospenspri passiert ist. Wenn diesmal das gleiche geschehen sein sollte, dann sind wir auf ewige Zeiten Gefangene dieser feuchten, erstickenden Wasserwelt und der Gestalten, die sie gerade bewohnen.« Er flitzte wieder durchs Wasser, erst um Clodsahamp, dann um Mudge und Dormas herum.

»Ist mir egal, was die anderen sagen. Es ist nicht dasselbe wie fliegen. Es ist wie ...«

Doch bevor Sorbl die Möglichkeit hatte zu erklären, wie es denn war, fand irgendwo in Nähe von Jon-Toms Sehnerven ein mittlerweile vertrautes Rucken statt. Plötzlich waren seine Flossen verschwunden, und er stand wie zuvor auf dem Boden von Dormas' Stall. Die Hengstlin blinzelte ihn an, dann sah sie zu Clodsahamp hinüber. Mudge geriet ins Stolpern, fing sich aber noch, bevor er stürzte. Sorbl hatte weniger Glück. Er war gerade wildlings durchs Wasser geschossen, als die Störung plötzlich aufgehört hatte, und so war er voll gegen die Wand geprallt. Jetzt saß er auf dem Boden, die großen goldenen Augen halb geschlossen, den oberen Teil des Kopfs mit beiden Flügelspitzen haltend. Doch trotz des Schmerzes lächelte er. Immerhin besaß er wieder

Flügel, und das einzige Wasser, das in Sicht war, befand sich im unteren Teil von Dormas' Tränkbassin.

»Ich habe euch gewarnt«, sagte Clodsahamp nüchtern. »Diese Störungen können gefährlich werden, selbst wenn sie nicht dauerhaft sind. Es ist wichtig, während einer Verwandlung keine plötzlichen Bewegungen zu machen oder Risiken einzugehen. Ich nehme doch an, daß sich dies von allein erklärt.« Er zeigte auf Sorbl, der gerade unsicher aufstand. »Danke für das Beispiel, Famulus.«

»Ihr könnt Euer Beispiel nehmen und es Euch ...«, fing Sorbl an, doch zog er es klugerweise vor, den Satz nicht zu beenden.

»Nun haben wir etwas dazugelernt, und alles ist geregelt«, schloß der Hexer. Er streckte eine dicke Hand hervor. Dormas stupste sie, und der Handel war besiegelt.

»Also morgen ganz früh«, erinnerte sie sie. »Wo wohnt ihr?«

Clodsahamp nannte ihr den Namen des Gasthofs. »Wir müssen noch packen und kommen sofort nach dem Frühstück her.«

»Paßt mir gut in den Kram, Hartpanzer.«

»Ich freue mich auf eine fruchtbare Zusammenarbeit und hoffe auf einen Erfolg unseres gemeinsamen Unternehmens.«

»Und ich freue mich darauf, den Lokus zu benutzen«, erwiderte sie. »Wenn ihr Jungen mich also bitte entschuldigen wollt?« Sie machte kehrt und schritt hinter einen Vorhang im hinteren Teil des Zimmers.

Auf diese Weise entlassen, kehrten sie zu ihrer Unterkunft zurück, um sich auf die lange schwierige Bergtour vorzubereiten, die morgen früh nach ihrem Abschied von Ospenspri beginnen würde. Inzwischen waren die Bürger alle mit dem Aussehen ihrer Erretter gut vertraut, und so stellten sie fest, daß sie im Mittelpunkt höflicher Aufmerksamkeit standen, als sie durch die geschäftigen Straßen schritten.

Die größte Aufmerksamkeit galt Clodsahamp, dessen Panzer schier anschwoll, als er die Blicke und den gelegentlichen milden Applaus wahrnahm. Der Hexer war nicht der Typ, um der Gelegenheit aus dem Weg zu gehen, sich in den Strahlen seines eigenen Ruhms zu sonnen. Sorbl schwebte über ihnen dahin, in einer geraderen Fluglinie als gewöhnlich, von seiner kurzen Inkarnation als Unterwasserbewohner stark ernüchtert. So gelang es Mudge, dicht neben Jon-Tom zu watscheln, um mit ihm zu plaudern, ohne daß jemand sie belauschen konnte.

»Mal im Ernst, Kumpel, wie 'och schätzte unsere Chancen ein?«

»Welche Chancen, Mudge?«

»Nun spiel keine Spielchen mit mir, Jüngelchen. Dazu 'aben wir schon zuviel durchgemacht. Du weißt genau, was ich meine. Unsere Chancen, diesen Wanderkeks einzufangen, oder was das auch sein mag, um ihn dort'in zurückzuscheuchen, wo er 'inge'ört?«

»Clodsahamp meint, daß er von allein verschwinden wird, sobald er sich wieder frei bewegen kann. Gefahr droht uns nur von demjenigen, der ihn in unserer Welt gefangenhält. Da ich keine Ahnung habe, mit wem wir es da zu tun haben, kann ich dir auch schlecht etwas über unsere Erfolgschancen sagen.«

Mudge wirkte niedergeschlagen. »Kann mich immer darauf verlassen, Kumpel, daß du mich ordentlich ermutigst.«

»Wir werden es schon schaffen, Mudge. Das haben wir bisher immer getan.«

»Das is es ja gerade, was mir Sorgen macht. Ich sorge mich ständig, daß die Polizei mich eines Tages erwischt. Oder 'ne frü'ere Geliebte. Oder jemand, der beim Kartenspiel gegen mich verloren 'at. Aber was mir am meisten Sorgen macht, das is der Gedanke, daß der alte Mudge einmal in die Fänge des verdammten Gesetzes der Wahrscheinlichkeit gerät, und ich 'ab Angst, daß es mir auf dieser Reise 'n bißchen zu na'e auf die Pelle rückt.«

»Ach, komm schon. Wo bleibt denn der zuversichtliche, immer fröhliche Mudge, den ich am besten kannte?«

»'inten, auf dem Weg nach Lynchbany, ungefähr 'undertfünfzig Meilen von 'ier.«

»Überleg doch mal: Auf unseren früheren Reisen mußten wir uns ständig allein mit Gefahren rumschlagen. Aber diesmal ist Clodsahamp dabei. Mit seinem Wissen und meinem Bannsingen nehmen wir es mit allem auf, was sich uns in den Weg stellt.«

»Irgendwie flößt mir das auch nich gerade Vertrauen ein, Kumpel.« Mudge schwieg für einen langen, langen Augenblick. Dann deutete er mit dem Daumen über die Schulter. »Und was is mit unserer Dame da? Die scheint zwar 'n Rücken zu 'aben, der genauso kräftig und stark is wie ihre Zunge, aber sie kommt auch langsam in die Jahre. Wenn die olle Klunte plötzlich mittendrin am Ende von Nirgendwo die Trensen schmeißt, 'ocken wir ganz schön in der Marinade. Ich 'ab nix dafür übrig, 'n ganzen Berg von Vorräten steile Grate emporzuschleppen.«

»Dormas wird sich schon gut bewähren. Und in die Jahre kommen wir schließlich alle, Mudge.« Jon-Tom sprach es vom erhabenen Standpunkt eines Mannes aus, der erst noch fünfundzwanzig werden mußte. »Ich habe festgestellt, daß man in dieser Welt ziemlich schnell altert.«

»Ja, wenn man nämlich so 'n Leben führt wie wir im letzten Jahr oder so«, stimmte Mudge ihm sofort zu. »Schätze, was das alte Liebchen angeht, 'aste wohl recht, und trotzdem wünsch ich mir, wir 'ätten 'n bißchen mehr profane 'ilfe, zum Beispiel mehr Schußwaffen und Kämpfer. Schade, daß du nich eben mal deinen Drachenfreund 'er'olen kannst.«

»Wie, Falameezar? Als ich ihn das letzte Mal sah,

schwamm er gerade von Quasequa beharrlich gen Süden. Du weißt selbst, wie weit das von hier ist. Und oben im Plateaugebiet würde es mit ihm nicht sonderlich gut funktionieren. Er liebt warmes Wasser und noch wärmere Luft, und nach allem, was Clodsahamp mir über unser Ziel erzählt hat, gibt es dort von beidem herzlich wenig.«

»Die Kälte macht mir nix aus. Wir Otter fühlen uns in kalten Temperaturen genauso 'eimelig wie in 'eißen. Woran ich vielmehr denke, das bist du, mein Junge.«

»Warum, Mudge? Nicht daß ich es nicht zu schätzen wüßte, daß du dir Sorgen machst.«

»Sorgen? Und ob! Wenn dir nämlich die Arschbacken am Boden festfrieren, 'ab ich 'n Schwertarm weniger an meiner Seite, ganz zu schweigen vom Verlust deiner Bannsängerei, die ja gelegentlich doch mal funktioniert. Du 'ast doch kein bißchen vernünftigen Pelz an dir, um dich vor der Kälte zu schützen.«

Jon-Tom hielt den Blick unentwegt nach vorn gerichtet. »Ich werde es schon schaffen, solange wir nicht gerade den Wintereinbruch in den Bergen erleben müssen.«

»Und wenn wir ihn doch erleben?«

»Dann kannst du meinen gefrorenen Kadaver hierher zurückschleppen, ihn in einen Hundert-Gallonen-Martini schmeißen und auf mein Ableben trinken. Du machst dir zuviel Sorgen. Ich fühle mich stark wie ein Ochse.«

»Ja, samt dem dazuge'örigen Ge'irn. Ich wünschte mir, ich würde mich selbst auch so stark fühlen.«

»Was ist denn los?«

»Och, nur daß ich das Gefühl 'abe, nich mehr ich selbst zu sein.«

»Das hat doch nicht zufällig etwas mit deinem Lebensstil zu tun, oder?«

»Ich gebe zu, daß mir dieser Gedanke auch schon gekommen is, Kumpel. Des'alb 'abe ich auch beschlossen, die Vielweiberei, das Fressen und das Saufen ein bißchen einzuschränken.«

»Dafür hast du dir gerade die richtige Zeit ausgesucht. Während unserer Reise wirst du kaum Gelegenheit haben, es damit zu übertreiben.«

»Genau, das is es ja gerade. Des'alb fühle ich mich auch nich wohl. Weil ich mich einschränken muß, bei den Weibern und beim Fressen ...«

»... und beim Saufen«, beendete Jon-Tom kopfschüttelnd seinen Satz. »Und ich dachte schon, es sei etwas Ernstes.« Angewidert beschleunigte er das Tempo.

»Aber Kumpel!« warf Mudge ein und sah ehrlich verblüfft aus, als er versuchte, mit seinem hochgewachsenen Freund Schritt zu halten. »Was könnte denn wohl schlimmer sein?«

»Als was?« fauchte Jon-Tom ihn an.

»Als maß'alten zu müssen, natürlich!«

VI

Dormas hielt, was sie versprochen hatte: Sie konnte es nicht nur mit dem allgemeinen Tempo aufnehmen, als sie Ospenspri am folgenden Morgen hinter sich ließen, nein, sie wollte trotz ihrer schweren Last auch unbedingt die Führung übernehmen. Sie bat so oft darum, daß Clodsahamp sie an sein eigenes fortgeschrittenes Alter erinnern mußte und an die Tatsache, daß zwei Beine, so stark sie auch sein mochten, niemals mit vieren Schritt halten konnten.

Jon-Tom war davon überzeugt, daß sie zeigte, was sie konnte, um sich von Anfang an als qualifiziertes Mitglied der Expedition zu beweisen. Jedenfalls gab es nach dem ersten langen anstrengenden Marschtag keinerlei Kommentare mehr über ihr Alter oder ihre Ausdauer, weder von Mudge noch von irgendeinem anderen. Jon-Tom erinnerte sich an ihre Äußerungen, als sie sie vor dem Gasthof zu Ende beladen hatten.

»Ist das alles? Zum Teufel, ihr Jungens braucht doch wohl keine Hengstlin, um dieses bißchen Kram zu schleppen. Da hätten doch auch ein paar Packratten genügt.«

Trotz ihrer vorhergehenden Warnungen über das Reiten gestattete sie es Sorbl dennoch, sich gelegentlich auf dem obersten Ballen auszuruhen. Ausruhen, erklärte sie, war nicht dasselbe wie Reiten. Jon-Tom vergnügte sich damit zuzusehen, wie der Eulerich auf den Vorratsbergen hin- und herschaukelte, sich mit den krallenbewehrten Füßen an einem Schnürriemen festhielt und aussah, als sei er nichts anderes als eine federgeschmückte Mütze. Er pflegte eine Weile so zu reiten, bevor er sich wieder in die Wolken erhob, um das unter ihm liegende Gelände zu erkunden.

Dormas' Ausdauer hatte auch eine heilsame Wirkung auf Clodsahamps Begleiter. So blieb ihnen die übliche endlose Litanei von Klagen über die wunden Füße des Hexers, über seinen Rheumatismus und das gewaltige Gewicht seines Panzers erspart. Statt dessen bewahrte er Ruhe, bewegte schweigend das Maul und schwieg, auch als sie schwierige Stellen überquerten. Jon-Tom war froh über die eigenen langen Beine. Mudge besaß weder lange Beine, hexerhafte Entschlossenheit, Flügel oder ein Extrapaar Gehwerkzeuge. Diese Mängel machte er mit der typischen unermüdlichen Otterenergie wieder wett.

Nördlich von Ospenspri waren die Wälder größtenteils unbewohnt. Mit zunehmender Höhe ließen sie auch die Glockenbäume selbst zurück, gemeinsam mit den vertrauteren Eichen und Pappeln. Ihr Platz wurde durch Immergrün eingenommen. Jon-Tom glaubte, Fichten, Föhren und Blautannen zu erkennen. Es gab auch exotischere Gewächse, einschließlich eines mächtigen Strauchs, dessen drei Zoll lange Nadeln so scharf und spitz waren wie die Stacheln eines Igels. Mudge bestimmte die gefährlicheren Gewächse und führte seine Gefährten vorsichtig um sie herum. Dem gepanzerten Clodsahamp konnten sie zwar nichts antun, doch hätte ein einziger Fehltritt jeden der anderen auf der Stelle in grüne Nadelkissen verwandelt.

Während Sorbl über ihnen das Gelände erkundete und Clodsahamp unermüdlich den Waldboden studierte, stellte Jon-Tom fest, daß er sich tatsächlich entspannen und den Fußmarsch genießen konnte. Das Immergrün, das kahle Felsgestein, die Tannenzapfen, die den Boden übersäten, erinnerten ihn an Oregon oder Montana.

Als sie aus dem tiefergelegenen Wald auf das Plateau hinauskamen, amüsierte er sich damit, Zweige und Tannenzapfen aus dem Weg zu treten. Gerade wollte er einen besonders großen Zapfen mit einem Tritt beiseite schleudern, als er plötzlich zu Boden gestoßen wurde. Er rollte herum, zornig und verwirrt.

»Was soll denn das jetzt schon wieder, Mudge?« Denn der Otter hatte ihn von hinten gestoßen. Sorgfältig überprüfte er seine kostbare Duar, und als die ängstliche Musterung zu seiner Zufriedenstellung ausgefallen war, seufzte er erleichtert auf. »Du hättest sie glatt zertrümmern können!«

»Besser sie als dich, Kumpel.« Der Otter befingerte die Feder, die die Kappe auf seinem Kopf schmückte. Sie war ihm nach vorn übers Auge gerutscht, als er Jon-Toms Beine angesprungen war. Clodsahamp, Sorbl und Dormas standen um sie herum und sahen zu.

Mudge zeigte auf den großen Tannenzapfen, achtete aber darauf, ihn nicht zu berühren. »Was meint Ihr, Euer 'exerschaft? Erkennt Ihr dieses charmante kleine Geschenk des Urwalds?«

Clodsahamp blinzelte durch seine Brillengläser auf den scheinbar unschuldigen Zapfen, der mitten auf dem Weg lag. »Deine Augen sind ebenso scharf, wie deine Zunge spitz ist, Flußratte.« Dann richtete er seinen Blick auf Jon-Tom. »Du solltest deinem Freund danken, anstatt ihn anzuschreien.«

»Wofür?« Jon-Tom war noch immer verärgert, sah noch immer keinen Grund für das unvermutete Handeln des Otters. Schließlich war das hier ja lediglich ein ganz gewöhnlicher ...

Mitten im Gedanken bremste er sich. Während der Zeit, die er in dieser Welt gefangen war, hatte er zwar nur sehr wenig über sie erfahren, eines aber dafür schon sehr früh – daß es hier nämlich kaum etwas gab, was man als gewöhnlich bezeichnen konnte.

»Jedermann liebt Pinienkerne. Manche meiner na'en

Verwandten täten fast alles, um 'ne 'andvoll davon zu bekommen.« Mudge erhob sich und musterte den Zapfen. »'ab selber bei Gelegen'eit daran geknabbert. Is 'ne prächtige und praktische Verpflegung für Reisende wie uns, die es eilig 'aben.«

Jon-Tom war gerade damit beschäftigt, den Schmutz von den Ärmeln seines indigofarbenen Hemdes zu bürsten. »Was ist denn an dem hier so besonders?«

»Die Bäume 'aben ihre Mittel und Wege, um sicherzustellen, daß wenigstens 'n paar von den Samen und Kernen, die sie verteilen, nich Opfer 'ungriger Passanten werden, Kumpel, ob die nun intelligent sein mögen wie ich oder dumm wie die Waldnager und du.« Er beugte sich vor und begutachtete gemächlich den Zapfen aus jedem erdenklichen Winkel, bevor er ihn zaghaft mit beiden Händen aufnahm. Dann drehte er sich um und zeigte ihn den anderen; er hielt ihn so vorsichtig wie ein ausgeblasenes Ei.

Jon-Tom beugte sich ebenfalls vor. »Sieht doch aus wie ein ganz normaler Zapfen.«

»Natürlich wirkt er so, Kumpel. Soll er ja auch. Aber schau mal 'ier.« Er zeigte mit einem Finger, ohne den Zapfen zu berühren. »Siehste das? Der obere Ring der Samenkapsel fehlt, wa? Im Fallen is er nich abgeschlagen worden, und ein Reisender 'at ihn auch nich aufgefuttert. Nein, der Baum 'at ihn abgezogen, als er den Zapfen fallen ließ.«

»Ich verstehe immer noch nicht. Na und?«

»Folgendes, Kumpel. Was passiert wohl, wenn du ihn aufnimmst und versuchst, aus seinen Samen 'ne Mahlzeit zu machen oder ihn spielerisch in der Gegend rumkickst?« Er drehte sich um, legte den Arm zurück und schleuderte den Zapfen so weit wie möglich über einen Haufen von Felsen.

Eine Sekunde des Schweigens, danach eine gewaltige Explosion. Jon-Tom zuckte zusammen. Orangefarbene Flammen schossen in den Himmel empor, von schwarzem Rauch überschattet. Während sich der Rauch auflöste, drehte Mudge sich zu ihm um, die Pfoten in die Hüften gestemmt.

»Nur so 'n kleiner Entmutigungsschock für den Möchtegern-Samennascher. Es 'ätte dir die verdammten Beine weggerissen, Kumpel.«

»Das ... das wußte ich nicht, Mudge.« Jon-Toms Kehle war trocken, als er den verblassenden Rauch betrachtete. »Ist wirklich verdammt gut, daß die Zapfen in meiner Welt nicht so sind.«

Mudge setzte den Marsch fort, dicht hinter Clodsahamp und Dormas. »Och, ich schätze, so was gibt's überall, Kumpel.«

»Nein, da täuschst du dich aber. Ich habe noch nie davon gehört, daß jemand bei uns von einem explodierenden Tannenzapfen getötet worden wäre.«

Der Otter warf ihm einen herausfordernden schrägen Blick zu. »Gibt's bei euch denn keine neugierigen Leute, die durch solche Wälder wie diesen hier reisen und nich wieder rauskommen?«

»Natürlich gibt es die bei uns. Aber die sterben an Hunger oder Durst oder an Schlangenbissen oder so etwas. Jedenfalls nicht daran, daß sie auf explodierende Tannenzapfen treten.«

»Wo'er willste das wissen, Kumpel, wenn ihr sie nie wiederfindet?«

»Die meisten finden wir schon wieder.«

Doch der Otter blieb stur. »Aber was is mit denen, die einfach verschwinden?«

»Na schön, bei denen nimmt man eben an, daß sie von einem Berghang gestürzt oder in einer Höhle gestorben sind oder ähnliches.«

»Ha! Wie willste denn die Teile von jemandem wiederfinden, der in 'nem dichtbewaldeten Gebiet in Stücke gerissen wird? Was sich nich in Luft auflöst, wird von den Aasfressern verputzt.«

Jon-Tom hob den Blick und starrte entschlossen geradeaus. »Das ist ein lächerliches Gespräch, und ich weigere mich, es fortzusetzen.«

»Gibt es viele Nadelbäume in deiner Welt, Kumpel, Bäume wie diese?«

»Mudge«, – Jon-Tom seufzte –, »es gibt Millionen davon, und viele sind schon massenhaft gefällt worden, um Baumaterial zu gewinnen und so. Ich habe aber noch nie davon gehört, daß irgend jemand beim Holzfällen zerfetzt wurde.«

»Glaubste denn, diese Bäume wären völlig blöd? Die wissen genau, daß sie nix gegen Leute ausrichten können, die in 'ner Gruppe zusammenarbeiten. Des'alb versuchen sie auch, einen nach dem anderen umzunieten, wenn gerade niemand da is, um zuzugucken.«

»Ich höre mir diesen Quatsch nicht länger an!« Während er dies sagte, trat er einen Schritt beiseite, pflückte hier und da eine reife Rotbeere und steckte sie sich zornig in den Mund. Der saure Saft versüßte seine Laune keineswegs. Ein verstohlener Blick zeigte ihm, daß Clodsahamp über ihn lächelte, und das machte ihn noch wütender.

Explodierende Tannenzapfen! Bösartige Föhren! Das war doch alles völlig absurd! Clodsahamp und Mudge amüsierten sich nur auf seine Kosten. In *seiner* Welt gab es keine derartigen mutierten Ungeheuerlichkeiten. Natürlich kam es vor, daß Leute in den Wäldern verschwanden, beispielsweise in Oregon oder Montana. Leute, die so töricht waren, völlig allein durch die Wildnis zu streifen. Die hatten es dann aber auch verdient, über eine Klippe zu stolpern, in einen unbeschwimmbaren Fluß zu stürzen oder ...

Auf einen explodierenden Tannenzapfen zu treten?

Nein, die Vorstellung war wirklich albern.

Dennoch war dies hier nicht seine Welt, und so unterließ er es, mit weiteren Tannenzapfen unterwegs Fußball zu spielen. Von einem überhängenden Ast fiel ein Zapfen herab, was ihn einen Satz machen ließ. Mudge kicherte los, unterdrückte es und verbarg das Gesicht, als Jon-Tom ihm einen mörderischen Blick zuwarf. Der Bannsänger hob den Zapfen auf und drehte ihn um. Der oberste Ring der Samenkapsel war noch da. Ein Glück.

Wütend warf er das Ding beiseite. Wenn er nach Hause zurückkehrte, würde er diese dämliche Theorie bei seinem ersten Besuch in den Bergen schon entlarven.

Er würde lediglich vorher keine Zapfen herumtreten, sagte er sich nachdenklich.

Am Abend offenbarte sich ein unerwartetes Talent ihrer unermüdlichen Transporterin. Über ihren scharfen Witz und ihren kräftigen Rücken hinaus besaß Dormas nämlich auch noch eine prächtige trällernde Sopranstimme. Ganz zu schweigen von den in einem langen Leben angesammelten Liedern und Balladen, die sie nun vortrug, während sie um das Feuer saßen. Begeisterter Applaus unterbrach den Schluß des Stegreifkonzerts. Die Hengstlin wandte den Blick ab, unerwarteterweise verlegen geworden.

»Das tue ich nicht oft«, teilte sie ihnen mit, »aber ehrlich gesagt langweilt ihr mich, und da höre ich mich lieber selbst singen, als mir euer Gebabbel anzuhören.«

»Ich höre dich auch lieber singen«, sagte Jon-Tom. Dann furchte er die Stirn. Irgend etwas stimmte nicht. Es war zwar nicht radikal falsch, aber auch nicht richtig. »Merkwürdig. Ich fühle mich plötzlich so komisch.« Er hob die Hand. Seine Hand, gewiß, ganz eindeutig, und doch – irgendwie verändert.

»Wieder eine Störung.« Sorbl sprach von seinem abendlichen Rastplatz in einem nahegelegenen Baum aus, und auch er hörte sich nicht ganz richtig an. Jon-Tom ließ den Blick durch die feuerbeschienene Runde schweifen.

Dort war Sorbl, immer noch der gleiche und doch wieder nicht. Da war Mudge, auch unmerklich verändert. Was war denn das für eine Störung? Und immer noch diese besondere Weichheit, die über ihn gekommen war. Nicht ganz wie ein verdorbener Magen. Irgend etwas Abgeschlosseneres, weniger Vorübergehendes. Er konnte nicht genau den Finger drauf legen.

Dann legte er die Finger darauf, und dies gleich an mehreren Stellen.

»Oh, mein Gott!« Besorgt blickte er zu Clodsahamp hinauf. »Diese Veränderung sollte lieber nicht zu lange vorhalten.«

»Ich habe die jüngste Veränderung mit größtem Interesse beobachtet.« Das Aussehen des Hexers schien sich nur geringfügig verändert zu haben. Seine Stimme jedoch war genau wie die Jon-Toms in eine andere Lage gerutscht. Noch immer klang sie durchdringend, herrisch, doch eben um eine Oktave höher.

Von Mudge und Sorbl ertönten Stöhngeräusche, als sie entdeckten, welch entsetzlichen Unfug der Wanderer an ihrer Persönlichkeit angerichtet hatte.

»Der Wandel ist nicht annähernd so grundlegend wie viele, die wir bisher schon erfahren mußten«, bemerkte Clodsahamp gelassen. »Manche Störungen führen zu viel tiefergreifenden Veränderungen als andere.«

Dormas musterte eindringlich ihr verändertes Aussehen. »Faszinierend. Habe mich immer gefragt, wie das wohl wäre. Scheint mir aber ein bißchen unpraktisch. Nein, auf Dauer möchte ich das auch nicht so haben.«

»Natürlich hängt der Grad der Veränderung auch von der jeweiligen biologischen Art ab«, erinnerte der Hexer sie alle.

»Das hier nennt Ihr also eine tiefergreifende Veränderung?« Jon-Tom konnte die Stimme kaum erkennen, die da aus dem eigenen Körper sprach.

An dieser jüngsten Veränderung war nichts Kompliziertes oder Unklares. Ihre Auswirkungen waren deutlich zu erkennen. Alle hatten sie das Geschlecht gewechselt.

Ohne Vorwarnung war aus der hoffnungsfrohen Expedition ein Quartett aus Damen in Begleitung eines einzigen männlichen Wesens geworden.

»Wann wird das wieder rückgängig gemacht?« jammerte Mudge. Genauer gesagt quiekte er mit seiner neuen hohen Stimme. »Das is doch nur wieder so 'ne vorüberge'ende Veränderung. Stimmt doch, oder, Euer 'exerschaft?«

»Es läßt sich nicht sagen, wie lange diese besondere Störung noch vorhalten wird, Mudge. Überhaupt nicht.« Jon-Tom bemerkte, daß das rötliche Muster auf seinem Panzer sich deutlich ins Malvenfarbene verändert hatte.

»Die soll verdammt noch mal nich so lange machen. 'aben verdammtes Glück ge'abt, daß wir nich in Ospenspri waren. Könnte mein Gesicht dort doch nich mehr unter die Leute führen.«

»Ist irgend etwas falsch daran, weiblich zu sein, Wasserratte?« fragte Dormas in einem durch und durch hengstlichen Ton.

Jon-Tom versuchte die eigene Stimme zu überhören, während er erklärte: »Du mußt Mudge besser kennen, um zu verstehen, was er gerade durchmacht, Dormas. Ich fürchte, diese spezielle Metamorphose setzt ihm mehr zu als jedem von uns.«

»Ach, kommt schon, Euer Ehrwürden!« Der Otter flehte gerade Clodsahamp an. »Wir 'aben doch gese'en, was Ihr in Ospenspri vollbracht 'abt, als Ihr diese schwarze Wolke umgewandelt 'abt und so. Könntet Ihr denn nich 'n kleines bißchen Magie machen, um uns wieder in Ordnung zu bringen? Glaube kaum, daß ich es lange in diesem Zustand aus'alte. 'ab nämlich 'ne empfindliche Gesundheit, 'ab ich.«

»Diese Störung ist weder lebens- noch situationsbedrohend«, verkündete Clodsahamp förmlich. »Sie ist es nicht wert, die Gefahren einer ernsthaften Beschwörung zu riskieren. Du wirst dich einfach gedulden müssen wie wir anderen auch und darauf warten, bis sich von Natur aus wieder alles richtet.«

»Ja, ja, aber was, wenn es nich passiert? Was, wenn es Tage dauert oder sogar Wochen? 'ee, ich kann doch nich wochenlang so rumlaufen!« Er wandte sich an Jon-Tom. »Was meinst'n du, Kumpel? Nimm doch mal deine Duar und sing uns ein Rückverwandlungsliedchen, wa? Nur 'n kleines Ständchen?«

»Mir gefällt dieser Zustand genausowenig wie dir, Mudge, aber ich muß Clodsahamp zustimmen. Er ist es nicht wert, das Risiko gefährlicher Beschwörungen einzugehen.« Ein plötzlicher Gedanke ließ ihn grinsen. »Ruh dich einfach aus und genieß das Feuer – Liebchen.«

Mudge fand die Anspielung überhaupt nicht komisch. »'ör mal, Kumpel, 'n Witz is 'n Witz, aber das 'ier is bestimmt nich amüsant.«

»Amüsant? Ich würde es eher als ausgleichende Gerechtigkeit bezeichnen. Wer will da noch behaupten, daß das Schicksal keinen Sinn für Humor hat?«

»Ich warne dich, du dürrer Affe. Paß nur auf, sonst ...«

»Sonst – was? Kratzt du mir sonst allerliebst die Augen aus?«

Der Otter jaulte auf und zerrte sich den Hut mit einer scharfen Bewegung über die Ohren (oder über *ihre* Ohren?). Sein Hut hatte sich zusammen mit seinen intimeren Bekleidungsteilen verändert. Genau wie Jon-Toms Hut. Tatsächlich fand er die Klamotten, in die er nun gehüllt war, echt anziehend.

Wirklich erstaunlich, sagte er bei sich, welche Situationen man mit Sinn für Humor doch meistern kann.

Die Auswirkungen der Störung waren bei Mudge und ihm selbst am offensichtlichsten, denn bei Clodsahamp, Sorbl und Dormas war der Unterschied zwischen Männlich und Weiblich nicht halb so beeindruckend. Mudge versuchte weiterhin, sich in seinem Hut zu verstecken, der sich in ein breitkrempiges rüschenbesetztes

Ding verwandelt hatte, das von irgendeiner süßen Südstaatenschönheit hätte stammen können.

»Ach, bitte tu doch was!« wimmerte der Otter in einem derart mitleiderregendem Tonfall, daß Jon-Tom sich gemüßigt fühlte, Clodsahamp hoffnungsvoll anzublicken.

»Ich könnte es ja versuchen, werter Herr. Es wäre ohnehin vielleicht eine ganz gute Idee, wenn ich ab und zu übe, die Auswirkungen dieser Verschiebungen umzukehren, und zwar möglichst dann, wenn die Veränderung nicht ganz so ernst ist, wie sie sein könnte.«

Der Hexer blickte ihn gedankenvoll an. »Also gut, mein Junge. Aber sei auf jeden Fall vorsichtig. Es ist nicht ausgeschlossen, daß ein schlecht durchgeführter Zauber die Sache noch verschlimmern könnte.«

»Wie sollte das 'ier wohl noch schlimmer werden?« wollte Mudge wissen. »Was könnte denn schlimmer sein als so was?«

»Du hast wirklich ein außerordentliches Talent, beleidigend zu sein, mußt du wissen«, sagte Dormas.

»Im Augenblick bin ich nur außerordentlich arm dran, Süße – oder 'eißt das 'err?«

»Ich weiß es selbst nicht«, murmelte sie. »Mal schauen, was dein Bannsänger dagegen unternehmen kann.«

Jon-Tom nahm sich bei der Vorbereitung und Auswahl der Songs Zeit, da er Clodsahamps Warnung beherzigte. Er versuchte, Songs zu verwenden, die von den männlichsten und weiblichsten Interpreten stammten, die ihm einfielen, bis er abwechselnd bei Texten des guten alten Elvis P. landete, mit einigen heißen Einblitzern von Tina Turner. Das Ergebnis ließ musikalisch zwar einiges zu wünschen übrig, magisch aber anscheinend nicht.

»Da«, sagte er seufzend und räusperte sich, während er die Duar beiseite legte. Es hatte zwar eine Weile Spaß gemacht, Sopran zu singen, doch nun war er froh, seine eigene Stimme wiederzuhaben, obwohl Mudge darüber noch froher war. Als der Otter entdeckte, daß er wieder er selbst war, sprang er von seinem Platz neben Sorbls Baum auf und hüpfte wie wild ums Feuer. Erst die blanke Erschöpfung ließ ihn schließlich aufhören.

»Is ja wirklich 'ne Schande, zu welchen obszönen Verwüstungen dieser arme Wanderer gezwungen wird. Ich werde den Kerl, der ihn gefangen'ält, persönlich erlösen, sobald ich sein vergammeltes Gesicht vor mir 'abe, werde ich.«

»Ich persönlich hoffe ja, daß es auch wirklich so leicht sein wird«, bemerkte Clodsahamp gelassen. »Und nun schlage ich vor, daß wir uns zur Ruhe begeben, so früh es auch noch sein mag. Wir werden alle Kräfte brauchen, für den Fall, daß der Morgen neue Überraschungen bringt. Es könnte sein, daß die nächste Störung einer noch kräftigeren Magie bedarf, um sie rückgängig zu machen.«

Näher war der Hexer einem Kompliment noch nie gekommen, dachte Jon-Tom säuerlich, doch er hatte auch nicht mehr erwartet. Abgesehen davon hatte er recht, was das Schlafen anging. Jon-Tom legte seine Duar beiseite, hüllte sich in seinen Echsenhautumhang und rollte sich ein. Mudge bereitete gerade sein eigenes Lager. Jon-Tom lächelte ihn an.

»Gute Nacht, du süßes kleines Flaumputzi, du.«

Der Otter warf ihm einen scharfen Blick zu. »'ast du etwa Lust, mal ohne Vorderzähne zu singen, Kumpel?« Ruppig ließ er sich fallen und kehrte dem großen jungen Menschen den Rücken zu.

Der Morgen erinnerte sie mit aller Wucht daran, daß es auch dann zu ernsten Störungen kommen konnte, wenn sie schliefen, und nicht nur im Wachzustand. Die Gleichgültigkeit des Schlafs bescherte ihnen keinen Ausweg.

Instinktiv griff Jon-Tom nach seiner Duar. Doch das Instrument fehlte, und er mußte darüber hinaus feststellen, daß er nichts hatte, um damit danach zu greifen. Er versuchte sich aufzusetzen und bemerkte zu seiner beachtlichen Verwirrung, daß er auch nichts hatte, mit dem er sich aufsetzen konnte.

Doch keine Verwirrung konnte die Tatsache verschleiern, daß dies die gründlichste Störung war, unter der sie bisher zu leiden gehabt hatten.

Die Luft um ihn herum war dick, unklar und verklebt. Er versuchte, durch sie hindurchzusehen, doch sein Blick glitt ab. Es war, als würden ihm die Augen lose im Kopf umherscheppern und -rasseln. Er unterdrückte die Panik und versuchte sich krampfhaft zusammenzureißen. Wenigstens konnte er immer noch sehen, auch wenn es nur Dunkel- und Helltöne waren. Farben ließen sich nicht bestimmen. Vielleicht, sagte er sich, *konnte* er zwar Farben wahrnehmen, aber es gab keine hier.

Der Himmel über ihm war von fahlem spiegelnden Weiß. Um ihn herum standen dunkelgraue Bäume. Da erblickte er das Monster und wich davor zurück. Zur gleichen Zeit wich es vor etwas Ungesehenem zurück, und Jon-Tom erkannte, daß er selbst es war.

Es waren noch andere Monster um ihn, und jedes von ihnen schien beim Anblick seines Nachbarn zu erschrecken. Jon-Tom fragte sich, wie er wohl aussehen mochte.

Zusammen mit seiner Farbsichtigkeit hatte er auch den Geruchssinn eingebüßt, doch konnte er immer noch deutlich hören. Etwa das Geräusch des eigenen Körpers, wie dieser sich vorwärts bewegte. Es war nicht gerade angenehm. Es wies auf eine Fortbewegungsart hin, die weitaus weniger raffiniert war als das Laufen auf zwei Beinen.

Diesmal hatte die Störung die Realität nicht einfach nur umgeworfen, sie hatte sie regelrecht umgekrempelt. Bisher hatten die Veränderungen des Wanderers wenigstens ein bißchen Sinn ergeben, doch die gegenwärtige Transformation ergab nicht den mindesten Sinn. Ob er die Geistesstörung desjenigen übernommen hatte, der ihn gefangenhielt?

Jon-Tom mühte sich, um Worte zu formulieren. »Kann mich irgend jemand verstehen?«

»Ich.« Die klobige Gestalt, die antwortete, war vom Aussehen eher verworren als abstoßend. Bei jemandem, der so geschmeidig und schnell war wie Mudge, erschien sie nicht eben angemessen, doch es war Mudges Stimme, die ihm Antwort gab. Und zwar ganz direkt, durch irgendeine unbekannte Form der Gedankenübertragung. Weder die Mudge-Gestalt noch Jon-Tom noch die anderen Ungeheuer besaßen irgend etwas, das als Mund zu erkennen war.

Clodsahamp sprach, dann Sorbl und Dormas. So sehr sie auch das Unberechenbare verwandelt hatte, waren sie doch immerhin noch alle da. Dormas war die größte der Fünf, Sorbl der kleinste. Die Störung hatte sich immerhin an das Gesetz der Massentransformation gehalten. Offensichtlich galten doch noch einige Regeln.

Bis auf ihren Größenunterschied sahen sie alle mehr oder weniger gleich aus: aufgedunsene, farblose Klumpen aus gelatineartigem Protoplasma, die in einer etwas weniger dichten Flüssigkeit dahintrieben. Innerhalb ihrer eigenen Körper waren kleinere Gestalten und Umrisse zu erkennen. Die glänzende Epidermis war in ständiger Bewegung. Riesige Einzeller, mutierte Amöben – Jon-Tom wußte nicht genau, zu welchen Lebewesen sie geworden waren, doch nun war er froh über das bißchen Biologie, das er hatte lernen müssen.

»Das ist aber äußerst ärgerlich«, murmelte Clodsahamp stimmlos. »Ich frage mich, wie begrenzt unser jetziger Bewegungsspielraum ist.« Er ließ eine Pseudopode ausfahren und versuchte etwas zu ergreifen, das gerade durch die Flüssigkeit trieb. Dies führte zu der Entdeckung, daß sie ihre Position verändern konnten, indem sie die innere Masse verschoben. Hätte er einen Magen gehabt, so hätte er sich jetzt umgestülpt. Statt dessen litt er unter einem leichten geistigen Übelkeitsgefühl.

»Was ist denn das? In wen oder was haben wir uns hier verwandelt?« wollte die Dormas-Gestalt wissen.

»Derlei Gestaltlosigkeit ist in meinem Erfahrungsschatz nicht enthalten«, teilte Clodsahamp ihr mit.

»Nun, in meinem schon.« Alle lichtempfindlichen Organellen wandten sich Jon-Tom zu. »Wir sind in etwas wie Amöben verwandelt worden, nur sehr viel größer und komplizierter. Beispielsweise besitzen wir immer noch höhere Denkfunktionen.«

»Das stimmt schon, Kumpel«, sagte die Mudge-Masse. »Aber in ein oder zwei Minuten werden wir schon wieder wir selbst werden. Stimmt das etwa nich, Euer Klumpschaft?«

»Das will ich wirklich hoffen.« Clodsahamp blickte sich um. »Unsere Vorräte scheinen verschwunden zu sein. Das war während der früheren Störungen nie der Fall.«

Jon-Tom fiel auf, daß seine Einschätzung ihrer gegenwärtigen Lage noch genauer war, als er zuerst geglaubt hatte.

»Unsere Vorräte sind nicht verschwunden. Sie sind hier, um uns herum. Wir können sie in unserem gegenwärtigen Zustand lediglich nicht sehen. Denn wir *gleichen* nicht etwa nur Mikroorganismen, wir sind zu Mikroorganismen *geworden*. Wir sind geschrumpft.« Er deutete mit einer Pseudopode. »Diese Felsbrocken dort drüben sind wahrscheinlich kaum mehr als Sandkörner, diese Bäume mikroskopische Flechten oder so etwas. Schon eine leichte Brise könnte uns wegpusten. War eine gute Idee, in einem geschützten Hain das Lager aufzuschlagen.«

»Wie kann denn etwas, das so klein ist, denken und reden?« fragte Dormas ihn.

»Woher soll ich das wissen? Ich bin doch kein Experte in Sachen Auswirkungen von Störungen. Und wer sagt denn, daß sie immer logisch sein müssen?«

»Die Gefahr ist offensichtlich«, bemerkte Clodsahamp grimmig. »Wir können nicht passiv darauf warten, bis wir wieder zurückgekehrt sind. Wir müssen versuchen, etwas zu unternehmen. Denn meine Gebräue sind woanders, und ich habe nicht die leiseste Vorstellung, womit wir beginnen sollten.«

»Wie wär's mit einem Banngesang, Jon-Tom?« fragte Sorbl ihn.

»Dafür brauche ich meine Duar, Sorbl. Das weißt du doch.«

»Kannst du es nicht mal ohne versuchen?«

Er seufzte, was seinen ganzen Körper durchspülte. »Das wäre bloß Zeit- und Energieverschwendung.«

»Vielleicht auch nicht.« Jon-Tom spürte, wie der Hexer seine Aufmerksamkeit auf ihn richtete. »Da du keine Duar hast, mit der du dich begleiten kannst, mußt du versuchen, eine herzustellen.«

Jon-Tom ließ einen stark vereinfachten Blick durch die geleeartige Umgebung schweifen. »Woraus denn? Es gibt kein Holz hier, nichts, woraus man Saiten herstellen könnte. Und selbst wenn ich eine primitive Art Duar zusammenstümpere, kann ich immer noch nicht darauf spielen.«

»Warum denn nicht?« fragte Sorbl.

»Weil er keine Finger nich 'at, Vogel'irn«, klärte Mudge ihn auf.

»Das braucht ihn nicht davon abzuhalten«, meinte Clodsahamp nachdenklich.

»Du könntest aber 'ne Duar 'erbeisingen, Kumpel, wenn du 'ne Duar 'ättest.«

»Was meinen Sie damit, daß es mich nicht davon abhalten muß?«

Zur Antwort verbog sich Clodsahamp, bis er eine raffinierte Acht bildete. »Unsere jetzigen Körper sind außerordentlich biegsam. Sie können durch Strecken und Dehnen jede beliebige Gestalt annehmen.«

»Oh, ich verstehe. Sogar Finger.«

»Nein, mein Junge. Nicht nur Finger. Sogar eine Duar selbst.«

»Das ist unmöglich.«

»Dieses Wort ist die reinste Besessenheit bei dir. Versuch es.«

Jon-Tom zuckte die ›Achseln‹, er spürte, wie ein Teil seiner selbst zu wabern begann. »Warum nicht, das ist immer noch besser, als hier herumzuhängen und darauf zu warten, daß wir weggeweht oder -geschwemmt werden?«

Wie sollte man zu dem Instrument werden, auf dem man für gewöhnlich spielte? Er mühte sich ab, ein genaues Abbild davon vor seinem geistigen Auge entstehen zu lassen. Die Saiten *so*, der Resonanzkörper *so*, in den und den Abmessungen – schon das bloße Nachdenken darüber tat seinem Geist weh. Als das geistige Abbild zu seiner Zufriedenheit ausgefallen war, begann er sich zu biegen, zu verzerren, sich in die Länge zu ziehen.

Es war nicht nur schwierig, es war auch recht schmerzhaft. Doch er blieb dabei, faßte sein Gewebe an, polierte sein Äußeres, bis er sich zu seinem nicht unerheblichen Erstaunen in eine vertraute Gestalt verwandelt hatte, die aus glitzerndem gelatineartigen Material bestand.

Und jetzt ein Song, überlegte er. Etwas, das ihrer Situation angemessen war, das geeignet war, Form und Volumen zu verändern.

Ja, mit Paul Williams müßte es klappen. Er begann zu singen und auf sich selbst zu spielen.

Die Noten klangen nicht ganz richtig, die Stimme auch nicht, doch er blieb beharrlich. Unter diesen Umständen mußte es ja zu Verzerrungen kommen. Es erschien ihm immer noch wie reine Zeitvergeudung, bis sie plötzlich etwas Großes und Leuchtendes erblickten, das auf sie zukam. Es war eine gewaltige strahlende Gestalt, wie eine kleine Sonne, doch in dem Licht meinte er einen matten Umriß von etwas beinahe Vertrautem auszumachen.

Dormas wich davor zurück, Mudge und Sorbl versuchten zu fliehen. Während Jon-Tom weiterspielte, blieb bloß Clodsahamp auf seinem Posten. Denn er erkannte es sofort wieder. Sein Erscheinen war nicht nur ein Beweis dafür, daß Jon-Toms Bannsängerei funktionierte, sondern auch für die wahre Größe, auf die sie reduziert worden waren.

»Bleibt da!« befahl er den anderen. »Es ist völlig harmlos. Es ist nur ein Gnieschie.«

Ein einzelnes Gnieschie, eines jener unsehbaren Lichtfleckchen, die soviel mehr waren als dies. Sie fühlten sich zu aktiver Magie hingezogen, und dieses hier hatte sie aufgesucht, um das Echo von Jon-Toms Banngesang zu genießen.

Als er weiter auf sich spielte, wurde aus dem gespenstischen Wimmern echte Musik. Er stellte fest, daß er unabhängig von den Ergebnissen die Sache genoß. Es war eine Sache, ein Instrument so gut zu spielen, bis man das Gefühl hatte, daß es Teil von einem war; etwas ganz anderes dagegen, es voll und ganz zu sich selbst zu machen.

Während er weitersang und weiterspielte, wurde der Himmel heller. Aus flüssiger Durchsichtigkeit wurde Gelb, die erste echte Farbe, die er seit dieser Störung wahrnehmen konnte. Das Gelb verdichtete sich zu einem Gold. Die Sonne schien direkt auf sie zuzuschießen. Diesmal war es nicht das Gnieschie, sondern die helle glühende Kugel, die die Welt erwärmte: die wahre Sonne.

Dann das inzwischen schon vertraute geistige Rukken, ein Augenblick völliger Richtungslosigkeit, Jon-Tom geriet kurz ins Taumeln, als er ums Gleichgewicht kämpfte, mit einer Hand die ihm vom Hals herabbaumelnde Duar haltend, mit der anderen einen Stein.

Wieder zurück.

Aus dem äußeren Rand seines Gesichtsfelds verschwand ein einziger heller Lichtpunkt. Er entbot dem Gnieschie stumm ein Lebewohl und hoffte, daß ihm das Konzert gefallen hatte. Musik klang ihm durchs Gehirn, ließ Länge und Breite seines ganzen Körpers schwingen. Diese Nachwirkungen der Störung und seiner Zeit als Instrument hielten nicht lange vor, was er bedauerte. Nicht alle Störungen führten dazu, daß man sich verloren oder krank vorkam. Ihm waren einige wenige Augenblicke gewährt worden, den Musikertraum zu verwirklichen. Von jetzt an würde er diese Momente musikalischer Offenbarung nur noch in seiner Erinnerung erleben.

Um sie herum stand der Wald wie ein stummer Posten, er wirkte unverändert. Vor sich erblickte er das Lager und die Vorräte. Clodsahamp lag auf dem Rükken, strampelte heftig und versuchte sich aufzurichten. Mudge saß auf einem Stein und grabschte nach verschiedenen Teilen seines Körpers, wie um sich selbst davon zu überzeugen, daß er wirklich zur Festigkeit zurückgefunden hatte. Dormas lag auf der anderen Seite des Feuers am Boden. Schnell rollte sie sich auf die Knie und stand auf. Wieder flugfähig geworden, schoß der erleichterte Sorbl in die Lüfte, um die umliegenden Wälder zu begutachten, flog in engen glücklichen Kreisen dahin, den herausfordernden Ruf seines Clans ausstoßend. Clodsahamp bellte Jon-Tom einen Befehl zu, was diesen aus seiner schnell verblassenden Akkordträumerei riß. »Steh nicht einfach gaffend da, mein Junge! Hilf mir mal. Ich würde mich ja selbst umdrehen, aber ich fürchte, daß die Transformation mich mehr geschwächt hat, als ich zuerst dachte.«

Fauler Sack, dachte Jon-Tom. Der Schildkröt war durchaus in der Lage, aus eigener Kraft aufzustehen.

Doch er legte die Duar beiseite und half, zusammen mit Mudge, dem Hexer auf die Beine.

»Das war wirklich schlimm«, bemerkte Clodsahamp. »Ich hätte es, glaube ich, nicht sonderlich genossen, ohne Skelett durch den Rest des Lebens wandeln zu müssen.«

Mudge nahm wieder an seinem Baum Platz. »Ihr 'abt recht ge'abt, es gibt wirklich noch Schlimmeres, als einen Geschlechtswandel durchmachen zu müssen. Ihr seht wenigstens noch nach was aus. Was mich angeht, so könnte ich wirklich 'nen ordentlichen Schluck vertragen.«

»Unter diesen Umständen meine ich, daß wir alle etwas vertragen könnten.« Clodsahamp watschelte auf ihr Gepäck zu. »Willst du uns Gesellschaft leisten, Dormas?«

»Unter diesen Umständen könnt Ihr euren hochbetagten Hintern darauf verwetten.«

Die Flasche wurde herumgereicht, und als jeder aus derselben Öffnung getrunken, denselben Alkohol geteilt hatte, war das Band der Gemeinsamkeit stärker geworden denn je.

»Ich verstaue sie gleich mal für Euch, Meister.« Sorbl versuchte mühsam, doch ohne Erfolg, die Gier in seiner Stimme zu verbergen.

»Ich komme schon zurecht.« Der Hexer fingerte an dem Karton herum, aus dem er die Flasche hervorgeholt hatte. »Sonst haben wir nicht mehr lange den Vorzug deiner ausgezeichneten Sehschärfe. Es könnte sein, daß wir die beim nächsten Mal brauchen.«

»Sie sind sicher, daß es schon bald ein nächstes Mal gibt?« fragte Jon-Tom.

»Von Häufigkeit habe ich nichts gesagt. Es gibt keine Möglichkeit, die Störungen des Wanderers vorherzusagen. Es kann sein, daß wir drei- oder viermal an einem Tag darunter zu leiden haben, um dann wochenlang nichts Aufregenderes zu erleben als eine vorübergehende Sehunschärfe. Eine der wenigen Berechenbarkeiten des Wanderers ist seine Unberechenbarkeit. Wir können ebensowenig die Häufigkeit vorhersehen wie ihre Stärke. Die Sache ist wirklich außerordentlich ärgerlich.«

»Verdammt verrückt isse, Chef!« Mudge ließ sich auf sein Lager gleiten und legte eine Pfote auf die Stirn. »'ab plötzlich das Gefühl, als 'ätte ich irgendwas gegessen, aus dem kleine grüne Dinger 'ervorwachsen.«

Jon-Tom hätte gegrinst, hätte er nicht entdecken müssen, daß sein eigener Magen plötzlich ebenfalls Purzelbäume schlug. Kein Zweifel, alle seine Gefährten litten unter ähnlichem Unwohlsein. Dormas zitterte im Stehen.

Clodsahamp, der auch nicht gerade gesund aussah, musterte sie einzeln. »Ja, ich fürchte, auch ich leide unter den Symptomen einer unangenehmen inneren Störung.« Er schnitt eine Grimasse und schloß dabei kurz die Augen. »Offensichtlich entwickelt sie sich mit außergewöhnlicher Schnelligkeit, wofür wir vielleicht noch einmal dankbar sein werden.«

»Ist das ... schon wieder eine Störung des Wanderers?« stöhnte Jon-Tom.

»Nein, ich glaube nicht. Das dürften eher die Nachwirkungen sein. Die winzigen Wesen, zu denen wir geworden sind, waren offensichtlich nicht gänzlich harmlos. Du wirst dich vielleicht daran erinnern, daß sich jedes von den anderen durch Größe und Aussehen ein wenig unterschied.«

»Sie meinen also, daß die die Ursachen für die Schmerzen sind, die wir gerade haben? Daß es sich dabei um krankheitserzeugende Organismen handelte?« wunderte sich Jon-Tom laut.

Der Hexer setzte sich mit äußerster Sorgfalt nieder. »Es ist uns vorher nicht aufgefallen, weil es äußerst unwahrscheinlich ist, daß eine Krankheit ihre eigenen Symptome bei sich entwickelt. Jetzt ist es aber etwas anderes. Jeder von uns ist zu der Krankheit geworden, die er vorhin war.«

Jon-Toms Magen beruhigte sich wieder, als er gerade die ersten Schweißperlen auf der Stirn wahrnahm. Erst eine Magenverstimmung, dann noch Fieber. Wenigstens schoß ihnen das, was sie sich zugezogen hatten, mit unnatürlicher Geschwindigkeit durch den ganzen Körper. Er warf Mudge einen Blick zu.

»Wie ist es mit dir? Mein Magen ist jetzt zwar in Ordnung, dafür verbrenne ich aber am lebendigen Leib.«

»'ab kein Fieber, glaub ich, Kumpel«, erwiderte der Otter. »Das Problem is, daß ich so'n verdammtes Jucken 'ab.«

»Wirklich schlimm. Wo denn?«

»Will lieber nich allzu sehr auf Einzel'eiten einge'en, Kumpel.« Er blickte zu seiner Linken, wo Sorbl gerade höchst unfeierlich im Gebüsch landete. Schon bald vernahmen sie unangenehme Körpergeräusche.

Jon-Tom ahmte Clodsahamp nach und nahm Platz. Da es sich hierbei nicht um eine Störung handelte, sondern nur um ihre Auswirkungen, müßte die Sache eigentlich schon bald vorbei sein. Zwar hätte er versuchen können, sie alle mit einem Banngesang wieder gesund zu machen, doch wollte er sein Glück lieber nicht strapazieren. Außerdem war ihm gerade nicht sonderlich nach Singen zumute.

Von dem bißchen, was er davon verstand, hatte er den Eindruck, daß Dormas im Augenblick ein Fall unglaublich beschleunigter Maul-und-Klauen-Seuche war. Clodsahamp putzte sich unentwegt die Nase und hatte alle Anzeichen einer schlimmen Erkältung. Durch plötzlich angeschwollene Augen starrte er zu Jon-Tom hinüber.

»Wie interessant. Auf deinem Gesicht erscheinen gerade rote Flecken – hatschi!«

»Masern!« Jon-Tom schluckte und wischte sich den Schweiß von der Stirn. »Ich habe nie Masern gehabt. Es ist ja gar nicht so schlimm. So habe ich sie eben jetzt und bin sie nach einem Tag für immer los, anstatt erst ein paar Wochen dafür zu brauchen. Wie finden Sie das? Endlich haben wir auch einmal Vorteile aus einer Störung.«

»Sag das mal Sorbl.« Der Hexer wies mit einem Nikken zu den Bäumen hinter Jon-Tom hinüber. Im Gebüsch wechselten sich Würgegeräusche mit weniger angenehmen Tönen ab.

»Pech.« Mudge schien am wenigsten unter seiner eigenen Infektion zu leiden. »Sollte mal 'n gesünderes Leben führen, der arme Kerl.«

»Ich habe schon länger keine Erkältung mehr gehabt«, bemerkte Clodsahamp. »Und du sagst, daß du diese Masern noch nie hattest?« Jon-Tom nickte. »Dann sieht es so aus, als hätte sich jeder etwas Neues zugezogen – oder zumindest etwas, worunter er schon längere Zeit nicht mehr litt.«

»'errje, man könnte glatt glauben, daß wir alle am Sterben sind, mit diesem ganzen Geniese und Geschwitze und Gekotze. Was ihr Burschen braucht, das is...« Mitten im Satz brach er ab, und seine Augen weiteten sich außerordentlich. Dann beugte er sich plötzlich vor und grabschte sich mit beiden Pfoten zwischen die Beine. Nun war auch klar, weshalb er zuvor nicht über die Stelle seines Juckens hatte reden wollen.

Clodsahamp musterte den zusammengekrümmten Otter interessiert, während er sich zum vierzigsten Mal die Nase putzte. »Eine neue und besonders heftige Art, würde ich sagen.«

»Wovon?« Jon-Tom berührte die eigene Wange mit einer Hand und spürte die Hitze.

»Schwer zu bestimmen. Vielleicht Gonorrhöe oder etwas noch Unangenehmeres.« Der Otter wälzte sich am Boden und stöhnte, während er seinen Intimbereich festhielt. Da die Krankheiten, die sie sich zugezogen hatten, mit außergewöhnlicher Geschwindigkeit durch ihren Körper jagten, erlitt jeder eine vollständige Häufung sämtlicher Symptome auf einmal. Keine aber war schlimmer als die des Otters.

»Das is einfach nich anständig«, schleuderte er dem heimtückischen Schicksal ins Gesicht, »das is nich fair!«

»Nichts, was der Wanderer tut, ist fair, Mudge.«

»Das kann nich sein! Ich meine, alle, mit denen ich schon das ganze verdammte Jahr über zusammen war, waren doch sauber!«

»Das ist der Störung egal«, erwiderte Jon-Tom mitfühlend.

Schwer keuchend beendete der Otter schließlich sein Herumwälzen. Er setzte sich auf, zog die kurzen Hosen hinunter und studierte eingehend sich selbst. »'errje, du glaubst doch nich, daß das dauerhafte Schäden 'aben wird, oder, Kumpel?«

»Mudge, ich habe keine Ahnung. Ich hoffe zwar, daß ich ab nun immun gegen Masern bin, kann mir aber nie sicher sein. Das kann keiner von uns.«

Clodsahamp rückte seine Brille zurecht und schneuzte sich wieder, dann murmelte er: »Ausgleichende Gerechtigkeit.«

Mudges Kopf ruckte herum, und er blickte den Schildkröterich finster an, während er nur mit größter Mühe die Entrüstung und den Zorn zurückhielt. »Wenn wir Euch nich absolut nötig 'ätten, um diesen verdammten Mist loszuwerden, in den die Welt da 'ineingeraten is, Euer 'exerschaft, dann würde es mir das allergrößte Vergnügen bereiten, Euch Euer verdammtes selbstzufriedenes Gesicht in den verdammten Hintern zu rammen.«

»Ich habe diese Bemerkung nicht etwa gemacht, weil ich irgend jemanden ganz nebenbei provozieren wollte.« Clodsahamp reagierte völlig ungerührt auf die Drohung des Otters. »Ich hatte Gelegenheit festzustellen, Wasserratte, daß du ganz groß darin bist, über die Mißgeschicke anderer zu lachen. Aber wenn du selbst einmal in eine mißliche Lage gerätst, nimmt dein Sinn für Humor plötzlich Reißaus.«

»Seien Sie nicht so streng mit ihm!« bat Jon-Tom. »An Geschlechtskrankheiten ist wirklich nichts Komisches. Diese hier könnte ja zu einem Zusammenschrumpfen und einer völligen Vernichtung seines ...«

Mudge stieß einen Schrei der Verzweiflung aus und kippte seitlich zu Boden.

VII

Am folgenden Tag hatten sie sich von ihren jeweiligen Infektionen erholt. Jon-Tom hatte in weniger als vierundzwanzig Stunden einen ernsten Masernanfall durchlitten und hinter sich gebracht. Clodsahamps Erkältung war verschwunden, und Sorbl mußte auch nicht mehr alle fünf Minuten ins Gebüsch. Dormas, deren Erkrankung die schlimmste gewesen war, genas auch als letzte. Doch trug keiner von ihnen bleibende Schäden davon.

Mudge war wieder genauso fit wie alle anderen, seine Gesundheit war voll und ganz wiederhergestellt. Das hinderte ihn allerdings nicht daran, sich selbst gelegentlich davon zu überzeugen, wenn er glaubte, daß niemand zusah.

»Immer mit der Ruhe, Mudge«, sagte Jon-Tom. »Es ist alles vorbei. Tu einfach so, als wäre es nie passiert. Wir sind wieder genauso gesund wie vorgestern. Es gibt keine Nachwirkungen.«

»Das will ich verdammt noch mal auch 'offen.« Er half Dormas gerade beim Beladen. »Wenn dieser verdammte Wanderer mein Liebesleben ruiniert, mach ich 'ackfleisch aus ihm.«

»Ich bin sicher, daß es dir nicht geschadet hat, Mudge. Wir sind alle wieder gesund. Dann bist du es also auch.«

»Na ja ... bei genauer Inspektion scheint alles zwar funktionsfähig, aber ich bin ja nich wirklich in der Lage, es richtig zu überprüfen, bin ich nich. Eins is sicher: Ich werd's erst mal ganz sachte ange'en.«

Jon-Tom nickte anerkennend. »So ist's recht. Könnte dir ohnehin nicht schaden, deinen ausschweifenden Lebenswandel mal ein bißchen zu zügeln.«

»Da 'aste vielleicht recht, Kumpel.« Mudge schnallte sich seinen Langbogen über die Schultern. Dann hob er eine Pfote, legte die andere aufs Herz und verkündete feierlich: »Keine Orgien mehr. Nich mehr jede Nacht 'ne andere Dame. Beim Lagerschaufler, das schwöre ich. Ich werde mich einschränken.«

»Wenn es aus dir einen neuen Otter gemacht hat, war es die Sache wert. Es ist ja nicht falsch, etwas Abwechslung zu suchen, solange es in Maßen geschieht.«

»Stimmt, Kumpel. Sie 'at mich das Licht erkennen lassen, 'at diese verdammte Infektion. Ich 'ab die ganzen Jahre bis jetzt immer nur getan, was mir Spaß gemacht 'at, ohne mich darum zu kümmern, was ich meinem Körper damit antue. Es wird Zeit für 'n bißchen Reife. Wenn ich etwas mehr auf mich aufpasse, brauche ich diese Krank'eit vielleicht nie wirklich zu erleiden.« Er nahm seinen eigenen kleinen Rucksack auf und stapfte munter den schmalen Wildpfad entlang, dem sie bisher gefolgt waren.

»So weh es tun wird«, murmelte er. »Schätze, ich muß mich jetzt auf 'ne neue Dame *alle zwei Nächte* beschränken.«

Clodsahamp schüttelte den Kopf, als er hinter dem Otter herwatschelte. »Unverbesserlich, wie die meisten seiner Art. Du kannst dir noch soviel Mühe geben, mein Junge, aber Wasserratten änderst du nicht.«

Jon-Tom gesellte sich zu ihm und machte möglichst kleine Schritte, um auf gleicher Höhe mit dem Hexer zu blieben. »Sie können nicht erwarten, daß er über Nacht zu einer Kirchenmaus wird.«

»Ich erwarte nur, daß er eines Nachts zu einem ausgetrockneten Kadaver wird. Aber versuch es ruhig weiterhin. Ich will ja deine Begeisterung keineswegs dämpfen.«

»Sie haben wahrscheinlich recht, aber ich werde es trotzdem weiterhin versuchen.« Er richtete den Blick nach vorn. Mudge führte die Gruppe an. Seine leuchtenden schwarzen Augen huschten mal nach links, mal nach rechts, ihnen entging nichts. Er pfiff fröhlich vor sich hin.

Wenigstens wird er glücklich sterben, dachte Jon-Tom. Wer war er selbst denn, ein unfreiwilliger Besucher aus einem anderen Raum und einer anderen Zeit, um hier Kritik zu üben? Diese Welt hatte ihn ohnehin schon oft genug dazu gezwungen, lange gehegte Moralvorstellungen abzulegen. Natürlich würde er niemals auf die Ebene des Otters sinken, doch war er auch nicht mehr dieselbe Person wie damals, als Clodsahamp ihn aus Versehen herübergeholt hatte. Und rein und jungfräulich war er nicht gerade, schließlich hatte er sich gelegentlich auch mal einen Joint reingezogen und einen nicht eben geringen Teil seiner Studienzeit damit verbracht, den Feldstecher seines Zimmerkameraden auf das Unterkunftsgebäude der Mädchen gegenüber zu richten.

Es stand ihm also nicht an, Mudge zu verurteilen. Wenigstens verstand es der Otter, seinen Spaß zu haben. Jon-Tom dagegen mußte sich darum erst bemühen. Das war der Jurist in ihm. Er war zu gehemmt, zu selbstbeherrscht. Vielleicht würde Mudge ihm eines Tages einmal beibringen, wie man richtig *losließ*.

Du machst dir viel zu viele Gedanken, das ist eines deiner Probleme, sagte er sich. *Jetzt zum Beispiel, da machst du dir viel zu viele Sorgen um viel zu viele Dinge.*

Wütend trat er nach einem Stein (nachdem er sich davon überzeugt hatte, daß es kein Tannenzapfen war) und versuchte, an etwas anderes zu denken. Nichts war entmutigender, als mit sich selbst zu diskutieren und ständig dabei zu verlieren.

Wie aus Reue angesichts des Ärgers, den er ihnen in letzter Zeit bereitet hatte, ließ der Wanderer sie eine

Weile in Frieden. Sie marschierten weiter, erklommen in stetem Tempo das Plateau, ohne von unpassenden Störungen heimgesucht zu werden, wenn man von einigen kleineren absah. Jon-Tom verbrachte einen Morgen damit, sich an seine plötzliche Linkshändigkeit zu gewöhnen, während sich Mudges Pelz eines Abends in reines Silber verwandelte. Nicht etwa in Silberfarbe, sondern in richtige feste, echte Silbersträhnen. Er war. bitter enttäuscht, als er sich bereits zurückverwandelt hatte, bevor er sich rasieren konnte.

Zur gleichen Zeit wurde Dormas in einen prachtvoll gefärbten Palomino verwandelt, Jon-Tom bekam die Hautfarbe eines Polynesiers, und Sorbls braungraue Federn wurden plötzlich alle golden. Es war eine Erinnerung daran, erklärte Clodsahamp, daß nicht alle Störungen des Wanderers unbedingt schädliche Konsequenzen haben mußten. Jon-Tom war enttäuscht, als seine künstliche Bräunung zusammen mit den anderen Veränderungen verschwand. Am Strand hätte sie ihm mächtig viele Punkte eingebracht.

Es war ihm gelungen, mit Hilfe seiner Bannsängerei die unangenehmen Aspekte bestimmter Störungen zu mildern. Was er nun brauchte, das war ein Song, der es ihm ermöglichte, die Auswirkungen ausgesuchter Störungen dauerhaft zu machen. Wie beispielsweise seine Bräunung. Es wäre schön, wenn er herausfände, wie er eine Störung verfestigen konnte, die seinem Oberkörper vierzig zusätzliche Pfund Muskeln bescherte oder seinen IQ um hundert Punkte erhöhte.

So hatte er etwas, auf das er sich während ihres Anstiegs konzentrieren konnte. Schließlich sprach er über diese Idee mit Clodsahamp.

»Ein gefährlicher Vorschlag, mein Junge. Vor allen Dingen, wenn man die notorische Unberechenbarkeit deines Bannsingens mitbedenkt.«

»Da werden Sie sich schon etwas anderes einfallen lassen müssen, um mich davon abzuhalten.«

Der Hexer seufzte. »Daran zweifle ich nicht. Dann denke einmal an folgendes: Anstatt eine förderliche Störung dauerhaft zu machen – du kannst ihre Auswirkungen nicht durch Bannsingen einfach abändern –, könnte es passieren, daß du sie in etwas Schreckliches und Unkontrollierbares verwandelst.«

»Aber denkt doch mal an die Möglichkeiten, wenn man es richtig hinbekäme! Angenommen, wir würden von einer Störung heimgesucht, die Sie um hundert Jahre jünger machte? Dann könnten Sie wieder jung sein, sowohl körperlich als auch geistig kraftvoll und rüstig.«

»Hundert weitere Jahre der Aktivität beschert zu bekommen, das ist wirklich eine Versuchung, mein Junge. Ja, das ist es. In gewissem Umfang können wir das Leben zwar verlängern, wir können aber nicht wiederherstellen, was bereits verbraucht ist. Eine Störung dagegen ... ja, eine Störung *könnte* das möglicherweise erreichen.«

Jon-Tom hatte den Eindruck, als würden sich die Augen hinter den sechseckigen Brillengläsern leicht umnebeln. »Doch, das wäre ein Überlegung wert. Doch leider nehmt ihr Jungen euch nie die Zeit, um die möglichen Vorzüge gegen die wahrscheinlichen Risiken abzuwägen. Aber denk ruhig darüber nach, wenn es dir Freude macht.«

Das tat Jon-Tom auch, zuerst voller Begeisterung, dann mit immer größerer Vorsicht. Es gab nur ein Problem mit einer Störung, die den Hexer um hundert Jahre verjüngen würde. Sie würde nämlich dazu führen, daß Jon-Tom minus vierundsiebzig Jahre alt wäre, eine äußerst schwierige Ausgangslage, um sich daraus zu retten. Vielleicht war es doch keine so gute Idee, die Auswirkungen der Störung dauerhaft machen zu wollen. Es dauerte nicht lange, da hatte er die kurz zuvor noch vielversprechend erscheinende Idee verworfen. Der Wanderer war gefährlich, weil er an der Realität herumpfuschte. An dem Pfuscher herumzupfuschen, so entschied er, konnte noch gefährlicher werden.

Die Gedanken daran, die Auswirkungen des Wanderers einzufrieren, wurden schon bald durch Gedanken daran abgelöst, daß alles um sie herum bereits eingefroren genug wirkte. Denn inzwischen befanden sie sich schon ein gutes Stück nördlich von Ospenspri. Die Nächte waren sehr kalt geworden, die sonnenbeschienenen Tage dagegen waren noch erträglich. Es würde noch einige Wochen dauern, bevor der Winter den nördlichen Teil der Warmländer in weiße Decken hüllen würde.

Die Kälte machte dem dichtbefellten Mudge und dem dichtgefiederten (sowie gut geölten) Sorbl nichts aus. Auch Dormas schien nicht darunter zu leiden. Doch sowohl Jon-Tom als auch Clodsahamp waren Warmwettertypen. Mit dem Spätherbst kamen sie noch zurecht, nicht jedoch mit Schnee und Eis.

Wie sehr sich Clodsahamp um das Wetter sorgte, wurde aus der Tatsache deutlich, daß er mindestens einmal am Tag darauf anspielte. »Wir müssen den Wanderer möglichst bald finden und freilassen, sonst wird uns der Winter hier oben auf dem Plateau gefangenhalten. Ich bin nicht erpicht darauf, die ganze Welt zu retten, nur um dabei auch noch zu Tode zu frieren.«

»Wir werden es schon schaffen«, meinte Jon-Tom zuversichtlich. »Wenn wir auf dem Rückweg schlechtes Wetter bekommen sollten, kann Dormas uns tragen. Vergessen Sie nicht, daß sich das vertragsmäßige Verbot des Reitens nicht auf Verwundete oder Gehunfähige bezieht.«

»Dann würde sie immer noch Hilfe brauchen, um vom Plateau hinunterzufinden.«

»Sorbl kann sie leiten.«

Der Hexer schnaubte verächtlich. »Auf meinen Famulus verließe ich mich nicht einmal, wenn er mich nur ins Bad führen müßte.«

»Also gut, dann könnte Mudge es eben tun.«

Clodsahamp blickte zu Mudge hinüber, der gerade fröhlich vor sich hinpfiff, während er mit einem faustgroßen Stück Granit Nüsse knackte, die er auf einem flachen Stein ausgelegt hatte. Dann blickte der Hexer wieder Jon-Tom an.

»Ich bin froh, daß du nach allem, was wir in den letzten Monaten durchgemacht haben, deinen einzigartigen Sinn für Humor noch nicht eingebüßt hast.«

»Ich weiß ja, daß Mudge sich manchmal nicht gerade wie der ideale Kamerad verhält, aber wenn es wirklich einmal um Leben oder Tod ginge, bin ich sicher, daß er da wäre, um mir zu helfen. Das hat er schon einige Male bewiesen.«

»Was freilich keinerlei Beweis dafür ist, daß er es sich inzwischen nicht anders überlegt hat«, wandte der Hexer ein. »Ich glaube, mein Junge, dein Vertrauen ist dort schlecht angelegt.«

»Nun, da muß ich Ihnen widersprechen. Mudge und ich verstehen uns.« Er wandte sich ab und rief laut: »Das tun wir doch, nicht wahr, Mudge?«

Der Otter hob den Blick, heftig auf den Früchten seiner Arbeit herumkauend, und musterte den großen jungen Mann fragend. »Was tun wir, Kumpel?«

»Einander verstehen. Ich habe Clodsahamp gerade erzählt, daß du mich, wenn ich im Schnee stürzen oder sterben sollte, schon in Sicherheit schleppen oder tragen würdest.«

»Aber natürlich würde ich das! Wozu sind Kumpels denn da, wenn sie sich nich aufeinander verlassen können? Ich werde dich so lange schleppen, bis mir die Stiefelsohlen abfallen und meine 'ände ganz roh und blutig sind von der Anstrengung, deinen übergroßen dürren Kadaver zurück in die Zivilisation zu zerren. Ich werde dich ins Warme bringen und in Be'andlung, und wenn ich dabei mein eigenes Leben riskieren müßte. Ich würde schleppen und schleppen bis ...«

»Nun übertreib es nicht, Mudge!«

»Is gut, Kumpel.« Der Otter wandte sich wieder seiner noch ungeöffneten Mahlzeit zu.

»Sehen Sie?« fragte Jon-Tom den Hexer. Clodsahamp lächelte ihn an.

»Und natürlich hat der Otter dich auch noch nie belogen.«

»Oh, gelegentlich hat er die Wahrheit mal ein bißchen verdreht, aber wenn es hart auf hart kommt, ist Mudge schon dabei.«

»Hmph! Dabei, die Flucht zu ergreifen, würde ich sagen.«

Nun legte sich das Schweigen zwischen sie. Das war auch besser so, sonst hätte Jon-Tom dem alten Magier vielleicht etwas Respektloses gesagt. Natürlich meinte Mudge, was er sagte! Er war ein treuer Gefährte und ein guter Freund. Jon-Tom ertappte sich dabei, wie er ganz verstohlen in die Richtung des Otters schielte, und schämte sich, zugeben zu müssen, daß Clodsahamps Pessimismus ihn dazu bewogen hatte, unschmeichelhafte Gedanken über den Otter zu hegen.

Wütend leerte er seinen Becher Tee.

Der folgende Morgen offenbarte ihnen eine nördliche Landschaft, die mit hochaufragenden schneebedeckten Berggipfeln ausgefüllt war. Jon-Tom musterte die steilen schroffen Felsen und fragte zweifelnd: »Wir müssen doch wohl nicht dort oben hin, oder?«

Clodsahamp schirmte die Augen ab, während er das Gelände vor ihnen begutachtete. »Ich weiß es nicht, mein Junge. Bis hierher habe ich den Wanderer zwar aufspüren können, aber es ist schwierig, seinen Aufenthaltsort mit völliger Präzision zu bestimmen. Wir können lediglich weiterhin der Linie folgen, die zwischen ihm und dem Baumheim liegt. Ich hoffe nur, daß sein Gefängnis für uns zugänglich ist.«

»Und wenn nich, Chef?« Mudge war zwar besser zu

Fuß als alle anderen, doch selbst ihm behagte der Gedanke nicht, es mit den Bergen aufnehmen zu müssen, die dort vor ihnen lagen. »Kehren wir dann nach 'ause zurück und 'offen, daß sich alles zum Besten wendet?«

»Nichts wendet sich zum Besten, mein pelziger Freund, es sei denn, du sorgst dafür, daß es das tut. Die Hoffnung ist kein Ersatz für harte Arbeit. Wo immer der Wanderer gefangen sein mag, dort liegt auch unser Ziel. Dort müssen wir hin. Irgendwie.« Und er führte sie weiter.

Diese hohen Gipfel und Granitwände lagen noch ein weites Stück vor ihnen. Möglicherweise würden sie dem Wanderer und dem Wesen, das ihn gefangenhielt, schon lange vorher begegnen, bevor eine echte Kletterpartie erforderlich wurde. Darauf hofften alle. Jon-Tom konnte den Hexer nur voller neuer Bewunderung anblicken. Während alle sich über die Aussicht beklagten, eine schwere Kletterpartie absolvieren zu müssen, hatte niemand davon gesprochen, daß Clodsahamp von allen der dazu am wenigsten Geeignete war.

Die nächsten Tage bescherten ihnen keinerlei Anzeichen dafür, daß sie sich ihrem Ziel genähert hatten, statt dessen bekamen sie es nun mit einer neuen Herausforderung zu tun: Nebel. Jetzt mußten sie sich mehr denn je auf Clodsahamps Führung verlassen, denn in dem dichten klebrigen Grau konnte Sorbl nicht mehr voranfliegen und den einfachsten Weg auskundschaften.

Mudge witterte unentwegt und nervös die feuchte Luft. »'ab dieses Zeug nie besonders gemocht. Gibt Leute, die finden das romantisch. Ich dagegen sage, das is alles Blödsinn. Wie soll man sich in diesem grauen Mist auskennen?«

»Das erinnert mich an Filme von der Golden Gate-Brücke in San Francisco.« Erklärend fügte Jon-Tom hinzu: »Die Brücke des Goldenen Tors.«

Das stachelte das Interesse des Otters an und hob zugleich seine Laune. »Ein Tor aus Gold! Das is der erste 'inweis auf deine Welt, der mich interessiert, Kumpel. Vielleicht lebt es sich dort doch nich so schlecht, wie du es immer darstellst.«

»Tut mir leid, dich enttäuschen zu müssen, aber dieses Tor ist nicht wirklich aus Gold. Es heißt lediglich so, weil es zu bestimmten Tageszeiten so aussieht.«

»Ach so is das? Also kein Vergleich mit dem edelsteinbesetzten Tor von Motaria? Schade. Über Motaria 'ab ich übrigens Dinge ge'ört ...« Und dann fuhr er mit seiner Geschichte fort, ohne daß Jon-Tom ihn erst dazu drängen mußte. Als ihm schließlich die Worte ausgingen, war der Nebel dichter denn je.

Schweigend schritten sie voran. Mudge beschnüffelte weiterhin die Luft und suchte die Feuchtigkeit nach Hinweisen auf plötzliche Gefahren ab, als das dissonante Rumpeln zu seiner Rechten ihn schließlich wieder seinen hochgewachsenen Freund aufsuchen ließ.

»'ör mal, Kumpel, ich 'ab ja nix dagegen, wenn du deine Banngesänge übst, aber ich wäre dir sehr verbunden, wennde das 'n bißchen leiser tun könntest.«

Jon-Tom beachtete ihn nicht. Seine Blicke suchten das bißchen Wald ab, das durch den Nebel zu erkennen war. »Ich habe kein Bannsingen geübt, Mudge. Genaugenommen wollte ich dich gerade darum bitten, den Mund zu halten.«

»Mich? Ich 'ab doch nich mal ...«

»Bei deinem verdammten Geschniefe und Geschnüffel kann doch kein Mensch ruhig denken, aber ich glaube, ich höre noch etwas anderes.«

Mudge runzelte die Stirn, blieb aber still stehen, von einem unwillkürlichen Schnüffeln abgesehen. Seine Augen verengten sich leicht. »'errje, du 'ast recht, Kumpel. Ich 'ab zwar tatsächlich schräges Singen ge'ört, aber das warst nicht du.« Dormas war zu ihnen herübergetrabt. Sie stand direkt neben Jon-Tom, die Nüstern hoch emporgehoben, um die Luft zu prüfen, die Ohren wachsam nach vorn gestellt.

»Ich kann es auch hören, Jungs. Eine Art Singen oder Singsang. Ich glaube, ich kann auch noch was riechen.«

»Welcher Art?« Clodsahamps Augen und Ohren waren weder so scharf noch so empfindlich wie die von Mudge oder Dormas. Außerdem war er ganz und gar damit beschäftigt, sich die Feuchtigkeit von der Brille zu wischen. Das tat er mit einem Tuch, während er in den Nebel hinausstarrte.

»Nager, glaube ich.« Dormas atmete tief ein. »Es liegt so viel Wasser in der Luft, daß es sich schlecht feststellen läßt.«

»Da 'aste recht, Liebchen. Einmal tief durchatmen, das is, als würdeste dir die Nase rückwärts putzen.«

Jon-Tom schnitt eine Grimasse. »Deine Gabe für Metaphern ist ja mal wieder schöpferischer denn je, Mudge.«

»Ich 'offe, daß das auch wirklich so schmutzig is, wie es riecht, Kumpel.«

»Es sind mehrere.« Die Nüstern der Hengstlin zuckten. Jon-Tom war sich seiner eigenen sinnlichen Mängel schmerzlich bewußt. Verglichen mit allen seinen anderen Gefährten, war er praktisch geruchsblind.

»Hast du eine Vorstellung, wie viele es sein könnten?« fragte Clodsahamp sie.

»Kann ich nicht sagen. Spielt auch sowieso keine Rolle, oder?« Sie blickte zu ihm hinab. »In die Richtung wollen wir ja nicht.«

»Wir können nie sicher sein, welche Route wir für den Rückweg nehmen.« Nachdenklich musterte der Hexer den lästigen Nebel. »Ich gestehe, daß ich neugierig bin. Ich wüßte gern, durch wessen Gebiet wir hier gereist sind.« Hinter ihnen stieß Sorbl ein Stöhnen hervor.

»Ich auch«, bestätigte Dormas.

Mudge musterte ungläubig zunächst die Hengstlin und dann Clodsahamp. »Was is'n mit euch beiden los? Vergeßt nich, Neugier war der Katze Tod.«

»Kenne niemanden namens Katze.« Dormas schritt

auf die Bäume zu, den Kopf tief gesenkt, um die Witterung des feuchten Bodens vor ihnen aufzunehmen.

»Wir sind weit entfernt von Ospenspri, weit nördlich von jeder zivilisierten Stadt.« Clodsahamp setzte die Brille wieder auf. Sofort beschlugen die Gläser wieder. »Es kann allerdings auch Unterkunft ohne Zivilisation geben. Ich habe viele Geschichten über die wilden Stämme gehört, die in diesen selten besuchten nördlichen Wäldern hausen sollen. Es wäre sehr nützlich, Informationen erster Hand über ihre Sitten und Gebräuche zu erhalten.«

»Warum lest Ihr das denn nich einfach in irgend'nem verdammten Buch nach, Chef?«

»Weil es nicht viel zu lesen gibt, mein wassernärrischer Wirrkopf.« Der Hexer setzte sich in Bewegung, um Dormas zu folgen. »Nur wenige Forscher kommen in diese Gegend. Sie ziehen die Warmländer oder die Tropen vor. Das bietet uns eine einzigartige Chance.«

»Ja, nämlich zum Rattenfutter für irgend so 'nen hiesigen Vielfraß zu werden.« Mudge sah zu Jon-Tom empor. »Du erkennst doch auch die Weis'eit in meinen Worten, nich, Kumpel?«

»Ich erkenne, daß Weisheit nicht ohne Risiko zu erlangen ist.« Clodsahamp lächelte ihn wohlwollend an. »Tut mir leid, Mudge.« Jon-Tom trat vor, um sich den beiden anderen anzuschließen.

»Ihr seid alle verdammte Narren – aber es is ja nich gerade so, als ob das die Überraschung des Jahres wäre.« Der frustrierte Otter verschränkte die Arme vor der Brust und blieb stehen, wo er war. Was ihn wirklich wütend machte, war die Tatsache, daß ihn alle mißachteten. Es machte ihm nichts aus, wenn man ihn anschrie, ihn anbrüllte oder beleidigte. Doch wenn Leute, die eine andere Meinung hatten als er, sich so verhielten, als existierte er gar nicht, hatte er gute Lust, auf irgend etwas einzustechen. Doch bei seiner gegenwärtigen Begleitung war ihm selbst diese Möglichkeit verwehrt. Sein Messer konnte Clodsahamps Panzer nichts anhaben, Jon-Tom würde ihn bemerken, wenn er sich anschlich, und Dormas' Hinterteil war viel zu hoch gelegen.

Also zückte er statt dessen sein Kurzschwert und ließ einen Teil seiner Wut ab, indem er einen neben ihm stehenden Busch in Stücke hieb.

Jon-Tom, Dormas und Clodsahamp übersahen ihren rasenden Gefährten weiterhin. Sie waren viel zu sehr damit beschäftigt, den Ursprung des geheimnisvollen, gespenstischen Singsangs ausfindig zu machen, der da durch den Wald schwebte. Es schien fast, als würde er von dem Nebel selbst weitergetragen, anschwellend und abfallend, mit deutlich erkennbarer Kadenz, mit unverständlichen Worten.

»Eine uralte Sprache«, bemerkte der Hexer. »Zweifellos von einem Sänger auf den anderen übertragen. Es kann gut sein, daß die Singenden die Bedeutung der Worte gar nicht mehr verstehen, sie aber weiterhin vortragen, weil sie glauben, daß sie Kraft und Macht besitzen.«

Jon-Tom war zwar kein Linguist, doch selbst er spürte das Alter der Gesänge. Sie schienen zum größten Teil aus Grunzern und Stöhnen zu bestehen, aus Geräuschen, wie Tiere sie gemacht hätten: vernunftlose Tiere, die denk- und sprachunfähig waren. Ein Stammeserbe aus einer vorzivilisatorischen Vergangenheit. Kein Wunder, daß Clodsahamp sich für die Leute interessierte, die solche Geräusche von sich gaben. Er blickte über die Schulter zurück.

»Mudge, du bist der beste Trapper unter uns. Warum gehst du nicht voran?«

Nachdem er den Busch zerstört und sein harzbeflecktes Schwert in die Scheide zurückgesteckt hatte, kehrte der Otter ihnen resolut den Rücken zu. »Nich mit mir, Chef. Geh nur und steck deinen 'als in die Schlinge, ich bleib jedenfalls 'ier.«

»Laß die Wasserratte nur!« bat Clodsahamp seinen menschlichen Schützling. »Wir werden auch ohne ihn weitergehen. Dann machen wir wenigstens nicht soviel Lärm. Dormas, kannst du sie immer noch wittern?«

»Schwach. Es wird kräftiger werden, je näher wir kommen. Vielleicht auch dann, wenn dieser verdammte Nebel sich mal lichtet.«

Sie setzten sich wieder in Bewegung. Sorbl erhob sich von seinem Sitzplatz und ging auf Dormas' Last nieder. Mudge sah den Eulerich überrascht an.

»Sorbl? Du gehst doch wohl nich mit, Kumpel?«

»Ich habe keine andere Wahl.« Der Lehrling erwiderte seinen Blick. »Ich muß dorthin, wohin mein Meister mich führt.«

»Mach dir keine Sorgen, Mudge«, sagte Jon-Tom. »Wir sind bald wieder da. Du kannst ja hierbleiben und das Lager bewachen.«

»Was? Ganz allein?« Mißtrauisch lugte der Otter in den undurchdringlichen, Isolationsangst erzeugenden Nebel hinaus. »'ältst dich wohl für verdammt schlau, du 'aarloser Sohn eines Affen, wa?« Er stieß ein tiefes kehliges Knurren hervor. »Du weißt doch genau, daß ich nich 'ier auf meinem Allerwertesten 'ocken bleibe, in diesem stinkenden Nebel, ohne daß mir jemand den Rücken deckt.«

»Ehrlich gesagt, ist es mir egal, was du tust, du windelweicher Abkömmling eines Wattebauschs, aber wenn du mit uns kommen willst, dann beweg dich gefälligst hierher und mach dich nützlich.«

Nachdem sie dergestalt Annehmlichkeiten ausgetauscht und ihre ewige Freundschaft besiegelt hatten, gesellte sich Mudge zu Jon-Tom, um sich der Gruppe anzuschließen. Tatsächlich übernahm er sogar selbst die Führung, wobei er behauptete, daß er sich so weit von seinem hochgewachsenen Freund entfernt halten wollte wie nur möglich.

Clodsahamp musterte seinen Gast anerkennend.

»Langsam lernst du, daß Worte nützlicher sind als Waffen, mein Junge.«

»Was erwarten Sie von jemandem, der Jura studiert? Ich kenne Mudge gut genug, um zu wissen, auf welche Knöpfe ich drücken muß. Er wäre sowieso mitgekommen. Er liebt es lediglich, es so hinzudrehen, als hätte man ihn dazu gezwungen.«

»Sei dir mal deiner Fähigkeit, ihn zu beeinflussen, nicht allzu sicher. Otter sind recht unberechenbare Burschen. Das einzige, worauf ich nie zählen würde – daß er sich auf berechenbare Weise verhalten könnte.«

»Über ein allzugroßes Maß an Zuversicht, was Mudge betrifft, brauchen Sie sich bei mir keine Sorgen zu machen.«

Sie stiegen einen sanften Abhang hoch, überquerten eine Schlucht und erklommen die dichtbewaldete Wand auf der gegenüberliegenden Seite. Als sie sich dem Gipfel des Vorsprungs näherten, wurde der Singsang sehr viel lauter. Außer den Stimmen konnten sie nun auch die Klänge einzelner Trommeln, Rohrflöten und eines Instruments vernehmen, das sich wie ein säuerliches Tamburin anhörte. Mudge machte eine Schweigen gebietende Geste – unnötigerweise. Es war ohnehin klar, daß sie sich sehr nahe am Ursprung des Gesangs befanden. Jetzt war keine Zeit für Unterhaltungen. Es war vielmehr die Zeit des Lauschens und des Beobachtens.

Es gelang ihnen, über den Felsvorsprung hinwegzulugen. Sie blickten auf ein kleines Tal hinunter. Zwischen den Bäumen standen leidlich feste, schräge Hütten aus Astwerk, Zweigen und Lehm. Vor zwei oder drei dieser Gebäude züngelten Flammen in Felsgruben. Mühsam gesammelte Pflanzenteile lagen zum Trocknen daneben. Frauen unterschiedlichsten Aussehens drehten und säuberten unentwegt vielerlei Beeren, Nüsse und die dünnen weichen Kerne einer unbekannten Pflanze.

»Ich kann ein paar Eichhörnchen erkennen«, flüsterte Jon-Tom. »Aber die Geschöpfe dort mit den kleinen runden Ohren kann ich nicht bestimmen.«

»Pikas.« Clodsahamp blinzelte durch seine Brille. »Die großen dicken sind Murmeltiere. Beachte ihre Kleidung.«

Unabhängig von ihrer Art waren alle spärlich und primitiv gekleidet. Mit den dichten Pelzen brauchten sie keinen besonders dicken Schutz, um sich vor Kälte zu bewahren. Aus dünn gestampfter und in Wasser eingeweichter Baumrinde hatte man schmucke Röcke gefertigt. Es gab eine ungewöhnliche Vielfalt an Kopfbedeckungen, die von einfachen Stirnbändern bis zu komplizierten Tiaras aus getrockneten Körnern und Tierknochen reichte.

Etwas zur Rechten des provisorischen Dorfes saß eine Gruppe Musiker im Halbkreis und schlug oder blies die Instrumente. Ihnen gegenüber, ebenfalls im Halbkreis, waren die Sänger. Zu ihnen gehörten alle älteren Männer. Sie waren wie Krieger gekleidet. Zusätzlich zu ihren dekorativen Halsketten und Ringen trugen sie Kopfschmuck aus gebleichten ausgehöhlten Schädeln anderer Wesen. Doch waren diese grausigen Hüte nicht allein aus den Knochen von Beutetieren gefertigt.

»'errje«, murmelte Mudge, als ihm dies klar wurde, »das is ja 'n verdammter 'aufen Kannibalen!«

In der Mitte der beiden Halbkreise befand sich ein Holzpodest, auf dem ein einzelner Pfahl emporragte. Ein Trio aus barbarisch gekleideten Pikas schürte darunter ein Feuer. Ziel des Brandes war es, so viel Rauch wie möglich hervorzubringen, um dem ledergekleideten Individuum, das weiter oben an den Pfahl gefesselt war, das Leben so schwer wie möglich zu machen. Dies erreichten die Pikas, indem sie die Flammen mit einer beständigen Zufuhr aus feuchtem Blattwerk und Rinde fütterten.

Der unglückliche Gefangene trug eine Schlangenhauthose und ein ebensolches Hemd, Lederstiefel und fingerlose Handschuhe aus Leder. Vom oberen Teil der Kurzstiefel bis hinauf zu den breiten Schultern war seine Kleidung mit Messingdornen übersät. Jon-Tom konnte nicht feststellen, ob diese Metallstücke zur Zierde oder zum Schutz dienten. Bei manchen kriegerischen Völkern hatten sie eine zweifache Funktion.

Um die beachtlichen Hüften des Gefangenen wand sich ein messingbeschlagener Gürtel. Auch um den Hals trug er ein dazu passendes Stück. Er war ungefähr viereinhalb Fuß groß, wirkte aber kleiner, weil er sich so weit vorbeugte, wie seine Fesseln es ihm gestatteten, hustend und keuchend, unfähig, dem dichten schwarzen Rauch zu entgehen, der ihm von unten entgegenstieg.

An einem Haken, den man in eine Ecke des Podests eingeschlagen hatte, hing ein großer Rucksack aus dem gleichen Leder wie die Kleidung des Gefangenen. Er war prall gefüllt mit Gegenständen, die nicht zu erkennen waren. Daran befestigt war ein dünner Säbel, der fast so lang war wie der Gefangene selbst.

Von Zeit zu Zeit trieb eine leise Brise den Nebel lange genug beiseite, damit die verborgenen Zuschauer den Gefangenen richtig zu sehen bekamen. Das Gesicht und die großen pelzigen Ohren waren sofort zu erkennen. Die Identifikation der Art war ebenso leicht wie überraschend.

»Was tut der denn hier?« fragte Jon-Tom, an niemanden im besonderen gerichtet. »Ich dachte immer, Koalas zögen tropische Gebiete vor. In den Glockenwäldern bin ich noch nie einem begegnet.«

»Es stimmt, in unseren Teil der Welt kommen sie nur selten auf Besuch.« Clodsahamp bemühte sich, den Gefangenen genauer zu erkennen. »Dieser ist jedenfalls sehr weit von zu Hause entfernt, obwohl er für das hiesige Klima nicht unpassend gekleidet ist.«

»Der arme Kerl.« Dormas schniefte mitfühlend.

»Frage mich, was er wohl getan hat, um gefangengenommen und so behandelt zu werden.«

»Wahrscheinlich 'ne einfache Revierverletzung.« Mudge wich langsam, aber sicher zurück. »Also gut, jetzt 'aben wir genug gese'en, um unsere blanke Neugier zu befriedigen. Dann können wir ja wieder ge'en, nich?«

»Falsch. Es ist verdammt klar, was sie mit ihm vorhaben. Sie wollen ihn ganz langsam ersticken. Einen solchen Tod hat niemand verdient.«

»Wo'er willste 'n das wissen, Kumpel? Vielleicht 'at der 'ier ja irgend'n schreckliches Verbrechen an diesen Wilden verübt. Vielleicht 'aben sie ihm 'nen fairen Prozeß gemacht und ihn verurteilt. Was 'abe ich dir darüber gesagt, von wegen ständig deine eigenen Moralvorstellungen anderen Leuten aufs Auge drücken zu wollen?« Mit einem Nicken zeigte er auf das Lager. »Guck dir doch mal an, wie der angezogen is, wa? Das is mit Sicher'eit 'n rau'er Bursche. Ich würde sagen, die 'aben alle einander verdient.«

»Wenn er sich eines Verbrechens schuldig gemacht haben sollte, würde ich gern etwas darüber erfahren«, erwiderte Jon-Tom. »Wenn nicht, ist es moralisch äußerst verwerflich, wenn wir ihn hier auf diese Weise so langsam verrecken lassen. Ich stelle mir gern vor, daß eines Tages ein vorbeiziehender Reisender für mich dasselbe tut.«

»Is aber verdammt unwahrscheinlich«, grollte der Otter. »'ätte eigentlich gedacht, daß du schon lange genug 'ier bist, um es besser zu wissen, Kumpel.«

»Ich würde sehr gern seine Geschichte erfahren«, erklärte Clodsahamp. »Nicht nur, wie er in diese gefährliche Lage geraten ist, sondern auch, was er in diesem abgelegenen Teil der Welt überhaupt zu suchen hat.«

»Na is ja prima, is das ja! 'ätte wirklich besser im Lager zurückbleiben sollen!«

»Mudge, wo bleibt denn dein Mitgefühl für andere?«

»In meiner linken 'üfttasche, wo es 'inge'ört, und wenn wir schon dabei sind: Diese fröhlichen Naturburschen da unten sind ebenso meine Mitwesen wie dieser gepanzerte fette Bär. Ihre Tischmanieren gefallen mir zwar nich besonders, aber das 'eißt ja nich, daß ich meinen eigenen 'intern riskiere, um den irgendeines anderen Narren zu retten.«

Jon-Tom richtete seine Aufmerksamkeit wieder auf das Lager. Es war eindeutig, daß der Gefangene zunehmend schwächer wurde, so daß er kaum noch husten konnte. »Wir müssen etwas unternehmen.«

»Toll, Chef, dann können du und der alte Felsrücken 'ier ja mal 'inspazieren, das Objekt eures Mitleids losbinden und dem Engelschor verkünden, daß es euch leid tut, aber daß die Party jetzt vorbei is und ihr zusammen ge'en wollt. Ich bin sicher, daß sie dafür jede Menge Verständnis 'aben werden. Die werden entzückt sein – nämlich darüber, daß sie gleich drei Kadaver räuchern können.«

»So sehr meine Neugierde – und natürlich auch mein Rechtsempfinden – mich zu diesem armen Kerl hinziehen«, warf Clodsahamp ein, »so hat die Wasserratte doch nicht unrecht. Auf unserem Rücken lastet eine noch größere Verantwortung. Ich sehe keine Möglichkeit, alles zu riskieren, nur um dieses eine Individuum zu retten.«

Jon-Tom überlegte einen langen Augenblick, bevor er antwortete. »Sie haben recht, werter Herr. Und Mudge auch.«

Der Otter wirkte überrascht, aber erfreut. »Wird auch langsam Zeit, daß du mal 'n bißchen von der Vernunft unter Beweis stellst, die ich dir seit einem Jahr einzu'ämmern versuche, Kumpel.«

»Wir können ihn befreien, ohne irgend etwas dabei zu riskieren.« Er bereitete seine Duar zum Einsatz vor.

Man mußte nicht erst Hexer sein, um Jon-Toms Absichten zu durchschauen. »Bist du sicher, daß du das wirklich versuchen willst, mein Junge? Es stimmt zwar, daß wir dann nicht mit unmittelbarer Vergeltung rechnen müssen, andererseits wird es aber auch nicht lange dauern, bis diese Waldbewohner dort unten uns geortet haben, falls du versagen solltest.«

»Keine Sorge. Das wird ein Kinderspiel.« Sofort begann er damit, das Instrument zu stimmen. »Ich habe die Sache schon voll geplant. Die meisten Probleme, die ich mit dem Bannsingen habe, rühren in der Regel daher, daß ich in aller Eile plötzlich einen passenden Song aussuchen und ihn vortragen muß, bevor ich richtig dazu bereit bin. Aber jetzt hatte ich Gelegenheit, diesen Leuten zuzuhören und sie zu beobachten. Ich weiß genau, was ich tun werde, und ich wüßte nicht, wieso ich scheitern sollte.«

»Dein Selbstvertrauen ist beruhigend und – wie ich hoffe – nicht fehlgeleitet. Weshalb bist du dir deiner so sicher, mein Junge?«

Jon-Tom grinste ihn an. »Weil ich ihre eigene Musik gegen sie verwenden werde. Den Grundrhythmus dieses Singsangs habe ich schon intus. Ich werde eine Rockversion ihrer eigenen Hymne bringen und meinen eigenen Text dazugeben.« Er ließ die Finger über die vertrauten Saiten gleiten. »Zum größten Teil ist es ein Zweivierteltakt. Daraus kann ich noch im Schlaf Riffs improvisieren.«

»Prima Idee, Kumpel«, meinte Mudge. »Dann se'en wir uns ja alle im Lager wieder, wa?« Er drehte sich um und machte sich wieder auf den Rückweg.

»Mach dir nichts aus ihm«, sagte Dormas und lächelte Jon-Tom zu. »Ich habe Vertrauen in dich. Mach schon – puste diese pelzigen kleinen Barbaren zurück in den Urwald.«

»Na ja, ich hoffe, daß die Auswirkungen nicht gerade *so* schlimm werden.« Er räusperte sich. Er wollte den Gefangenen lediglich befreien, kein Massaker auslösen. Er machte sich an seine eigene Interpretation des rituellen Gesangs im Tal, stellte die Duar auf Höchstlautstärke und versuchte den improvisierten Song mit ebensoviel Anmut und Klarheit zu singen wie ein Ozzy Osbourne.

Die Reaktion kam sofort. Auf halber Strecke zu den Fellen der Trommeln erstarrten plötzlich die Schlagstöcke. Das Flöten und das Rasseln der Tamburine verstummten. Auch der Singsang hörte auf, als sich alle Augen im Tal auf die zuckende, sich drehende Gestalt oben auf dem Felsvorsprung richteten.

Jon-Tom hatte gehofft, daß seine Version des Lieds die schwerbewaffneten Krieger dort unten lähmen würde. Sie tat nichts dergleichen. Doch wenn die Stammesleute auch nicht von den Heavy Metal-Akkorden hypnotisiert wurden, die Jon-Toms Instrument entsprangen, schwärmten sie wenigstens auch nicht mit ihren Speeren und Keulen den Hang herauf.

Statt dessen begannen sie zu rennen. Nicht auf den Sänger zu, sondern von ihm fort. In alle Richtungen. Im Laufen schleuderten sie ihre Waffen beiseite. Die weiblichen Stammesmitglieder gesellten sich zu ihnen, wobei sie Kochtöpfe umwarfen und ganze Haufen mühsam gesammelter Nahrung verstreuten. Sogar die Jungen hasteten davon. Ihr Geschrei und Gejammer waren herzzerreißend. Die Krieger warfen ihre Waffen fort, weil sie die Hände freihaben mußten – um sie auf die Ohren zu legen oder diese flach an die Schädeldecke zu pressen. Binnen kürzester Zeit war auch der letzte Bewohner des Dorfes im Wald verschwunden. In diesem Augenblick brach eine neue Stimme das Schweigen im Tal.

»Um des Wahnsinns willen, hört mit diesem gräßlichen Lärm auf und kommt und befreit mich! Oder spießt mir einen Speer durchs Herz und erlöst mich auf der Stelle von meinen Leiden!« Der Koala wollte noch etwas hinzufügen, doch er erlitt einen Hustenanfall. Das Feuer unter ihm qualmte noch immer.

Betreten brach Jon-Tom den Song mitten im Satz ab und drehte sich zu seinen Begleitern um. Anscheinend war der Gefangene nicht allein mit seiner Qual. Mudge war gegen einen Baum gestürzt und löste erst jetzt die Pfoten von den Ohren. Sorbl hatte die Spitzen der Flügel noch immer in die Ohren gepreßt, während die arme Dormas schmerzerfüllt mit den Zähnen knirschte. Irgendwie war es ihr gelungen, die Spitzen der eigenen Ohren nach innen zu knicken. Clodsahamp hatte sich vollständig in die fragwürdige Sicherheit seines Panzers zurückgezogen.

Nun kam er wieder hervor und schob erst Beine und Arme schließlich auch den Kopf vor. Seine Brille saß schief. Er richtete sie gerade, während er zu Jon-Tom hinüberschritt und dem Bannsänger die Hand auf den Arm legte. Seine Finger zitterten leise.

»Tu, was er verlangt, mein Junge.«

Jon-Tom blickte in den Nebel hinaus. »Und was, wenn sie versuchen, sich von hinten an uns heranzuschleichen?«

»Ich glaube kaum, daß die noch gern hier in der Nähe verweilen werden.«

»Dann hat mein Banngesang also funktioniert?«

Diskret räusperte der Hexer sich. »Sagen wir einmal, daß sie deine Interpretation des alten Zeremonialgesangs nicht sonderlich genossen haben.«

»Oh.« Nachdenklich hielt er inne, dann fügte er hinzu: »Und ihr anderen wohl auch nicht, wie?«

»Das Lied hat unsere Aufmerksamkeit gefesselt. Lassen wir es darauf beruhen.«

»Ja«, sagte Mudge laut, »wie wenn einem plötzlich 'n Amboß auf 'n Kopf fällt.«

»Die Kombination eines extrem primitiven Rhythmus mit dem, was du als Spielart deiner zeitgenössischen Musik verstehst, noch dazu auf einer Duar gespielt, besitzt offensichtlich völlig unerwartete Stärken.«

»Soll das heißen, daß Sie der Meinung sind, daß hier

keine Magie im Spiel war? Daß es nur mein Singen war, was sie in die Flucht geschlagen hat?«

»Nein, Kumpel. Seine 'exerschaft will damit sagen, daß dein Singen sie – und uns andere beina'e auch – dazu getrieben 'at, schreiend und kotzend durch den ganzen verdammten Wald zu rennen.«

»Ich verstehe.« Er zuckte die Schultern und atmete tief durch. »Nun, immerhin hat es funktioniert.«

»Werdet Ihr mich jetzt nun endlich freilassen oder nicht?« Die Stimme des Koala klang erstaunlich tief und dröhnend. So hörte er sich viel massiver an, als er in Wirklichkeit war.

»Verdammt ungeduldiger Bursche, wa?« fragte Mudge und setzte sich zusammen mit Sorbl bergab in Bewegung. Jon-Tom wartete ab, bis Mudge außer Hörweite war, dann wandte er sich erneut an Clodsahamp.

»In Wirklichkeit wollten Sie wahrscheinlich sagen, daß mein Gesang sich nicht gebessert hat.«

»Ich würde sagen, daß es nicht allzu undiplomatisch von mir wäre zuzugeben, daß ich nicht der Meinung bin, daß dein Gesang mit deinem Spiel Schritt gehalten hat, mein Junge. Es gibt da leider eine Qualität, ein Timbre, wenn du so willst, daß deine Stimme dem empfindlichen Ohr als weniger denn lieblich erscheinen läßt. Der Gesang der Engeborenen war ohnehin nicht sonderlich melodiös. Dein Gesang, begleitet von der Duar, hat die wenigen harmonischen Töne nicht eben bekräftigt.«

»So schlimm ist es also, wie?«

»Ich glaube, daß der Otter bei seiner Beschreibung ausnahmsweise einmal nicht übertrieben hat. Nun blick nicht gleich so niedergeschlagen drein. Was zählt, das sind die Ergebnisse. Schließlich bist du ein Bannsänger und kein Barde.«

»Ich weiß, aber ich will doch eben ein *Barde* sein! Ich kann doch auch nichts dafür, wenn ich mich nicht anhöre wie Lionel Richie oder Daltrey.«

»Es tut mir leid, mein Junge, aber für mich hat es den Anschein, als müßtest du dich damit begnügen, ein Bannsänger zu bleiben.«

Eigentlich sollte er erfreut sein, sagte Jon-Tom sich selbst, als sie darauf warteten, daß Mudge und Sorbl mit dem befreiten Gefangenen zurückkehrten. Er konnte Dinge vollbringen, die keinem anderen Musiker möglich waren. Er konnte seine Feinde in panische Flucht schlagen, konnte Wunder heraufbeschwören, konnte kleine Berge bewegen. Das Problem war nur, daß er eigentlich nichts anderes wollte als singen zu können. Und dabei hatte er sich solche Mühe gegeben, um wie ein McCartney oder ein Waite zu klingen, nur um dann schließlich einen Lärm hervorzubringen, der sich anhören mußte wie eine Kreuzung zwischen AC/DCs Angus McKie und einem sexuell ausgehungerten Elch. Wenn man genauer darüber nachdachte, klangen McKie und der Elch gar nicht so verschieden voneinander.

Er behielt den Blick auf den Wald und den sie umgebenden Nebel gerichtet, die Hände auf die Duar gelegt. Trotz Clodsahamps Versicherungen wollte er auf den Fall vorbereitet sein, daß irgendein tapferer Krieger es doch wagen sollte, sich von hinten anzuschleichen.

Doch bevor er diesen Singsang noch einmal vortrüge, würde er zuerst seine Gefährten warnen müssen.

VIII

Mudges Messer machte kurzen Prozeß mit den Riemen, die den Gefangenen an den Pfahl fesselten, während Sorbl mit seinem Schnabel die kleineren Knoten löste, mit denen die Handgelenke des Koalas verschnürt waren. Mudge mußte ihn auffangen, nachdem er befreit worden war, so sehr hatten sich seine Muskeln durch Nichtgebrauch und extremste Einengung verkrampft. Während der Otter ihm den Berghang hinaufhalf, nahm Sorbl den Rucksack vom Pfosten des Podests herunter und flog damit seinem Meister entgegen.

Endlich erreichten Otter und Koala den Felsvorsprung. Der ehemalige Gefangene hustete noch immer, wenn auch nicht mehr so heftig und so häufig wie am Pfahl. Es würde noch eine Weile dauern, bevor seine Lungen wieder vollständig gereinigt waren. Seine Augen waren blutunterlaufen, und er rieb sie sich wiederholt. Mudge half ihm zu einem umgestürzten Baumstamm hinüber und setzte ihn sanft darauf.

Der Koala saß für eine Weile schweigend da, keuchend und hustend, nur die großen pelzigen Ohren bewegten sich. Die schwarze Nase war feucht und lief ständig, weil er zuviel Ruß eingeatmet hatte. Endlich hob er den Blick und sprach einmal mehr mit jener unerwartet tiefen hallenden Stimme.

»Danke, Freunde. Es würde sich nicht jeder solche Mühe machen, um einen Fremden zu retten, obwohl mir ziemlich klar war, daß etwas Derartiges geschehen würde. Verdammt will ich allerdings sein, wenn ich mir nicht doch langsam ein paar Sorgen gemacht hätte. Sehr verbunden.«

»Was soll das heißen, daß dir ziemlich klar war, daß etwas Derartiges geschehen würde?« fragte Jon-Tom.

»Darüber können wir später noch sprechen. Im Augenblick sind wir diesem Feuer dort unten immer noch eine Spur zu nahe für meine Gemütlichkeit. Gehen wir den Weg entlang, dann berichte ich, was ich zu erzählen habe.« Er erhob sich, legte den Kopf zurück und blickte an Jon-Tom empor. »Du bist wirklich ein Prachtexemplar, wie? Danke für deine musikalische Hilfe. Wirst wohl nicht beleidigt sein, wenn ich dich nicht um eine Zugabe bitte.«

»Wenn dir meine Musik nicht gefällt, kannst du ja immer noch nach unten zurückkehren und deine Probleme mit deinen Freunden dort besprechen.« Jon-Tom lächelte, um dem Koala zu zeigen, daß er nur auf gleicher scherzhafter Ebene antwortete.

Ihr neuer Bekannter grinste zurück. »Das sind keine Freunde von mir, die dort unten. Heiden und Barbaren, feige Echsensöhne. Hoffe, daß sie bis zum Ende der Welt rennen und dort über den Rand stürzen. Mein Name ist Colin. Ihr könnt euch später vorstellen.« Er machte einen Schritt, taumelte. Mudge eilte herbei, um ihm die Schulter anzubieten, doch der Koala winkte ab.

»Danke für das Angebot, Otter, aber ich schaffe es schon allein. Ihr habt meinetwegen schon genug riskiert. Ich werde euch keine Last sein.« Er nahm seinen Rucksack und Säbel von Sorbl entgegen, um das Gepäck umzuschnallen, nachdem er den Säbel in die Scheide geschoben hatte, die auf dem hinteren Teil des Sacks angenäht war. Trotz seiner kurzen dicken Arme gelang es ihm, die Klinge einzuführen, ohne dabei über die Schulter blicken zu müssen. Wer immer dieser Colin war, dachte Jon-Tom, jedenfalls war er gut mit Waffen vertraut. Wenn Jon-Tom das gleiche versucht hätte,

hätte er sich selbst vom Hals bis zum Kreuzbein aufgeschlitzt.

Mudge führte sie zurück zum Lager. »Du weißt mehr über deine glücklichen Gefährten als wir«, sagte er zu dem Koala. »Meinste, die werden uns zu folgen versuchen? Der 'exer 'ier meint nein.«

»Hexer, wie?« Colin gewährte Clodsahamp einen flüchtigen Blick, höflich, aber keineswegs herablassend, respektvoll, ohne unterwürfig zu sein. »Ich glaube, er hat recht. Herrje, selbst die Tapfersten unter ihnen werden schon einen halben Tag brauchen, nur um den Entschluß zu fassen, ihre Geschwindigkeit zu drosseln.« Alle lachten, außer Jon-Tom. Dem gelang nur ein schwaches Lächeln.

Auf halber Strecke zum Lager hieß Colin sie anhalten. »Wir werden uns hier eine Minute Zeit nehmen, um sicherzugehen, daß sie uns nicht verfolgen.« Er drehte Jon-Tom den Rücken zu. »Oberes Abteil, linke Seite. Eine kleine grüne Flasche. Aber paß auf. Die haben meine Ausrüstung ziemlich herumgeschubst, und ich weiß nicht, was zerbrochen ist und was ganz.«

Der verunsicherte Jon-Tom öffnete den Rucksack, fand die Flasche und reichte sie ihrem Besitzer. Der Stopfen war zwar locker, aber immer noch an der richtigen Stelle. Colin hielt sie gegen das nebelverschleierte Licht, studierte sie einen Augenblick lang kritisch, dann grunzte er und begann den Boden um sie herum abzusuchen.

»Wir brauchen ein paar ordentlich große Äste, die noch Nadeln haben.« Jon-Tom stellten sich die Nackenhaare bei dem Gedanken hoch, sich von jemandem herumkommandieren zu lassen, den sie gerade erst gerettet hatten, aber er schwieg, während er dem Koala und Mudge dabei half, mehrere frische Immergrünäste zu sammeln.

»Und jetzt? Die sind ja wohl kaum groß genug, um sich dahinter zu verstecken«, fauchte er.

Das humorvolle Gebaren des Koalas und das Funkeln in seinen Augen entschärften jede echte Wut bei Jon-Tom. »Das glaubst *du*, Mann.«

Nachdem er ein paar Tropfen der farblosen Flüssigkeit auf jeden Ast gesprenkelt hatte, wies er Jon-Tom an, die Flasche wieder in seinem Rucksack zu verstauen. Selbst bei einiger Entfernung ließ der kräftige Geruch Jon-Toms Nüstern brennen.

»Ihr müßt es so machen«, wies Colin sie an. Jon-Tom und Dormas bildeten die Nachhut, und zu dritt wischten sie mit den Ästen ihre Fußspuren fort. Schließlich warfen sie die Äste beiseite.

Mudges empfindliche Nase lief, und er mußte sie ständig wischen. »Verdammt, Kumpel, was war denn über'aupt in dieser Flasche?«

»Hochkonzentriertes Eukalyptusöl«, informierte Colin ihn. »Wenn sie wirklich versuchen sollten, uns nachzuspüren, werden sie eine hübsche Portion von diesem Zeug einschniefen und den Rest des Tages damit verbringen, sich in den Wahnsinn zu niesen.« Er grinste erst Mudge an, dann zu Jon-Tom hinauf.

Ein interessanter Charakter, und auch das war noch untertrieben, sagte sich Jon-Tom, als er ihren stämmigen neuen Gefährten musterte. Nicht gerade grob, aber auch nicht zu Belanglosigkeiten aufgelegt. Geradeheraus und ohne Sinn für Unfug. Der würde ohne große Schwierigkeiten den Weg zurück in die Zivilisation finden.

Es stellte sich jedoch heraus, daß ihre Wege sich noch nicht trennen sollten. Als sie unter dem Schutz eines Baumes später am Tag Pause machten, mußten sie nämlich feststellen, daß sie mit dem Koala nicht nur einen Widerwillen gegen barbarische Gastfreundschaft gemeinsam hatten.

Er saß gegen den dicken borkigen Stamm gelehnt, mit Sorbl und Dormas plaudernd. Clodsahamp lag etwas abseits; er meditierte in seinem Panzer, machte einen

Besuch in jenem hexerhaften Immernimmerland, das nur er betreten konnte. Es erinnerte Jon-Tom an Winterschlaf. Der Hexer nannte es metaphysisches Sehen. Er war damit beschäftigt, wie er bei solchen Gelegenheiten schon mehrfach erklärt hatte, ihren Standpunkt zu bestimmen, indem er sie in Beziehung zu bestimmten Sternen setzte. Als Jon-Tom früher protestiert hatte, daß es ja wohl absurd sei, sich einzubilden, daß ein einziges kleines Individuum eine persönliche Beziehung zu zahlreichen, unglaublich fernen Sonnen haben solle, hatte Clodsahamp ihn belehrt, daß dies von der geistigen Größe des fraglichen Individuums abhinge, nicht aber von seinem Körperbau. Das hatte dazu geführt, daß Jon-Tom zur Hälfte davon überzeugt war, daß der Schildkröterich nur bluffte. Größer fühlte er sich deswegen allerdings nicht.

Er saß auch etwas abseits von dem Baum, um mit der normalerweise verborgenen Klinge seines Rammholzstabs an einem Stück toter Kiefer herumzusäbeln. Holz und Maserung faszinierten ihn. Vielleicht sollte er den Gedanken daran aufgeben, entweder Rechtsanwalt *oder* Rockgitarrist zu werden, um sich statt dessen einem beschaulichen Leben der Holzschnitzerei zu widmen. Es war allerdings keine sonderlich praktische Berufung, wenn man seinen Lebensunterhalt damit dort verdienen wollte, wo er herkam, dachte er. Wenn er im Großraum Los Angeles gelebt hätte, so wäre selbst Gepetto höchstwahrscheinlich von der Wohlfahrt abhängig geworden.

Schritte näherten sich. Er hob den Blick und sah Mudge kommen. Der Otter trug seinen üblichen besorgten Gesichtsausdruck.

»Was meinste, Kumpel?«

Jon-Tom blickte himmelaufwärts. Sie hatten den Nebel schon lange hinter sich gebracht, und das Firmament über ihnen war von leuchtendem jungfräulichen Blau. »Sieht aus, als würde alles recht gut laufen, Mudge. Wir werden nicht verfolgt, es ist uns gelungen, einen reisenden Leidensgenossen zu retten, und wir haben schon seit Tagen nicht mehr unter Störungen leiden müssen.«

»Ja, sieht ganz so aus, als 'ätte unser Blatt sich gewendet, wa? Genau darüber mach ich mir ja auch Sorgen.« Während er mit ihm sprach, warf er unentwegt verstohlene Blicke zu dem Baum hinüber, an dem Colin gerade mit Sorbl und Dormas scherzte und lachte. »Ist dir dieser seltsame Zufall denn gar nicht aufgefallen?«

»Welchen seltsamen Zufall meinst du?« Jon-Tom seufzte. Das Talent des Otters zum Verfolgungswahn wurde nur noch durch sein Talent zum Saufen, Fressen und Schürzenjagen übertroffen.

»Denk mal 'nen Augenblick drüber nach, Kumpel. Ich werd's dir erklären. Will ja nich, daß du glaubst, ich würde voreilige Schlüsse zie'en oder so.«

»Was? Du und voreilige Schlüsse? Wie könnte ich so etwas jemals von dir denken?«

»Nun versuch mal, den Sarkasmus 'n Weilchen beiseite zu schieben und guck dir die Sache objektiv an, Kumpel. Da machen wir 'n kleinen Ausflug, denken an nix Böses, se'en ausnahmsweise mal so aus wie wir selbst, anstatt wie 'n 'aufen Purpurkäfer oder so, als wir plötzlich 'nen Singsang 'ören und ihm folgen, um diesen Burschen Colin vorzufinden, von oben bis unten gefesselt und im Begriff, von 'nem 'aufen Wilder als Picknick'appen geröstet zu werden. Was schließt du daraus?«

»Daß wir unsere tägliche gute Tat getan haben und daß ich nicht die leiseste Ahnung habe, worauf du eigentlich hinauswillst.«

»Dann will ich mal genauer werden. Wir 'aben keine Ahnung, wie lange dieser Colin gefangen war. Das kann 'ne Stunde gewesen sein, vielleicht aber auch 'n Tag. Aber nehmen wir doch mal an, daß er schon mehrere Tage dort unten festge'angen hat. Seit der letzten schlimmen Störung sind genau mehrere Tage vergangen. Vielleicht kann das oder der, wo diesen Wanderer fest'ält, ihn nich mehr gegen uns einsetzen. Vielleicht sind wir schon zu na'e am Ziel, oder so. Wenn dem so sein sollte, was würde er dann wohl tun, vor allem wenn er sich wegen uns Sorgen macht? Könnte es nicht sein, daß er nach 'ner anderen, indirekteren Methode sucht, um uns aufzu'alten? Indem er uns vielleicht erst mal in Sicherheit wiegt?«

Man brauchte kein zweihundertjähriger Hexer zu sein, um zu begreifen, worauf der Otter hinauswollte. »Du gehst viel zu weit, Mudge. Erstens gab es keine Garantie dafür, daß wir das Risiko auf uns nehmen würden, Colin zu retten. Zweitens sind die Störungen des Wanderers entfernungsunabhängig. Man kann ihm weder zu nahe sein, um davon betroffen zu werden, noch zu fern, um ihm zu entgehen. Und außerdem sieht Colin einfach nicht wie der Typ aus, den ein verrückter Zauberer sich als Diener aussuchen würde. Dazu ist er zu unabhängig. Das ist keine Maskerade, das ist der Kern seiner Persönlichkeit.«

»Dann findeste es wohl nich merkwürdig, daß wir in diesem gefährlichen und kalten Nordland, wo wir seit Tagen nich mal 'n einziges anständiges Restaurant vorgefunden 'aben, plötzlich auf jemanden treffen, dessen Art eigentlich viel wärmere Gebiete vorzieht? Ganz zu schweigen davon, daß er 'ier ganz allein rumrennt.«

»Natürlich, ich bin auch neugierig zu erfahren, was er hier oben tut. Vermutlich gilt das auch umgekehrt für ihn.«

»Warum 'at er dann noch nich danach gefragt? Und warum 'at er uns nich gesagt, was er 'ier zu suchen 'at?«

»Vielleicht«, schlug Jon-Tom vor, »geht uns das ja nichts an.«

»'errje, nun tisch mir bloß nich noch so was auf, Kumpel! So unab'ängig er auch sein mag, immer'in 'aben wir ihn vor dem Kochtopf gerettet. Da is er uns 'ne Erklärung schuldig.«

»Und was, wenn er sich auf irgendeiner privaten Pilgerfahrt befinden sollte, sagen wir mal mit einem religiösen Motiv?«

»Wer, *der* da etwa? Ein Wanderprediger der Kirche vom Leder und den Messingnieten, wa? Wer geht'n jetzt zu weit?«

»Ich glaube, daß du ganz schön weitab vom Schuß bist, Mudge. Aber wenn es dir solche Sorgen macht, warum fragst *du* ihn dann eigentlich nicht, was er hier tut?«

»Äh, na ja, weißte, Kumpel, du bist ja so viel diplomatischer als ich, da 'atte ich ge'offt, daß du ihm die Frage stellen würdest.«

»Ich verstehe. Weil ich diplomatischer bin, nicht wahr?« Der Otter nickte. »Und nicht etwa weil er, sollte ihn die Frage verärgern, dann statt dessen *mich* mit seinem Säbel in Stücke haut?«

Der Otter sah ihn empört an. »Wie kannste nur so was von mir denken, Kumpel?«

»Weiß nicht.« Jon-Tom legte das Holz beiseite und erhob sich. »Vielleicht aufgrund wiederholter Erfahrungen.«

Mudge kam dicht an ihn heran. »Im Augenblick trägt er das lange Schwert nich mit sich, aber wir sollten auf jeden Fall 'n Auge auf seinen Rucksack werfen.«

Jon-Tom furchte die Stirn. »Auf den Rucksack? Warum denn?«

»Du 'ast wohl auch nich viel in Sachen Beobachtung gelernt, wie? Is dir denn nich aufgefallen, wie sorgfältig er ihn be'andelt? Weiß doch niemand, was er da drin 'at, abgese'en von seiner Flasche Stinköl.«

Das war wahr. Colin war auffallend vorsichtig mit seinem Rucksack umgegangen, ja, er hatte sich sogar geweigert, ihn so lange von Dormas tragen zu lassen, bis er sich von den Nachwirkungen des Erstickungstodes erholt hatte, dem er nur mit knapper Not entgangen war. Statt dessen hatte er darauf bestanden, ihn selbst zu tragen, obwohl er noch immer gelegentlich würgte und keuchte. Je länger Jon-Tom darüber nachdachte, um so merkwürdiger erschienen ihm die Anwesenheit des Koalas und sein Verhalten. Brüsk unterbrach er diesen unangenehmen Gedankengang.

»Da hast du es, jetzt machst du mich schon genauso verrückt wie dich selbst.«

»'n bißchen gesunder Verfolgungswahn kann dir das Leben glatt um zehn Jahre verlängern, Kumpel. Du schaffst das schon. Ich 'ab dich schon in Aktion erlebt Das is deine Juristenausbildung. Ich würde ihn dagegen 'öchstens wütend machen. Du nich. Mach ihn nich an, wirf ihm nix vor, laß es einfach ins Gespräch einfließen. Ich werde direkt 'inter dir sein, falls er es dir übelnehmen sollte.«

»Du bist mir ja ein solcher Trost, Mudge!«

»Wozu 'at man schließlich Freunde, Kumpel?«

Während Mudge neben ihm dahintrabte, lenkte Jon-Tom seine Schritte in den Schatten des Baums. Der Otter beugte sich vor, um das Gras zu begutachten, dann drehte er sich um, um sich bis hinter den sitzenden Koala vorzuarbeiten, wobei er versuchte, so unauffällig wie möglich zu sein.

Doch offensichtlich nicht unauffällig genug, als daß ein erfahrener Kämpfer wie Colin es nicht bemerkte. Er sagte zwar nichts, stellte aber den Becher ab, aus dem er getrunken hatte, um beide Hände frei zu haben. Er wandte sich zwar nicht nach Mudge um, doch war ihm die Position des Otters dennoch voll bewußt.

Dormas redete gerade, während Sorbl von seinem Sitzplatz, einem niedrig hängenden Ast, zuhörte. Der Eulerich stand auf einem Bein. Nun verlagerte er das Gewicht auf das andere Bein, eine Angewohnheit, die er von einem Freund abgeguckt hatte, einem Mitglied der Storchenfamilie.

Dormas blickte zu Jon-Tom hinüber. »Wir sprachen gerade über das Land im Osten von hier. Colin sagt, daß es dort hohe Berge gibt, dann offene Ebenen, bevor wir zu seiner Heimat weiter im Süden kommen.«

Mudge nahm einen Tannenzapfen auf und betrachtete ihn mit gespielter Gleichgültigkeit. »Dann biste ja 'n 'übsches Stück weit gereist.«

»Sehr weit, ja«, erwiderte Colin. »Erheblich weiter als ihr alle.«

Jon-Tom rieb sich das Kinn. »Weißt du, wir wollen ja nicht aufdringlich sein, aber es wäre unnatürlich, wenn wir uns nicht Gedanken darüber machten, was jemand wie du in einem solchen Gebiet wie diesem tut, so weit ab von Gegenden, die dir sicherlich besser behagen, und noch dazu völlig allein.«

»Ich reise gern«, teilte Colin ihm mit. »Da nicht viele meiner Artgenossen das auch tun, bin ich dazu gezwungen, allein zu reisen.«

»Ich verstehe.« Schweigen.

Mudge warf Jon-Tom einen Blick zu, und als der nichts mehr sagte, warf er empört ein: »Nun mach schon weiter, Kumpel!«

»Was soll ich weitermachen, Mudge?«

Der Otter spuckte ins Gras und stellte sich vor dem Koala auf. »Du reist also gern, wa? Is aber 'ne komische Gegend, um darin rumzureisen. Is ja nich gerade 'n Touristenzentrum hier oben, und die 'iesigen Dumpfbacken würde ich auch nich eben sonderlich gastfreundlich nennen. Du 'ast nich rein zufällig auch noch andere Geschäfte 'ier zu erledigen, außer rumzureisen?«

»Was für Geschäfte sollte man in diesem öden Land schon zu erledigen haben?«

»'ätte ich selbst auch nich besser ausdrücken können.« Mudges Finger tasteten nach dem Griff seines Kurzschwerts. »Nun komm schon, Kumpel. Du erwartest doch wohl nich, daß wir dir glauben, du wärst bloß in diesen Teil der Welt gekommen, um dir 'n bißchen die Landschaft anzuschauen?«

»Warum nicht? Tut ihr das nicht auch? Für etwas anderes scheint ihr mir überhaupt nicht ausgerüstet zu sein.«

»Woher willste denn wissen, was wir für 'ne Ausrüstung dabei'aben?«

Ein leises Lächeln legte das breite Gesicht des Koalas in Falten. »Es gehört zu meinem Geschäft, derlei Dinge zu bemerken.«

»Ach ja? Was uns mal wieder zu der Art deiner ge'eimnisvollen Geschäfte zurückführt. Irgendwie kommen wir davon nich los, wa?« Nun schlossen sich seine Finger um den Griff des Schwerts.

Colin ließ den Blick auf Mudges Hüfte fallen. »Kein Grund, sich aufzuregen, Pilger.« Er ließ den Blick über das Gesicht des Otters huschen, dann über das von Jon-Tom und Dormas. »Also gut. Ich werde es euch sagen, aber ihr werdet es mir nicht glauben.«

»Versuch's nur mal.« Mudge schenkte ihm ein wölfisches Lächeln.

Die Stimme des Koalas bekam einen nostalgischen Klang. »Das alles hat vor vielen Monaten angefangen. Es ist viel länger her, als mir lieb ist. Ich arbeitete hart in meinem wahren Beruf ...«

Jon-Tom unterbrach ihn. »Du hast also mehr als einen Beruf?«

»Ja, zwei. Der erste«, – und er starrte Mudge hart an –, »ist der eines Leibwächters. Damit verdiene ich mir meinen Lebensunterhalt. Ich bin ziemlich gut.« Die Hand des Otters löste sich vom Schwertgriff. »Aber das ist nicht mein wahrer Beruf, nicht meine wahre Berufung. Lacht ruhig, wenn ihr wollt, aber ich bin eigentlich ein Runenwerfer.«

»Was ist das?« fragte eine neue Stimme, die überrascht klang. Alles blickte nach links. Clodsahamp war aus der Einsamkeit seiner selbsterzeugten Trance zurückgekehrt. Nun zwinkerte er, streckte sich und gähnte, als er aus seinem Panzer wieder hervorkam. Er streckte die Beine heraus, stellte sich auf und schritt zu ihnen, während er sich mit einer Hand die Augen rieb. »Ein Runenwerfer, sagst du?«

»Das sage ich.« Colin drehte sich um und griff nach seinem Rucksack. Jon-Tom und Mudge verspannten sich, doch der Koala holte lediglich einen kleinen braunen Ledersack hervor, der oben mit einem komplizierten Knoten verschlossen war. Die Seiten des Beutels waren mit mehreren magischen Zeichen geschmückt, die mit schwerem Silberfaden eingestickt worden waren. Jon-Tom erkannte keines von ihnen.

»Mein Handwerkszeug«, erklärte der Koala.

»Kann schon verste'en, warumde dir 'ne Arbeit als Leibwächter gesucht 'ast.« Mudge schniefte verächtlich. »Runenwerfen is ja nich eben 'n toller Beruf. Manche Leute würden sogar sagen, daß es eher ein Betrugsspielchen is.«

Der Koala versteifte sich etwas, und als er wieder das Wort ergriff, klang seine Stimme ein wenig schneidend. »Es gibt mehr Scharlatane als echte Wahrsager, die die Runen werfen, das stimmt schon. Ich bin kein Scharlatan. Jeder kann werfen. Für die Deutung braucht man allerdings Wissen und Geschicklichkeit. Ich habe viele Jahre lang geübt, habe Tausende von Malen geworfen. Ich war Lehrling bei Solace Longrush, dem Quokka.«

»Den Namen kenne ich. Ich dachte, er sei tot«, murmelte Clodsahamp.

»Ist er auch. Er ist vor zehn Jahren gestorben. Hat eines Tages Runen geworfen, seinen eigenen Tod darin gesehen, alles zusammengesammelt, sein Haus in Ordnung gebracht, ist zu dem Friedhof rübergegangen, den er sich ausgesucht hatte, und direkt in ein offenes Grab gefallen. So etwas hat die Welt noch nicht gesehen.« Er schüttelte den Lederbeutel. Das erzeugte leise Klappergeräusche, die von kleinen Gegenständen herrührten, die darin aufeinanderprallten. »Seine Runen. Er hat sie mir vermacht.«

»Deshalb sorgst du dich also so um deine Ausrüstung«, sagte Jon-Tom und erhielt zur Belohnung ein Kopfnicken. »Ich bin noch nie einem Runenwerfer begegnet. Wozu wirfst du?«

»Um zu entscheiden, ob man links oder rechts gehen soll, ob eine Ehe erfolgversprechend ist oder nicht, wann man was säen soll – solche Sachen eben. Damit kann man immerhin seine Rechnungen bezahlen.« Er beugte sich vor. »Aber was Solace Longrush konnte, etwas, das kein anderer Runenwerfer vermochte und was ich von ihm zu lernen versuchte, das ist, die Zukunft vorherzusagen.«

Mudge lachte, ohne sich zu genieren. Es war ein forsches, scharfes, bellendes Geräusch. Dormas stieß ein lautes Schnauben hervor. Sorbl unterdrückte ein Lächeln.

»Habe doch gleich gesagt, daß ihr mir nicht glaubt.« Der Koala wirkte nicht beleidigt. Offensichtlich war er Skepsis gewöhnt.

Kaum hatte Colin seine Beichte abgelegt, als Jon-Tom Clodsahamp anblickte. Der Hexer lachte weder, noch lächelte er. Statt dessen musterte er ihren Gast mit völligem Ernst.

»Und wieso«, fragte er, »führt dich dieser Beruf in einen solch abgelegenen Teil der Welt?«

»Wie ich schon sagte, reise ich jetzt schon seit vielen, vielen Monaten. Begonnen habe ich die Reise durch eine Runenbefragung, die ich für einen Bauern bei uns durchführte. Er wollte, daß ich die beste Stelle auf seinem Land ausfindig mache, um einen neuen Brunnen zu graben. Ich hatte bereits sechsmal die Runen geworfen und glaubte, eine recht gute Stelle für ihn entdeckt zu haben. Aber ich setze meinen Stolz darein, gründlich zu sein und fürs Geld gute Arbeit zu liefern. Deshalb habe ich zum siebten und letzten Mal geworfen.« Er schluckte. »Zehn Runen ergaben zusammen ein Muster, das ich noch nie gesehen hatte. Ich nannte dem Bauern die Stelle, die er suchte, und eilte davon in die Bibliothek der örtlichen Hexergilde, wo ich Stunden damit verbrachte, ein Schema zu suchen, das dem Muster glich, welches ich geworfen hatte. Schließlich gelang es mir.«

»Und?« Nervös ermunterte Jon-Tom ihn weiterzureden, völlig gefangengenommen von der Geschichte des Koalas.

»Das Muster zeigte einen nahenden Weltenwandel an. Aber keinen sofortigen. Es sollte ein Wandel sein, der in Stufen stattfand, wobei jede Stufe härter sein würde als die nächste. Es war außerdem eindeutig, daß die letzte Verwandlung apokalyptische Ausmaße annehmen würde, wenn man die stufenweisen, gemächlichen Veränderungen nicht aufhielte.«

»Das Muster hat wohl nicht zufällig etwas über die Natur dieser letzten Verwandlung ausgesagt?« fragte Clodsahamp ihn.

»Ich bin mir nicht sicher. Die Muster sind zwar genau, die Deutung ist aber keine exakte Wissenschaft. Doch soweit ich das sagen konnte, hat es irgend etwas mit der Größe der Sonne zu tun.«

»Mit der Größe?« quiekte Mudge.

Colin nickte düster. »Das Muster wies auf verstärkte örtliche Verwandlungen hin, die in einer jähen Expansion der Sonne enden würden, bis diese ein Vielfaches ihrer gegenwärtigen Größe erreicht hätte. Ich glaube, im Vergleich zu einer solchen Veränderung dürften wir uns geradezu danach sehnen, über etwas so Frostigem und Kaltem wie dem Feuer der Wilden stehen zu dürfen.«

»Nova.« Jon-Tom blinzelte durch das Geäst auf die friedliche Mittagssonne über ihnen. »Eine Störung, die kräftig genug ist, um den Zyklus der Heliumfusion zu beeinträchtigen. Das würde dazu führen, daß die Sonne sich in eine Nova verwandelt. Ich frage mich nur, ob die Sonne in meiner eigenen Welt davon auch berührt wäre?«

»Was is'n das für 'n Quatsch?« brummte Mudge. »Was is 'ne verdammte Nova, und was 'at sie mit der Sonne zu tun? Und was immer es auch sein mag, wir 'aben sowieso nur die Aussage dieses Burschen, die dafür spricht. Und was 'at das über'aupt mit der ganzen Frage zu tun?«

»Deshalb bin ich ja hier – um festzustellen, ob ich diese katastrophale Verwandlung nicht verhindern kann. Die Runen haben mir zwar nicht mitgeteilt, wie es vonstatten geht, aber sie zeigen mir, wo es geschehen könnte. Ich bin auf dem Weg dorthin.« Er mißdeutete ihr Schweigen als Ungläubigkeit. »Ich habe euch doch gesagt, daß ihr mir nicht glauben werdet.«

»Im Gegenteil«, teilte Clodsahamp ihm ruhig mit, »wir glauben dir mehr als du dir selbst. Du mußt nämlich wissen, daß die Antwort auf deine Frage auch die Antwort auf unsere Frage ist. Wir verfolgen dasselbe Ziel. Durch andere Methoden sind wir hierhergekommen, um dasselbe Ziel zu erreichen.«

Colin musterte sie stumm der Reihe nach und merkte, daß es die Wahrheit war. »So ist das also. Dann waren die Runen ja noch gründlicher, als ich dachte. Ich hatte die Hilfe, die sie mir vorhersagten, nicht so bald erwartet.«

»Nu mach mal 'alblang, Kumpel«, drängte Mudge. »Wenn 'ier irgend jemand irgend jemandem 'elfen soll, dann bist du es ja wohl, der uns zu 'elfen hat.«

»Das ist doch jetzt egal, Mudge«, warf Jon-Tom gereizt ein. »Wir sind alle aus dem gleichen Grund hier.«

»Das ist wahr.« Der Koala hörte sich enttäuscht an. »Die Runen waren zwar gründlich, aber nicht genau. Als ich sie deutete, sprachen sie von Hilfe in Gestalt eines Heers aus einigen tausend erfahrenen Kriegern. »Er schüttelte die Enttäuschung ab. »Aber wenn ich statt dessen die Gesellschaft eines Quintetts merkwürdiger Kauze genießen soll, dann muß es wohl so sein.«

Mudge stieß ein kehliges Knurren hervor. »Wen nennste 'ier 'nen seltsamen Kauz, Schwammgesicht?«

»Ruhig, Wasserratte!« Clodsahamp wandte sich wieder an Colin. »Dann sind deine Runendeutungen also nicht immer präzise?«

»Ich fürchte, nein. Das liegt in der Natur der Runen. Man kann mit unvollkommenen Materialien keine vollkommenen Vorhersagen machen, und so etwas wie eine vollkommene Rune gibt es einfach nicht. Vor einem halben Jahr habe ich zwei Monate dadurch verloren, daß ich in die falsche Richtung reiste, bevor ich merkte, daß ich vom richtigen Pfad abgeirrt war.«

»Das macht ja nichts.« Jon-Tom hatte von Natur aus Mitgefühl. »Ich bin beispielsweise Bannsänger, und ich mußte auch schon mal die eine oder andere Gelegenheit miterleben, da meine Bannsängerei andere als die gewünschten Ergebnisse erzielte.« Sofort warf er Mudge einen warnenden Blick zu, doch der Otter war mit seinen Gedanken woanders und ließ sich die Gelegenheit entgehen, den erwarteten sarkastischen Kommentar einzuwerfen.

»Wir werden einander helfen«, verkündete Clodsahamp entschieden. »Deine Gesellschaft und die Unterstützung, die du uns geben kannst, sollen uns willkommen sein. Ich weiß, was diese Veränderungen herbeiführt, und ich weiß auch ungefähr, wo es sich befindet. Wenn wir zusammenarbeiten, können wir vielleicht genauer festlegen, wie wir vorgehen müssen.«

Es war ganz offensichtlich, daß Colin beeindruckt war. Er blickte an Jon-Tom hinauf. »Sag mir, großer Mensch, spricht er die Wahrheit?«

»Meistens. Diesmal schon.«

»Das Runenwerfen ist etwas, das ich nie praktiziert habe«, sagte der Hexer gerade, »und zwar wegen seiner notorischen Ungenauigkeit. Es könnte aber sein, daß du

Gelegenheit bekommst, unsere gemeinsamen Fähigkeiten damit zu ergänzen, wenn wir solcher Hilfe am meisten bedürfen. Auch sonst ist ein kräftiger Schwertarm bei einem solchen Unternehmen immer willkommen. Wir werden versuchen, diese Gefahr gemeinsam zu meistern.«

»Ich freue mich, Gesellschaft zu haben. Wir Koalas sind sehr gesellige Geschöpfe. Es war nicht einfach, allein zu reisen.« Er zögerte. »Ich will Euch nicht widersprechen, Vielbejahrter, aber meiner Deutung zufolge haben wir nicht mehr sehr viel Zeit. Es könnte passieren, daß wir nicht rechtzeitig am Ziel anlangen.«

»Möglicherweise kommen wir überhaupt nicht ans Ziel«, gestand Clodsahamp, »aber es ist Zeitverschwendung, sich um die Zeit Sorgen zu machen. Bei allem Respekt für dein Talent, aber wenn es um einen Wanderer geht, ist die Zeit selbst veränderbar. Es ist durchaus denkbar, daß wir sehr viel mehr Zeit übrig haben, als deine Deutung dich glauben macht.«

»Ich hoffe, daß Ihr recht habt und ich unrecht.«

Clodsahamp hob den Blick und ließ ihn an den Gefährten vorbei auf die niedrigeren Hänge der Berge schweifen, die den nördlichen Horizont bestimmten. »Im Augenblick ist meine größte Sorge, daß derjenige, der den Wanderer in dieser Welt gefangenhält, trotz seines Wahnsinns langsam lernen könnte, wie man diese Störungen beeinflußt.«

»Das müßte nicht unbedingt schlimm sein«, bemerkte Jon-Tom. »Wenn er das lernt, könnte er die Sonne möglicherweise davor bewahren, zu einer Nova zu werden.«

»Sofern er das will.«

»Aber wenn es geschieht, würde er zusammen mit allen anderen getötet werden! Das wäre doch ...«

»Wahnsinnig. Ganz genau, mein Junge. Wenn er sowohl verrückt als auch unglücklich ist – was gäbe es dann für ihn Besseres als einen Selbstmord im großen

Maßstab? Meine dringendste Sorge ist die, daß die Störungen spezifisch gegen uns gerichtet werden könnten. Das erscheint zwar unglaublich, läßt sich aber nicht unbedingt ausschließen.«

»Besonders beru'igend seid Ihr aber nich, Euer Meisterschaft.«

»Das ist die Wahrheit selten, Mudge.«

»Wahr'eit is 'n verdammt glitschiges Zeug. Wir 'aben immer noch keine Beweise dafür, daß du nich mehr bist als 'n Windbeutel, Großohr.«

Colins Augen verengten sich, und er legte die Hand ans Schwert. »Willst du mich einen Lügner heißen, Feger?«

»Nun versuch bloß nich diesen Kokolores mit mir, Kumpel! Daß du mit dem Schwert umge'en kannst, glaub ich dir gern. Dafür brauchen wir auch keine Beweise.« Er musterte seine Begleiter. »'ört mal, ihr leichtgläubiger 'aufen, wollt ihr nich wenigstens mal 'n paar Beweise verlangen, daß dieser Bursche 'ier nich gerade für den arbeitet, 'inter dessen 'intern wir 'er sind, bevor wir ihn in unser Lager einladen?«

»Mudge, manchmal bist du ...«, begann Jon-Tom, doch Colin schnitt ihm mit einer Handbewegung das Wort ab.

»Nein. Der Otter hat recht. Er ist zwar unhöflich, aber im Recht. Ihr habt weitaus stichhaltigere Beweise verdient als bloßes Gerede.« Er legte den Lederbeutel vor sich auf den Boden und kniete nieder. Jon-Tom paßte zwar genau auf, doch es blieb ihm völlig schleierhaft, wie der Koala die unglaublich komplizierte Reihe von Knoten so schnell lösen konnte. Nachdem er sich davon überzeugt hatte, daß die Zugfäden gestreckt und gerade waren, entfaltete Colin sorgfältig das lederne Quadrat.

Die folgende Offenbarung war ein wenig enttäuschend. Jon-Tom wußte selbst nicht genau, was er erwartet hatte: vielleicht Edelsteine im Brillantschliff mit vielen Facetten oder gespenstisch leuchtende Metallstücke. Tatsächlich enthielt der Beutel jedoch nur ein paar Holzstücke, einige bemalte Steine und alte Knochen sowie Streifen aus gefärbtem Tuch.

»Das is alles?« wollte Mudge wissen.

»Hast du schon jemals einen Satz Runen gesehen, Otter? Ich meine nicht Imitationen oder Fälschungen, sondern richtige? Manche von diesen hier sind von einem Runenwerfer auf den anderen vererbt worden.« Er beugte sich vor, um ein paar der Stücke mit dem Finger zu berühren. »Diese hier sind Hunderte von Jahren alt.«

»Ich kann die Kraft riechen.« Clodsahamp watschelte hinüber und bat Colin, jede einzelne Rune ausführlich zu erklären. In der Zwischenzeit schlich Mudge sich an Jon-Tom heran.

»Weißte, Kumpel, vielleicht 'at dieses Treffen 'ier ja doch noch seine guten Seiten.«

»Das hat es bestimmt, wenn Colin die Wahrheit über seine Fähigkeiten gesagt hat.«

»Nein, nein, nich das!« Der Otter sah erst empört aus, dann aufgeregt. »Ich meine, schau dir doch nur mal dieses Gelump an! Ich seh mich schon.« Die Zahnräder im Geiste des Otters drehten sich schneller. »Wenn wir zurück in die Zivilisation kommen, brauche ich nur zur nächsten Müll'alde zu ge'en und 'n kleinen Lederbeutel mit dem ersten interessanten Zeugs zu füllen, über das ich stolpere. Dann kann ich umherzie'en und die Zukunft voraussagen. Das einzige, was mich verwundert, is die Tatsache, daß ich noch nich frü'er drauf gekommen bin.«

»Mudge, das hier ist kein Taschenspielertrick. Das hier ist echt.«

»Taschenspielertrick, Echt'eit, was is schon der Unterschied? Das ganze Universum is doch bloß eine einzige riesige Veräppelung. Möglicherweise von irgendeiner obersten Gottheit vollbracht. Was zählt, das is die Art und Weise, wie wir es se'en. Und über'aupt – wenn 'n 'aufen weich'irniger Blödmänner mich für 'nen Runenwerfer 'ält, was soll ich dagegen andiskutieren? Ich würde doch nur ihre Gefühle verletzen, wenn ich alles preisgäbe, würde ich. Den Leuten is es doch egal, ob 'ne Prophezei'ung stimmt oder nich. Die wollen doch bloß jemanden, der ihnen sagt, was sie tun müssen, damit sie nich zu denken brauchen. Außerdem werde ich nur Prophezei'ungen über Dinge machen, in denen ich Experte bin: Sex und Geld.«

»Sex und Geld, Sex und Geld! Woran wirst du nur denken, wenn du erst einmal ein reifes hohes Alter erreicht hast, Mudge? Immer vorausgesetzt, daß du überhaupt jemals ein reifes hohes Alter erreichst, was ich stark bezweifle.«

Der Otter hob feierlich eine Pfote. »Dann werde ich mich ändern, Kumpel. Egal was du auch meinst, ich 'ab schon oft darüber nachgedacht. Du wirst schon se'en. Wenn ich erst mal gebeugt bin und weiße Bart'aare 'abe, mit 'ner silbernen Strähne, die sich den Rücken 'inabzieht, wird alles anders. Dann werde ich meine ganze Zeit damit verbringen, über *Geld* und Sex nachzudenken.«

»Ich weiß zwar selbst nicht, weshalb, aber irgendwie überrascht mich dieses Geständnis nicht.« Er bedeutete dem Otter zu schweigen. Colin hatte sein Gespräch mit Clodsahamp beendet. Nun war der Koala an der Reihe, eine befehlende Tatze zu heben.

»Ruhe, bitte!«

»Ganz schön frecher Bursche, das muß ich ihm lassen«, flüsterte Mudge. Jon-Tom machte stillegebietende Gesten.

Colin hatte die Augen geschlossen und murmelte halblaut vor sich hin. Plötzlich kam an einer Stelle eine Brise auf, wo zuvor keine Brise gewesen war. Sie pfiff von Osten herbei, umwirbelte sie, zauste Dormas' Mähne und Jon-Toms langes Haar. Der Wind wechselte wiederholt die Richtung, als sei er verwirrt und nervös, ein Zephyr, der sich verirrt hatte.

Immer noch einen kehligen Singsang murmelnd, beugte Colin sich vor, um die kümmerlichen Steinscherben, das Leder und das Holz in beide Tatzen zu nehmen. Jon-Tom bemerkte seine ehrfurchtgebietenden Klauen. Der Koala behielt die Runen wie in einer Schale in den Händen und fuhr mit seinem unverständlichen Gesang fort. Clodsahamp sah zu und nickte langsam, obwohl es Jon-Tom nicht klar war, ob er etwas von dem verstand, was der Koala sagte, oder ob er ihn lediglich ermunterte.

Es erschienen keine glühenden Lichtpunkte, keine Gnieschies. Dies war eine andere Art von Magie, uralt und schlicht, sie war Jon-Tom ebenso fremd wie die Wirtschaftspolitik der Republikaner. Wenn man Colins eigener Beschreibung glaubte, handelte es sich dabei ebensosehr um Glück wie um Magie.

Das Fell am Hinterkopf des Koalas stellte sich auf. Die Behaarung seiner übergroßen Ohren schien wie von elektrischer Spannung zu zittern. Colin beendete seine Beschwörung. Dann hielt er die Tatzen einfach über das Ledierviereck und öffnete sie. Soweit Jon-Tom das feststellen konnte, hatte es nichts mit Geschicklichkeit zu tun: Der Koala öffnete einfach die Tatzen und ließ alles fallen.

Die Steine und Knochen hüpften ein paarmal hin und her, bevor sie auf dem Leder zum Ruhen kamen; dieses war, wie Jon-Tom nun erkennen konnte, von einem Netzwerk feiner Linien durchkreuzt, die mit irgendeiner Art nadelspitzer Ahle oder einem Messer gezogen worden waren.

Colin atmete tief ein, öffnete die Augen und beugte sich vor, um das Ergebnis seines Runenwurfs zu mustern. Er wandte den Blick nicht von den Runen ab, ja er zuckte nicht einmal mit den Lidern. Eine solche Konzentration war angsterregend. Obwohl er sein Bestes tat, um es sich nicht anmerken zu lassen, war es offensichtlich, daß sogar Mudge beeindruckt war.

Colin atmete ein weiteres Mal tief durch und nahm einige kurze Atemzüge. Dann kauerte er sich wieder nieder, um beide Tatzen auf die lederbedeckten Knie zu legen.

»Was versuchst du herauszubekommen?« fragte Dormas ihn schließlich.

»Ich habe die Runen nicht für irgend etwas Bestimmtes geworfen. Häufig gibt der Wurf keine Auskunft. Manchmal ergibt sich auch ein Muster, dem man nicht vertrauen kann. Ich hoffe, daß dies jetzt der Fall ist.«

»Warum?« Plötzlich machte Jon-Tom sich Sorgen. »Was sagt es denn?«

In den Augen des Koalas war echte Traurigkeit zu erkennen. Er wandte den Blick von Jon-Tom weg auf den Otter, der neben ihm stand. »Mein Freund Mudge, wenn dieses Muster hier stimmt, dann hast du keine dreißig Sekunden mehr zu leben.«

IX

Das kleine Häufchen Zuschauer war wie vom Schlag gerührt. Mudge konnte den Fremden in ihrer Mitte nur fassungslos anstarren. Wie sollte man auf eine derartige Verkündung reagieren? Schließlich versuchte der Otter zu lächeln. Er gab sich alle erdenkliche Mühe, doch dieses eine Mal weigerte sich sein sonst so schnelles Grinsen, auf dem Gesicht zu erscheinen.

»Du versuchst ja nur, mir Angst einzujagen, du erbärmlicher Triefel. Du versuchst, uns allen Angst einzujagen, damit wir nich feststellen, was für 'n Mumpitzpeter du bist. Na, mich kannste jedenfalls nich narren. Ich glaube nich an deinen Beutel voller Knochen, keine Minute tu ich das nich.« Er spie auf den Boden und verfehlte das Leder und seinen stummen Inhalt nur knapp. Mißtrauisch um sich lugend, wich er vor dem schweigenden, traurigen Colin zurück.

»Ich wünschte, es wäre anders gekommen«, entschuldigte sich der Koala. »Aber man kann nicht voraussagen, was die Runen sagen werden.«

»Sagen? Dieser 'aufen Dreck kann ja nich mal Pups sagen. Is doch nur 'ne 'andvoll Müll, Jon-Tom.« Jon-Tom starrte seinen Freund stumm an. »Was er da sagt und was er da in der Gegend rumschmeißt – nix als Müll. Sagt mir, daß es Müll is, Euer 'exerschaft.«

Clodsahamp musterte den zurückweichenden Otter mit einem irritierend klinischen Blick, dann fragte er den Runenwerfer: »Wodurch?«

Colin sah wieder die reglosen Runen an. »Das wird hier nicht gesagt, Ehrwürdiger Alter.«

»Müll is es!« Die Stimme des Otters wurde immer lauter und wütender. »Müll und 'ne lausige Lüge dazu!« Er blickte nervös um sich, als rechnete er damit, jeden Augenblick angegriffen zu werden. »Schwindel und Betrug, das sollte ich ja wohl wissen. Dieser fette Bär is 'n Trickbetrüger. In seiner Nummer steckt mehr Schnee als dort oben auf den ganzen Bergen. Oh, du schleimiger, aufgeblasener Pelzball!« Er schnitt eine Grimasse in Colins Richtung. »Echt schleimig. Aber den alten Mudge legst du nich rein! Niemand kann die Zukunft vor'ersagen. Niemand! Und wenn es jemand könnte, würde er es nich tun, indem er eine Pratze voll Müll auf den Boden schmeißt und ihn rülpsend begafft!« Er schlug mit der Faust gegen die Brust.

»Ich bin gesünder denn je, umgeben von meinen guten Freunden, und es gibt nix auf der Welt, wovor ich mich fürchte, nix, was mir was an'aben kann, nix, was ...«

Er wurde durch ein lautes Krachen unterbrochen. Jon-Tom zuckte unwillkürlich zusammen, während Dormas erschreckt zurückwich. Clodsahamp und Colin rührten sich nicht von der Stelle. Nur Sorbls wunderbare Augen und seine Reflexe, wenngleich von täglichen Alkoholgaben ein wenig betäubt, ermöglichten es ihm, schnell genug zu reagieren, um eine Warnung auszurufen. Er zeigte mit einer Flügelspitze und schrie: »Vorsicht!«

Mit weitaufgerissenen Augen wirbelte Mudge herum. Nur wenig Kreaturen waren schneller als ein Otter. Und doch war er nicht schnell genug.

Der riesige verfaulte Ast stürzte aus dem Wipfel der großen Föhre, an die er sich gelehnt hatte, traf ihn am Hinterkopf und ging mit gewaltigem Krachen zu Boden. Abgebrochene kleinere Äste, Laub und tote Zweige stoben in alle Richtungen davon. Der Sturz war laut genug, um als Echo mehrfach von den sie umgebenden Bergen widerzuhallen. Alle rannten auf den gestürzten Otter zu, außer Clodsahamp. Der Hexer blieb dicht neben dem Werkzeug des Runenwerfers stehen und sah neugierig zu.

»Höchst interessant«, murmelte er vor sich hin. »Ich war schon beinahe geneigt, den Betrugsanschuldigungen des Otters zu glauben, denn ich habe schon eine Vielzahl von Hexen und Hexern, Zauberern und Bannsängern und auch sogenannte Runenwerfer kennengelernt, aber niemals einen, der die Zukunft wirklich vorhersagen konnte.«

»Sie kennen immer noch keinen!« rief Jon-Tom freudig zurück, als er sich über die liegende Gestalt des Otters beugte. Mudges gefiederte Mütze war beim Aufprall vom Kopf geschlagen worden. Sie lag einige Fuß entfernt am Boden. Blut färbte das Fell am hinteren Schädelteil des Otters. Doch zu Jon-Toms Erleichterung sah es schlimmer aus, als es war.

»Er atmet. Sorbl, dein Gehör ist besser als unseres.«

Der Eulerich nickte und legte ein spitzes Ohr gegen den Brustkorb des Otters. Als er zu den anderen hinaufblickte, lächelte er wissend. »Schläft wie ein Asket nach einer viertägigen Orgie. Der ist ebensowenig tot wie ich.«

»Laß mich mal nachschauen.« Colin schob beide Arme unter Mudge. Sein gedrungener Körper offenbarte die gewaltige Kraft, die in ihm steckte, als er den bewußtlosen Otter mühelos an die Stelle zurücktrug, an der sie vor dem Unglücksfall gesessen hatten. Jon-Tom durchsuchte den Medizinbeutel auf Dormas' Rücken und holte eine schmale Flasche hervor, die mit einer goldenen Flüssigkeit gefüllt war.

»Also wirklich«, sagte der gepeinigte Sorbl und schmatzte dabei, »könntest du nicht wenigstens eine billigere Sorte nehmen, Jon-Tom?«

»Sorbl! Du erstaunst mich!«

»Ich meine«, murrte der Eulerich, »es ist ja nicht so, als wäre er tot oder so etwas.«

Was für eine Mannschaft! dachte Jon-Tom, als er sich über den reglosen Otter beugte und ein paar kräftige Tropfen in den geöffneten Mund fallen ließ. Mudge hustete, der Körper erlitt einen kurzen Krampf, ein zweites Husten, dann setzte er sich prustend auf. Jon-Tom war der erste, den er sah.

»Was willste denn mit mir machen, Kumpel, mich ertränken? Ohhhh.« Zaghaft berührte er den Hinterkopf. »'errje, fühlt sich an, als 'ätte mich jemand mit 'nem Baum in voller Blüte plattgewalzt.«

»Nicht ganz falsch, auch wenn er nicht in voller Blüte war«, erwiderte Jon-Tom. Tatsächlich hatte der Ast, der den Otter nur leicht gestreift hatte, einen größeren Durchmesser als viele der benachbarten Baumstämme.

»Er hat dich nur angekratzt, Pilger.« Colin inspizierte gerade den Hinterkopf des Otters. »Zum Glück. Wie ich schon sagte, die Runendeutung ist keine exakte Kunst.«

»Dir geb ich 'ne Prise Exaktes, du wandelnder Windbeutel!« Mudge versuchte, den Koala anzuspringen. Doch der Schmerz im Kopf hielt ihn zurück. Als er seine Wunde wieder berührte, färbte sich seine Hand rot. »Ich blute 'ier zu Tode, während du dasitzt und mir schlaue Vorträge 'ältst.«

»Hör auf zu jammern!« fauchte Dormas. »Jon-Tom, unter dem Medizinbeutel sind Bandagen.« Er nickte, kramte herum, bis er eine Rolle sterilisiertes Leinen gefunden hatte, dann begann er damit, den Schädel des Otters zu umwickeln.

»Aua! Mach mal sachte, Kumpel. Das 'ier ist schließlich kein Steak, was du da einwickelst, mußte wissen.«

»Ich versuche es so sanft wie möglich, Mudge.«

»'öchstwahrscheinlich.« Er funkelte Colin böse an. »Bin mir zwar nicht sicher, ob ich dir die ganze Story abkaufe, Chef, aber ein bis zwei Punkte zu deinen Gunsten 'aste gemacht, soviel is sicher.«

Colin schniefte. »Der Ast hätte dich glatt töten können, du armseliger Vorwand für einen Mantelpelz. Ich hätte gedacht, daß du dich bedanken würdest.«

»'ätteste, wa? Wennde so 'n toller Prophet bist, wieso 'aste dann nich gese'en, daß der Ast gleich abbrechen würde? Wo'er solln wir denn wissen, daß du das nich so geplant 'ast?«

»Deine Andeutungen interessieren mich nicht, Pilger. Der Schlag hat deinen Verstand beeinträchtigt. Vielleicht auch nicht. Trotzdem, woher hätte ich wissen sollen, daß du auf meine Prophezeiung reagierst, indem du dich direkt unter diesen Baum dort zurückziehst?«

»Du solltest mal deinen Kopf benutzen, Mudge«, ermahnte Jon-Tom den Otter.

»Jetzt nich gerade, Kumpel, wenn's dir nix ausmacht. Muß zugeben, daß ich mir das noch nich überlegt 'abe.«

»Das genügt jetzt, Wasserratte«, sagte Dormas entschieden. »Nun pinkle nicht weiter gegen den Wind! Unser Herr Colin scheint mir ein perfekter Gentleman zu sein. Wir sollten froh sein, ihn dabei zu haben.«

»Sprich gefälligst nich in der Mehrzahl, Vierbeinerin!«

»Mudge, denk doch mal eine Minute nach.« Jon-Tom zerfaserte das Ende der Bandage und machte einen Knoten damit auf der Stirn des Otters. »Wenn Colin dich hätte umbringen wollen, hätte er dich einfach auslachen können, als der Ast dich am Kopf traf. Das hat er aber nicht getan. Er hat genauso reagiert wie wir: Er ist hingelaufen, um dir zu helfen.«

»Ihr verdammten Rechtsverdreher seid doch alle gleich, nix als stinkende Logik und Vernunft. 'ab langsam genug davon ... Aua, verdammt!«

»Wenn du deinem Mund eine Ruhepause gönnen würdest, würden deine Kiefermuskeln deinen Hinterkopf nicht so belasten.« Er zurrte den Knoten fest. »So. Ich hätte eigentlich gedacht, daß der Ast dir etwas Verstand eingeprügelt hätte. Aber dafür braucht es wohl erst einen Mammutbaum.«

»Was ist denn das?« wollte Clodsahamp wissen.

»Ein extrem großer Baum, der in meiner Welt wächst. Größer als alles, was Sie je gesehen haben.«

»Oh, ich weiß ja nicht. In meinen jüngeren Jahren, als ich in den südlichen Ländern reiste, habe ich ...«

»Wenn niemand was dagegen 'at«, sagte Mudge, »könnten wir vielleicht das botanische Fachgesimpel mal sein lassen, bis wir uns davon überzeugt 'aben, ob mir der Kopf nun gleich abfällt oder nich.«

»Ich glaube kaum, daß wir uns um den Zustand deines Schädels Sorgen machen müßten. Im Gegensatz zu seinem Inhalt.« Clodsahamp musterte den Otter gütig. »Wie schon mehr als einmal unter Beweis gestellt wurde, ist dies zweifellos der stärkste Teil seiner Anatomie, er hat sowohl die Undurchdringlichkeit als auch die Dichte massiven Bleis.«

»Na klar. Da liege ich 'ier, fast zu Tode verwundet, und anstatt Mitgefühl ernte ich nur Beleidigungen.«

»Du könntest tot sein, Mudge«, wiederholte Jon-Tom. »Colins Deutung hätte auch völlig stimmen können, und nicht nur teilweise.«

»Genau wie dein Bannsingen. Noch 'ne Spur von dieser Art Glück, und ich erspare den Göttern die Mühe, indem ich mir selbst die Gurgel durchschneide.«

Colin war damit beschäftigt, seine Runen wieder einzusammeln und sie in der Mitte des ledernen Quadrats zusammenzupacken. »Vielleicht hatte ich ja unrecht. Vielleicht hätte ich die Runen gar nicht erst werfen sollen, oder ich hätte danach zumindest nichts mehr sagen sollen.«

»Nein, es hätte keinen Unterschied gemacht«, entgegnete Jon-Tom. »Und ich schätze, wir waren alle ein bißchen mißtrauisch, was dich betrifft.«

Colin führte die vier Ecken des Leders aneinander und befestigte sie wieder mit seiner komplizierten Knotenreihe. »Das ist ein trauriger Tag, wenn man dem Wort eines Koala keinen Glauben mehr schenkt.«

»Wenn schon das Schicksal eines unbekannten Teils

des Kosmos auf dem Spiel steht«, warf Clodsahamp ein, »mußt du schon Verständnis dafür haben, daß wir ein wenig Vorsicht haben walten lassen.«

»Für Eure Vorsicht? Und was ist mit mir? Welchen Beweis habe ich denn dafür, daß Ihr ein Hexer seid oder dieser hochgewachsene kahle Jemand ein Bannsänger ist?«

»Immerhin habe ich deine Peiniger vertrieben, weißt du das nicht mehr?«

»Ich weiß nur noch, daß ich ein Geräusch gehört habe, das so schrecklich war, daß ich mich zum ersten Mal nach dem Feuer sehnte. Das ist keine Magie, das ist Folter.«

Die Schramme an Jon-Toms Selbstbewußtsein war es wert, Mudge endlich wieder lachen zu hören.

»Na schön, dann höre ich mich vielleicht nicht gerade an wie Nat King Cole, aber *so* schlecht bin ich nun auch wieder nicht. Aber sagen Sie mal, haben wir es nun eigentlich eilig oder nicht?«

»Das haben wir in der Tat«, antwortete Clodsahamp. »Wir sollten uns wieder in Bewegung setzen.«

»Na klar, warum auch nich?« schmollte Mudge. »Je frü'er wir dort sind, um so frü'er liegen wir auch alle still und brav in unseren Gräbern. Wirklich 'n prachtvoller 'aufen, um mit dem die Welt retten zu wollen! 'n 'exer, der weiß, wo der Feind is, jedenfalls mehr oder weniger. 'n 'ellse'er, der weiß, was passieren wird, mehr oder weniger. Vergessen wir nich den Bannsänger, der die Mittel 'eraufbeschwören kann, um uns gegen das zu schützen, was möglicherweise vor uns liegt – mehr oder weniger. Wie soll da ein armer Wicht wie ich anders als voller Zuversicht sein?«

»Das ist die richtige Einstellung, Mudge«, teilte Jon-Tom ihm mit. »Falls wir jemals wieder übertrieben zuversichtlich werden sollten, ist es gut zu wissen, daß du mit deinem unverwüstlichen Pessimismus da bist, um uns wieder auf den Teppich zurückzuholen.«

»Darauf kannste einen lassen, Kumpel.« Er musterte das umliegende Erdreich. »'e, wo is meine Mütze?«

»Ich hole sie dir.« Halb flog, halb hüpfte Sorbl zu der riesigen Föhre hinüber, stöberte einen Augenblick lang im Laubwerk des gestürzten Astes herum, um dann mit etwas Knappem und Grünem im Schnabel zurückzukehren. Dies reichte er Mudge.

»Tut mir leid. Ich fürchte, ein Stück davon wurde vom Ast zerquetscht. Besser die Mütze als du.«

Mudge streckte das zerquetschte Stück grünen Filz. »Was 'n trüber Anblick, wa?« Er fuhr mit zwei Fingern an der Kante der Feder entlang und versuchte, sie wieder glattzustreichen. »Eine Quetzalschwanzfeder, noch dazu auf dem Höhepunkt der Paarungssaison gekauft. Wißt ihr, wieviel so 'n Quetzal für eine seiner Paarungsfedern verlangt?«

»Ich bin überrascht, daß er sie überhaupt verkauft«, bemerkte Colin.

»Der war noch mehr pleite als geil«, erklärte Mudge. »Eine solche Feder soll außergewöhnliche Potenz und entsprechendes Durch'altevermögen verlei'en – aber es is natürlich nich so, als würde ich primitivem Aberglauben an'ängen.«

»Warum weinst du dann?« fragte Jon-Tom ihn.

»Weinen? Ich, wa? 'errje, ich wasche mir nur die Augen aus. Is nur so, wenn man an diesen Stuß glaubt, dann 'eißt es, daß man immer nur so gut is, wie die eigene Feder aussieht.«

»Oh. Na ja. Hier gibt es ja ohnehin keine Damen zu bewerben.«

»Is auch verdammt besser so.« Traurig zupfte der Otter die ruinierte Feder aus seiner Mütze und warf sie beiseite. »Is vielleicht das beste. Auf diese Weise werde ich unterwegs nich abgelenkt – nich als ob es sehr wahrscheinlich wäre, daß wir irgendwelchen nennenswerten Ablenkungen begegnen würden.«

»Das wäre also erledigt.« Jon-Tom nahm sein Gepäck

wieder auf. »Gehen wir. He, Mudge! Mudge? *Komm* schon!«

Doch der Otter war stehengeblieben und witterte die Luft.

»Ich kann es auch riechen, Otter«, sagte Dormas. Sie hatte den Kopf zurückgelegt und die Schnauze hoch emporgereckt.

»Was riechen?« wollte Jon-Tom wissen.

»Was Brennendes, Kumpel.«

»Ich kann es noch nicht riechen«, sagte Clodsahamp, »aber die Luft ist plötzlich entschieden wärmer geworden, und ich fürchte, das liegt nicht an einem plötzlichen Frühlingseinbruch. Sorbl, schau mal nach.«

»Jawohl, Meister.« Der Eulerich schwang die großen Flügel und erhob sich von dem Gepäck auf Dormas' Rücken, um schnell an Höhe zu gewinnen.

Die anderen standen wartend da und verfolgten mit den Blicken das einzige flugfähige Mitglied ihrer Gruppe, als es höher und höher über ihnen kreiste.

»Jetzt rieche ich es auch«, murmelte Jon-Tom. »Es ist sehr stark, aber es hat noch irgend etwas anderes. Ich kann allerdings nicht sagen, was.«

»Vielleicht kann Sorbl uns das sagen«, warf Dormas ein. Der Famulus des Hexers hatte die Flügel angelegt und schoß wie ein Stein auf sie zu. Im allerletzten Augenblick breitete er die Flügel wieder aus, bremste und landete auf dem Rücken der Hengstlin. Er wirkte beunruhigt; er wirkte entsetzt.

»Wir stecken in der Falle«, teilte er ihnen mit zittriger Stimme mit, »wir sind verloren. Diesmal gibt es keinen Ausweg mehr.«

»Nun komm schon!« drängte Clodsahamp ihn unbeeindruckt. »Es gibt immer einen Ausweg. Das haben wir in der Vergangenheit oft genug bewiesen, und wir werden es auch in der Zukunft noch so oft beweisen, wie es nötig ist. Was hast du gesehen?«

»F-Feuer«, stammelte der Eulerich.

»Gut. Feuer also. Aus welcher Richtung naht es?«

»Aus allen, Meister. Aus allen Richtungen.«

Irgend etwas war hier nicht okay, sagte Jon-Tom sich. Selbst wenn sie völlig von einem Waldbrand bisher unbekannten Ausmaßes umringt sein sollten, hätte Sorbl sich seinetwegen doch keine Sorgen zu machen brauchen. Er konnte doch mit Sicherheit davonfliegen.

»Was hat denn da gebrannt?« fragte er den Famulus. »Der Wald?«

»Der Wald, der Boden, alles – bis auf die Luft selbst«, erwiderte der Eulerich. »Die ganze Welt brennt.«

»Was du da sagst, ergibt keinen Sinn, Lehrling«, fauchte Clodsahamp ihn an. »Und das ist nicht das erste Mal.«

»Wirklich, Meister, alles brennt.«

Jon-Tom stellte sich auf die Zehenspitzen und drehte sich langsam im Kreis, um den Horizont abzusuchen. Die Lufttemperatur stieg unentwegt. Doch in keiner Richtung war Rauch zu sehen. Selbst wenn Sorbl weidlich übertreiben sollte und nur ein kleiner Hain brannte, müßten sie doch wenigstens etwas Rauch sehen.

Und warum sollte er auch übertreiben?

»Irgendwelche Augen versagen hier«, brummte Dormas. »Wie kann die Welt brennen, ohne Rauch emporsteigen zu lassen?«

»Eine Störung.« Clodsahamp durchstöberte die Schubladen in seinem Brustpanzer, auf der Suche nach einer bestimmten Flasche. Er war sicher, daß er sie in der Schublade an der linken Achselhöhle verstaut hatte – vielleicht aber auch weiter unten auf Kniehöhe. »Ich vermute, daß sie sich aus Süden nähert. Die allesumgebenden Störungen beginnen meist sehr weit vom Wanderer selbst entfernt.«

»Wir sollen also eingeäschert werden.« Mudge ließ sich niederplumpsen. »War ja 'ne kurze Verschnaufpause.«

»Jetzt kann ich es sehen.« Jon-Tom zeigte gen Südwesten, und alle Augen wandten sich dieser Richtung zu.

Die Flammen zogen über die Baumreihen hinweg und über alles, was auf ihrem Weg lag. Das Feuer war wie eine bewegliche Wand. Es gab keine Lücken, keine kühlen Stellen, durch welche ein verzweifelter Läufer vielleicht ins Freie hätte schlüpfen können. Über der näher kommenden Mauer pulsierte der Himmel mit umherschießenden, tänzelnden Feuerkugeln. Sie konnten das Knistern und Brüllen deutlich hören, das anschwellende Sausen eines brennenden Chors. Und noch immer war nicht die leiseste Rauchwolke zu sehen.

»Wirklich abartig«, flüsterte Jon-Tom. Langsam geriet er ins Schwitzen.

Nun war der Brand so nahe, daß sie erkennen konnten, wie sich die Felsen selbst entzündeten. Jeder kleine Stein, jeder glattschultrige Felsbrocken zerplatzten zu orangeroten Feuerzungen. Nur undeutlich nahm Jon-Tom wahr, daß Clodsahamp hinter ihnen beide Hände in die Luft gereckt hatte und im Schnellverfahren eine Reihe uralter Worte sprach.

Mit übernatürlicher Geschwindigkeit jagten die Flammen ihnen entgegen. Die Hitze war stark, aber nicht vulkanisch. Die Kleidung an ihrem Körper entzündete sich nicht. Niemand brach mit letztem erstickten Atemzug zusammen. Das war kein natürlicher Brand, sagte Jon-Tom sich staunend. Darin hatte Sorbl recht gehabt.

Plötzlich teilte sich die nahende Flammenmauer, wie von einer Axt zerschlagen. Sie schwang um sie herum und vertilgte zu beiden Seiten das Land. Die Luft ließ sich noch immer atmen. Sie waren völlig von einer hochaufragenden Feuerwand umgeben.

»Großartige Lichtshow.« Jon-Tom wischte sich übers Gesicht. Der Schweiß troff ihm nur so herab, aber es war nicht unerträglich. Er versuchte so zu tun, als läge er auf dem Strand von Rdondo, während ein Lüftchen von Mojave herüberwehte. »Was sollen wir jetzt tun?«

»Wenn ich mir vorstelle, daß ich mir vor nicht allzulanger Zeit noch Sorgen gemacht habe, es könnte mir zu kalt werden«, bemerkte Colin und bewies seinen feinen Sinn für den Humor der Koalabären. Er hatte instinktiv sein Schwert gezückt, als das Feuer genaht war, hatte es mit beiden Händen fest umschlungen, die langen Klauen ineinander verschränkt, um den Griff zu verstärken. Doch hier war kein Feind, auf den man einhauen konnte, kein Fleisch, das sich zerteilen ließ. Mit eleganter Bewegung ließ er den Säbel wieder in die Rucksackscheide gleiten.

Dormas war unruhiger als alle anderen, was typisch für ihre Art war. »Wir können weder vor noch zurück. Hexer?«

»Ich habe uns vorläufig gerettet. Zu mehr hatte ich keine Zeit«, teilte Clodsahamp ihnen mit. »Wir können nichts anderes tun als warten, bis die Störung ein Ende findet, und beten, daß es nicht zu lange dauert. Ich möchte es ungern damit versuchen, sie mit Gewalt zu verändern. Natürliches Feuer läßt sich schon schwer genug verzaubern, und dieser Brand hier ist alles andere als natürlich. Das Problem besteht darin, daß es außerordentlich schwierig ist, eine Flamme davon zu überzeugen, sie solle für irgend etwas stillhalten, schon gar nicht für einen Entbrandungszauber.«

»Was geschieht, wenn die Störung aufhört?« wollte Dormas wissen.

»Dann kehrt mit einem Ruck die alte Realität wieder, wie bei jeder Störung – es sei denn, die Wirkung ist so dauerhaft wie in Ospenspri.«

»Ihr meint, dann werden Bäume wieder Bäume, Felsen wieder Felsen, und jeder, der mitten in dem Flammenmeer steht, wird wieder normal?«

Clodsahamp nickte. »Die spielerischen Verzerrungen, die der Wanderer mit den Naturgesetzen betreiben kann, kennen keine Grenzen. Versucht nicht, auf seine Taten die Gesetze der Logik anwenden zu wollen. Dann werdet ihr nämlich verrückt. Wir müssen ihn nach seinen eigenen Wertmaßstäben definieren und entsprechend mit ihm umgehen.«

»Vielleicht sind Sie noch nicht bereit, sich darum zu kümmern, aber ich halte diese Hitze nicht länger aus.« Jon-Tom war bereits dabei, seine Duar abzuschnallen. Er musterte Colin. »Du wolltest einen Beweis dafür haben, daß ich ein Bannsänger bin? Du sollst ihn bekommen.«

»Aber das Risiko, mein Junge!« seufzte Clodsahamp besorgt. »Nur ein einziges falsches Wort, eine falsche Note, und du könntest den Schutzzauber zerstören, den ich um uns gelegt habe. Wir könnten von dieser feurigen Störung unbekannter Dauer verschlungen werden, um niemals wieder wir selbst zu werden, bevor es zu spät ist.«

Jon-Tom zeigte mit einem Nicken auf die Sonne. »Das größere Feuer oder das kleinere – was ist schon der Unterschied? Genausogut können wir uns verschlingen lassen. Wir kommen dem Wanderer nicht näher, indem wir hier herumsitzen und schwitzen. Wer zögert, ist auch verloren.« Mit dem Daumen ließ er ein paar Akkorde erklingen; die Töne waren über das Grollen der sie einschließenden Flammen klar zu hören.

»Aber wer das falsche Lied singt, pfeift auf dem letzten Loch«, warnte ihn Mudge.

»Versuch es mit deiner Magie, wenn du kannst, Mensch«, sagte Colin. »Ich fürchte mich nicht.«

»Das tust du nur des'alb nich, weil du noch nich mitanse'en konntest, was dieses Schlamm'irn 'ier alles 'erbeisingen kann«, teilte Mudge ihm mit, während er so weit von seinem hochgewachsenen Freund zurückwich, wie das Feuer es ihm gestattete.

Jon-Tom überlegte. Er hatte zahlreiche Feuersongs in seinem Repertoire. Das Problem war nur, daß die meisten, etwa das alte ›Fire – you're gonna burn‹ oder ›Come on Baby, light my fire‹ eher *für* die Verbrennung waren als dagegen. Er brauchte einige Minuten, um sich des Textes eines passenden Löschständchens zu erinnern. Dann begann er zu singen und zu spielen.

Der Klang der Duar hatte eine sofortige Wirkung auf den knisternden zuckenden Ozean aus Hitze, der sie umgab: Große und kleine Flammen erzitterten und schrumpften vor seinem Takt zusammen. Doch als der Song zu Ende war und er die letzte Strophe gesungen hatte, war das Feuer noch immer vorhanden.

Es war sogar noch näher gekommen, denn ein Teil des Brands schien auf ihn zuzuspringen. Endlich hatte er es also erreicht: Er war nicht nur daran gescheitert, die Störung zurück in die Normalität zu reißen, er hatte darüber hinaus auch Clodsahamps Schutzzauber ausgelöscht, genau wie der Hexer es befürchtet hatte. Jon-Tom breitete die Arme aus und bereitete sich so gut wie möglich auf die Umarmung der Flammen vor.

Die rotorangefarbene Zunge der Vernichtung blieb drei Fuß vor ihm stehen. »Nun sei nicht gleich so melodramatisch«, zischelte sie.

»Wir wollen nur, daß ihr euch uns anschließt«, knisterte eine weitere Flamme, die von rechts herbeizüngelte.

Jon-Tom öffnete ein Auge, die Arme immer noch auseinandergebreitet, und blinzelte Clodsahamp an. »Gehört das hier etwa zur Störung?«

»Äußerst ungewöhnlich.« Der Hexer studierte eindringlich die tänzelnden Flammen. »Es sieht so aus, als hätte das Feuer die Geister des Landes und des Waldes, der einzelnen Bäume und der Steine freigesetzt. Sie haben ihr Heim nun im Brand selbst eingenommen. Paß nur auf, sonst verlocken sie dich noch dazu, dich ihnen anzuschließen. Wenn sie versuchen, dich dazu zu verführen, es freiwillig zu tun, muß das bedeuten, daß sie uns nicht mit Gewalt überwinden können.«

»Keine Sorge!« Erleichtert hielt Jon-Tom angesichts der verführerischen Flamme die Stellung und ließ die Arme sinken. »Ich mag es ja nicht einmal, ein Streichholz zu halten.«

»Schließ dich uns an, schließ dich uns an! Komm und spiel und brenn. Wirf dein feststoffliches Kleid ab und fühl, welche Freude die Gewichtlosigkeit ist! Lauf vor dem Wind und verschling die Welt aufs neue! Versuch nicht, die Hitze zu schlagen – schließ dich ihr an!« rief der Brand im Chor.

»Nein danke«, erwiderte Jon-Tom entschieden. »Ich habe noch nie sonderlich viel für augenfällige Verzehrung übrig gehabt.«

»Nun, dann sing uns wenigstens ein anderes Lied. Eine andere Melodie brennender Zuneigung, lodernder Leidenschaft und flammender Begierde.«

»Und wenn ich geruhen sollte, dies zu tun?« Er hielt die Luft an. Seine Gefährten taten das gleiche.

»Nun, wenn du uns diese Freude machst, so werden wir an dir vorüberziehen und dir keine Schwierigkeiten mehr bereiten. Spiel uns noch einmal auf, dann werden wir deine Ruhe nicht stören; erst recht werden wir dich nicht verzehren.«

Jon-Tom dachte erst daran, die Flammen herauszufordern, ihr Schlimmstes zu versuchen, da Clodsahamp der Meinung war, das Feuer könne ihm ohne sein Einverständnis nichts anhaben; doch erschien es ihm klüger, die Möglichkeit eines Waldbrands von riesigen und unnatürlichen Ausmaßen lieber nicht zu riskieren. Da war es viel leichter, all die Songs zu singen, die ihm als erstes eingefallen waren. Wenn es so etwas gab wie einen intelligenten Brand, so war es wohl besser, auf seiner Seite zu sein, dachte er sich.

Also sang er, geschmeidig und geschickt, doch ohne unnötige Energie zu verschwenden, für den Fall, daß sie ihm eins auszuwischen versuchten. Er hatte zwar schon mal besser gesungen, doch nie heißer, beginnend mit

›Heaven's on Fire‹ von Kiss und endend mit der Hälfte des Songs von def Lepards *Pyromania*-Album. Das Feuer schien seine Bemühungen anzuerkennen, es zuckte und hüpfte, schleuderte Flammen gen Himmel.

Inzwischen war die Hitze wirklich drückend geworden. Er hätte sich gern ausgezogen, doch wagte er es nicht, die Hände von der Duar und den Blick von den intelligenten Flammen zu nehmen, die vor ihm tanzten. Im Augenblick hatten sie ihre Freude, doch er zweifelte nicht daran, daß ihre Stimmung schnell umschlagen konnte. Und außerdem ging es nicht nur mit seinen Songs bald zur Neige, sondern auch mit seinen Kräften.

»Ich werde langsam müde«, teilte er ihnen mit. »Könnten wir nicht eine kleine Pause einlegen?«

»O nein, spiel weiter, brenn weiter, tanz weiter!« Eine dünne Flammenzunge fuhr aus der Feuermauer hervor und umschmeichelte in geringem Abstand seine rechte Handfläche. Sie versengte ihm die Härchen auf dem Handrücken. Er machte einen Satz zurück und spielte weiter. Offensichtlich verlor Clodsahamps Zauber langsam an Kraft. Das Überleben aller konnte möglicherweise davon abhängen, daß er weitersang.

Langsam begann er zu verzweifeln, und die Kehle wurde immer heiserer, als die Flammen plötzlich verschwanden. Mit einem Mal und ohne jede Vorahnung waren sie verschwunden, bis zum letzten glimmenden Holzstück. Die Bäume waren plötzlich wieder Bäume, und die Felsen brannten nicht mehr. Einmal mehr fanden sie sich im kühlen Fichtenwald des Nordens wieder.

»Sorbl, flieg hinauf und laß uns wissen, ob du irgendwo noch Flammen siehst.«

Gehorsam schwang der Eulerich sich in die Lüfte. Er blieb nicht sehr lange oben.

»Nichts, Meister. Die Welt ist genauso wie vor dem Feuer. Wir sind wieder in die Realität zurückgekehrt.

Nichts brennt mehr, nur ...« Besorgt zeigte er zur Linken.

Die Duar glühte. Jon-Tom vollführte einen hysterischen Tanz, als er versuchte, sich von dem Instrument zu lösen und es zu Boden zu werfen. Gleißend blieb es dort liegen, brach aber nicht in Flammen aus. Alles wartete und sah zu, bis es sich so weit abgekühlt hatte, daß sein Besitzer es wieder aufnehmen konnte. Die Saiten waren noch immer warm.

Jon-Tom inspizierte die Duar gründlich. »Sieht in Ordnung aus.«

»Was 'n Anblick«, bemerkte Mudge. »Ich weiß zwar, daß man 'ne Maschine über'itzen kann, 'n Zugtier, 'ne Party oder 'ne Dame, 'ab aber noch nie jemanden gese'en, der 'n Instrument über'itzt.«

»Zuviel Gesang über Feuer und Brennen und Flammen.« Zärtlich streichelte er das kostbare Instrument und wandte sich dann wieder Clodsahamp zu. »Sie haben von Störungen gesprochen, die sich speziell gegen uns richten könnten. Meinen Sie, daß dies eine solche war?«

Der Hexer überlegte. »Schwer zu sagen. Ich konnte zwar keine ungewöhnliche Bösartigkeit entdecken, aber das beweist gar nichts außer der Tatsache, wie sehr das Alter doch meine Sensitivität beeinträchtigt hat. Eines ist allerdings sicher. Ob das hier nun dazu gedacht war, uns aufzuhalten, oder ob es nur eine Störung innerhalb der ganzen Reihe war, sie war jedenfalls schlimmer als die meisten. Und je mehr der Zorn und die Wut des Wanderers wachsen, um so gefährlicher werden seine Störungen vermutlich. Von jetzt an müssen wir nachts Wache halten, damit uns nicht irgendeine lebensbedrohliche Störung im Schlaf erwischt.«

»Ich übernehme die erste Wache heute nacht«, erbot sich Colin. »Ich mag die Nacht.«

»Ich nehme die zweite«, warf Mudge eilig ein. »Bin lieber früh dran als spät.«

Jon-Tom seufzte. »Schätze, dann habe ich wohl die Friedhofswache erwischt. Dormas, ich wecke dich, wenn meine Schicht zu Ende ist.« Sie nickte.

Sorbl hatte nicht oft Gelegenheit anzugeben. Diesmal konnte er es tun. »Und ich werde natürlich die letzte und längste Wache übernehmen. Da ich zur Gattung der Buboninae gehöre, behagt mir die Nacht mehr als allen anderen von euch.«

»Vorausgesetzt daß Dormas den Alko'olvorrat gut im Auge be'ält«, murmelte Mudge, an Jon-Tom gewandt. »Und was is mit Euch, Euer Schlauschaft?«

Clodsahamps Gebaren war äußerst herablassend. »Ich bin der mächtigeste Hexer der Welt, ganz zu schweigen davon, daß ich auch das Gehirn dieser kleinen Truppe bin. Ich werde mich nicht selbst bewachen.«

»Das 'abe ich mir schon gedacht.«

»Hüte deine Zunge, Wasserratte! Wenn du die Führung unserer Gruppe übernehmen willst, werde ich ...«

»Nein, nein, ich nich, Euer Zauberschaft.« Der Otter grinste. »Fern sei es mir, die Gerechtigkeit Eurer ehrfurchtgebietenden Entscheidungen anzuzweifeln.«

»Wenn du mal auf die Dreihundert zugehst«, knurrte der Hexer, »wirst du auch feststellen, daß du ein Maximum an Schlaf brauchst.«

Der Morgen graute, klar und kalt. Colin gähnte, streckte sich und sprach mit seinen Gefährten, die noch immer in ihre Decken und Schlafsäcke eingerollt waren.

»Ich kümmere mich um das Feuer.«

»Du könntest doch nicht mal ein Feuer machen, wenn dich jemand in Öl tränkte und dir eine Fackel zwischen die Zähne schöbe.«

»Was?« Der Koala erhob sich rasch und drehte sich schnell im Kreis. Das einzige andere Mitglied der Expedition, das bereits auf den Beinen war, war Mudge. Der

Otter stand an der gegenüberliegenden Seite des Lagerfeuers und musterte den Wald.

Colin funkelte ihn an. »Einmal lasse ich das noch durchgehen. Es ist noch zu früh für so was.«

»Wa?« Mudge drehte sich um und musterte ihn neugierig.

»Nichts.« Colin beugte sich über den Haufen toten Holzes, das von ihrer Feuerholzsuche des Vorabends übriggeblieben war, um mehrere Stücke davon über der grauen Asche aufzutürmen.

Mudge zuckte die Achseln. »Was willste denn essen? Beeren, Nüsse?«

»Spielt keine Rolle«, lautete die schnelle Antwort. »Die größte Nuß von allen haben wir bereits im Lager. Vielleicht ist es aber auch ein Früchtchen.«

Der Otter wirbelte herum. »Nun schau mal 'er, Chef, man kann die Gastfreundschaft anderer auch überstrapazieren!«

Zunächst schien Colin ihn gar nicht zu hören. Dann hob er den Blick und sah, wie Mudge ihn anstarrte, die Augen gefährlich verengt. Er hielt mitten im Entzünden des Feuers inne. »Sprichst du mit mir, Pilger?«

»Ja, und ob ich mit dir spreche, Keksohr. Was 'aste 'n damit gemeint?«

»Was habe ich womit gemeint?« Colin war ebenso verwirrt wie erregt.

Dormas hob den Kopf unter ihrer Decke hervor und lugte verschlafen in die Welt hinaus. »Wenn ihr beiden Kleinen euch streiten wollt, würde ich es sehr schätzen, wenn ihr es woanders tätet. Ich arbeite noch immer an meinem Schönheitsschlaf.«

»Und es weiß ja jeder, wie nötig du den hast, Meckervettel.«

Die Hengstlin war sofort wach. Sie vollführte eine Seitwärtsrolle auf die Knie und blickte sich im Lager um. »Wer hat das gesagt? Wo ist der Bastard, der das gesagt hat?«

Mudge und Colin waren viel zu sehr damit beschäftigt, einander in Grund und Boden zu starren, um auf sie zu achten. »Wenn du unsere Gesellschaft nich mehr magst, Kumpel«, knurrte der Otter, »ist es uns ein Vergnügen, ohne dich weiterzumachen.«

»Ohne dein Gesicht käme ich tatsächlich aus. Übrigens auch ohne deinen Hals, deine Pfoten und den Rest deines heruntergekommenen Körpers. Tatsächlich könnte sogar die ganze Welt gut ohne dich auskommen.«

»Ach, is das so?« Der Otter griff nach seinem Schwert.

»Einen Augenblick mal!« Colins Zorn war echter Verwirrung gewichen.

»Mehr brauch ich auch nich, um dir 'n paar Manieren beizubringen, du ...« Colin schnitt ihm das Wort ab.

»Nein, denk doch mal einen Augenblick nach, Pilger. Ich habe gerade überhaupt nichts gesagt.«

»Der Gedrungene hat recht.« Beide drehten sich um und erblickten Clodsahamp, der sich erhoben hatte und die Luft um sie herum musterte. »Zügelt euer Temperament, ihr beiden. Heute morgen herrscht Unheil vor. Auf, alle Mann, aufwachen!«

»Wa ...« Jon-Tom rollte unter seiner Decke hervor. »Was ist hier los?«

»Steh auf, Jon-Tom!«

Mudge und Colin hatten ihr Geplänkel bereits vergessen und starrten den Bannsänger an. »Ist der immer so?« erkundigte sich Colin.

Mudge seufzte. »Ich fürchte, ja. Is ganz gut, ihn dabeizu'aben, wie er ja gestern beim 'itzezauber gezeigt 'at, auch wenn er 'n bißchen prüde is und faul wie 'n Stinkstiefel. Aber er is 'n Bannsänger erster Güte, wenn er gerade in Form is, was allerdings nich immer stattfindet.«

»Das habe ich gehört, Mudge.« Jon-Tom setzte sich

auf und kämpfte mit seinem Hemd. »Wer bist du eigentlich, daß du einen anderen faul nennst?«

»Ruhe, alle Mann!« befahl Clodsahamp mit herrischer Stimme. Er wandte sich von ihnen ab und schlenderte sanft zu dem kleinen Baum hinüber, wo der mißtrauische Sorbl noch immer Wache hielt. »Was hat sich dem Lager genähert?«

»Nichts, Meister. Nichts ist gekommen oder gegangen, nicht mal eine Echse. Aber ... ich spüre etwas. Ich hielt es für nicht der Sache wert, um deswegen jemanden aufzuwecken. Es ist erst seit Sonnenaufgang da.«

Clodsahamp nickte anerkennend. »Gut. Du lernst langsam das Mißtrauen. Dann waren die ganzen Lektionen doch nicht umsonst. Ich spüre es auch.«

Jon-Tom kletterte auf die Beine und versuchte, Geist und Augen zu klären, die beide noch vom Schlaf umnebelt waren. »Was spüren Sie? Ich kann nichts erkennen.«

Der Hexer ging wieder in Richtung seines Schlafbekkens, als er plötzlich von einer herausfordernden, hämischen Stimme gebremst wurde. »Was glaubst du wohl, wo du da hingehst, du seniler alter Furz? Du hältst dich wohl für zäh wegen dieses Panzers. Na, der ist zwar hart, aber nicht dein Kopf, denn der ist so weich wie eine reife Tomate.«

»Wer hat das gesagt?« Jon-Tom blickte Mudge an. Mudge wiederum schielte vorsichtig zu Colin hinüber, der den Blick erwiderte.

»Du hast doch wohl nicht mein Feuermachen beleidigt, oder?«

»Natürlich nich, Kumpel. Ich 'abe nix dergleichen getan. Und du 'ast mich auch nich angeblökt, als ich gerade was zum Frühstück sammeln ge'en wollte?«

»Nein. Warum sollte ich?«

Clodsahamp war bereits bis zum anderen Ende des Lagers weitergeschritten, als die Stimme wieder ertönte. »Kannst wohl nicht mal mehr in einer graden Linie gehen, wie? Kein Zweifel, ein typischer Fall fortgeschrittenen Altersschwachsinns. Die Frage ist nur, was zuerst flöten geht: das Gehirn oder der Körper.«

Der Hexer wich ein paar Schritte zurück, und die Stimme verstummte. »Das ist eine Mauer«, verkündete er entschieden. Die anderen gafften ihn an.

»Eine Mauer?« murmelte Jon-Tom. Er blickte an die Stelle vor dem Hexer, konnte aber nichts als klare Luft wahrnehmen. »Aber es ist doch alles normal, alles und jeder ist normal. Die Welt ist unverändert.«

»Es ist mit Sicherheit eine gezielte Störung«, fuhr Clodsahamp fort, »ausgelöst, um uns aufzuhalten. Mit Sicherheit besitzt das Individuum, nach dem wir suchen, Kraft und Talent, auch wenn seine Gedanken verschroben und seine Methoden unorthodox sein mögen. Wir befinden uns in einem Käfig.«

»Ich kann aber keine Stäbe erkennen, Meister.« Sorbl breitete die Flügel aus und erhob sich. Als er gerade zehn Fuß über dem Boden war, dröhnte die inzwischen vertraute Stimme ihn an.

»Sieht aus wie ein Pastetenteller mit Flügeln.«

»Nein«, erklärte eine zweite Stimme, mindestens ebenso gehässig wie die erste, »das ist ein fliegender Staubwedel.«

Sorbl wurde plötzlich gebremst, als wäre er gegen eine Glasdecke gestoßen. Er hatte gerade noch Zeit, um sich in der Luft aufzurichten, als er auch schon bodenwärts stürzte und hart auf der linken Seite aufprallte. Mit einem Flügel stieß er sich ab und richtete sich auf, hüpfte auf die Beine und studierte die scheinbar leere Luft über ihren Köpfen.

»Es tut mir leid, daß ich an Euch gezweifelt habe, Meister. Es war, als würde ich gegen ein Dach prallen.«

»Ich kann noch immer keine Gitterstäbe oder so etwas erkennen«, murmelte der völlig verwirrte Jon-Tom.

»Das ist kein gewöhnlicher Käfig, mein Junge. Ich habe Käfige aus Holz und aus Stahl gesehen. Ich habe von Käfigen gehört, die aus Ton waren, und von feinen Käfigen, die man aus Seide gesponnen hatte. Ich habe sogar schon von Käfigen gehört, die aus den Leibern von lebenden Kreaturen erbaut worden waren. Doch noch nie habe ich von einem Käfig gehört, davon gelesen oder erwartet, ihm zu begegnen, der aus frechen und unverschämten Beleidigungen bestand.«

X

»Wer sagt, daß die unverschämt waren?« ertönte ein Stimmenchor um sie herum. »Jede davon ist wohlverdient!«

»Das wird nicht funktionieren.« Clodsahamp argumentierte mit der Luft. »Ihr werdet niemals in der Lage sein, uns hier festzuhalten, noch uns dazu zu bringen, uns gegenseitig in die Wolle zu kriegen. Dazu ist unsere Gruppe zu intelligent und zu verschieden. Eure besten Anstrengungen haben bereits versagt.« Mudge und Colin tauschten einen verlegenen Blick aus.

»Ihr mögt vielleicht bösartig, finster und geschwätzig sein«, fuhr der Hexer fort, »aber ihr werdet auch von einer labilen Persönlichkeit gelenkt und könnt deshalb niemanden von uns, die wir gesund sind, etwas anhaben.«

»Der nennt *uns* labil«, erklärte eine Stimme. »Ausgerechnet der, der schon seit fünfzig Jahren senil ist!« Dem folgte das Tosen boshaften Gelächters. Er verblaßte mit erschreckender Endgültigkeit, als hätte man die Tür eines Safes zugeschlagen.

»Das ist doch lächerlich«, warf Jon-Tom ein. »Es ist doch gar nichts hier, was uns aufhalten könnte. Wir brauchen nur davonzuspazieren.« Er war noch nicht bereit zuzugeben, daß Sorbl von etwas aufgehalten worden war. Er schritt nach links und schlenderte bewußt auf die nahen Bäume zu.

»Du hältst dich wohl für verdammt schlau, wie, Jungchen? Du weißt nichts und verstehst alles. Der Schildkröt dagegen weiß alles und versteht nichts.«

Beim Wort *nichts* prallte Jon-Tom ab, als wäre er gegen einen Ziegelkamin gelaufen. *Nichts* war ein gutes, solides, unnachgiebiges Wort. Er streckte beide Hände vor und stellte fest, daß die Luft vor ihm die Beschaffenheit von durchsichtigem Vinyl hatte.

»Verdammt will ich sein!«

»Das will ich wahrhaftig hoffen«, sagte die Stimme und zwang ihn zwei Schritte zurück.

»Worte können stärkere Schranken sein als Metall«, teilte Clodsahamp allen mit. »Das war schon immer so, auch wenn man es nicht immer anerkannt hat. Dies hier ist eine Störung, die wir nicht aussitzen können. Wir müssen eine Möglichkeit finden, um sie zu durchbrechen. Beleidigungen können ebenso erstickend wirken wie jedes Feuer, auch wenn sie nur den Geist abschnüren anstelle des Körpers.«

Jon-Tom griff nach seinem Umhang und der Duar. »Das ist verrückt, und wir werden sofort von hier verschwinden. Mudge und ich haben schon gegen Dschinns, Monster, Sümpfe, böse Zauberer und gutmeinenden Schlamm angekämpft, und ich werde mich bestimmt nicht von so ein paar Worten aufhalten lassen.« Er schwang die Duar herum und begann zu singen.

Doch sobald die Musik erklang, taten die Stimmen das gleiche. »Ein Bannsänger, wie? Mußt aber noch viel über Musik lernen.«

»Na klar. Und zwar als erstes, daß Bemerkungen noch keine Texte sind.« Jon-Tom wurde einen Schritt zurückgedrückt.

»Der singt doch glatt für die Ewigkeit.«

»Und ob«, stimmte eine weitere Stimme zu. »Für die Ewigkeit im Alter zwischen fünf und neun.« Jon-Tom spürte seine Finger zittern. Er ließ einzelne Noten aus.

»Offensichtlich stammt er von einer langen Linie ab«, sagte die erste Stimme.

»Ja. Eine lange Leitung, der seine Mutter gelauscht hat.«

Jon-Tom wurde auf die Knie gezwungen, und die Worte blieben ihm in der Kehle stecken.

»Tatsächlich«, erklärte die erste Stimme, »hat er nicht einen einzigen Feind auf der ganzen Welt. Selbst seine Freunde mögen ihn nicht.«

An diesem Punkt gab Jon-Tom den Versuch auf, zu spielen oder zu singen. Er schluckte schwer, die Beleidigungen blieben ihm im Hals stecken, und er rollte sich auf die Knie, während er um Luft kämpfte. Es war schon lange her, seit er das letzte Mal einer solch mächtigen und gnadenlosen Magie wie dieser gegenübergestanden hatte, und noch nie hatte er mit etwas zu tun gehabt, das auch nur annähernd so heimtückisch gewesen wäre. Die Macht des Wanderers, das wußte er. Wie konnte er der mit schlichten Songs beikommen, mit bloßem Bannsingen? Was konnte man singen, um eine Beleidigung zu kontern?

Rockmusik war dazu gedacht, daß man sich gut fühlte, daß der Geist fröhlich gemacht wurde – und nicht depressiv. Doch gab es eine Spielart der Rockmusik, die eine Reaktion darauf darstellte, wie Rock denn auch eine Reaktion gegen jede Art von Autorität war, gegen alles, was wertvoll war. Mit bebenden Knien und unsicheren Fingern, die auf den Saiten ruhten, kämpfte er sich wieder auf die Beine. Ja, das waren die einzigen Texte, die möglicherweise diesem Käfig aus Beleidigungen etwas anhaben konnten. Er überlegte, mit wem er anfangen sollte: *Oxo*, den *Sex Pistols*, den *Dead Kennedys*, mit *Black Flag* oder mit einer der neueren Gruppen. Er spürte, wie zusammen mit seinem Selbstvertrauen auch seine Selbstbeherrschung in kleinen Stücken zurückkehrte.

Man brauchte schließlich keinen entsprechenden Haarschnitt, um Punk singen zu können.

Mudge legte die Pfoten auf die Ohren, und Clodsahamps Miene spiegelte seinen gründlichen Ekel vor den Texten wider, die Jon-Tom sang. Ausgezeichnet! Es war ein Beweis dafür, daß er genau das tat, was er vorhatte. Wie jeder gute Punksänger tat er alles, um sein Publikum zu beleidigen.

»Was meinst du?« fragte die erste Stimme. Jon-Tom versuchte, seine Musik nicht zu übereilen. Es schien, als würde der Käfig sich um sie zusammenziehen und ihren Bewegungsspielraum noch weiter einschränken. Er geriet ins Taumeln, stürzte aber nicht.

»Vorsicht«, sagte die andere Stimme, »möglicherweise ist er doch gefährlich!«

»Niemals. Der ist doch nur ein Schaf im Schafspelz.«

»Der singt«, grollte die erste Stimme und feuerte eine ernste Salve ab, »als wäre es eine leidige Pflicht.«

Jon-Tom wurde zurückgedrängt. Die Beleidigungen wurden genauestens und zeitlich treffsicher verabreicht und trafen ihn wie körperliche Hiebe, wie das bei guten Beleidigungen ja auch der Fall sein sollte. Er fühlte sich wie ein Boxer, der versuchte, fünfzehn Runden durchzuhalten, und die Hände waren an die Duar geschnürt. Dennoch sang er weiter. Das war alles, was er tun konnte.

Und noch immer wurde er zurückgezwungen. Seinen Punkhymnen mangelte es nicht an der gleichen Menge Vitriol, dachte er, doch die Tatsache, daß sie sehr offen und geradeheraus waren, minderte ihre Wirkung. Es war nichts Gezieltes an ihnen. Er war ein Barbar mit einer Streitaxt, der versuchte, die Attacken eines halben Dutzends blitzschneller Fechter abzuwehren. Könnte er doch nur mit seiner Musik einen einzigen Hieb plazieren, einmal unpariert zustechen, würde er, dessen war er sich sicher, den Wortkäfig zerschmettern, der sich um sie zusammenzog.

Doch die Beleidigungen strömten ihm unentwegt entgegen und zogen Kraft und Macht aus irgendeinem unsichtbaren Säureborn; bei jeder Wende manövrierten sie ihn aus. Eine kleine Spitze hier, eine krude Bemerkung über seine Körperfunktionen dort, ein herabwürdigendes Nicken in Richtung seiner Herkunft, das sich von hinten heranschlich, bevor seine unbeholfeneren Gegenstöße wirksam werden konnten.

»Er ist langweilig«, meinte die erste Stimme, »von Natur aus langweilig, aber er muß mächtig dafür geschuftet haben, um so zu werden, wie wir ihn jetzt vor uns sehen. Ein solcher Ausbruch ist unnatürlich.« Jon-Tom ging in die Knie.

»So schlimm ist er doch gar nicht«, konterte die zweite Stimme. »Schließlich beherrscht er doch das volle Spektrum musikalischer Gefühle von A bis H.«

Nun zappelte Jon-Tom, hilflos auf dem Rücken liegend, und versuchte immer noch, die Duar zu spielen und zu singen. Er hatte Mühe zu atmen.

Doch nun blickten ängstliche Gesichter auf ihn herab; seine Freunde, deren Mienen von ihrer Besorgnis kündeten.

»Mach mal langsam, Kumpel!« Mudge warf Clodsahamp einen Blick zu. »Ihr müßt etwas unternehmen, Euer 'exerschaft. Er is schlimm dran.«

»Ich bin noch nie einer solchen Wirklichkeitsverzerrung begegnet. Es ist schwer festzustellen, was man tun kann oder wo man anfangen soll.«

»Na, ich weiß jedenfalls, wo ich anfangen soll!« schrie Mudge und riß Jon-Tom die Duar aus den geschwächten Händen.

»Warte ... nein!« Jon-Tom versuchte sich aufzusetzen, scheiterte. »Das kannst du nicht, Mudge! Du weißt nicht, wie man bannsingt.«

»Bannsingen is 'ier auch gar nich gefragt«, schnaubte der Otter. »Und ebensowenig Eure verdammte nutzlose Magie, Euer 'exerschaft.« Mudge sah ziemlich lächerlich aus, denn die Duar war fast so groß wie er selbst. Irgendwie gelang es ihm jedoch, sie vor sich aufzubauen. Er ließ die Finger über die Doppelsaiten streifen, und zornige atonale Noten schwebten in die Luft.

»Das ist doch keine Musik«, sagte Dormas.

»O ja, das is es. Das is genau die Art von Musik, die dieses Monstrum mag, das uns 'ier umgibt und versucht, uns zu ersticken.«

»Der glaubt also, er könnte singen«, sagte die erste Stimme, als der sich zusammenziehende Käfig seine Aufmerksamkeit von Jon-Tom löste.

»Ja«, erwiderte die zweite. »Es ist ihm noch nicht klar, daß er lediglich in der Jauchegrube hockt und gerade im Begriff ist, ihr seinen Tribut zu zollen.«

»Ach ja?« schrie der Otter. »Na dann mach dir mal die Mü'e und 'ör dir das 'ier an, du unsichtbarer, un'öflicher, gestörter Armleuchter!«

Der Otter begann zu singen. Die Begleitung durch die Duar war mehr als grauenhaft, doch was zählte, waren nicht die abgehackten Klangreihen, sondern die Texte, die Mudge erfand. Denn wenn Jon-Tom auch der Bannsänger und Clodsahamp der Hexer sein mochten, gab es niemanden auf dieser Welt und auf keiner anderen, der es bei der Erfindung von Beleidigungen mit Mudge hätte aufnehmen können.

Eine Woge durchzog die Atmosphäre des Lagers. Ein Schaudern und Zittern, als wären sie gerade durch eine Wolke gekommen. Der Druck löste sich von Jon-Tom, und er konnte sich wieder gerade aufsetzen. Der Schmerz im Schädel ließ nach.

Die Stimmen wehrten sich mit aller Gewalt, doch glaubte Jon-Tom zum ersten Mal einen Anflug von Zögern zu vernehmen.

»Ein übles Mundwerk, und es wird auch noch übler.«

»Die Luft um ihn herum ist so, wie er sich gibt.«

»Was Besseres bringt ihr wohl nich zustande?« heulte Mudge; er genoß es, seine Wut hervorschäumen zu lassen. »Und ihr wollt euch Beleidigungen nennen? Ihr würdet ja Mist nich mal erkennen, wenn ihr mittendrin ständet!«

Jon-Tom stellte fest, daß er sich wieder aufstellen

konnte. Immer wieder zuckte er zusammen, doch nicht von den beleidigenden Hieben, die zuvor auf ihn niedergeprasselt waren, sondern von den kreischenden, wimmernden Klängen, die die geschundene Duar hervorbrachte. Mudge mochte vielleicht früher einmal ein bißchen an einer Leier oder einem anderen Saiteninstrument herumgefummelt haben, doch die Kompliziertheit der Duar überstieg ganz eindeutig seine Fingerfertigkeit. Und doch schien der Lärm, den er veranstaltete, wenngleich er mit Musik ebensoviel zu tun hatte wie ein Diamant mit einem Kuhfladen, seine Angriffsbemühungen eher zu unterstützen als zu hemmen.

»Eurem Meister sei großer Reichtum zuteil«, sang der Otter, »er soll reich und berühmt und anzie'end werden, die ganze Welt soll sich vor ihm verneigen. Und gleichzeitig soll er erfahren, daß er eine fürchterliche un'eilbare Krank'eit 'at.« Ein kranker Wind fuhr durch das Lager und ließ die Asche des Feuers davonstieben. Es war ein letzter schwacher Versuch, sie in die Unterwerfung zu peitschen, und er mißlang. Mudge hatte die ursprüngliche Grenze bereits überschritten und schritt auf die Bäume zu, als würde er sich an einen unsichtbaren Feind heranpirschen. Was er ja auch tat.

»Mach nur weiter, mach nur weiter«, quiekte die Stimme und versuchte verzweifelt, die Offensive wieder an sich zu reißen. »Erzähl uns alles, was du weißt. Es kann ja nicht lange dauern.«

Mudge konterte singend: »Ich erzähl dir gleich alles, was wir beide wissen – das dauert bestimmt auch nich länger!«

»Wenn ich mir deinen Gesang noch viel länger anhören müßte«, stöhnte die verbliebene Stimme, »würde ich dich vergiften.«

»Wenn ich *dir* noch viel länger zuhören müßte«, bellte Mudge höhnisch, »würde ich mich selbst vergiften!«

Als der Otter aufhörte, die Duarsaiten zu schlagen,

herrschte plötzlich Schweigen, wenn man von dem Wind absah, der durch die Bäume fuhr. Nichts mehr, nicht einmal ein verschleierter Kommentar, nicht ein Ton. Das schwere, erdrückende Gefühl, das sie auf einen immer kleiner und enger werdenden Ort zusammengetrieben hatte, war verschwunden.

»Na, fertig, ihr Feiglinge? Groß im Geben, aber winzig im Nehmen, wa? Und dabei 'abe ich mich gerade erst warmgesungen, 'abe ich.« Er zupfte an der Duar. »Meint ihr etwa, ihr 'ättet Beleidigungen zu 'ören bekommen? Nein, das waren keine Beleidigungen. Ich 'abe Beleidigungen auf Lager, für jeden Tag meines Lebens eine, und noch 'n paar mehr, die ich vorgeburtlich erlauscht 'abe.«

»Mudge, es ist vorbei, du hast es geschafft. Du hast den Käfig zertrümmert und ihn vertrieben.«

»Oh, du 'ast recht, Kumpel!« Er reichte Jon-Tom die Duar zurück. »Ich wollte nur sicherge'en. Ich war nich schlecht, nich?«

Jon-Tom lächelte seinen Freund an. »Mudge, es war einfach grandios!«

»Ja.« Stolz warf der Otter sich in die Brust. »Ja, das war es, war es nich? Ein erinnerungswürdiger Tag.«

»Und ein Haufen vergessenswürdiger Worte«, bemerkte Clodsahamp. »Es ist ganz und gar typisch für diese Expedition, daß unsere Rettung ausgerechnet von einer geifernden Wasserratte abhängen soll. Das ist einmal mehr ein Beispiel für die Unberechenbarkeit des Feindes, hinter dem wir her sind. Wir müssen vor allem auf der Hut sein, einschließlich vor dem, was wir uns nicht einmal vorstellen können. Hätte ich mehr Zeit zur Verfügung gehabt, so wäre es mir gelungen, diesen jüngsten Gegner auf konventionellere und kongenialere Weise zu besiegen.«

»Na klar, Euer 'exerschaft«, sagte Mudge. Hastig trat Jon-Tom zwischen die beiden.

»Ich habe mir jetzt genügend Beleidigungen für einen

Morgen angehört. Packen wir unser Zeug zusammen und machen wir uns auf den Weg.«

Während sie packten und sich zum Aufbruch fertigmachten, schlenderte Jon-Tom neugierig zu Mudge hinüber. »Sag mir mal etwas, Mudge. Wenn das, was du gesungen hast – und ich zögere, dieses Wort dafür zu verwenden –, nicht gewirkt hätte, was hättest du denn dann noch im Repertoire gehabt? Was ist die schlimmste Beschimpfung, die du dem Käfig hättest entgegenschleudern können?«

»Na, das is aber einfach, Kumpel.«

Jon-Tom beugte sich vor. Der Otter legte die Pfote schalenartig um die Lippen und flüsterte dem Menschen etwas ins Ohr. Jon-Tom lauschte aufmerksam, nickte von Zeit zu Zeit, und seine Miene verzog sich. Schließlich hatte der Otter seine Litanei beendet und machte sich wieder ans Packen. Als er dies tat, begann der Boden unter ihnen plötzlich zu rumpeln. Mudge machte einen Satz davon; Jon-Tom wich zurück und geriet dabei ins Stolpern.

Zum Glück dehnte der Erdriß sich nicht weiter aus, nachdem die Erde zwischen ihnen etwa drei Fuß breit aufgeklafft war. Mensch und Otter krochen an den Rand der Spalte und spähten in schwarze Tiefen hinab, die meilenweit nach unten zu führen schienen. Sie spürten, wie die Hitze von unten emporstieg, und bemerkten das reiche Aroma von Schwefel, das die Luft erfüllte.

Mudge hob den Blick und sah in Jon-Toms Augen. »'errje, Kumpel. 'atte ja gar keine Vorstellung, daß das *so* beleidigend war.« Dann stand er auf, wich einige Schritte zurück und sprintete vorwärts, während Jon-Tom den Atem anhielt, um mit einem Satz über die endlos tiefe Spalte zu springen. Mudge drehte sich um und musterte den Riß, den er der Erdkruste zugefügt hatte.

»Das versteh ich nich, Kumpel. Ich 'ab schließlich

schon öfter 'n paar Beschimpfungen losgelassen, aber noch nie mit so 'nem Ergebnis.«

»Das ist die nachklingende Kraft der Musik der Duar«, erklärte Clodsahamp. »Die wird schon noch verblassen. Du hast ganz gute Arbeit geleistet, und wenn wir auch eher eine ungewöhnliche Fähigkeit von dir erwartet haben, war diejenige, die du unter Beweis gestellt hast, doch immerhin passend und wirkungsvoll.«

»Gönnt mir nich mal 'n Kompliment, wenn's mir zusteht, der alte Furz«, grollte Mudge. »Da rette ich seinen Arsch, ja rette jedermanns Arsch, und das is nun der Dank. Na, der wird schon noch se'en. Das nächste Mal, wenn's Schwierigkeiten gibt, wird der alte Mudge eben nich mehr zur 'ilfe eilen. O nein, mein 'err. Und wenn's mich das letzte Bart'aar kostet.«

»So ist Clodsahamp eben, Mudge.« Jon-Tom versuchte, seinen Freund zu beruhigen. »Das solltest du doch inzwischen wissen.«

»Das stimmt, Kumpel. So is er – egoistisch, verächtlich und arrogant. Was mich angeht, so bin ich froh, daß ich kein 'exer bin, wenn dazu so 'ne Persönlichkeit ge'ört.«

»Du solltest nicht gleich wieder eine Lippe riskieren. Noch sind wir nämlich nicht raus aus der Sache, weißt du?«

»Soll das vielleicht 'ne Offenbarung sein, Kumpel? Ich komme nie aus der Sache raus, solange ich dazu gezwungen bin, zusammen mit dir und Seiner Rotzigkeit 'erumzu'ängen. Na ja«, schnaufte er, »wir 'aben seinen Waldbrand erledigt, und wir 'aben seine pupsigen Beleidigungen erledigt. Wenn dieser Verrückte nichts Schlimmeres gegen uns ins Feld werfen kann, sollte es eigentlich 'n Kinderspiel sein, den Wanderer zu befreien.«

»Ich hoffe, du hast recht.« Jon-Tom ließ den Blick zu den nördlichen Bergen schweifen. »Aber wir müssen uns immer noch wegen des Wanderers selbst unsere

Sorgen machen. Irgendwie habe ich das Gefühl, daß alles bisher Erlebte nur ein Vorgeschmack dessen ist, wozu er fähig ist.«

Sorbl hatte einen Paß ausfindig gemacht, der durch die erste Gipfelreihe führte, und diesem kletterten sie nun entgegen. Nachdem sie wochenlang durch schier endlose Waldgebiete marschiert waren, war es ermunternd, endlich einmal ein sichtbares Ziel vor Augen zu haben. Colin, der schon über ein Jahr auf Wanderschaft war, ließ sich nur schwer davon abhalten, sie im Sprint abzuhängen.

»Immer langsam und vorsichtig!« mahnte Clodsahamp ihn. »Je näher wir am Ziel sind, um so größer die Gefahr. Er weiß jetzt, daß wir kommen. Der Käfig der tödlichen Beleidigungen, in den er uns sperren wollte, ist Beweis genug.«

»Ich fürchte mich nicht, o Weiser! Es schert mich nicht, welche Gestalt er annimmt oder welche Hindernisse er uns in den Weg zu legen versucht. Ich bin lange und weit gereist, und nun schmecke ich schon den Augenblick, da ich mein Schwert durch die Kehle dieses verrückten Unruhestifters stoßen darf. Er hat der Welt schon soviel Unheil und Leid gebracht.«

»Wir sind uns noch nicht sicher, ob unser Gegner tatsächlich ein *Er* ist«, erinnerte Clodsahamp den Koalabären. »Wir wissen nicht einmal, ob er eine uns bekannte Gestalt hat. Möglicherweise gibt es da gar keine Kehle, die du durchbohren könntest.«

»Ihr könnt darauf wetten, daß ich schon eine passende Stelle zum Zustoßen finden werde, Hexer.« Während er sprach, begann der Schildkröterich neben ihm sich zu verwandeln. »Vorsicht, Freunde, es fängt schon wieder an!«

»Die Welt sieht aber immer noch gleich aus«, wandte Sorbl ein.

»Nein, ich spüre es ebenfalls kommen.« Clodsahamp breitete die Arme aus. »Immer mit der Ruhe. Nur keine

Panik. Bisher haben wir jede Störung überlebt, dann werden wir diese hier auch noch überleben.«

Hätte er gewußt, was nun auf sie zukam, hätte der Hexer möglicherweise nicht soviel Zuversicht zur Schau gestellt, denn dies war eine Störung, die so ernst und empörend war, daß sie allesamt dem Wahnsinn anheimzufallen drohten, bevor die Welt wieder in die Realität zurückschnappte. Alle wurden davon betroffen. Alle bis auf einen.

Jon-Tom veränderte sich überhaupt nicht. Während der ganzen Transformation litt er lediglich unter einem kurzen Anflug von Übelkeit. Und wenngleich er die Qualen seiner Gefährten vom philosophischen Standpunkt aus auch begreifen konnte, fiel es ihm doch schwer, ihre Metamorphose gefühlsmäßig nachzuvollziehen.

»Oh, Gott«, stöhnte Dormas, »das ist zuviel! Ich ... ich ... glaube, das schaffe ich nicht.«

»Ruhig, immer ganz ruhig!« Es war deutlich, daß Clodsahamp trotz seiner eben noch ausgesprochenen tapferen und herausfordernden Worte von der Verwandlung mehr als nur ein bißchen erschüttert war. »Ich weiß, daß es schlimm ist, aber wir haben schon Schlimmeres durchgemacht.«

»Nein, haben wir nicht!« rief Sorbl. »Meister, das ist entsetzlich! Ich kann nicht mehr fliegen. Ich habe meine Flügel verloren und statt dessen jetzt *diese* Dinger hier.«

Tatsächlich hatte ein flugunfähiger Eulerich etwas besonderes Herzzerreißendes an sich, obwohl Sorbl nicht mehr und nicht weniger schlimm verändert worden war als die anderen.

»Der 'immel sei mein Zeuge«, murmelte Mudge völlig aufgelöst, »wenn ich jemals mein altes Selbst zurückkriege, werde ich mich nie mehr darüber beklagen, was das Schicksal für mich bereit'alten mag. Da bin ich mit Dormas einer Meinung, Euer 'exerschaft. Ich weiß auch nich mehr, wie lange ich das noch aus'alte.«

»Wir haben keine andere Wahl«, sagte Clodsahamp grimmig. »Wir müssen es durchstehen – irgendwie.« Er stand da und knirschte mit den Zähnen; das war an sich schon bemerkenswert, da Schildkröten keine Zähne haben; doch Clodsahamp hatte jetzt welche. Sorbl auch.

»Kommt schon.« Jon-Tom tat sein Bestes, um sie aufzuheitern. »So schlimm ist es auch wieder nicht. Versucht einfach, euch zu entspannen, dann gewöhnt ihr euch vielleicht daran.«

»Ich muß bestimmt sterben«, stöhnte Dormas. Angesichts dieses neuesten Alptraums hatten ihre Zähigkeit und ihre Widerstandskraft sie verlassen.

»Uns daran gewöhnen?« fragte Colin. »Lieber reiße ich mir die Augen aus den Sockeln, um mich nicht mehr anschauen zu müssen.«

»Ja, für dich ist es leicht, einfach nur ruhig dazustehen und Plattheiten von dir zu geben«, meinte der wimmernde Sorbl. »Du leidest ja schließlich nicht, wie wir leiden.«

Das stimmte schon, wie Jon-Tom zugeben mußte. Nach außergewöhnlichen und noch nie dagewesenen Auswahlkriterien hatte die Störung ihn unberührt gelassen, während seine Freunde sich radikal verändert hatten. Clodsahamp konnte nun mit den Zähnen knirschen, weil er zum ersten Mal in seinem Leben welche besaß. Sorbl mußte sich an einen Körper ohne Flügel anpassen. Und was die arme Dormas anging, so mußte sie sich fühlen, als hätte man ihr ganzes Skelett seitlich verrückt. Es war eine Veränderung, mit der man ihnen als Kinder gedroht hatte, und nun erlebten sie sie in Wirklichkeit. Ihre schlimmsten Alpträume waren wahr geworden.

Jeder von ihnen hatte sich (es war beinahe zu schrecklich, um es laut auszusprechen) *in einen Menschen verwandelt!*

Dort war Clodsahamp, der die Stellung hielt, während er wütend versuchte, sich an einen Zauber zu erinnern, an irgendeinen Zauber, der ihr altes Selbst wieder herstellen konnte. Er war in einen kleinen alten Mann mit langem weißen Bart, langem Haar und einer etwas kleineren sechseckigen Brille verwandelt worden. Er trug Leinenhosen und eine dunkle Safarijacke voller Taschen. Nur die Augen waren noch dieselben, die nun unter Augenbrauen anstelle eines Panzers hervorlugten.

Neben ihm schwankte eine beladene Dame von fünfundfünfzig unbeholfen auf den Beinen. Sie war sechs Fuß groß. Dormas war unter ihrer Last nicht zusammengebrochen, weil auch diese zu einem einzigen Rucksack zusammengeschrumpft war, der an Schulterriemen hing. Ihr Haar war kurz und schwarz, ihr attraktives, wenn auch verängstigtes, Gesicht tief durchfurcht und braungebrannt.

Dann war da noch ein kleiner, hagerer Teenager, dessen Blicke wildlings in alle Richtungen huschten. Einmal drehte er sich um und rannte auf einen nahegelegenen Baum zu, mit den Armen flatternd, bis er wieder begriff, daß er flugunfähig war. Der Blick in seinen gelben Augen war mitleideinflößend. Colin versuchte den verstörten Sorbl zu trösten. Die Kleidung des Koalabären hatte sich durch die Störung nur wenig verändert. Sie bestand noch immer aus schwarzem Leder und Metallnieten, wenngleich sie sich dem Körper eines Footballspielers angepaßt hatte. Er war fünf Fuß und neun Zoll groß und wog gut und gern zweihundertzwanzig Pfund, schätzte Jon-Tom, und alles waren Muskeln. Eine vollkommene menschliche Analogie des kleinen Koalas: Er hatte auch das Gesicht eines Filmbösewichts und glitzernde Augen. Er wäre eine äußerst einschüchternde Persönlichkeit gewesen, hätten die übergroßen, wenngleich pelzlosen Ohren den Eindruck nicht zunichte gemacht.

Und dann war da noch Mudge: ein Mann Mitte Dreißig, dünn und drahtig. Er trug seine grüne Mütze und

Schwert sowie Langbogen, beide in Größe und Länge der menschlichen Gestalt angepaßt. Er wirkte sehr beeindruckend in seiner Verwandlung, wenn man von der ängstlichen Miene und dem Ekel in seiner Stimme absah.

»Das is ja fürchterlich, einfach nur fürchterlich.« Er streckte beide Arme aus und gab sich große Mühe, um nicht unbeherrscht loszuzittern. »Schaut euch nur mal dieses ekelerregende nackte Fleisch an. Nich mal 'ne Spur von 'nem Pelz irgendwo.« Er verrenkte sich, um seine hintere Seite zu betrachten. »Und auch kein ordentlicher Schwanz mehr. Nix. Nur noch Leere, wo doch Ausdruck sein sollte.« Flehend blickte er Clodsahamp an. »Sagt uns, daß das nich mehr viel länger an'ält, Werter 'err.«

»Du hast es nicht eiliger mit deiner Rückkehr in die Normalität als ich, Wasserratte. Wenn du dich schon nackt und ungeschützt fühlst, dann überleg dir mal, welche Gefühle ich gerade durchmachen muß.«

»Das ist unanständig«, meinte Colin. »Verdammt unanständig. Das bringt ja selbst einen starken Koalabären zum Weinen.«

»Wir müssen etwas unternehmen«, beharrte Dormas. Ihre Stimme war klar, die Ausdrucksweise elegant und wenig verändert. »Wenn ich noch viel länger so bleiben muß, drehe ich durch. Ich will ständig auf alle viere hinunter, wie es sich gehört, aber dieser Körper funktioniert nicht so. Schaut euch nur mal diese nutzlosen kleinen Dinger an!« Sie zeigte erst ihren rechten, dann den linken Arm vor. »Die brechen doch glatt durch, wenn ich mit dem Oberkörper auch nur den geringsten Druck ausübe, das weiß ich genau. Ihr anderen könnt es wohl verkraften, ein bißchen Pelz einzubüßen, aber was ist mit mir? Ich kann nicht einmal mehr richtig gehen.«

»Und ich? Was ist mit denen hier?« Der Teenager zeigte ihr schüttelnd die Arme. »Fledermäuse sind auch nackt, aber die können wenigstens fliegen. Ich bin an den Boden gefesselt.« Er schluchzte auf.

»Nun nehmt es nicht so tragisch«, ermahnte Jon-Tom sie. »Wir werden uns ja schon gleich wieder zurückverwandeln.«

»Ja, und was, wenn nich?« Jon-Tom mußte zugeben, daß es etwas peinlich war, Auge in Auge vor einem dunklen älteren Mann zu stehen, aus dessen Kehle Mudges vertraute Stimme hervorkam. Es war wirklich nur ein Mann, der da vor ihm stand. Nicht die Andeutung eines Schnurrbarts oder eines Pelzes im Gesicht, und doch wußte er, daß es Mudge war. Denn abgesehen von seiner unverwechselbaren Stimme waren da auch die Augen, blau und herausfordernd. Es war faszinierend, seine Bewegungen mitanzusehen. Es waren all die typischen kleinen Gesten und Eigenheiten Mudges, doch nur bei Dreiviertelgeschwindigkeit abgespielt.

»Das ertragen wir nich mehr viel länger, Kumpel. Selbst 'n intelligenter Geist 'at seine Grenzen.«

»Ich versuche ja schon etwas«, sagte Clodsahamp ernst. »Seit mehreren Minuten bemühe ich mich darum, aber es ist äußerst schwierig, die Parameter eines Zaubers zu entwickeln, wenn alle gleichzeitig herumstöhnen und mit den Zähnen klappern.«

»Mir macht es nichts aus.« Beiläufig, gedankenverloren zupfte Jon-Tom an seiner Duar.

Mudge hatte nichts Eiligeres zu tun, als seinem Freund eine bremsende Hand aufs Handgelenk zu legen. »Paß nur auf, Kumpel! Versieb diese Nummer bloß nicht. Wenn du die Wirkung dieser Störung verfestigen solltest, bis sie permanent ist, dann 'aste wenigstens von einem das Blut an den Fingern kleben, denn e'e ich auf alle Zeiten in dieser widerwärtigen Maskerade rumlaufen muß, bringe ich mich selbst lieber um.«

»Mach dir keine Sorgen, Mudge. Hör mal, ich bin doch 'ne heiße Nummer. Weißt du noch, wie ich mit dem Feuer zurechtgekommen bin?«

»Ja, und dabei fast gebraten wurdest. Wennde diesen Banngesang jetzt versiebst, mach ich 'öchstpersönlich 'n Grillfrühstück aus dir.« Er nahm die Hand zurück. »Bin allerdings verdammt neugierig, was für 'n Lied du dafür im Programm 'ast, um einer solchen Katastrophe zu begegnen.«

»Nur zu, mein Junge!« drängte auch Clodsahamp ihn. »Den Versuch kannst du getrost wagen. Der gegenwärtige Zustand ist mir ebenso unangenehm wie der andere. Verwirrt, wie meine Gedanken sind, fällt es mir schwer, klar zu denken.«

»Ich werde sorgfältig auf den Text achten«, versicherte er dem Hexer. Und das würde er auch tun – sofern ihm einer einfiel. Mudges Bemerkung hatte ihre Berechtigung. Ihre jetzige Situation war nicht eben das Thema, dem sich ein durchschnittlicher Komponist zu widmen pflegte.

Möglicherweise konnte etwas von dem Zeug helfen, das er in der Abteilung Volksmusik und Musik anderer Völker aufgestöbert hatte; doch hatte er dieses Seminar vor vielen Jahren belegt, und er übte nicht gerade täglich afrikanische Gesänge oder indonesische Gamelanmusik. Denn das war nicht eben die Art von Musik, die ihn in die *Top 100 von Billboard* bringen würde. Sein Repertoire an Rockmusik war erheblich größer und aktueller, doch ihm fiel beim besten Willen nichts ein, das auch nur entfernt mit der Verwandlung von Menschen in Tiere zu tun hatte. Nicht daß der Text allzu präzise sein mußte. Er hatte gelernt, daß es vor allem um die Atmosphäre des Songs ging, um die Gefühlstriebkraft dahinter, wenn er einen Banngesang versuchte.

Es gab ein Lied, das möglicherweise vollbringen konnte, was der Wanderer bereits geschafft hatte. Angenommen, er sang den Text rückwärts? Verrückt – aber auch nicht verrückter als ihre gegenwärtige mißliche Lage. Er kannte den Song gut genug, räusperte sich und begann zu spielen.

Es hörte sich zwar nicht richtig an, aber das galt ja auch für die Situation seiner Freunde. Vielleicht paßte es sogar. Irgend etwas paßte auf jeden Fall, denn als er den halben Song hinter sich gebracht hatte, erzitterte plötzlich die Luft, dann kam das vertraute flaue Gefühl im Bauch und ein plötzlicher Nebelschleier vor den Augen, so als würde er an einem Sonntagmorgen ganz langsam aufwachen. Er sang weiter, wollte den Song beenden, und als er mit der Anfangsstrophe schloß und aus der wunderbaren Benommenheit eines vortragenden Künstlers wieder hervorkam, stellte er zu seiner Erleichterung fest, daß alles genauso funktioniert hatte, wie er es erhofft hatte. Die Störung war umgekehrt worden, und alles war wieder normal. Seine Freunde waren einmal mehr seine Freunde.

»Ich! Ich bin wieder ich!« japste Mudge, während er vor Freude zwei Fuß in die Höhe sprang. Er ließ die Finger durch den dichten braunen Pelz fahren. »Werd niemals wieder was dagegen 'aben, ich selbst zu sein.« Er hüpfte herum wie ein Kind, das gerade feststellt, daß es bei der Geburtstagstombola den ersten Preis gewonnen hat.

Dormas hatte wieder ihre kraftvolle Vierbeinergestalt angenommen. »Ekelhaftes Erlebnis. Was hast du da gesungen, junger Mann?«

»Einen Song von Rick Springfield: *We All Need the Human Touch*, nur daß ich es rückwärts gesungen habe. Hat ja auch so gut funktioniert, wie ich es mir nur wünschte.« Er strahlte seine wiederhergestellten Gefährten an.

Clodsahamp hatte seinen Panzer wieder. Sorbl schwang sich bereits durch die Lüfte und vollführte Sturzflugmanöver und Loopings. Colin streckte seine kurzen muskulösen Arme, wackelte mit den übergroßen Ohren und rieb sich die feuchte schwarze Nase.

»Schon sehr viel besser, Bannsänger.« Er blickte Jon-Tom mit gerunzelter Stirn an. »Oh! Meine Freunde, wir haben ein neues Problem vor uns. Ich schätze, damit hätten wir eigentlich rechnen müssen.«

»Verdammt«, sagte Mudge, in dieselbe Richtung blikkend wie der Koalabär. »Meint ihr, daß wir mal irgendwann die 'eimtückischen Nebenwirkungen von diesem Ding loswerden, Euer 'exerschaft?«

Auch Clodsahamp musterte interessiert den Mittelpunkt der Aufmerksamkeit. »Nicht, bevor wir es aus seiner Gefangenschaft befreit haben.«

Jon-Tom versuchte sich umzudrehen und in dieselbe Richtung zu blicken wie seine Freunde, bis ihm auffiel, daß diese gar nicht an ihm vorbeisahen, sondern die Blicke auf ihn geheftet hatten. Gleichzeitig merkte er, daß irgendwas immer noch nicht stimmte. Er schluckte. Sein Banngesang hatte alles vollbracht, was er von ihm verlangt hatte – und noch etwas mehr.

Mudge musterte ihn kritisch mit geschürzten Lippen, die Fäuste in die pelzigen Hüften gestemmt. »Nun, Euer Chefschaft, was sollen wir dagegen unternehmen?«

Vor ihnen stand, äußerst verlassen dreinblickend, ein großer, sehr schlanker Brüllaffe. Er trug Jon-Toms indigofarbenes Hemd und seinen Echsenhautumhang sowie seine Stiefel, während er die Duar fest umklammerte. Als Jon-Tom an sich selbst herabsah, bemerkte er die langen Arme und den geringelten Greifschwanz. Er dehnte die Mundmuskeln und spürte die gewölbten dicken Lippen und die spitzen Zähne.

»Das war aber vielleicht 'n Banngesang, Kumpel«, meinte der Otter mitfühlend.

»Ich persönlich finde, daß er so eigentlich viel besser aussieht«, warf Colin ein. Er trat vor und zückte sein Schwert.

Jon-Tom wich einen Schritt zurück. »He, so schlimm kann es doch auch wieder nicht sein, oder?«

»Du hast es verdient, dich selbst so zu sehen, wie deine Freunde dich sehen.« Der Koala hielt die hochpolierte Klinge senkrecht.

Jon-Tom spähte in den ihm dergestalt zur Verfügung gestellten schmalen Spiegel. Als er sich selbst erblickte, klappte ihm der Unterkiefer herab. Tatsächlich klappte er sehr viel weiter herab, als das einem Menschen möglich gewesen wäre.

»Oh, mein Gott! Was hab ich nur getan?«

»An uns nur Gutes«, meinte Mudge, »an dir selbst vielleicht nich gerade.«

Jon-Tom starrte unentwegt sein Spiegelbild in der Breitseite von Colins Schwert an. Diesmal war er aber wirklich erledigt! Bisher war die einzige Person, die ihn jemals hatte zum Affen halten können, eine attraktive ältere Kommilitonin in seinem Vormittagsseminar über Schadenersatzrecht gewesen. Sie hatte ihn an zwei aufeinanderfolgenden Wochenenden fertiggemacht. Doch nun hatte er sie noch übertroffen, sowohl körperlich als auch geistig.

»Ich muß versuchen, mich selbst in meinen alten Zustand zurückzusingen.«

»Einen Augenblick mal, Kumpel! Du kannst nich wieder dasselbe Lied verwenden, sonst sind wir wieder da, wo wir angefangen 'aben.«

»Aber das ist das einzige passende Lied, das ich kenne!«

»Dann wirst du eben ein anderes versuchen, mein Junge«, teilte Clodsahamp ihm mit. »Meine Kräfte sind hier nutzlos. Ich kann dir nicht helfen. Nur du kannst dir selbst helfen. Aber du mußt eine Möglichkeit finden, dir selbst zu helfen, ohne uns dabei zu schaden. Das ist nur recht und billig.«

»Ich weiß, aber ich habe schon so viele Songs verwendet. Bin diese verdammten Verwandlungen langsam leid. Ich weiß nicht, was ich noch singen soll.«

»Du wirst dir schon was einfallen lassen, Kumpel.« Mudge versuchte den Freund zu ermutigen. »Tust du doch immer. Versuch's einfach irgendwie, sing was, dann kriegste wahrscheinlich schon das richtige Lied.«

»Ich weiß nicht. Das erscheint mir äußerst willkürlich und zufallsabhängig.«

Doch er wußte nicht, was er sonst tun sollte. Er wollte seine Freunde nicht wieder in ihre unerträgliche Menschengestalt zurückverwandeln, ebensowenig wollte er selbst aber auch ein hagerer Menschenaffe bleiben, dessen Hände am Boden schleiften. Es schien keinen Ausweg zu geben. Vielleicht hatte Mudge recht. Vielleicht sollte er wirklich einfach etwas singen, das ihm gerade einfiel, das ihm am meisten Spaß machte. Nie fühlte er sich wohler, vollständiger, als wenn er sang. Vielleicht brauchte es wirklich nicht mehr als dies.

Doch es war so verdammt unfair. Schließlich war er nichts als ein ganz gewöhnlicher und nicht allzu aufgeweckter Jurastudent und Möchtegern-Rockmusiker, der in Zeit und Raum verlorengegangen war, und nun erwarteten diese Leute von ihm, daß er ständig irgendwelche Wunder vollbrachte. Was er ja auch getan hatte, immer und immer wieder, um mal dem einen, mal dem anderen zu helfen.

Und nun, da er selbst der Hilfe bedurfte – was schlugen sie ihm da vor? Daß er sich selbst helfen solle. Sie konnten nicht die kleinste Winzigkeit für ihn tun. Also gut, er würde sich verdammt noch mal schon selbst helfen, und dann zum Teufel mit dieser ganzen verrückten, unnatürlichen Welt!

Er schwang sich die Duar vor die Brust, preßte sie mit den unmöglich langen Armen an sich. Die verlängerten Finger umspannten mühelos beide Saitensätze, als er zu singen anhob. So sehr war er mit seinem eigenen Zorn beschäftigt, so hypnotisiert von seiner rechtschaffenen Empörung, daß er völlig vergaß, worin er sich verwandelt hatte.

Im ganzen Tierreich gibt es kein Wesen, das auch nur annähernd die Lungenkraft eines Brüllaffen aufbringt. Er hat eine Stimme, die meilenweit zu hören ist, über Berggipfel hinweg und durch dichtesten Urwald. Unterstützt von der Duar und in Verbindung mit Jon-Toms Zorn, wurde die nun folgende Klangexplosion von der Magie seines Banngesangs noch vergrößert und geschärft.

Was folglich aus seiner Kehle hervorperlte, war keine leidenschaftliche Bitte um Wiederherstellung, sondern eher ein Urgetöse, ein so rohes und machtvolles Geräusch, daß Mudge und Clodsahamp, die direkt in der Schußlinie des Gesangfeuers standen, umgeworfen wurden. Der Hexer zog sich in seinen Panzer zurück. Dormas ging in die Knie. Sorbl erhob sich instinktiv in die Lüfte, nur um dort von dem kleinen Wirbelsturm erfaßt zu werden, den Jon-Tom hervorbrachte, und um seine Balance kämpfen zu müssen. Er wehte ihn über die Baumwipfel hinweg hinter den Hang auf der anderen Bergseite.

Nichts von alledem konnte Jon-Tom beeindrucken. Was ihn betraf, so sang er ganz normal, in der üblichen Lautstärke, denn so hörte sich für seine Brüllaffenohren seine Brüllaffenstimme an. Und wie immer, wenn er sich besonders intensiv auf seinen Banngesang konzentrierte, sang er mit geschlossenen Augen. Mudge versuchte ihn darüber zu informieren, was geschah, indem er ihn anbrüllte, doch konnte sich der Otter über den Sturm hinweg kein Gehör verschaffen.

Dormas kehrte der tobenden Musik den Rücken zu, während Colin und Mudge die Krallen in den Boden gruben und sich verzweifelt festhielten. Sorbl war so vernünftig, außer Reichweite hinter dem Berg zu bleiben, während Clodsahamp wie ein Faß aufrecht stehenblieb. Auf dem vor ihnen liegenden Hang gab es mindestens zweimal einen Erdrutsch, dann drückte ein besonders tief empfundener Refrain auf vierhundert Ellen in schnurgerader von Jon-Tom ausgehender Linie die Bäume platt.

Schließlich gab es nichts mehr zu singen, gab es kein musikalisches Flehen mehr. Jon-Toms Kehle war heiser von der Anstrengung seines Vortrags. Colin und Mudge erhoben sich langsam und wischten Erdreich und Laubwerk von Gesicht und Kleidung. Sorbl spähte zögernd durch die Bäume, während Clodsahamp den Kopf aus dem Panzer streckte.

Jon-Tom war wieder er selbst, und das galt auch für die anderen. Ein wenig verwirrt blickte er an seinen Freunden vorbei. »Wann ist denn dieser Wind aufgekommen?«

»Als du das Maul aufgemacht 'ast, Kumpel.« Mudge klopfte ihm auf die Schultern, wobei er sich auf die Zehenspitzen stellen mußte. »Dieser Affe, der du für 'ne Weile warst, 'atte 'ne Stimme, die 'nen kleinen Vulkan in den Schatten gestellt 'ätte. Ich 'ätte mir ja denken können, was das zusammen mit deiner Bannsängerei bewirkt. Aber als ich drauf kam, war es schon zu spät. Wir konnten nichts anderes mehr tun, als uns festzuklammern und zu 'offen, daß du uns nich auf 'albe Strecke nach Ospenspri zurückbrüllst. Ich glaube, es is doch 'ne Spur sicherer, dich so dabeizu'aben, wie du bist, entpelzt und menschlich und so.«

Clodsahamp versuchte gerade, den Staub aus seinem Panzer zu schütteln. »Es gibt auch so etwas wie allzu wirksame Magie.« Er spähte an seinen Gefährten vorbei zu dem Paß hinüber, der ihr Nahziel war. »In einem Punkt besteht jetzt jedenfalls kein Zweifel mehr: Unser Jagdopfer weiß, daß wir kommen. Diesen Lärm muß man in den ganzen Nordwäldern gehört haben.« Der Staub des Erdrutschs legte sich langsam auf die Flanken des Passes über ihnen.

Jon-Tom fühlte sich wieder gut. Er blickte an seinen gebräunten nackten Armen und nackten Fingern hinab, auf die kurzen funktionslosen Fingernägel. Er drehte sie um und inspizierte die bleichen pelzfreien Handflächen, die sich im Laufe der Zeit in dieser Welt einige Schwielen zugezogen hatten. Ja, er war wieder froh, Mensch zu sein.

Und doch mußte er daran denken, welche musikalischen Welten er wohl hätte erobern können, wäre es ihm gelungen, in seine alte Form zurückzuwechseln, gleichzeitig aber diese unglaubliche Menschenaffenstimme beizubehalten. Er hätte einen Chor samt Verstärker an die Wand gesungen. Doch andererseits war eine Stimme, die eher einen Erdrutsch stimulierte als ein Publikum, vielleicht auch nicht die beste aller Ideen. Mit einer solchen Stimme wäre der alte Showbusiness-Spruch, von dem vollen Haus, das man zum Einstürzen brachte, auf geradezu tödliche Weise wirksam geworden.

XI

Colin mußte sich selbst bremsen. Die Erregung ließ ihn ständig voranpreschen. Das lag lediglich daran, daß er nach seiner einjährigen Wanderschaft nun endlich dem Ziel nahe war.

Der Charakter des Waldes änderte sich, wofür er dankbar war. Er war Nadelbäume leid und sehnte sich nach den lieblichen Laubwäldern seiner Heimat. Die unmittelbar vor ihm aufragenden Bäume waren ihm schon vertrauter. Statt dick und tiefgefurcht war ihre Rinde dünn und von fahlgrauer Farbe. Lange Streifen schälten sich vom Stamm und sammelten sich unten am Baum. Sie hatten auch richtige Blätter anstelle der allgegenwärtigen Nadeln. Lange dünne Blätter von fahlem Grün. Sogar der Geruch des Waldstücks vor ihm war anders.

Dann wurden seine Augen äußerst rund und groß. Das *konnte* doch nicht sein! Es war unmöglich, daß solche Bäume so hoch im Norden gediehen. Und doch standen sie dort vor ihm, aufrecht und lockend. Ihr köstliches, unverwechselbares Aroma trog nicht.

Als er merkte, daß er seine Begleiter wieder abgehängt hatte, ließ er seinen Rucksack mit einem Achselzucken achtlos zu Boden gleiten. Die Gefährten würden ihn schon bald wieder einholen, das wußte er. Auch seinen Säbel und die Scheide legte er auf den Stapel seiner Ausrüstungsgegenstände. Dann eilte er so schnell voran, wie seine stämmigen Beine es ihm gestatteten.

Schon bald stand er neben dem nächsten Baum, streichelte den Stamm, und die langen Streifen abgeschälter

Rinde zersplitterten ihm unter den Füßen. Mit Hilfe seiner Klauen kletterte er schnell den Baum hinauf, um dann auf den niedrigsten Ast hinauszukriechen, der sein Gewicht noch eben tragen konnte. Seine Hand zitterte als er eine Handvoll der charakteristischen schmalen Blätter abriß und sie im Rohzustand in den Mund schob.

Während er kaute, überkam ihn ein herrliches Gefühl himmlischen Friedens und Wohlbefindens, das sich durch den ganzen Körper zog. Die Augen schlossen sich halb, als er den wunderbaren Happen vertilgte, und er erkannte immer weitere Baumreihen, die die südlichen Berghänge bedeckten und bis zu den Gipfeln reichten.

Für einen Koalabären war schon ein einziger Hain solch großer Wunderbäume mehr, als er sich in einem Leben erhoffen konnte. Hier aber gab es einen ganzen Wald davon, der auf freiem Gelände wild wuchs. Das reinste Paradies, ein Schatz, nach dem man nur zu greifen brauchte. Er pflückte eine weitere Handvoll Blätter, diesmal verfuhr er etwas wählerischer, indem er nämlich die toten oder beschädigten Blätter erst entfernte, bevor er sich den Rest in den Mund schob. Dann kreuzte er die Beine und setzte sich auf den Ast, verschränkte die Hände hinter dem Kopf und lehnte sich gegen den Stamm des Baumes, um beim Kauen in den blauen, blauen Himmel emporzuschauen.

Seine Eukalyptus-Trockenwürfel waren schon vor Monaten zu Ende gegangen. Seitdem war er dazu gezwungen gewesen, jedwedes Grünzeug zu essen, das er im Wald fand. Sein Magen hatte ständig rebelliert, und das Essen war ihm zu einer unangenehmen Pflicht statt zu einem Vergnügen geworden. Bohnen, Nüsse und Tannennadeln waren kaum besser als Müll.

Und nun saß er auf dem Ast eines Eukalyptusbaums, knabberte an seinen Blättern und hing Erinnerungen nach – und schmiedete Pläne. Denn alles, was er tun mußte, war nur, dieses Produkt zu verpacken und nach Hause zu befördern. Dann wäre er nach einem Jahr reich und unabhängig. Den ersten beiden folgte eine dritte Handvoll Blätter. Zum ersten Mal seit Monaten entspannte er sich.

Das ausgedehnte Panorama der endlosen wogenden Weide traf Dormas wie ein Schlag, als sie um eine Wegbiegung kamen. Es hatte keinerlei Vorwarnung gegeben. Sie waren durch hohen Tannenwald marschiert, Sträucher umrundend und tief herabhängende Äste beiseite schiebend, nur um plötzlich, völlig unerwartet, auf offenes Grasland zu stoßen.

Das war keine normale Weide. Das sah man sofort. Es gab keine Bäume, die sie eingrenzten, überhaupt keine, und deshalb erstreckte sie sich auch endlos in sämtliche Richtungen, gönnte nicht einmal dem sich senkenden Himmel die Herrschaft über den Horizont. Und was noch unglaublicher war: Sie bestand nicht etwa aus Ried und anderen Gräsern, sondern aus vielen verschiedenen Kleearten. Es gab roten Klee und blaugrünen Klee, Löwenzahnklee und siebenblättrigen Klee, der einen nussigen Geschmack hatte, wenn man ihn langsam kaute. Die Luft war angefüllt von grüner Lieblichkeit.

Am unglaublichsten aber: daß Konsistenz und Höhe des Klees ein Hinweis darauf waren, daß dies das grasigste aller Grasländer war, eine jungfräuliche Weide. Nie hatten Zähne dieses vom Regen gereinigte Grün gerupft. Es war eine Weide, wie Grasende es sich nur in ihren Träumen erhoffen konnten.

Sie verfiel in Galopp, hielt nicht einmal an, als sie in das empfindliche Grün eingebrochen war. Es teilte sich um sie herum wie ein grünes Meer vor dem Bug eines Schiffs, bis sie keuchend langsamer wurde und sich schließlich vorbeugte, um mit den Zähnen den reichen Lohn zu ernten. Der erste Geschmack war von unbeschreiblicher Reinheit.

Hier war eine Spielwiese, wie sie es seit ihrer Fohlenzeit nicht einmal in ihren kühnsten Träumen gegeben hatte, ein Ort der Ruhe, wo sie die Kräfte erneuern konnte, die sie auf der langen Reise von Ospenspri hierher verbraucht hatte. Sie legte sich im Klee nieder, sich wälzend und mit den Beinen ausschlagend, trunken vom bloßen Duft. Alles schmeckte kühl und frisch, als sei jeder Grashalm gerade eben vom ersten Morgentau geküßt worden. Die vereinzelten Kleeblüten waren eine willkommene zusätzliche Würze für jeden köstlichen Happen. Als sie zerdrückt wurden, schenkten sie der Luft ihr Frühlingsparfüm. Ein solcher Ort konnte nicht wirklich sein, konnte nicht existieren.

Doch er tat es, und sie hatte ihn ganz für sich selbst, es war der Lohn für ein Leben harter Arbeit und edler Selbstaufopferung.

Sorbl war auf Erkundungsflug unterwegs und mochte seinen Augen nicht trauen. Unter ihm wichen die Bäume plötzlich einer riesigen Fläche goldgetönter Flüssigkeit. Der See lag unmittelbar hinter dem Paß, den seine armen erdgebundenen Gefährten gerade mühsam durchquerten, im Tal eingebettet. Am gegenüberliegenden Ende war er von einem tiefen Himmelblau. Doch das südliche Drittel war nicht mehr als ein Fuß tief, so klar wie Glas über einem Boden aus glatten Kieseln und jungfräulichem Flußsand. Über dem Geröll schwammen mehr Fische, als er jemals in seinem Leben auf einmal an einer Stelle gesehen hatte. Die einzelnen Schwärme kämpften um Schwimmraum, so dicht gefüllt war das Wasser mit ihnen. Er entdeckte Lachs und Forelle, Hecht und Karpfen, deren Schuppen in der spätmorgendlichen Sonne wie Metall glitzerten.

Es war keinerlei Arbeit erforderlich, keine Anstrengung, Präzision wurde nicht verlangt. Er brauchte nicht einmal zu zielen, nachdem er die Flügel angelegt hatte und aufs Wasser zuschoß. Er brauchte lediglich die

Klauen zu öffnen und zuzupacken, um sicher zu sein, eine frische Mahlzeit aus weißem Fischfleisch zu bekommen.

Doch war dies nicht die einzige Überraschung, die der See zu bieten hatte. Zunächst erstaunte es ihn, dann war er verwirrt, und als er schließlich das Wasser berührte und den ersten Fisch schnappte, wußte er nicht mehr aus noch ein.

Das Wasser gischtete über ihm zusammen, als er die goldene Forelle mit den Krallen packte. Es spülte ihm übers Gesicht und Gefieder. In diesem Augenblick wußte er, daß es wahr war. Es erklärte die goldene Tönung des Sees.

Er legte die Forelle beiseite, um sie später zu verzehren, und hüpfte hinunter zum Wasserrand. Ein einziges Nippen war ihm Bestätigung genug. Das Ufer war von wildem Getreide umsäumt. Irgendein unerklärlicher Fermentierungsprozeß hatte ganze Jahrhunderte an Getreideernten umgewandelt, und seitdem war das Ergebnis unentwegt in das Wasser des Sees geströmt. Er wußte zwar nicht, wie die Fische es überlebten und darin sogar gediehen – doch wer war er, um ein solches Wunder in Frage zu stellen?

Es blieb die unleugbare Tatsache, daß das Wasser mindestens achtzig Volumenprozent hatte und an den seichten Stellen sogar noch stärker war. Außerdem hatten verschiedene Teile des Sees unterschiedliche Aromen, was zweifellos die jeweiligen Getreidesorten widerspiegelte, die an unterschiedlichen Teilen des Ufers wuchsen. Es war genau wie der reinigende Regen über Ospenspri, den sein Meister heraufbeschworen hatte, nur daß man hier die Tropfen nicht mit aufgesperrtem Schnabel auffangen mußte. Hier konnte man sich in aller Ruhe alles aussuchen und daran nippen.

Er trank, bis er glaubte, schier auseinanderzuplatzen, dann kehrte er zu seinem Fisch zurück. Er setzte sich auf sein Schwanzende, packte die Forelle mit beiden

Flügelspitzen und nagte daran. Später war noch Zeit genug, um auch zu kochen, wenn ihm der Sinn nach Abwechslung stehen sollte. Das rohe Fleisch war köstlich, fest und gesund.

Wozu Jahre der Plackerei als Famulus eines Hexers verbringen, wenn ihm hier ein ganzer Schatz winkte? Er würde seinen Dienst bei Clodsahamp quittieren, zurück nach Lynchbany oder Ospenspri fliegen und dort einen Vertrag mit einer großen ortsansässigen Brauerei abschließen, um den See auf Flaschen abzufüllen und diese in allen Warmländern zu verkaufen. Als sein Entdecker brauchte er lediglich seinen Anspruch auf das Land beim nächsten Stadtarchivar anzumelden. Zusammen mit seinen Partnern würde er jede Gastwirtschaft in den Glockenwäldern beliefern können. Er lachte sich halb krank bei dem Gedanken an die Verwirrung und Enttäuschung der zahlreichen städtischen Steuereintreiber, die sich bei dem hoffnungslosen Versuch aufreiben würden, seine verborgene Destille aufzustöbern, um entsprechende Steuern auf sein Produkt zu erheben.

Und wenn er dann erst einmal reich genug geworden war, würde er Clodsahamp anheuern, damit dieser für *ihn* arbeitete.

Es ließ sich nicht feststellen, wie lange die Bibliothek sich dem Auge verborgen gehalten hatte, doch offensichtlich war sie schon seit sehr langer Zeit nicht mehr aufgesucht worden. Schlingpflanzen und Schmarotzer bahnten sich ihren Weg über und durch die alten Steinmauern. Bäume ließen ihre Wurzeln durch das Fundament wachsen, und ihr breites Laubdach verbarg das darunterliegende Gebäude. Es wäre auch nicht weiter aufgefallen, hätte Clodsahamp nicht gerade im richtigen Augenblick nach links geschaut. Im Augenwinkel hatte er bemerkt, wie etwas Sonnenlicht von dem säuberlich behauenen grauen Stein abgeprallt war.

Mit gefurchter Stirn machte er eine Wende und watschelte darauf zu. Er erkannte weder die Überreste des architektonischen Stils noch die Zeichen, die über der immer noch intakten Tür ins Gestein gemeißelt waren. Der Aufbau des Gebäudes blieb so lange ein Geheimnis, bis es ihm gelungen war, sich Zutritt zu verschaffen. Zum Glück waren die alten Türen verfault.

Was er nun zu sehen bekam, ließ ihm den Atem stokken. Es war eine richtige Bibliothek, mit Reihen über Reihen von Regalen, die von oben bis unten mit Schriftrollen und Büchern und allen möglichen unbekannten Berichten angefüllt waren. Es gab einzelne Blätter und kleine runde Plastikscheiben, alle in eigenen Schutzumschlägen; Knotenschnüre, Steintafeln mit eingehauenen Inschriften. Die empfindlicheren Materialien hatte man durch reichlichen Gebrauch ausgezeichneter Konservierungsmittel erhalten.

Er wußte nicht zu bestimmen, welches Volk diese Bibliothek errichtet und sie hier einsam hatte stehen lassen, damit sie eines Tages von einem glücklichen Reisenden entdeckt werden konnte; doch es war klar, daß sie auf ewige Zeiten erbaut worden war. Benommen durchschritt er einen Gang nach dem anderen, wie gelähmt ob des Anblicks solchen Wissens. Unversehrte Vitrinen aus dickem Glas bildeten die Mitte des Erdgeschosses und offenbarten unter ihren durchsichtigen Wölbungen Werke, die so alt waren wie die Zeit selbst. Manche der Regale reichten drei Stockwerke hinauf. Drei gesonderte Zwischenstockwerke wanden sich um das Innere des Gebäudes. Jedes von ihnen wurde von eisernen Geländern gestützt, die in der Form von Hieroglyphen geschmiedet waren. Das Gebäude selbst war so lang, daß er nicht bis ans Ende blicken konnte.

Wieviel Wissen mochte an diesem Ort gelagert sein? fragte er sich. Wie viele Geheimnisse von Äonen? Unmöglich, es abzuschätzen, närrisch, es erraten zu wollen. Es würde Jahre dauern, um allein die Millionen von

Werken nur zu zählen und zu katalogisieren. Wo sollte man überhaupt anfangen?

Irgendeine Art Index, vielleicht direkt neben einem großen Wörterbuch der Sprachen und Schriften. Es mußte etwas Derartiges geben, dachte er aufgeregt. Er schritt auf den ersten Glaskasten zu, vor Vorfreude zitternd. Er brauchte lediglich den Katalog der Bibliothek ausfindig zu machen. In seinen Tiefen würden die Antworten auf alle Fragen verborgen liegen, denen er schon fast dreihundert Jahre lang nachgrübelte. Die Mysterien des Universums warteten geduldig in den Regalen, warteten nur darauf, daß er sie fand.

Ein weiteres Lebenswerk lag vor ihm. Die Bücher und Berichte hatten seine Ankunft seit Jahrtausenden erwartet. Wenn er Glück hatte, wäre ihm genügend Zeit beschert, um wenigstens einen kleinen Teil der Bibliothek zu studieren. Es waren ehrfurchtgebietende Aussichten, die von Verheißung und Fülle schier platzten. Er wußte lediglich, daß hier Arbeit zu leisten war, und mit Entschlossenheit ging er sie an.

Für das Coliseum hatten sie ein Mehrfaches der Eintrittskarten verkauft, überlegte Jon-Tom, als er auf die Bühne hinausschritt, um sich zu seiner Band zu gesellen. Bei seinem Auftreten erscholl ein donnerndes Dröhnen aus der unsichtbaren Masse, aus der dichtgedrängten Schar der Zuschauer dort unten, jenseits der Scheinwerfer. Das Brüllen hob und senkte sich, von einer Begeisterung getragen, die nur mit Mühe in Schach gehalten wurde. So ging es weiter und weiter, bevor es sich in einen ohrenbetäubenden Singsang verwandelte, als Tausende von Fans im Gleichklang zu klatschen begannen.

»J-T-M, J-T-M, J-T-M!« Jon-Toms Initialen und die seiner Gruppe. Er ließ sie weiter brüllen, neckte sie, hatte keine Eile anzufangen, wartete, bis sie sich weit genug abgekühlt hatten, um zuhören zu können. Rechts von der Bühne grinste breit der Manager und machte mit Daumen und Zeigefinger einen Kreis. Jon-Tom erwiderte herablassend das Lächeln.

Dies war der letzte Auftritt ihrer eineinhalbjährigen Welttournee, der letzte von acht aufeinanderfolgenden Abenden bei völlig ausverkauftem Haus im Forum in Los Angeles. Bobby, sein Drummer, musterte ihn besorgt, und Jon-Tom gewährte ihm ein einziges beruhigendes Nicken. Der Drummer konnte nur verwundert den Kopf schütteln. Freunde, Kritiker und Fans fragten sich alle, woher Jon seine Kondition bezog, wie sie sich auch über seine Fähigkeit wunderten, Abend für Abend dieselben Songs immer und immer wieder zu bringen, ohne jemals gelangweilt oder ausgebrannt zu wirken. Die ganze Musikindustrie bewunderte ihn.

Und dabei war das Geheimnis seiner Begeisterungsfähigkeit doch so deutlich zu erkennen: Er sang nicht mehr wegen des Geldes. Er besaß jede Menge Geld. Auch nicht wegen des Ruhms, denn er war so berühmt, wie ein Rockstar es nur erträumen konnte. Nein, er sang weiter wegen der Fans, der Fans, die ihn unterstützt und zu dem gemacht hatten, was er heute war. Der heutige Abend war etwas Besonderes, nicht nur deshalb, weil es der letzte Abend der Tournee war. Er war besonders wegen der Fans.

Vor zwei Wochen war der Grammy verliehen worden, und Jon-Tom hatte mehr Einzelauszeichnungen erhalten als jeder andere Künstler in der Musikgeschichte. Das hatten seine Fans für ihn vollbracht. Inzwischen munkelte man (es waren natürlich nur vage Gerüchte), daß das Nobelpreiskomitee in Stockholm ernsthaft überlege, ihm wegen der deutlichen und überzeugenden Sozialkritik seiner Texte einen besonderen Preis zu verleihen. Das wäre das erste Mal, daß ein Komponist und Interpret der Popmusik auf eine solche Weise geehrt würde. Der Pulitzer-Preis für Musik, so hatte man ihm versichert, war praktisch bereits im Kasten. Und natürlich hatte die Minoritätenpartei ihn dazu aufgefordert, ja ihn geradezu angefleht, seine Karriere lange genug beiseite zu schieben, um sich für das freigewordene Amt des Jugendsenators des Staates Kalifornien zu bewerben.

Gewiß, all dies hätte eigentlich genügt, um einen einzelnen Menschen schier zu überfordern, nicht aber Jonathan Thomas Meriweather. Mit Erfolg und Anbetung ging er ebenso leichthändig um wie mit seiner Lieblingsgitarre. Obwohl er seinen Ruhm genoß, war er dennoch der ganz normale Junge von nebenan geblieben, wie er den emsigen Reporterscharen erklärt hatte, die ihn ständig wegen irgendwelcher zitierfähigen Aussagen belästigten.

Nun gut, er hatte sie wohl lange genug an der Nase herumgeführt. Er korrigierte den Gurt der Fender, nickte seinen Mitmusikern zu und wartete ab, während Bobby damit begann, die Menge mit seinem Schlagzeug von neuem anzuheizen. Eine gewaltige Woge der Bewunderung gischtete aus dem Publikum empor, um mit riesigem Brüllen die Bühne zu überfluten.

Ja, alles lief so gut, wie ein Sterblicher es sich nur wünschen konnte, sagte er sich. Auf dieser Tournee hatte er alles erreicht, was er erhoffen konnte. Es wußte noch niemand – der heutige Abend war sein letzter Liveauftritt. Er würde das Angebot annehmen, sich um das Senatorenamt zu bewerben.

Doch irgendwas stimmte hier nicht ganz. Die Saiten seiner Gitarre fühlten sich unter seinen Fingern dünn an. Sie schienen zu kleben, und es waren mehr Saiten, als es sein dürften. Sie hatten auch eine falsche Laufrichtung. Doch es schien der Menge nichts auszumachen, die weiterhin lauter denn je brüllte und tobte, aber es irritierte Jon-Tom. Er kehrte dem Publikum den Rücken und ließ Bobby und Julio die Einleitung spielen, während er versuchte, sich wieder zusammenzureißen. Falsch, falsch, irgend etwas hier war eindeutig falsch!

Als er sich von der Menge abwandte, verstummten die Jubelschreie, und mit ihnen verschwanden auch die Konzertbesucher. Die höhlenartigen Wände des Forum verschwanden, ebenso das überwältigende Gefühl der Zufriedenheit.

Es war der Lärm, der Mudge zur Höhle zog, das Gelächter und die festlichen Geräusche, gemeinsam mit dem schwachen Aroma von Alkohol und Joints. Er wußte, daß er seine Begleiter davon hätte informieren sollen, andererseits konnte er diese ungewöhnliche Erscheinung gewiß auch allein überprüfen. Außerdem hatte er sie schon weit abgehängt, ahnungslos plapperten sie miteinander vor sich hin.

Am Eingang standen keine Posten. Wenn er nicht hineinschleichen konnte, um sich gründlich umzusehen und unbemerkt wieder hinauszuschlüpfen, was konnte er dann wohl sonst?

Der Tunnel war hell erleuchtet von süß duftenden Fackeln anstelle teurer zaubergewarteter Glühbirnen. Das paßte ihm gut. Er hatte genug von Zauberei und Magie. Der Gang führte ins Innere und in die Tiefe, um schließlich wieder eben zu werden. Das Erdreich wich glattem Gestein. Eine Malachitader durchzog das Pflaster, das auf Hochglanz poliert worden war, die grünschwarzen Wellen zogen sich durch den Marmor. Er folgte ihnen, dem Lärm und den Gerüchen entgegen.

Hundert Ellen weiter öffnete sich der Tunnel und legte eine Szene absoluter Lebensfreude frei: Vor ihm befand sich eine Höhle unbeschreiblicher Freuden. Von der Decke hing ein gewaltiger Kristallüster, der von tausend Kerzen erhellt wurde, jede davon aus parfümiertem Wachs. Er nahm sich nicht die Zeit, um darüber nachzudenken, wie man ein solch gewaltiges Gerät hier hatte anbringen können. Denn er war viel zu sehr damit beschäftigt, das Orchester anzustarren. Es bestand aus spärlich bekleideten Damen, die ihre Instrumente nicht nur mit vollendetem Können spielten, sondern offensichtlich auch eine äußerst persönliche und intime Beziehung zu ihnen unterhielten.

Tatsächlich gab es nicht ein einziges männliches Wesen. Weibliche Wesen waren dafür in vielen Arten vertreten, die Mehrzahl waren jedoch Otter: mit seidigem weichen Pelz, langen Barthaaren und scharfen Zähnen. Etwa dreißig von ihnen tanzten zur wilden Musik des Orchesters, drehten sich und wirbelten wie die Derwische. Fassungslos beobachtete er sie, es war, als wäre er am Boden festgewachsen. Was blieb ihm angesichts einer solchen unerwarteten und erstaunlichen Fülle weiblicher Schönheit auch anderes übrig?

Jedenfalls nicht, auf ewige Zeiten hier stehenzubleiben, so sehr er den Augenblick auch gern erhalten hätte. Schließlich war er nicht allein gekommen. Mit großem Zögern machte er kehrt, um aus dem Tunnel hinauszulaufen mit dem Ziel, seine Freunde darüber zu informieren, was er entdeckt hatte, als plötzlich ein spitzer erschrockener Schrei die Luft zerteilte. Die Musik verstummte. Abrupt endete der Tanz. Auch Mudge blieb stehen. Alle diese leuchtenden, üppigen Schönheiten starrten ihn ausnahmslos an.

»Seht mal!« rief eine der Otterschönen in das schwebende Schweigen hinein. »Ein *Mann!*«

Gekicher und Kreischen erfüllten die Höhle, als sie auf ihn zujagten.

»Nun mal langsam, Puppen!« sagte er beunruhigt und hob beide Hände in einer abwehrenden Geste. »Wir wollen nix überstürzen, bevor wir die Sache durchdiskutiert 'aben.«

Sie stürzten sich auf ihn, ihr Parfüm war überwältigend, und sie kämpften miteinander um die Gelegenheit, ihn zu berühren und zu streicheln, ihn zu küssen und an ihm herumzuknabbern.

Er wehrte sich nicht ganz so heftig, wie er es hätte tun können, als sie ihn durch die Höhle halb zogen, halb schoben. Die Musik setzte wieder ein, noch wilder und hemmungsloser als zuvor. Er wußte, daß sie ihn einluden, an ihrer Feier teilzuhaben. Zu feiern, wie er noch nie zuvor gefeiert hatte. Seine Freunde warteten, gewiß – doch die konnten warten. Und wenn nicht sie es nicht taten – nun, dann mußten sie eben ohne den guten alten Mudge auskommen.

Er gab sich voll und ganz der Euphorie hin.

Jon-Tom zwinkerte, wischte sich die Augen. Er hielt die Duar gerade so fest, daß ihm die Finger weh taten. War er von allein dort herausgekommen, oder hatte er das Glück gehabt, im Zustand der Bewußtlosigkeit eine störungsaufhebende Melodie zu spielen?

Was war mit dem Forum geschehen, mit der schreienden Menge? Dort, wo die völlig verzückten Fans gewesen waren, die sich darum geprügelt hatten, wenigstens seine Stiefel berühren zu dürfen, die jedes Wort, das ihm von den Lippen kam, mit Applaus und Gejohle quittiert hatten, befand sich nun nur eine Reihe hoher Föhren und Tannen und vereinzelter Rotholzbäume nach der anderen. Und die Stille war ohrenbetäubend.

Seine Gefährten umgaben ihn, doch als er nach ihnen rief, antworteten sie nicht. Sie schienen ihn nicht einmal zu sehen.

Colin saß oben in einer Kiefer und kaute auf Kiefernnadeln herum, er hatte dabei einen Gesichtsausdruck, als wäre er absolut *stoned*. Clodsahamp kauerte unter ihm, von zwei großen Wurzeln geschützt. Er war damit beschäftigt, immer und immer wieder mit den Händen einen flachen Stein umzudrehen, seine Miene wirkte verzückt. Ein Geräusch ließ Jon-Tom nach links blicken.

Dort wälzte sich Dormas gerade auf dem Boden, ihr Gesichtsausdruck war fast so entrückt wie der von Colin. Sie hatte ihr Gepäck abgeworfen, und ihre Vorräte lagen überall verstreut herum. Sorbl lag ganz in der Nähe mit dem Gesicht in einer schlammigen Regenpfütze. Er prustete Luftblasen hervor und machte Schwimmbewegungen mit den Flügeln. Und Mudge – besorgt suchte Jon-Tom mit seinem Blick die Lichtung ab. Wo war Mudge?

Zu seiner Rechten ertönte ein Geräusch, das teils ein Knurren, teils ein Stöhnen war. Die Hand auf die Stirn gelegt (er hatte schreckliche Kopfschmerzen), taumelte Jon-Tom in diese Richtung davon und versuchte, den Ursprung der Geräusche zu ergründen.

So gelangte er an einen umgestürzten Baumstamm, den der Otter gerade mit wollüstig-ekstatischem Lächeln fest umarmte. Sobald er sah, was der Otter genau tat, mußte Jon-Tom schwer schlucken und sich abwenden. Während ihrer zahlreichen Reisen hatte Mudge schon die absurdesten Dinge getan, sinnlose, bis zu einem gewissen Grad sogar widerliche Dinge, aber das hier ... Er versuchte das Bild aus dem Geist zu verbannen, während er nachdachte, was er als nächstes tun sollte.

Clodsahamp war der einzige, der noch so aussah, als sei er wenigstens halbwegs bei Sinnen. Jon-Tom trat auf den Hexer zu und legte ihm eine Hand auf den Arm. Dann schüttelte er ihn kräftig.

»Aufwachen! Ich weiß zwar nicht, wo Sie gerade sind, aber jedenfalls sind Sie nicht dort, wo Sie sind. Bitte, Clodsahamp, antworten Sie mir!«

Der Hexer mißachtete ihn. Jon-Tom versuchte sich genau daran zu erinnern, wie er selbst in die Realität zurückgekehrt war, um dann die Finger auf eben dieselbe Weise auf die Duar zu legen. Mit einem tiefem Atemzug ließ er ein paar Akkorde erklingen, ohne im geringsten zu wissen, was er da möglicherweise spielte.

Es hörte sich nicht sehr angenehm an, doch das gehörte vielleicht dazu. Der Hexer blinzelte, genau wie Jon-Tom geblinzelt hatte. Dann nahm seine Miene einen erstaunten Ausdruck an.

»Was ... wer ist das ... wie?« Schließlich richtete er

den Blick auf Jon-Tom, der über ihm aufragte und besorgt dreinblickte. »Oh, du bist es, mein Junge! Was ist denn los?«

»Clodsahamp, wo sind Sie? Wo sind Sie jetzt, in diesem Augenblick?«

»Jetzt? In der Bibliothek natürlich! In der großen Bibliothek. Welch ein Wunder! Ich bin auch so froh, daß du sie ebenfalls gefunden hast, mein Junge. Denn in den vielen vor mir liegenden Jahren brauche ich jede Hilfe.« Er zeigte ihm den verwitterten Steinsplitter, den er in der Hand hielt. »Schau mal, ich habe sogar schon den Schlüssel zu allem gefunden! Das ist die erste Seite des Registers, ganz deutlich definiert, man braucht nur hinzusehen, und selbst Nichteingeweihte haben keine Schwierigkeiten, es zu lesen.« Er wedelte mit dem Stein auf etwas, das vor ihm lag. Doch auf halbem Wege hielt er mitten in der Bewegung inne, um wie gelähmt geradeaus zu starren.

»Clodsahamp, sind Sie in Ordnung?«

Wieder ein Augenblick des Schweigens, gefolgt von einem resignierten Flüstern. »Es gibt hier gar keine Bibliothek, nicht wahr?«

»Nein.« Der Gesichtsausdruck des Hexers war herzzerreißend. »Es tut mir leid. Es war eine Illusion. Ich habe etwas ähnliches erlebt. Ich weiß immer noch nicht, ob ich da herausgekommen bin, weil ich es zugelassen oder weil ich zufällig auf der Duar die richtigen Töne angeschlagen habe.«

»Keine Illusion, mein Junge.« Der Schildkröterich schluckte schwer. »Eine Störung. Wieder eine verdammte, verfluchte, trügerische Störung. Dann hast du sie also nicht gesehen? Die Bibliothek?«

»Nein. Meine Illusion war anders. Ich stand auf einer Bühne, spielte, auf dem Höhepunkt meiner Laufbahn. Ein schöner Traum. Die Erfüllung aller meiner Herzenswünsche. Ich besaß alles, was ich mir jemals gewünscht habe.«

»Ich ebenfalls. Diesmal hat die Störung unser innerstes Selbst angezapft, um ihr Spielchen mit uns zu treiben.« Er blickte auf die Steinscherbe hinab und warf sie gereizt beiseite. »Wir sind Narren.«

»Nein, genarrt zu werden, macht uns noch lange nicht zu Narren. Der Wanderer kann Genies ebenso beeinflussen wie Idioten.«

Clodsahamp lächelte ihn von unten herauf an. »Du versuchst mich aufzuheitern, mein Junge. Es funktioniert zwar nicht, aber ich weiß es zu schätzen. Hilf mir auf!« Das tat Jon-Tom. Dann ließ der Hexer seiner Verärgerung auf eine Weise freien Lauf, wie Jon-Tom es noch nie miterlebt hatte. Clodsahamp wurde oft wütend auf andere, besonders auf Sorbl. Doch niemals auf sich selbst. Deshalb verstand Jon-Tom auch, wie enttäuscht der Hexer sein mußte, als er dem Stein einen gewaltigen Tritt verpaßte und ihn den Weg entlangschleuderte.

»Jetzt fühle ich mich besser. Mein Fuß zwar nicht, aber dafür der Rest. Ich war in einer Bibliothek, mein Junge. In einer Bibliothek, wie es sie niemals gegeben hat. In ihren Regalen befand sich alles Wissen über alles, was es gibt, was es jemals gab und jemals geben würde. Eine Bibliothek der Vergangenheit, der Gegenwart und der Zukunft. Zwischen ihren Mauern waren alle Antworten enthalten. Das ist es, wovon ich träumte, was ich mein ganzen Leben haben wollte, mein Junge. Ein bißchen Weisheit und ein paar Antworten. Es ist nicht schön, von einem Phänomen der Unnatur reingelegt zu werden.« Er seufzte schwer. »Was ist mit den anderen?«

Jon-Tom zeigte nach links und dann hinauf zu Colins Ast. »Wie Sie sehen, leiden sie noch immer unter ihren eigenen Störungen. Ihre Illusionen müssen sie stärker im Griff haben, als dies bei uns beiden der Fall war.«

»Schmeichle dir nicht, daß dein Wille oder dein Wissen um die Realität stärker wäre als ihres. Du hast die

Musik gebraucht, um mich wieder ich selbst werden zu lassen. Ich vermute, daß du sie auch brauchtest, um dich durch Schock in die Realität zurückzubringen.«

Jon-Tom zuckte die Achseln. »Wahrscheinlich haben Sie recht.«

»Komm, es liegt Arbeit vor uns. Benutz du deinen Banngesang, ich werde meine Magie anwenden.«

Jon-Tom wählte sich Dormas aus. Die reagierte mit größter Verlegenheit, obwohl er ihr versicherte, daß dazu kein Grund bestand. Schließlich waren sie alle gleichermaßen verhext worden. Dennoch bestand sie darauf davonzutraben, um sich ungestört ihrem Leid und ihrer Erholung zu widmen. Sie verbrachte auch über eine Stunde damit, im Wald auf und ab zu laufen, auf der Suche nach der smaragdgrünen Kleeweide und ihren Blüten, fand aber nur Erdreich und Sträucher. Als sie sich davon überzeugt hatte, entdeckte sie einen kleinen Bergteich und tauchte gründlich darin ein. Von dem Umherwälzen in ihrem Illusions-Feld war sie von der Stirn bis zum Schweif über und über beschmutzt. Der Schmutz ließ sich zwar abwaschen, der Zorn und die Verlegenheit jedoch nicht.

Jon-Tom machte sich daran, ihre Vorräte wieder einigermaßen zu ordnen, während Clodsahamp mittels Magie versuchte, seinem Famulus wieder etwas Realität einzubleuen. Als die Magie nicht wie gewünscht funktionierte, begann der Hexer damit, dem Eulerich rechts und links gegen den schlammigen Schnabel zu schlagen. Vielleicht war es die nachhängende Magie, vielleicht waren es die Schläge, vielleicht auch beides. Jedenfalls kehrte Sorbl zu ihnen zurück. Kehrte so betrunken zurück, als sei seine Störung Wirklichkeit geblieben. Anscheinend ließen sich manche geistige Nebenwirkungen nicht so leicht abschütteln.

Als er mit dem Sortieren der Vorräte und Ausrüstung fertig war, kletterte Jon-Tom die große Kiefer hinauf und packte Colin. Der Koalabär murmelte Mantras vor sich hin, während er auf den Nadeln herumkaute, und Jon-Tom mußte ihn heftig schütteln, gleichzeitig aber auch versuchen, auf der Duar die richtigen Töne hervorzubringen. Anscheinend war Colin stärker in der Realität verwurzelt als die anderen, denn er kehrte sofort und mit einem Ruck zurück.

Leider hatte Jon-Tom ihn ein wenig zu stark gerüttelt. Der Koala kippte seitwärts vom Ast und landete mit einem beunruhigenden *Plomp!* auf der harten Erde. Er war auch zäher als alle anderen, denn er rollte sich sofort ab und war binnen weniger Sekunden wieder auf den Beinen, umherblickend, als sei nichts geschehen. Diese Pose war selbst eine Illusion. Einen Augenblick später geriet Colin ins Wanken und setzte sich mit einem Plumpsen hin, um das Gesicht in die Hände zu legen.

Das lag jedoch nicht daran, daß er sich durch seinen Sturz eine Gehirnerschütterung zugezogen hätte, wie Jon-Tom zunächst befürchtete. Genau wie Sorbl hatte auch er die Nachwirkungen seiner imaginären Nahrungsaufnahme mit herübergerettet, also die Wirkung der Eukalyptusblätter. Er erklärte Jon-Tom, daß diese eine milde narkotisierende Wirkung hätten. Deshalb waren die Koalas, die sie ständig aßen, auch immer so schläfrig und langsam in ihren Bewegungen. Es würde eine Weile dauern, bis die Nachwirkungen aufhörten.

Was nun Mudge betraf: Nachdem Clodsahamp den ersten Schock des Anblicks überwunden hatte, mußten Jon-Tom, er und Colin ihn gemeinsam von seinem Baumstamm zerren. Nun rechneten sie mit einem Ausbruch der Verlegenheit, der die Reaktion von Dormas weit in den Schatten stellen würde. Doch reagierte der Otter ein wenig anders. Sobald sie ihm erklärt hatten, was geschehen war, ließ er einen Schwall von Beschimpfungen, Flüchen und Beleidigungen hervorwallen, wie ihn dieser Teil der Welt noch nie erlebt hatte. Die Luft rundum erzitterte.

Als sein Zorn, seine Beleidigungen und sein Geschrei nachließen, verpaßte er den Überresten des zerstörten Baumstamms einen schnellen Tritt, daß die Splitter nur so stoben, und stapfte davon, um in der Einsamkeit zu schmollen.

»Ich hätte erwartet, daß die degenerierte Wasserratte sich schämt«, bemerkte Colin.

»Ich glaube nicht, daß Mudge dieses Wort überhaupt kennt. Ich fürchte, er ist wütend, weil wir ihn aus seinem Traum gerissen haben. Er wird es schon überwinden, doch wird es eine Weile dauern.«

Und wie Jon-Tom prophezeit hatte, schmollte der Otter noch eine weitere Stunde, dann schlurfte er zurück, um beim erneuten Zusammenpacken der Vorräte behilflich zu sein. Sie wechselten kein einziges Wort, bis der letzte Schlafsack wieder an Ort und Stelle, der letzte Nahrungsmittelbehälter fest verzurrt war. Dann blickte der Otter an seinem großen Freund empor.

»Mußtest du das unbedingt tun, Kumpel? Mich zurück'olen, meine ich?«

»Was glaubst du denn, Mudge?« Jon-Tom überprüfte die Lage eines Sacks mit Ersatzkleidung auf dem Rükken der Hengstlin. »Es war nur eine Störung, eine Illusion. Es war nicht echt. Mir fehlt mein eigener Traum ja auch. Ich mußte dich einfach zurückholen.«

»Das weiß ich. Wir 'aben 'ne Aufgabe zu erfüllen, und wir stecken alle in der Sache drin. Aber mußtest du mich *schon so bald* zurück'olen?«

»Es läßt sich nicht genau sagen, was passiert wäre, wenn ich noch länger gewartet hätte.« Er machte sich an einen weiteren Riemen, der ihm ein wenig locker erschien. Dormas blickte zu ihm zurück.

»Nun mach mal halblang, Mensch. Das ist schließlich nicht dein Schuh, den du da schnürst, mußt du wissen.«

»Tut mir leid.« Er lockerte den Riemen wieder um ein Loch. »Wenn ich nicht eingegriffen hätte, als ich es tat, wärst du möglicherweise niemals in die Realität zurückgekehrt. Clodsahamp sagt, daß du möglicherweise auf alle Zeiten in dieser Traumwelt gefangengeblieben wärst.«

»Wär das denn wirklich so fürchterlich schlimm gewesen?«

»Für dich nicht, für mich auch nicht, auch für uns andere alle nicht. Doch es hätte uns unserem Ziel nicht nähergebracht, und es gibt andere, die von uns abhängig sind.«

»Schon wieder diese verdammte uneigennützige Einstellung! Ich 'abe dich davor gewarnt, Kumpel.« Er machte kehrt und stampfte davon, auf der Suche nach seinem Langbogen und dem Schwert, und wirkte sehr unglücklich.

Jon-Tom sah ihn davonschlendern. Er überlegte, was ihnen allen widerfahren war. Jedes Mitglied der Gruppe hatte seine wildeste Phantasie Wirklichkeit werden sehen. Anders als Mudge, hatte jedoch keiner das Verlangen, sein ganzes Leben in dieser Traumwelt zu verbringen. Irgendwann wäre es schließlich doch langweilig geworden, denn wenn man alles erreicht hatte, sogar im Traum, blieb nichts mehr, nach dem es sich noch zu streben lohnte. Clodsahamp erklärte es sehr deutlich. In einer Illusion vollständiger Erfüllung gefangen zu sein, ohne jede Fluchtmöglichkeit, würde nicht etwa im Nirvana enden, sondern im Tod.

Wenn er aber vielleicht eine Möglichkeit fände, um sie immer nur für ein bis zwei Stunden heraufzubeschwören ...

Was der Wanderer wohl dachte? Dachte er überhaupt? Clodsahamp war sich nicht sicher, ob er Intelligenz besaß oder nicht, und er wußte auch nicht, ob diese Intelligenz, sollte er sie besitzen, eine erkennbare Form hatte. Konnte er träumen? Und wenn ja – wovon träumte dann ein Wesen, das die Fähigkeit besaß, sich zwischen Universen und Dimensionen zu bewegen? Sicherlich war es konfus. Konfus und nervös. Die Nebenprodukte der Verstörung des Wanderers waren die immer häufiger auftretenden Störungen. Ein interdimensionaler Schweißausbruch.

Diese Störungen waren nicht bösartiger Natur, mit Ausnahme jener, die von dem Wesen, das den Wanderer gefangenhielt, gegen sie gerichtet waren. Nach der letzten Störung hatten sie sich alle besser gefühlt, und auch erleichtert. Vielleicht litt der Wanderer mit jeder Verwandlung genau wie sie.

Als sie zu dem Paß hinaufstiegen, stellte Jon-Tom fest, daß er den Wanderer nicht mehr nur deshalb befreien wollte, damit die beunruhigenden Veränderungen der Welt aufhörten. Er wollte ihn befreien, weil es für den Wanderer das richtige war, ob dieser nun zu Gefühlen fähig sein mochte oder nicht. Als Kind hatten einige Freunde ihn einmal in einer Truhe eingesperrt. Dieses Gefühl des Eingesperrtseins hatte er nie vergessen. Er wußte, wie das war, in der Falle zu sitzen, nicht davonlaufen, sich kaum bewegen zu können. Kein Wesen verdiente ein solches Schicksal, nicht einmal etwas so Unerklärliches und Andersweltliches wie ein Wanderer.

Wir wollen nicht einfach nur eine festgefrorene Maschine loseisen, sagte er sich. *Wir sind auf dem Weg, jemanden zu retten*.

Dicht unterhalb der Paßhöhe ließ Clodsahamp den Trupp anhalten. Alle stellten sich so auf, daß sie von dem Wind geschützt waren, der unentwegt durch die Felsklüfte blies.

»Es wäre nützlich, in Erfahrung zu bringen, was vor uns liegt, und es wäre die Anstrengung wert, es zu versuchen. Hättest du die Güte, dies zu tun, Runenwerfer?«

Colin suchte sich eine geschützte Stelle unter einem Granitvorsprung. »Ich kann nichts versprechen, Freunde. Ich bin zwar gewillt, es zu versuchen, aber erwartet bitte nicht zuviel.«

»Alles, was du uns mitteilen kannst, wird immer noch sehr viel mehr sein als das, was wir im Augenblick über das Morgen wissen, denn das ist überhaupt nichts«, warf Clodsahamp ein.

»Richtig. Solange ihr nur nicht zuviel erwartet.«

Das Sonnenlicht brach sich blitzend in dem silbernen Faden, als er den Runenbeutel aus seinem Rucksack hervorholte. Alle scharten sich um ihn, als er ihn entknüpfte und das Leder flach auf dem harten Boden ausbreitete. Schweigend warteten sie, während er seine Vorbereitungen durchführte, um schließlich die Runen aufzunehmen und sie auf das lederne Viereck fallen zu lassen. Niemand sprach auch nur ein Wort; alle sahen zu.

Jon-Tom versuchte ein erkennbares Muster zu entdecken, irgendeinen Sinn in der doppelten Handvoll Knochen und Stein und Stoff zu erkennen, die dort vor ihm ausgebreitet lag. Doch fand er nichts, er bekam nur einen leichten Kopfschmerz von seiner allzugroßen Konzentration. So sehr es ihn auch bekümmerte, seine Unwissenheit einzugestehen, mußte er doch zugeben, daß Mudges Beschreibung der Runen als ›Müll‹ so genau war, daß er sie auch nicht besser hätte formulieren können.

Clodsahamp starrte das Durcheinander intensiv an und nickte langsam niemandem im besonderen zu. Ob der Hexer tatsächlich etwas von dem verstand, was er dort betrachtete, oder ob er nur versuchte, den Schein zu wahren, konnte Jon-Tom nicht feststellen, und er hielt es für undiplomatisch nachzufragen.

Als er schließlich sprach, klang Colins Stimme ungewöhnlich sanft und nachdenklich. »Ihr hattet recht, weiser Alter. Er weiß, daß wir kommen.«

»Was kannst du erkennen?« fragte Clodsahamp besorgt. »Kannst du überhaupt etwas über ihn aussagen? Über seine Größe, seine Kraft, seine geistigen Fähigkeiten, über irgend etwas, das uns nützlich sein könnte, um ein Persönlichkeitsprofil von ihm zu entwickeln? Gibt es irgendwelche Hinweise darauf, mit wem wir es eigentlich zu tun haben?«

»Zunächst einmal: Die Er-Form stimmt. Es gibt zu viele Hinweise auf seine Männlichkeit, als daß es anders sein könnte. Und es gibt auch zahlreiche Hinweise auf Magie. Sicherlich ein Hexer oder Zauberer. Der Waldbrand, der uns beinahe verschlungen hätte, war möglicherweise gar keine Störung. Es ist hier eine Kraft am Werk, die auch ohne die Unterstützung eines Wanderers gefährlich genug ist.«

Clodsahamp sprach ruhig, aber bestimmt. »Ist seine Macht größer als meine?« Schweigend erwartete er die Antwort des Runenwerfers. Sie alle taten es. Selbst der skeptische Mudge sah besorgt drein.

»Ich kann nicht sagen, sie sei stärker«, erklärte Colin schließlich. »Anders, und zwar auf eine Weise, die ich weder beschreiben noch verstehen kann. Ich bin ja nur ein Runenwerfer, kein Hexer.«

»Was siehst du noch?« fragte Dormas ihn.

»Er wird den Wanderer nicht ohne Gegenwehr freilassen. Wir müssen mit großen Widerständen rechnen. Wenn es soweit ist, muß einer von uns die Führung übernehmen. Und dieser eine besitzt die Fähigkeit und die Kraft, uns durch den Endkampf zu leiten. Dann, o Hexer, werden auch Euer Wissen und Eure Erfahrung von allergrößter Wichtigkeit für unser Überleben sein! Jeder von uns mag dann Opfer erbringen müssen, aber einer von uns wird der Schlüssel zu allem sein. Nur er kann zurückwerfen, was unser Gegner uns entgegenschleudern wird.« Nun hob er den Blick und sah Jon-Tom an. Die anderen taten das gleiche.

Nun, er hatte schon fast damit gerechnet. Er und Clodsahamp waren die beiden entscheidenden Triebkräfte dieser Unternehmung. Die Blicke seiner Gefährten machten ihn weder verlegen, noch schüchterten sie ihn ein. Er hatte in der Vergangenheit oft genug ähnliche Situationen durchstehen müssen, um inzwischen eine gewisse Selbstsicherheit entwickelt zu haben. Und es wäre auch zuviel erwartet gewesen, wenn er sich ausnahmsweise einmal im Hintergrund hätte aufhalten können, um die Schwerstarbeit von kraftstrotzenden Typen wie Mudge und Colin erledigen zu lassen. Er seufzte.

»Du erzählst mir nichts, was ich nicht ohnehin schon erwartet hätte. Bist du sicher, daß du nicht mehr darüber aussagen kannst, womit wir zu tun haben werden?«

Wieder konzentrierte Colin sich auf die Runen. »Ich kann zwar etwas erkennen, aber nicht beschreiben. Die Runen sind nur selten eindeutig. Ich komme selbst nicht damit zurecht. Ich kann dir nur sagen, daß es sich auf zwei Weisen manifestieren wird. Die erste wird die Form einer Magie annehmen, auf die nur du allein reagieren kannst.«

»Noch mehr Banngesang.« Jon-Tom grunzte. »Na ja, ich mußte es ja schon einmal mit einem anderen Bannsänger aufnehmen, und wir sind dabei die besten Freunde geworden. Wenn ich jetzt schon wieder gegen einen antreten soll ...«

»Die Runen sprechen von mehreren.«

»Also gut. Wenn ich also gegen mehrere Sänger antreten muß, kann ich sie vielleicht auf die gleiche Weise bekehren wie damals den einen. Möglicherweise werden sie dann zu unseren Verbündeten, anstatt zu unseren Feinden.«

»Es wäre ein Wunder, wenn du diese Feinde in Freunde verwandeln könntest. Ich vermag keinerlei persönliche Aussagen in diesem Muster zu erkennen. Du wirst es schwer haben, gegen sie zu kämpfen. Die Runen sagen nicht, ob du diese Begegnung überleben wirst; so mächtig, so böse und so zerstörerisch ist ihre besondere Magie.«

Jon-Tom richtete sich ein Stück auf. »Ich werde es

schon schaffen. Welche Form wird die zweite Manifestation annehmen?«

»Das wenigstens ist eindeutig.« Der Koalabär musterte ihn abschätzend. »Die Runen sagen, daß du gegen deinen eigenen größten Wunsch ankämpfen mußt.«

Da mußte sich Jon-Tom wieder auf die Fersen kauern. Er dachte sofort an die Traumwelt, durch die er vor noch nicht allzulanger Zeit geschwebt war, an die zahllosen Fans, die ihm zujubelten und brüllten, und an die Verheißung einer allseits respektierten und angesehenen politischen Karriere.

»Aber das habe ich doch schon getan. Das war Teil der Illusion, die ich vorhin erlebte.«

Colin richtete den Blick wieder auf die Holz-Steinstücke. »Vielleicht wirst du dich noch einmal damit auseinandersetzen müssen. Es geht hieraus zwar nicht ganz klar hervor, aber es ist eben die genauste Beschreibung, die ich dir geben kann. Du mußt dich darauf einstellen, daß du mit diesem Wunsch so gut wie möglich zurechtkommen mußt.«

»Werden wir am Schluß Erfolg haben?« fragte Dormas düster.

»Das sagen die Runen nicht. Endgültigkeit jeglicher Art ist stets das am schwierigsten zu deutende Muster. Die Runen führen an einen Ort und Zeitpunkt endgültiger Konfrontation, aber das ist auch schon alles. Jenseits dieses Punktes ist nichts zu erkennen.« Er sammelte die Runen wieder ein und hob die Ecken des Beutels auf.

»Natürlich wissen wir über'aupt nich, wieviel davon sicher is und wieviel nur ein Produkt deiner kranken Phantasie, Zottelball.«

Colin blickte den Otter böse an, doch seine Miene wurde sehr schnell wieder sanft. »Das könnte ich zwar als Beleidigung werten, Pilger, aber ich werde es nicht tun. Denn es ist die Wahrheit. Die Deutung fühlte sich ungewöhnlich gut an, und zwar hier ...« Er legte einen

Finger aufs Herz. »... und hier.« Nun führte er ihn an die Stirn. »Manchmal ist die Deutung schlecht, und ich kann es spüren, aber diese hier ist so genau, wie sie nur sein kann.« Er warf Jon-Tom seitlich einen Blick zu. »Fast wünschte ich, es wäre anders.«

»Nein, ich bin froh, daß du die Runen befragt hast«, teilte Jon-Tom ihm dankbar mit. »Es ist mir lieber, wenn ich wenigstens eine ungefähre Vorstellung davon besitze, womit wir es zu tun haben, auch wenn deine Beschreibung schon ans Nebelhafte grenzt.«

Clodsahamp spähte durch den vor ihnen liegenden Paß. »Es hat keinen Zweck, das Unvermeidliche zu verdrängen. Damit müssen wir uns immer auseinandersetzen.«

Als sie in den Paß kamen, erfolgten schon bald wieder die Angriffe. Erdrutsche drohten sie wiederholt in der engen Schlucht einzukeilen und zu zerquetschen. Jedesmal wenn die Felsbrocken auf sie zukrachten, hob Clodsahamp die Arme und brüllte einen machtvollen Satz. Und jedesmal zerbarst das Gestein.

»Nicht gerade die Ideallösung«, sagte der Hexer und entschuldigte sich für die Staubmassen, die sie alsbald bedeckten, »aber ich verspreche euch einen guten Reinigungszauber, sobald die Sache ausgestanden ist.«

Nach einer Weile gab es keinen Erdrutsch mehr. Stattdessen brachen die Wolken auf, und sie wurden von einer völlig unerwarteten tropischen Sintflut durchtränkt. Die spülte zwar den Steinstaub fort, drohte sie aber zugleich wieder den Paß hinabzuspülen.

Nun machte Clodsahamp sich ans Werk, hob die Hände und murmelte grummelnd etwas von den Überstunden, die er in seinem Alter noch machen mußte. Die Fluten, die auf sie herabprasselten, wurden in eine riesige Wolke aus weißem Dampf verwandelt. Zehn Minuten lang wurde der Paß zu einer gigantischen Sauna. Schließlich löste der Dampf sich so weit auf, daß sie weitergehen konnten.

»Nun schaut euch das mal an!« beschwerte sich Mudge und befingerte dabei einen Teil seiner Weste. »Wie zum Teufel soll ich diese verdammten Falten wieder rauskriegen?«

»Ich bin dafür verantwortlich, dein Leben zu schützen, Wasserratte«, erwiderte Clodsahamp in scharfem Ton, »nicht deine Garderobe. Es würde dir gut anstehen, dich ein wenig mehr um das vor uns liegende Gelände zu kümmern und weniger eitel zu sein.«

Der Otter musterte seinen verfilzten feuchten Pelz und die verschrumpelte Kleidung. »Wie Ihr meint, Euer 'exerschaft. Ich 'offe nur, daß wir 'ier niemandem begegnen, den ich kenne.«

»Das ist höchst unwahrscheinlich, Pilger.« Der Koalabär legte eine Tatze auf den Rücken von Clodsahamps Panzer. »Wie kommt Ihr zurecht, Alter?«

»Was mir Sorgen macht, das ist die Schlichtheit dieser Angriffe. Sie sind nicht sonderlich gefährlich. Das paßt nicht zu deiner Runendeutung.«

»Wie ich schon sagte, kommt es oft genug vor, daß meine Vorhersagen nicht allzu genau eintreffen. Ich dachte zwar, daß die letzte voll und ganz zutrifft, aber ich will mich nicht beklagen, wenn ich unsere Bedrohung übertrieben haben sollte.«

»Sie unterschätzen sich selbst«, sagte Jon-Tom dem Hexer. »Es gibt nicht viele Individuen, für die eine Vielzahl von Erdrutschen und Gebirgsfluten eine nur geringe Gefahr darstellt. Ich vermute, daß unser Gegner – wer immer es ist – noch nicht erkannt hat, mit wem er es zu tun hat.«

»Vielleicht nicht, mein Junge. Vielleicht versucht er aber auch, uns in falscher Sicherheit zu wiegen. Die Wahnsinnigen können äußerst raffiniert sein. Aber vielleicht hast du auch recht. Die Zauberei, mit der wir bisher zu tun hatten, ist äußerst gewöhnlicher Art. Wenn uns nichts Gefährlicheres begegnen sollte, wird es uns nicht schwerfallen, unser Ziel zu erreichen.«

»Ich kann nicht glauben, daß Colins Runendeutung so unzutreffend gewesen sein soll.«

»Ich auch nicht, Menschenmann«, sagte der Koala, »aber es wäre nicht das Schlechteste, trotzdem darauf zu hoffen.«

Über ihnen ertönte eine schrille Stimme. Sorbl war von seinem Erkundungsflug zurückgekehrt. Nun kreiste er dicht über seinen Gefährten. »Direkt vor uns, Meister, Freunde! Der Paß ist zu Ende. Unser Ziel ist in Sicht!« Er flog eine Kehrtwendung, schwang sich wieder in die Höhe und glitt wieder vor ihnen dahin.

Auf dem letzten Stück Wegs erhöhten sie ihr Tempo und gerieten ins Keuchen, bis sie endlich zum ersten Mal seit Wochen wieder hinunter- statt hinaufsehen konnten.

XII

Unter ihnen lag ein wunderschönes kleines Tal, dessen Hänge sich zu zwei aufragenden Gipfeln hinaufzogen. Die Talsohle wurde von einem langgezogenen blauen See ausgefüllt. An den Ufern wuchsen immergrüne Gewächse, die Mehrzahl davon knorrig und verzerrt, sichere Anzeichen dafür, daß das Tal häufig von mächtigen Stürmen heimgesucht wurde.

Die Baumgrenze lag etwas oberhalb des Sees. Ein paar einzelne Bäume wuchsen fast bis zur halben Berghöhe hinauf. Dort, wo auch sie nicht mehr gediehen, war eine abweisende Mauer zu sehen.

»Die Festung unseres Feindes«, erklärte Dormas. »Das muß sie sein.«

Mudge blinzelte sie unsicher an. »Das soll 'ne Festung sein?«

Auch Jon-Tom hielt die Mauer für alles andere als einen beeindruckenden Bau. Die einzige Außenmauer bestand aus schlichtem Felsgestein, das lose zusammengefügt wirkte. Was von einem Innendach zu erkennen war, schien aus Stroh zu bestehen, anstatt aus festem Bedachungsmaterial wie Schiefer oder Kacheln. Teile der Mauer waren baufällig und in einem Zustand trauriger Verwahrlosung. Der Pfad, der sich vom See bis zur Mauer hinaufwand, sah noch schlimmer aus. Er war nicht einmal gepflastert.

»Was wir vor uns sehen, kann noch nicht sehr lange existieren«, bemerkte Clodsahamp. Sie hatten sich an den Abstieg hinunter zum See gemacht.

»Wieso das denn?« fragte Jon-Tom verwundert. »Es fällt doch alles in sich zusammen.«

»In diesem Fall ist das kein Hinweis auf ein hohes Alter, mein Junge, sondern auf schlampige Bauweise. Es ist erbärmlich konstruiert und schlecht gebaut. Genau wie die Serie von Angriffen, mit denen wir im Paß zu tun hatten. Das läßt eher einen auf sein bloßes Glück vertrauenden, schlampigen Gegner vermuten als einen methodischen und mächtigen; vielleicht schafft er es aber immer noch, die Krämpfe und Windungen des Wanderers auf tödliche Weise zu nutzen. Wir müssen auf der Hut bleiben. Vergiß die Runen nicht.«

»Die habe ich auch nicht vergessen.«

Schweigend schritten sie nebeneinander her, und jeder hing seinen eigenen Gedanken nach. Nach einer Weile ging Clodsahamp neben Jon-Tom her.

Der warf dem Hexer einen neugierigen Blick zu. »Liegt Ihnen etwas auf dem Herzen?«

Der Hexer zögerte einen Augenblick lang, um schließlich den Hals zu recken, bis er dem hochgewachsenen jungen Mann direkt in die Augen blicken konnte. »Ich bin mir zwar sicher, mein Junge, daß wir es hier mit Dingen zu tun haben, die außerhalb des Erfahrungshorizonts der meisten Leute liegen, aber ich bin mir des Ausgangs nicht gewiß.«

»Das kann Colin auch nicht sein, trotz seiner Runen.«

»Genau. Deshalb möchte ich jetzt gern noch ein paar Dinge sagen, die ich vielleicht schon früher hätte aussprechen müssen.«

»Ich kann Ihnen nicht ganz folgen.«

»Was ich damit sagen will, mein Junge: daß ich gelegentlich etwas forsch mit dir umgegangen bin. So forsch wie manchmal auch mit Sorbl. Gelegentlich mag mein Umgangston – wenn schon nicht meine Worte – bei dir den Eindruck erweckt haben, daß ich deine Talente nur ausnutze und mir persönlich nichts aus dir mache. Das stimmt aber nicht. Ich habe dich ... recht lieb gewonnen. Ich wollte nur, daß du es weißt, falls ... falls etwas passiert.«

Von diesem unerwarteten Geständnis überrascht und überwältigt, wußte Jon-Tom nicht, was er sagen sollte.

»Daß ich dich in diese Welt gebracht habe, war ein Unfall, und insofern kann man mir die Schuld dafür geben; sie lastet auf meinem Panzer. Dein Erscheinen hier, als Antwort auf mein verzweifeltes Bitten um Hexerhilfe, wurde nicht sehr gnädig aufgenommen. Ich war äußerst unzufrieden und enttäuscht.«

»Ich weiß es noch«, erwiderte Jon-Tom leise.

»Doch hat das Schicksal die Eigenart, immer wieder einen Ausgleich zu schaffen, und in deinem Fall hat es noch weitaus mehr getan als nur dies. Ich möchte sagen, daß sich alles weitaus besser entwickelt hat, als jeder von uns vorhersehen konnte. Und doch fürchte ich, daß ich als Gastgeber weniger als gnädig gewesen bin.« Er hob eine Hand, um Jon-Toms Protest abzuschneiden. »Nein, laß mich ausreden. Ich bin es nicht gewöhnt, persönliche Demut in Worte zu kleiden, und wenn ich jetzt nicht ausrede, geschieht es vielleicht nie.

Du mußt zu verstehen versuchen, daß das Hexertum ein einsamer Beruf ist. Wir, die wir ihn ausüben, haben wenig Zeit, gesellschaftliche Eleganz zu entwickeln oder persönliche Beziehungen zu pflegen. Als größter Hexer der Welt muß ich schon seit über einem Jahrhundert an der Bürde meines Rufs tragen. So kommt es denn, daß ich manchmal vergesse, es mit Sterblichen zu tun zu haben, die weniger vom Leben und auch von den Feinheiten meiner Kunst verstehen als ich. Ich fürchte, daß meine Ungeduld mich manchmal zur Grobheit verleitet.

Ich will damit sagen – und ich fürchte, daß es mir nur schlecht gelingt –, daß du dich im vergangenen Jahr prächtig entwickelt hast. Du hast meine persönlichen Sticheleien mit Nachsicht ertragen, hast dich nicht häufiger beschwert, als ich von dir hätte erwarten können, und im allgemeinen hast du auch alles getan, was ich von dir verlangte.

Ich wollte dir dies nur mitteilen, damit du weißt, wie ich wirklich über dich denke. Ich möchte nicht, daß einer von uns oder wir beide auf eine höhere Ebene hinüberwechseln, ohne uns dieser Gefühle gewahr zu sein. Du machst mir Hoffnung für die Jugend dieser Welt und bist mir im hohen Alter ein Trost gewesen.«

Bevor Jon-Tom etwas zu erwidern wußte, hatte der Hexer sich Dormas angeschlossen, um mit ihr zusammen die Nachhut zu bilden. Doch es tat ohnehin nichts zur Sache: Auch die Zeit bescherte ihm keine angemessene Erwiderung. Es gab nichts zu sagen. Die Rede des Schildkröts war wohl die größte Freundschaftserklärung, die er jemals gemacht hatte. Nein, das stimmte nicht. Es war mehr als nur die Erklärung einer Freundschaft. Sie grenzte an das Eingeständnis von Liebe. Egal wie lange er noch leben mochte, er zweifelte jedenfalls daran, daß er so etwas noch einmal zu hören bekäme.

Hätte er auf ähnliche Weise geantwortet, so wäre dies Clodsahamp nur peinlich gewesen. Jon-Tom kannte den Hexer inzwischen gut genug, um das zu wissen. Also behielt er seine Erwiderung für sich und gestattete es dem Gefühl der Wärme, das die Worte des Hexers in ihm ausgelöst hatten, sich durch sein ganzes Wesen auszubreiten.

Außerdem blieb keine Zeit, die man auf Gefühlsduselei hätte verschwenden können. Er mußte über wichtigere Dinge nachdenken. Es gab nützliche Songs, die er sich in die Erinnerung zurückrufen mußte, ebensolche Texte. Wenn Colin auch nur zur Hälfte recht behalten sollte, konnten sie nun jederzeit mit etwas Gefährlichem und Unerwartetem konfrontiert werden, mit einem Gegner, dem nur er selbst etwas entgegenzusetzen hatte.

Nie würde er vergessen, was der Hexer ihm mitgeteilt hatte, ebensowenig wie er Clodsahamp seine Worte würde vergessen lassen, wenn er das nächste Mal wieder einen seiner Wutanfälle bekam und seinen jungen Schützling wegen irgendeiner eingebildeten Verfehlung herunterputzte.

Sie brauchten nicht lange zu warten, bis die Prophezeiung des Koalabären wahr wurde. Der erste Angriff kam, als sie gerade den Gestrüppwald verließen und sich anschickten, den langen gewundenen und verfallenen Pfad zu erklimmen, der zu dem sich an den Hang klammernden Bau emporführte. Ein kalter Wind kam auf, wirbelte um sie herum, berührte ihre Gesichter und Hände mit der ganzen kraftvollen Feinfühligkeit eines Blinden. Ein solcher Wind war zwar in solcher Höhe nichts Unerwartetes, doch seine Heftigkeit ließ sie mißtrauisch werden. Dies war nicht die Zeit oder der Ort, um Risiken einzugehen, nicht einmal wenn es um eine verirrte Brise ging. Sie kauerten sich zusammen und suchten mit den Blicken das Land und den Himmel ab.

Colin hatte sein Schwert gezückt, hielt es fest in der Rechten. An seinen kurzen, aber kräftigen Armen spannten sich die Muskeln. »Dormas, du hast den größten Teil unserer Vorräte. Du bleibst hinter uns. Du bist ohnehin besser für ein Nachhutgefecht geeignet. Ihr«, sagte er zu Clodsahamp, »bleibt in der Mitte, wo wir Euch beschützen können. Du ...«

»Einen Augenblick mal, Kumpel! Wer bist du denn, daß du plötzlich 'ier Befehle erteilst? 'ast du vielleicht vergessen, daß wir es waren, die dich gerettet 'aben?«

»Andere Leute zu beschützen, ist mein Beruf, Otter. Ich kümmere mich um die Verteidigungstaktik, weil ich dazu am besten qualifiziert bin.«

»Ach nee.« Mudge schritt zu ihm hinüber, bis er Brust an Brust vor dem Koala stand. »Zufällig 'abe ich zu meiner Zeit auch mal 'n bißchen Soldat gespielt, und wenn es 'ier irgendwelche Befehle gibt, die zu Verteidigungszwecken erteilt werden müssen, dann sollten wir vielleicht ...«

»Seid still, ihr beiden, und konzentriert euch gefälligst darauf, eure jeweiligen Hinterteile zu bewachen!« Clodsahamps Ton machte deutlich, daß er nicht in der Stimmung war, sich eine Diskussion über kindische Machtkämpfe anzuhören. »Es spielt überhaupt keine Rolle, wie wir uns diesem Irrenhaus nähern oder welche mickrigen Waffen wir dabei mitführen. Die Wahrscheinlichkeit ist groß, daß wir auf etwas stoßen werden, das sich nicht mit Stahl besiegen läßt.«

»Gut gesprochen, Schlauberger.« Colin und Mudge lösten sich voneinander, um sich der neuen Bedrohung zu stellen. Es waren vier: Sie standen Seite an Seite und blockierten den Weg, der zu der über ihnen liegenden Festung führte. An Statur glichen sie Colin, denn sie waren kaum mehr als vier Fuß groß und entsprechend breit. Jeder von ihnen leuchtete hellrot. Als Jon-Tom sie betrachtete, gewann er nicht den Eindruck, daß sie ihre Hautfarbe von einem ausgedehnten Urlaub in einem sonnigen Land bekommen hatten, obwohl sie mit Sicherheit aus einem südlichen Gebiet stammten.

Jeder von ihnen besaß ein Paar einwärts gebogener kurzer schwarzer Hörner. Der Mund schien sich von Ohr zu Ohr zu strecken und war mit kurzen spitzen Zähnen gefüllt. Die Pupillen waren leuchtendrot mit schwarzer Iris. Die war spitz wie die einer Echse.

»Er, der uns hierher gebracht hat, hat lange nach uns suchen müssen«, verkündete der erste Teufel. »Er sagt, ihr sollt nicht weiterziehen. Eure Gegenwart macht ihm Sorge, und er hat keine Zeit für Sorgen. Er bittet euch, diesen Ort zu verlassen oder die Folgen zu tragen.«

»Tut uns leid«, erwiderte Jon-Tom gelassen. »Wir werden nur ganz kurz bleiben. Wir haben lediglich vor, seinen unfreiwilligen Gast zu befreien, dann machen wir uns auch schon wieder auf den Weg.« Er trat einen Schritt vor.

Der zweite Teufel hob beide krallenbewehrte Hände. »Ihr sollt nicht vorbeiziehen. Fort mit euch!«

»Ihr habt wahrscheinlich recht, alter Weiser«, murmelte Colin Clodsahamp zu. »Stahl mag hier wirklich nicht die richtige Waffe sein. Doch verzeiht mir, wenn ich mich lieber selbst davon überzeuge.« Mit diesen Worten stürzte er auch schon vor und ließ seinen langen Säbel voll gegen die Stirn des Teufels mit den erhobenen Pranken sausen.

Die Klinge fuhr durch das rothäutige Ungeheuer und prallte funkenstiebend am Boden auf. Erschüttert wich Colin vor der grinsenden Kreatur zurück.

»Du hörst wohl schlecht«, sagte der Teufel.

»Allerdings«, stimmte der Teufel zur Linken ihm zu. »Vielleicht ist hier eine kleine Vorführung angezeigt.«

Er griff hinter sich. Mudge reagierte auf die drohende Gebärde, indem er sein eigenes Schwert zog, während Clodsahamp sich in seiner Schale niederließ und sich an den Rückzug machte.

Doch holten die Teufel weder Pfeile und Bogen noch Schwerter oder Krummsäbel oder Hellebarden oder Messer oder sonst irgendwelche traditionellen Waffen hervor. Statt dessen hielt jeder plötzlich ein Instrument in den Händen. Der eine hatte eine bizarre Flöte, die sich ihm locker um die Hand wand. Der zweite hielt einen flachen Holzbehälter mit Saiten, die sich in einem verrückten Flickenmuster über Ober- und Unterteil spannten. Der dritte besaß ein Instrument, das entfernt Jon-Toms Duar glich, nur daß es über einen einzigen Saitensatz verfügte, während dem letzten Teufel eine Reihe kleiner Trommeln oben auf dem Bauch ruhte. Oder waren sie Teile des Körpers selbst? Ebensogut hätten sie nämlich auch eine Reihe hervorquellender Geschwüre mit gerader Oberfläche sein können.

Überhaupt machten alle Instrumente den Eindruck, als wüchsen sie aus den kompakten roten Körpern hervor.

Mudge drängte sich langsam zu Jon-Tom hinüber. »Bannsänger aus der 'ölle. Das sind die.« Der Otter warf

Colin einen schnellen Blick zu. »Entschuldige, Zottelball, daß ich an deinem Runenwerfen gezweifelt 'ab. Dieser Teil der Prophezeiung scheint ja immer'in wahr geworden zu sein, obwohl es mir anders lieber wäre.«

»Mir auch.« Obwohl seine Wirkungslosigkeit bewiesen war, hielt der Koala das Schwert immer noch vor sich gereckt, wohl wissend, daß es gegen dieses Quartett kein wirksamerer Talisman war als eine Waffe.

»Es sind vier, Kumpel«, flüsterte Mudge. »Kannste es mit vieren auf einmal aufnehmen?«

»Ich weiß es nicht«, gestand sein großer Freund. »Jeder von ihnen trägt ein anderes Instrument mit sich. Vielleicht sind sie nur dann wirkungsvoll, wenn sie zusammenarbeiten. In diesem Fall müßte ich nur einen Banngesang auf einmal dagegensetzen. Das werden wir bald wissen.« Langsam schob er die Duar nach vorn in Spielposition.

Der zweite Teufel musterte ihn mit schwarz-roten Augen. Er wirkte kaum beunruhigt, eher amüsiert.

»Oho, oho«, zwitscherte er. »Noch ein Sänger! Man hat uns schon gesagt, daß wir so einem begegnen könnten. Das ist ja ausgezeichnet! Tod und Vernichtung schmecken ja immer weitaus besser, wenn sie wenig gewürzt werden. Mach es interessant für uns, Mensch.«

»Das habe ich vor«, erwiderte Jon-Tom grimmig.

Der Teufel blickte seine Gefährten an. »Paßt auf eure Weisen auf, auf eure Akkorde und Texte, und Vorsicht beim Harmonisieren!«

Das erste Lied richtete sich nicht gegen Jon-Tom, sondern gegen jenes Mitglied der Eindringlinge, das es als erstes gewagt hatte, dem Gegner einen Hieb zu verpassen. Die Worte trafen Colin schwer. Er ließ das Schwert fallen, die Augen weiteten sich, dann taumelte er zurück und hielt sich mit den Händen den Bauch. Mudge legte sofort die eigene Waffe beiseite und huschte, wie nur ein Otter es vermag, so schnell heran, daß er den Koala gerade noch auffangen konnte, bevor dieser zu Boden stürzte. Er hielt den keuchenden, speienden Colin unter beiden Armen fest. Ein einziges Lied hatte aus einem kräftigen, wachen Kämpfer ein körperliches Wrack gemacht.

Die Teufel gaben sich nicht einmal die Mühe, das Lied noch zu beenden. Ein paar Takte und Worte hatten genügt, um ihren kräftigsten Gegner niederzustrecken. Schon bei den ersten Tönen war Jon-Toms Unterkiefer vor Erstaunen heruntergeklappt, obwohl das Lied ihm nichts anhaben konnte. Doch andererseits war es ja auch nicht gegen ihn gerichtet.

»Seht also«, höhnte der zweite Teufel, »was wir vermögen. Unser Meister hat uns die Macht des Banngesangs verliehen, der aus dem tiefsten Born der Verwirrung entspringt, aus den schwarzen Gruben, wo schreckliche Gesänge der Trauer und der Verzweiflung sich miteinander verbinden, um den verheerendsten seelenerstickenden Brei hervorzubringen. Unsere Musik kündet Stöhnen von finsteren Zeiten und jammert von qualvollen Tränen. Kein Lebewesen ist dagegen gefeit. Niemand kann seine Auswirkungen mißachten.«

»Ich fürchte, er hat recht, Mudge.«

»Du wirst mich nich dabei erwischen, wie ich das leugne.« Sanft ließ der Otter den immer noch leise würgenden Koala zu Boden gleiten und versuchte dabei, die Kälteschauer zu unterdrücken, die seinen Körper durchzuckten. »Was für'n gräßlicher Lärm. Is ja noch übler, als ich das bei Musik für möglich ge'alten 'ätte. Aber ich 'abe dein Gesicht beobachtet, als sie zu singen anfingen, Kumpel. Du 'ast sie erkannt.«

»Ja, ich habe sie erkannt, Mudge.«

Doch Colin war noch nicht erledigt. Schweratmend wälzte er sich auf Hände und Knie, packte sein Schwert wieder und kroch auf die vier Teufel zu. Mudge versuchte ihn aufzuhalten, doch der Koala war immer noch kräftig genug, den gutmeinenden Otter abzuschütteln.

Die Entschlossenheit auf dem runden grauen Gesicht war ein Anblick für sich.

Unbeeindruckt begannen die Teufel wieder mit ihrem Chor. Diesmal war es ein neuer Song, noch weinseliger und schmalziger als der erste.

»Soll ich denn mein junges Leben, das wie eine Rose blüht ...!«

Jon-Tom merkte, wie er ins Schwitzen geriet. Die sangen ja richtige traditionelle Volksmusik! Auch wenn er etwas für Randgebiete der Musik übrig hatte, erschütterte es ihn. Nie hätte er etwas derartig Scheußliches erwartet, so hell und grell, so klebrig von süßlichen Texten und kränkelnden Akkorden. Die Teufel sangen weiter, in wunderschöner Harmonie, die Stimmen gepreßt vor Verzweiflung und Selbstmitleid.

Colin ertrug es nicht. Solchen Kitsch war er nicht gewöhnt, und er wälzte ihn platt. Mit einem letzten Energiestoß schleuderte er das Schwert gegen den Hauptsänger des Quartetts. Ein paar Takte Heino, und die Klinge fiel klirrend zu Boden.

Dann wandten sie sich zu dem einzigen Gegner um, der es mit ihnen aufnehmen konnte. Jon-Tom hielt die Stellung, die Finger griffbereit über den Duarsaiten schwebend, auf alles vorbereitet, was kommen mochte.

Die schlichte Schnulze von Bill Ramsey war nur ein Test, wie er wußte, er bekam sie schnell genug in den Griff, indem er mit Springsteens ›Pink Cadillac‹ zurückschlug. Einer der Teufel wich zurück, runzelte die Stirn, um mit einer gewaltigen Willensanstrengung wieder in die Reihe zu treten. Das höllische Quartett stieß sofort mit ernster Feierlichkeit nach, mit einem typischen Standardsong von Roger Whitaker. Schweißperlen erschienen auf Jon-Toms Stirn als er mit dem lebhaften ›Jump‹ von van Halen konterte.

Während sie Songs austauschten, schien die Luft selbst verwirrt zu sein, unsicher, ob sie nun Regen oder Sonnenschein zulassen sollte. Songs von Johnny Cash,

Mireille Mathieu und Hank Williams machten es den Reisenden schier unmöglich, auch nur zu atmen, weil sie die Luft in eine dicke Brühe verwandelten. Jon-Tom versuchte die Atmosphäre nach Kräften aufzuhellen, indem er mit fröhlicherer Musik erwiderte, von Loggins ›Footloose‹ bis zu einem Medley von Cyndi Lauper.

Es war niemand da, der ihm helfen konnte, und es waren vier gegen einen. Wie immer, war auch diesmal sein eigenes Spiel zugleich sein bester Verbündeter. Je mehr er sang, um so kräftiger wurden seine Banngesänge.

Die Teufel wichen zurück, einen Schritt nach dem anderen, je näher Jon-Tom auf sie zukam. Es war ihnen unmöglich, es mit seiner Begeisterung und der gnadenlosen Vitalität seiner Musik aufzunehmen. Sie drängten sich immer dichter und dichter aneinander, bis zwischen ihnen überhaupt kein Freiraum mehr war. Wie vier Figuren aus Knetmasse verschmolzen sie miteinander, sowohl körperlich als auch stimmlich. Als dieser Vorgang beendet war, fand sich Jon-Tom vor einer vierköpfigen achtarmigen Riesenfigur wieder, anstelle der teuflischen Gestalten, die ihn und seine Gefährten vorhin auf dem Weg herausgefordert hatten. Die Figur besaß zwar dieselben vier Gesichter, spielte dieselben vier Instrumente, doch der Körper war aufgedunsen und verzerrt. Wie eine fette vierköpfige Raupe waberte und tanzte die Figur vor ihm, unentwegt singend, schmachtend von einer Welt, in der ehrliche Arbeit stets nur in Armut endete, Schönheit jedes Herz brach, Liebe nur zu Elend und Einsamkeit führte.

Als sie weitersangen, wurde etwas Neues erkennbar: Ihre Musik bekam nämlich einen Hauch von Verzweiflung. Diese legte sich auch auf die vier Gesichter. Jon-Tom war dabei zu siegen. Sie wußten es, und er wußte es, und, was das schlimmste war – sie wußten, daß er wußte, daß sie es wußten.

Er stieß mit einer vibrierenden vulkanischen Darbietung von ›Girls Just Wanna Have Fun‹ nach, wobei er Dormas vorübergehend die Führung überließ. Der Song schien auch die Hengstlin ordentlich anzutörnen, denn sie stieß und trat nach dem stolpernden, zurückweichenden Monstrum. Die Musik strömte aus ihm hervor. Er fühlte sich wunderbar: stark; von voller Stimme; mit Fingern, die wie die Blitze über die Duarsaiten fuhren. Es war ein Echo seines Auftritts während der Störung, als er im imaginären Forum vor den ebenso imaginären Tausenden von Zuhörern gespielt hatte.

In völliger Verzweiflung ging das Teufelsmonster nun mit den schwersten Waffen seines Arsenals zur Gegenoffensive über – mit einer Reihe der größten Hits von Freddy Quinn persönlich. Von der überwältigenden Melancholie der Texte getroffen, fühlte Jon-Tom, wie er beinahe rücklings umgeworfen worden wäre. Mudge war gerade noch rechtzeitig da, um ihn von hinten abzustützen und ihm Ermutigung ins Ohr zu brüllen.

»Laß dich nich unterkriegen, Kumpel! Du 'ast se schon in die Flucht geschlagen, 'aste. Bleib stehen, kämpf weiter, misch se richtig auf!«

Während der Otter hinter ihm stand und Dormas und Clodsahamp sich rechts und links von ihm aufbauten, tat Jon-Tom ebendies, indem er eine ganze Salve Platingeschosse von Stevie Wonder, den Stones, Tina Turner und den Eurythmics abfeuerte. Als das Teufelsungeheuer schließlich zusammensackte, gab er noch etwas von dessen eigener Medizin darauf, indem er eine schmachtende Version von ›Purple Rain‹ losließ. Die Farbe der Teufel wechselte von Rot zu Lavendel.

»Du 'ast es geschafft, Kumpel, du 'ast es gleich geschafft! Und jetzt den Gnadenstoß!«

Das Teufelsmonster riß sich zusammen, versuchte seine frühere Selbstsicherheit wieder aufzubringen und genügend Energie zu bündeln, um mit prosaischen Waffen wie Speeren und Schwertern anzugreifen. Mudge und Dormas bereiteten sich darauf vor, Jon-Tom vor diesem unmagischen, aber möglicherweise dennoch tödlichen Angriff zu beschützen.

Doch das war nicht nötig. Jon-Tom hatte seine eigene Waffe, wußte genau, was er für den textlichen Todesstoß verwenden mußte. Seine Finger huschten schneller denn je über die Saiten, und er hatte dabei das Gefühl, als würde die Kraft des Songs ihn vom Boden heben.

Mit Sicherheit war den Teufeln noch nie etwas begegnet, das die erbarmungslose Energie der Nummer ›Neutron Dance‹ von den Pointer Sisters besaß. Die Duar verwandelte sich sofort in einen Miniatur-Teilchenstrahler und traf das Ungeheuer mitten ins Herz. Es gab eine kleine, örtlich sehr begrenzte Explosion. Alle bedeckten die Gesichter, um sich vor dem Lichtblitz zu schützen. Jon-Tom tat auch sein Bestes, indem er seine Duar hoch vor die Augen riß, dennoch wurde er vorübergehend geblendet.

Als er schließlich wieder sehen konnte, erblickte er an der Stelle, wo zuvor noch das Teufelsmonster gestanden hatte, eine zehn Fuß hohe lichtstrahlende Pilzwolke. Sie löste sich schnell auf. Felsen und Weg waren mit kleinen Stücken dünnen roten Fleisches übersät, als wäre direkt vor ihm ein riesiger Ballon geplatzt.

»Sauber.« Dormas musterte die Überreste der Wolke. »Wie nennt man so was?«

»Pure Bösartigkeit.« Er führte sie um die Explosionsstelle herum, einen großen Bogen um die Wolke machend. So etwas war doch unmöglich! Es gab doch keine nuklearen Explosionen im Zwergformat! Aber gab es in dieser verrückten Welt überhaupt etwas, das man ›unmöglich‹ nennen konnte?

»Da is der Eingang!« Mudge zeigte mit seinem Schwert in die Höhe. »Jetzt 'ält uns nix mehr auf, Kumpel.«

Jon-Tom versuchte mit dem Otter Schritt zu halten, indem er beim Gehen weiter ausholte. »Sei dir nicht zu sicher, Mudge. Vergiß nicht den Rest von Colins Prophezeiung.«

Der Otter bremste sich selbst, damit die anderen ihn einholen konnten. »Ach, ich mach mir keine Sorgen mehr, Kumpel. Was immer es sein mag, du kommst damit schon zurecht. Das 'aste gerade bewiesen, 'aste.«

»Laß aus Zuversicht nicht Übermut werden, Wasserratte.« Clodsahamp keuchte mächtig, als er sich den steilen Pfad hinaufquälte. »Es ist zwar etwas unbeholfen und nicht sonderlich geschickt, dennoch ist hier sehr viel rohe Kraft am Werk. Es wäre mir nicht sehr lieb, ihr begegnen zu müssen, wenn ihr Urheber mehr Disziplin besäße. Ich kann einfach nicht glauben, daß wir seine Verteidigungslinie so mühelos durchbrechen konnten, ebensowenig daß wir tatsächlich so schnell den Paß durchquerten.« Er warf Jon-Tom einen abschätzenden Blick zu. »Unser Bannsänger muß erst noch die Begegnung mit seinem Herzenswunsch überstehen.«

»Ich glaube zwar, daß ich das bereits getan habe, aber ich bin trotzdem auf alles vorbereitet.«

»Gut«, sagte Dormas scharf, »da kommen sie nämlich.«

Aus dem Tor der Festung stürzte gerade ein bunt zusammengewürfeltes Heer schwerbewaffneter Soldaten hervor. Na ja, vielleicht nicht gerade ein Heer, sagte Jon-Tom sich. Zwanzig bis dreißig Mann, keiner davon dämonisch von Gestalt oder Aussehen. Sie ließen die Schwerter über den Köpfen kreisen und kreischten dabei wie die Schreckgeister.

Colin spannte die Muskeln an. »Die glauben, sie wären uns zahlenmäßig überlegen, aber ich habe es schon ganz allein mit einer annähernd großen Zahl aufnehmen können. Und außerdem besitzen wir die Magie des Hexers und des Bannsängers, um uns zu schützen. Sie haben nicht die geringste Chance.« Er hörte sich eher neugierig als verunsichert an. »Eins verstehe ich allerdings nicht. Warum schickt ein böser Zauberer nur Frauen gegen uns ins Feld, noch dazu menschliche?«

Jon-Tom hätte darauf vielleicht eine Antwort geben können, doch er war unfähig zu sprechen. Er konnte sich nur matt an seine Duar klammern und den Berghang hinaufblicken, als die dreißig Rothaarigen auf ihn zustürmten. Ihre Augen funkelten blutrünstig, und die Mordgier stand ihnen ins Gesicht geschrieben.

Mudge und Clodsahamp waren von dem Anblick ebenfalls wie gelähmt, doch nur vorübergehend. Sie waren von der Manifestation nicht im gleichen persönlichen Ausmaß betroffen wie der Mann in ihrer Mitte, obwohl auch sie unter dem Schock des Wiedererkennens zu leiden hatten. Inzwischen machte Jon-Tom nicht die leisesten Anstalten, sich gegen die nahenden Gegnerinnen zu wehren, weder mit seiner Duar noch mit seinem Rammholzstab. Er stand einfach nur da und glotzte, ein Mann, der plötzlich wie betäubt erkennen mußte, was es bedeutete, mit dem eigenen Herzenswunsch konfrontiert zu werden.

Ein Pfeil surrte ihm am Kopf vorbei. Er zuckte zusammen, konnte sich aber nicht dazu überwinden, eine Bewegung zu machen, ihm auszuweichen. Er konnte überhaupt nichts tun, weil jede der heranstürmenden Walküren ganz genauso aussah wie ihre Schwestern, und das wiederum bedeutete, daß sie allesamt aussahen wie seine geliebte Talea.

Talea vom aufgeweckten Geist und langen roten Haar. Talea vom zweifelhaften Beruf und vom tapferen Herzen. Dieselbe Talea, der er einen Antrag gemacht und die ihn abgewiesen hatte, weil sie noch nicht bereit war, sich an einen einzigen Mann oder einen einzigen Ort zu binden, die zu lieben er jedoch nie aufgehört hatte. Zwanzig und mehr Versionen seines Herzenswunsches, die auf ihn zugerannt, zugestürmt kamen, mit alles anderem als Liebe im Herzen. Er hatte sie schon über ein Jahr nicht mehr gesehen. Er war völlig unvorbereitet darauf, sie nun hier zu erblicken, ausgerechnet an diesem Ort, noch dazu in vielfacher Verkleidung.

»Was ist denn mit dem Bannsänger los?« wollte Colin wissen. Er hielt den Säbel kampfbereit, um die ersten Gegnerinnen zu empfangen.

»Ich kann dir sagen, was mit ihm los is, Zottelball«, meinte Mudge. »Der 'ier gegen uns kämpft, kämpft nämlich nich fair. Jede von diesen langbeinigen Schön'eiten da is das genaue Abbild der 'erzensdame unseres Freundes.«

Colin mußte diese Offenbarung erst verdauen, dann nickte er angespannt. »Da haben wir es aber wirklich mit einem schlimmen Bastard zu tun. Was schlägst du vor?«

Die Meute der wildgewordenen Taleas löste dieses Problem von allein. Trotz allen Mitgefühls gab es nur wenige Auswege, wenn jemand versuchte, einem den Schädel mit einer Streitaxt einzuschlagen. Colin parierte sauber und machte einen Ausfallschritt, als die erste Frau an ihm vorbeischoß.

Mudge wehrte einen Schwerthieb ab, huschte zurück und zog seinen Langbogen. Ein Speer ließ einen Stein vor seinen Füßen zerbersten, und einer der Splitter schnitt ihm ins Fell, beinahe die Haut ritzend. Er sah Jon-Tom an, und etwas in seiner Stimme ließ den großen jungen Mann den Blick erwidern. Etwas, das Jon-Tom bei dem Otter noch nie gehört hatte.

Qual.

»Ich muß es tun, Kumpel«, jammerte der Otter hilflos, »ich *muß!* Wir alle müssen!«

Die Worte und Taten des Otters verbanden sich und ließen Jon-Tom sich in Bewegung setzen. Er sprang auf seinen pelzigen Freund zu. »Mudge – nein!« Die Füße schienen ihm den Dienst zu versagen. Er hatte das Gefühl, als wollte er durch frisch aufgelegten Asphalt sprinten. »Tu es nicht!«

Doch der Otter ließ den Pfeil losschwirren, als die

Frau vor ihm das Schwert zum tödlichen Hieb hob. Das Geschoß traf sie in der linken Brust, direkt über dem Herzen.

Tödlich verwundet, reagierte die Gestalt jedoch nicht so, wie es eigentlich hätte sein sollen. Es gab kein Schmerzenskeuchen, keinen Zusammenbruch des Körpers. Statt dessen begann die weibliche Gestalt sich zu winden und zu zucken. Sie stieß ein pfeifendes Geräusch hervor, als sie zusammenschrumpfte, immer weiter, bis sie die Form einer faustgroßen orangerotfarbenen Masse erreicht hatte, die vor ihnen in der Luft schwebte. Dann explodierte sie und ließ winzige orangerote Stücke in alle Richtungen stieben. Ein süßlicher, klebriger und irgendwie übelkeiterregender Geruch durchzog plötzlich die Luft. Es war, als hätte jemand soeben eine Wassermelone explodieren lassen, die mit Sommersprossen gefüllt gewesen war.

»Da zwick mich doch einer in den 'intern«, brummte Mudge laut. »Die verdammten Schnallen sind ja nich mal echt.« Aufgeregt blickte er seinen Gefährten an. »Siehste es, Jonny-Tom? Die sind nich wirklich!« Er legte einen zweiten Pfeil ein und schoß. Eine weitere Talea verwandelte sich in einen explodierenden Knallball.

Colin parierte wieder einen Axthieb und schlug seitwärts zu. Seine Klinge durchteilte den Körper seiner Angreiferin, der sich sofort auf ebensolche Weise wie Mudges beide Gegnerinnen entmaterialisierte. Mit einer Wendigkeit, die ihr Alter Lügen strafte, wirbelte Dormas herum und trat mit beiden kräftigen Hinterbeinen aus. Ihre Ausrüstung flog in alle Richtungen davon. Ebenso aber auch die Talea, deren Genick sie gerade gebrochen hatte. Wandlung, Schrumpfung, *puff!* – Ende der Existenz. Dieses Muster wiederholte sich immer und immer wieder.

Und noch immer war Jon-Tom unfähig, den Rammholzstab zu heben und zu kämpfen.

Wiewohl die Schar der Taleas aus etwas anderem als gewöhnlichem Fleisch bestand, war an ihren Waffen nichts Flüchtiges. Eine Streitaxt grub sich tief in die Seite von Clodsahamps Panzer.

»Komm schon, Kumpel!« drängte Mudge ihn, während er sich zugleich gegen drei Rotschöpfe verteidigte. »Wehr dich, du mußt es tun, und es is auch nich die 'übsche Talea, gegen die du dabei kämpfst.« Er schlug zu. Schrumpfung, *puff, ra-bumm!* Er bahnte sich seinen Weg zurück zu seinem Freund und rief Colin dabei zu: »'ier'er, Zottelball! Wir müssen diesen Blödmann 'ier verteidigen. Der kann sich nich wehren.«

Der Koala nickte und machte einer weiteren Gegnerin den Garaus, während er zugleich zurückwich, um den einsatzunfähigen Jon-Tom zu schützen. Er genoß es. Zum ersten Mal seit Beginn seiner langen Reise hatte er Gelegenheit, gegen ihre unsichtbare Bedrohung richtig zu kämpfen. Es war ihm eine Freude, zur Abwechslung mal wieder gute, ehrliche Schwertkunst anwenden zu können. Er hatte inzwischen mehr als genug von Magie und Mystik. Er und Mudge – und in etwas geringerem Umfang auch Dormas – schwächten die Reihen der Talea-Doppelgängerinnen erheblich.

Sorbl war auch beschäftigt, in jedem Fuß einen Krummdolch haltend und im Sturzflug herabsausend, weidlich die Tatsache nutzend, daß rote Haare ein gut erkennbares Ziel abgaben.

Mudge und Colin redeten ständig auf den benommenen Jon-Tom ein, daß ihre Gegnerinnen weder Talea waren noch überhaupt Menschen und daß er sich wehren solle.

Doch wie? Zwar sagten ihm Freunde und Hirn dasselbe, doch seine Augen teilten ihm das Gegenteil mit.

»Schlag's dir aus dem Kopf, Kumpel!« schrie der Otter ihn an, während er einem Speer auswich und einer weiteren Angreiferin einen Pfeil in den Körper jagte.

»Du bist zu leicht zu treffen. Wir könnten sie dir nicht ewig vom Leib halten.«

Doch während er dies sagte, hatten sich die verbliebenen Taleas um sie geschart und versuchten nun, Jon-Tom von seinen standhaften Leibwächtern abzutrennen. Trotz ihrer tapferen Gegenwehr wurden Colin und Mudge in entgegengesetzte Richtungen abgedrängt, fort von Jon-Tom und voneinander. Dormas und Sorbl versuchten Clodsahamp zu schützen und hatten keine Zeit für jemanden übrig, der nicht einmal eine Hand hob, um sich selbst zu verteidigen.

Dann durchbrach eine der Taleas die Verteidigungslinie, stürzte auf Jon-Tom zu, das Schwert hochgereckt. Er konnte sie nur fassungslos anstarren. Aber es war Talea, vom fließenden Haar bis herab zu den Zehenspitzen. Und doch hatte er gerade erst mitangesehen, wie ein Dutzend identischer Taleas sich in irgend etwas Kleines und leuchtend Buntes verwandelt hatten, bevor sie explodierten. Sie waren durch irgendeine Teufelei geklont worden, von einer finsteren Magie heraufbeschworen. Sie waren nicht seine Geliebte. Sein Herzenswunsch war ein Phantom.

Da war die Zeit gekommen, daß die Reflexe den unwilligen Verstand ablösten. Als sich das Schwert senkte, hob er den vorderen Teil des Rammholzstabs. Die Klinge glitt an dem fast gänzlich unzerstörbaren Holz ab und rutschte harmlos zur Seite. Jon-Tom trug nicht einmal einen Kratzer davon. Während er mit seinen Abwehrbewegungen fortfuhr, brachte er das Keulenende des Stabs nach vorn, um seine Angreiferin damit direkt gegen die Schläfe zu schlagen – was sie ins Taumeln brachte. Der Schmerz, der ihn nun durchschoß, hatte nichts mit dem Aufprall zu tun, den seine Armmuskeln auffingen.

Sie faßte sich wieder, schwang das Schwert tief im Bogen herum, auf seine Beine zielend, und versuchte ihr Bestes, um ihn zum Krüppel zu hauen. Es blieb ihm nichts anderes übrig, als den verborgenen Druckknopf an der Seite des Stabes zu pressen, die sechs Zoll lange Klinge hervorschießen zu lassen, die sich im Schaft verbarg. Er schloß die Augen und stach schnell zu. Die Spitze bohrte sich durch die Kehle der Angreiferin.

Sie stieß ein kräftiges Gurgeln hervor, dann ließ sie ihn fahren, aber es floß kein Blut, nicht ein einziger Tropfen, nicht einmal dann, als er die Klinge wieder zurückzog. Schrumpfung, Verwandlung, Explosion, und sie (oder genauer: es) war verschwunden.

»Siehste, Kumpel!« rief Mudge ihm zu. »Die sind alle nich wirklich. Die sind 'eraufbeschworen worden, um uns zu verwirren und uns durcheinanderzubringen, vor allem dich!«

Natürlich. Als er die Bannsänger besiegt hatte, die man ihm entgegengeschickt hatte, war die böse Kraft im Innern der Festung alarmiert worden. Sie hatte die Gefahr erkannt, die Jon-Tom darstellte, es war dem Gefängniswächter des Wanderers irgendwie gelungen, eine Verteidigungsmaßnahme zu ersinnen, die genau auf seinen gefährlichsten Gegner zugeschnitten war. Und es hatte auch beinahe funktioniert. Nur der unermüdliche Verteidigungskampf seiner Gefährten, mit dem diese ihn beschützt hatten, hatte seinen Tod durch Täuschung verhindert.

Sie hatten die Bürde lange genug tragen müssen, nun war es an der Zeit, einige Hiebe zu verteilen.

»Du hast recht, Mudge. Es tut mir leid.« Wütend stapfte er mitten ins Kampfgetümmel hinein, das Keulenende seines Stabs in riesigem Bogen hin und her schwingend. Nun, da er aus seiner Träumerei gerissen worden war, kämpfte er gleich mit doppelt so großer Entschlossenheit wie seine Freunde, in maßlosem Zorn auf alles, was es fertigbrachte, eine solch heimtückische Verletzung der Intimsphäre gegen einen Feind ins Feld zu führen.

Die Reihe der identischen Angreiferinnen wurde immer dünner, als eine nach der anderen explodierte und in der klaren Bergluft verschwand.

Mit unerwarteter Schnelligkeit duckte sich Colin zusammen und ließ seinen Stiefel gegen ein ungeschütztes Knie prallen. Die Talea zu seiner Linken ließ die Waffe fallen, stieß ein lautes Stöhnen aus und stürzte zu Boden. Sie ging in die Knie, ihr Bein festhaltend, ihren Körper vor und zurück wiegend. Der Koalabär hatte bereits den langen Säbel gehoben, um ihr den Todeshieb zu verpassen. In diesem Augenblick mußte Jon-Tom mit voller Wucht erkennen, daß dies das erste Mal war, daß eine der Gegnerinnen einen anhaltenden Schmerzensschrei ausgestoßen hatte. Doch nachdem er schon einmal von einem geistigen und gefühlsmäßigen Extrem ins andere gefallen war, wollte er sich nicht schon wieder blamieren. Deshalb zögerte er.

»Hundesohn«, murmelte die verwundete Talea mädchenhaft.

»Colin, nein!« Es gelang ihm, sich zwischen die gestürzte Frau und das herabsausende Schwert zu schieben, gerade noch rechtzeitig, um den Köpfungshieb abzublocken. Colin starrte ihn einen Augenblick lang fassungslos an, doch da keine Zeit zum Diskutieren blieb, wandte er sich ab, um sich um eine andere Angreiferin zu kümmern.

Natürlich war es nicht möglich. Er hielt den Stab argwöhnisch vorgestreckt, während er sich der am Boden hin und her schaukelnden, ihr verwundetes Knie umklammernden Gestalt näherte. Er hob das Speerende des Rammholzstabs und hielt es bereit, um es in den Körper unter sich stoßen zu können. Nun wurde ihm auch die Tatsache bewußt, daß die sich schnell lichtenden Reihen der Taleas es nun möglicherweise mit List statt mit zahlenmäßiger Überlegenheit versuchen könnten. Möglicherweise war dies eine neue Finte, die ihn umgarnen und lähmen sollte.

Die Gestalt schien ihn zum ersten Mal zu sehen und

hob die Hand in dem matten Versuch, die Speerspitze abzuwehren. »Bitte, Jon-Tom, erkennst du mich denn nicht? Ich bin es, Talea!«

Während die Schlacht um sie herum tobte, fand in seinem Innern eine zweite Schlacht statt, die nicht weniger heftig brodelte. Das Wesen sah aus wie Talea, es hörte sich an wie Talea, doch das war bei den anderen auch der Fall gewesen, und kaum hatte man diese angeritzt, hatten sie sich in Wolken aus orangerotem Gas verwandelt. Er hatte Zeit zu zögern, Zeit nachzudenken, weil Colin und Mudge im Augenblick seine Flanken deckten.

»Ich ... ich muß das tun, verzeih mir.« Und er stieß mit der Speerspitze zu.

Doch nur, um sie leicht zu ritzen, nicht, um sie zu töten, und so schnitt er die Haut des Arms nur um eine Winzigkeit. Die Gestalt stieß einen kleinen Schrei aus. »Du Drecksack von einem Bastard! Du hast meine Bluse ruiniert!« Sie schluchzte.

Ja, es hörte sich wirklich wie Talea an, doch viel wichtiger war das dünne Blutrinnsal, das ihr nun vom Arm floß. Sie griff nach der Wunde und fuhr fort, ihn zu beschimpfen. Das war schwierig, weil sie gleichzeitig heftig weinte.

Er wirbelte herum und schwang vor Freude seinen Rammholzstab über dem Kopf. »Hast du mich gehört, Mudge? Sie blutet!«

»Klar, Kumpel, ich 'ab dich schon ge'ört.«

Colin gewährte dem großen Menschen einen Blick, dann bemerkte er zu dem Otter, der Schulter an Schulter mit ihm kämpfte: »Hört sich ganz so an, als hätten die beiden eine wunderbare Beziehung miteinander.«

»Natürlich blute ich, du gottverdammter Trottel! Der verdammte Typ hier hat mich schließlich angestochen!«

»Es tut mir leid, es tut mir leid.« Er war so erleichtert und so glücklich, daß er kaum noch sprechen konnte. »Ich mußte es tun.«

»Du mußtest mich anstechen?« Sie blickte auf ihren Arm hinab. Noch immer strömte ihr das Blut zwischen den Fingern hervor. »Wenn du mir damit sagen wolltest, daß du mich noch immer liebst, hättest du mir statt dessen lieber Blumen schenken sollen.«

»Du verstehst mich nicht. Schau doch mal. Schau dich mal um.« Das tat sie und blinzelte, mehrmals. Jon-Tom mußte sie auffangen, damit sie nicht zu Boden stürzte. Sie fühlte sich warm und vertraut an, als sie sich gegen ihn lehnte. Ihr Zorn verrauchte und wich dafür der Angst und Verwirrung.

»Wo bin ich, Jon-Tom? Was ist das für ein Ort hier? Und ... und warum sehen die alle so aus wie *ich?*«

»Du hast wirklich nicht die leiseste Ahnung?« Sie schüttelte den Kopf, mit weitgeöffneten Augen, und plötzlich sah sie sehr klein und sehr verwundbar aus.

Sanft ließ er sie zu Boden gleiten, ließ sie dort sitzen, hielt ihren noch immer blutenden Arm. »Ich werde es dir so gut wie möglich erklären«, versicherte er ihr leise, »sobald die anderen von dir alle tot sind.«

XIII

Vor allem dank Mudges und Colins Kampfkünsten war die Schar der rotschöpfigen Angreiferinnen schon bald auf ein halbes Dutzend dezimiert worden. Auf Befehl eines unsichtbaren Herrn zogen diese Amazonen sich nun zurück und schickten sich an, schwere Felsbrocken auf die herannahenden Eindringlinge zu wälzen. Doch bekamen sie keine Gelegenheit, um ihren geplanten Überfall in die Tat umzusetzen. Mit seinem Langbogen schoß Mudge eine nach der anderen ab. Dabei verbrauchte er zwar seine letzten Pfeile, konnte die Mehrzahl von ihnen aber am geröllübersäten Abhang wieder einsammeln, wo sie liegengeblieben waren, nachdem sie die flüchtigen Körper der Talea-Klons durchbohrt hatten.

Jon-Tom und die anderen warteten, bis der Otter damit fertig war, wobei ihm Sorbl recht viel half. Inzwischen hielt der Bannsänger die Hand seiner Herzliebsten und versuchte sie zu trösten. Talea hatte jedoch wieder ihr gewöhnliches Selbst zurückgewonnen, was bedeutete, daß sie nicht in Stimmung zum Schmusen war. Allerdings willigte sie ein, sich von Clodsahamp behandeln zu lassen, und der Hexer verband den leichten Schnitt an ihrem Arm. Tatsächlich machte ihr Colins Tritt gegen das Knie weitaus mehr zu schaffen als Jon-Toms allesentlarvender Speerstoß. Mit seiner Hilfe stand sie auf und versuchte zu laufen. Sie stellte fest, daß es ganz gut ging, doch nur mit deutlichem Hinken.

Ihr schulterlanges rotes Haar umrahmte das zarte Gesicht, dessen Ausdruck im Augenblick von Schreck und Verwirrung bestimmt war. »Ich kann das alles nicht verstehen. Da ruhte ich mich gerade mit jemandem in Darriantowne aus, als die Welt sich plötzlich umstülpte.«

»Mit jemandem männlichen oder weiblichen?« Jon-Tom konnte es nicht lassen, die Frage zu stellen.

Mühsam brachte sie ein Lächeln zustande. »Immer noch der hoffnungsfrohe Liebhaber, Jon-Tom?«

Er erwiderte das Lächeln und zuckte die Schultern. »Was bleibt einem schon anderes als Hoffnung, wenn man hoffnungslos verliebt ist?«

»Weiblich. Nicht daß das irgendeinen Unterschied machen würde. Wir versuchten gerade, uns eine Halskette zuzulegen, die ich schon lange bewundert hatte.«

»Durch Stehlen«, sagte Clodsahamp säuerlich, während er die Medikamente wieder einpackte.

Sie streckte ihm die Zunge heraus, nahm der mädchenhaften Geste allerdings etwas von ihrem Charme, indem sie zugleich den Mittelfinger hochreckte. »Nicht alle von uns sind so reich wie ein gewisser Meister Hartpanzer.«

»Man wird nicht dadurch reich, daß man dickköpfig ist«, fauchte er zurück, aber sanft. Er war nicht zu improvisierten Streitgesprächen aufgelegt. Schließlich gab es im Augenblick wichtigere Probleme.

»Jedenfalls«, fuhr sie fort, »hatte ich gerade diese wunderschöne Kette aus Bernstein und blauen Perlen an mich genommen, als meine Freundin Eila plötzlich loskreischte. Alles stand kopf, und als ich wieder gerade stehen konnte, fand ich mich an einem fremden Ort wieder. Eila war verschwunden und das Geschäft auch.« Sie drehte sich um, legte den Kopf in den Nakken und blinzelte. »Ich glaube, ich war ... in diesem Gebäude dort.«

»Was hast du gesehen?« Jon-Tom machte sich nicht die Mühe, seine Erregung zu verbergen. Endlich einmal ein unwiderlegbarer Beweis! »Wer hatte dich in seiner Gewalt? Wie sah er aus?«

»Ich kann mich nicht erinnern. Ich kann mich ohnehin kaum an etwas erinnern, das seit der Zeit geschah, da das Geschäft verschwand, bis du plötzlich mit deinem verdammten Schwert über mir standest. Aber ich erinnere mich an ... etwas anderes. An etwas, das ich noch nie gesehen habe.«

Hastig gesellte sich Clodsahamp wieder zu ihnen. »Was war das? Denk nach, Kind!«

»Ich versuche es ja. Es veränderte sich ständig ... ich weiß nicht.« Sie rieb sich mit beiden Händen die Augen. »Alles veränderte sich ständig. Es ist das reinste Durcheinander in meinem Geist. Ich kann mich an Schatten erinnern. Schatten meiner selbst, die von mir abgepellt wurden wie die Schalen von einer Zwiebel. Es tat nicht weh. Ich habe überhaupt nichts gespürt. Dann erinnere ich mich daran, wie ich diesen Berg hinunterlief, ein Schwert haltend. Um mich herum alle diese Schatten. Ich wußte, daß es Schatten waren, weil keiner von ihnen etwas sagte.«

»Uns erschienen sie als wirklich genug«, teilte Jon-Tom ihr mit.

»Ich erinnere mich auch«, – sie blickte ihm mit einem solchen Ernst in die Augen, daß das Herz ihm weh tat, – »daß ich dich gesehen habe, Jon-Tom. Ich wußte, daß du es warst. Und Mudge und Clodsahamp auch. Ich wollte euch anrufen, das Schwert wegwerfen und auf euch zulaufen, aber ich konnte nicht, ich konnte einfach nicht.« Wieder schluchzte sie. Diesmal gestattete sie es, daß er den Arm um sie legte.

»Es war, als würde ein anderer, dieser andere oben in dem Gebäude, meine Muskeln lenken, meine Stimme. Ich konnte euch nichts zurufen. Und dann fand ich mich wieder, wie ich gerade deinen Freund töten wollte.« Colin und Dormas hatten sich ebenfalls zu ihnen gesellt.

»Ein Glück für uns, daß du ihn nicht als erste getroffen hast«, sagte Jon-Tom.

»Da bestand keine Gefahr. Ein Glück für sie, daß ich erst zugetreten habe, bevor ich den Säbel benutzen wollte.«

Im Geist ließ Jon-Tom den Angriff noch einmal Revue passieren, sah den Koala, doch diesmal, wie er zuerst mit seinem Schwert zuschlug anstatt auszutreten, sah die rasiermesserscharfe Klinge wirkliches Fleisch und wirkliche Knochen zerteilen. Sah die wirkliche Talea in seinen Armen verbluten. Zu knapp. Es war zu knapp gewesen.

»Wo sind wir?« Sie versuchte zwar, ihre übliche trotzige Pose beizubehalten, doch zu seiner Überraschung mußte Jon-Tom feststellen, daß sie verängstigt war. Dazu hatte sie auch allen Grund. »Was ist das für ein Ort hier? Ist die ganze Welt verrückt geworden?«

»Nur in unregelmäßigen Abständen«, erklärte Clodsahamp, während er sich mit Jon-Toms Hilfe daranmachte, die Geschichte vom Wanderer und seinem Wächter zu erzählen und wie die fünf hierhergekommen waren.

»Und schließlich versuchte unser Gegner«, endete der Hexer, »da er uns nicht durch andere Mittel kleinkriegen konnte, unseren Bannsänger zu vernichten. Dies tat er, indem er die wahre Liebe des Bannsängers ausfindig machte und sie in seine Gewalt brachte, sie kopierte und die Kopien auf uns hetzte. Es hätte auch funktioniert, wenn Mudge und Colin sich nicht so tapfer und soldatenhaft verhalten hätten.«

»Liebe?« Talea runzelte die Stirn, während sie sich mit dem Handrücken die Tränen von den Wangen wischte. »Wessen wahre Liebe?«

Jon-Tom wandte sich von ihr ab. »Das warst du schon immer für mich, Talea. Seit jener Nacht, da Mudge uns zusammengebracht hat, neben diesem Pärchen, das du gerade überfallen hattest, bis zu dem Tag, da du mir sagtest, du müßtest gehen, weil du Zeit brauchtest, um unsere Beziehung zu überdenken. Das weißt du doch.«

»Was weiß ich? Warum sollte ich was wissen?«

Er wandte sich ihr wieder zu. »Ich habe es dir oft genug gesagt.«

»Einen Dreck hast du getan, du großer, schlacksiger, unmöglicher Mann! Ich dachte, daß du nur mit mir ins Bett willst. Jeder Mann, dem ich begegne, will mit mir ins Bett, eingeschlossen dieser widerliche Otter, mit dem du herumhängst, und der ist noch nicht einmal von derselben Art wie ich.«

»'at da gerade jemand meinen Namen genannt?« Mudge blickte vom Einsammeln der Pfeile hoch.

»Schon gut, Mudge.« Zornig wandte Talea sich wieder Jon-Tom zu. »Du hast nie ein Wort davon gesagt, daß ich deine einzige wahre Liebe sei.«

»Hast du denn nie gemerkt, wie ich für dich empfand?«

Sie ließ ein empörtes Seufzen fahren. »Ihr Männer! Ihr erwartet, daß jede Frau Gedanken lesen kann! Woher soll ich wissen, wie du wirklich empfindest, wenn du es mir nicht sagst?«

»Wohlgesprochen«, meinte Dormas weise.

»Ich dachte einfach ...«, begann er lahm, doch sie war nicht zu Entschuldigungen aufgelegt.

»Du dachtest einfach! Ihr Männer denkt immer einfach nur, und wir armen Frauen sollen dann hellsehen, worüber ihr nachdenkt. Und wenn wir es nicht tun, sind wir hartherzig und gefühlskalt und lieblos!«

»Einen Augenblick mal!« brüllte er. »Wenn du glaubst, daß du, nachdem *du* erst vor mir abgehauen bist ...« Und so ging es weiter, laut und heftig. Jeder teilte dem anderen ganz genau mit, wer da eigentlich wen im Stich gelassen hatte.

Colin stand in der Nähe und säuberte seinen Säbel. Mudge schlurfte herbei, mit einem Nicken auf das streitende Menschenpaar zeigend. »Charmant, wa? Schon mal 'n 'übscheres Pärchen gese'en?« Der Koala nickte, drehte sein Schwert um und machte sich an die andere Seite der Klinge, die dick verklebt war von orangerotem Staub. »'ör dir bloß an, wie die keifen! Wenn das nicht wahre Liebe is!«

»Wer ist die Frau?«

»'ne alte Bekannte von mir. 'at 'n spitzes Messer und 'ne spitze Zunge und setzt beides ziemlich schnell ein. 'ab sie ihm vorgestellt, als wir beide Gelegen'eit 'atten, ihr aus der Patsche zu 'elfen. Kamen nicht gleich sofort miteinander aus. Die is ziemlich selbständig, is Talea. Schon 'ne Weile 'er, daß sie sich gese'en 'aben. Schätze, die 'aben noch 'n paar Eimer Beschimpfungen auszutauschen.«

Mudges Sarkasmus gründete stärker in der Persönlichkeit des Otters selbst als in der Wirklichkeit, denn schon bald wich der Zorn den Vorhaltungen und Entschuldigungen. Es dauerte nicht mehr lange, da unterhielten Jon-Tom und Talea sich in freundlichem, leisem Ton. Der wich wiederum sehr schnell einem Flüstern, bei dem er sehr viel lächelte und sie sehr viel kicherte.

»Ganz schön ekel'aft«, meinte Mudge, als er das harmonische Paar betrachtete.

»Du willst wohl keine dauerhafte Partnerin?« bemerkte Colin.

»Wohl verrückt geworden, wa? 'ör zu, Kumpel, das einzige, was diesen Otter 'ier jemals auf'alten könnte, das wären zwei gebrochene Beine, und selbst dann würde ich noch mächtig rein'auen, um irgendwie aus so 'ner Spießeridylle zu entkommen.«

»Mir geht es da anders. Ich bin zwar noch nicht verheiratet, hoffe aber darauf, es eines Tages zu sein. Bisher habe ich lediglich noch keine Dame gefunden, mit der ich den Rest meines Lebens verbringen möchte.« Er zögerte für einen Augenblick. »Ich finde, es ist schwierig, mit Frauen über persönliche Beziehungen zu sprechen. Ich fühle mich viel sicherer, wenn sich das Gespräch um Runenwerfen oder Kriegskünste dreht.«

»Ach ja? Na schön, wennde willst, laß ich dich gern an meiner umfangreichen Erfahrung auf diesem Gebiet teil'aben, auf dem du wohl noch 'n paar Mängel zu 'aben scheinst. Wer über Krieg reden kann, kann auch über Liebe reden, Chef.«

»Ich weiß, manche Leute meinen, beides sei sich nicht unähnlich.« Argwöhnisch musterte er den Otter. »Es ist ja nur so, daß ich mich eher für die diplomatischen Aspekte dieser Sache interessiere, und ich glaube, daß du nur mit den handgreiflichen zu tun hast.«

»Unsinn, Kumpel!« Mudge legte kameradschaftlich einen Arm um die breiten Schultern des Koalabären. »Also, das erste, wasde wissen mußt, is, wie man ...«

»Ich habe im vergangenen Jahr eine ganze Reihe verschiedener Höllen durchleben müssen«, erzählte Jon-Tom Talea gerade. »Aber egal, wo ich war, in welcher Gefahr auch immer, immer habe ich dabei an dich gedacht.«

»Ich habe auch nie aufgehört, an dich zu denken, Jon-Tom. Es gab sogar einmal eine Zeit, da habe ich geglaubt, ich hätte mich entschieden, was uns betrifft. Da habe ich nach dir gesucht, nur um festzustellen, daß du auf einer dämlichen Reise über das Glittergeistmeer unterwegs warst.«

»Clodsahamp war zu Tode erkrankt«, erklärte er ihr. »Ich zog los, weil er eine bestimmte Medizin brauchte, die es nur in einem bestimmten Ort gab. Hinterher stellte sich zwar heraus, daß die ganze Expedition unnötig gewesen wäre, aber das wußte vorher keiner von uns. Wir bemerkten es erst, als alles zu spät war.«

»Es gibt so viele Dinge im Leben, die wir erst merken, wenn es zu spät ist«, murmelte sie und wurde ganz untypisch philosophisch. »Langsam beginne ich selbst, das zu lernen.«

Es kostete ihn eine gewaltige Willensanstrengung, ihr

seine Zuneigung nicht aufzuzwingen, wie sie dort so bezaubernd und verwundbar saß. Doch während der Höhen und Tiefen ihrer Beziehung hatte Jon-Tom eines nur zu gut gelernt, was Talea anging: Es war stets das beste, sie nicht zu drängen, nicht auf irgend etwas zu bestehen, denn ihre natürliche Reaktion bestand nicht etwa darin nachzugeben, sondern vielmehr Widerstand zu leisten. Nachdem er sie unter den unerwarteten Umständen wiedergefunden hatte, wollte er so vorsichtig wie möglich sein, um sie nicht sofort wieder zu vertreiben.

»Ist schon in Ordnung. Ich verstehe. Wir brauchen alle Zeit, um uns selbst kennenzulernen. Wir haben genügend Zeit.«

Sie blickte ihn scharf an. »Das hast du früher aber nicht gesagt. Du wolltest eine dauerhafte Verpflichtung, und zwar auf der Stelle.«

»Ich bin nicht mehr derselbe wie früher. Ich bin ein ausgewachsener Bannsänger.« (Nur eine kleine Übertreibung, sagte er sich.) »Ich bin viel herumgekommen, und ich weiß sehr viel mehr über mich und auch über die Welt um uns herum. Genug um zu wissen, daß Liebe – oder auch Freundschaft – ihrer eigenen Bahn folgen muß.« Er streckte die Hand vor, um ihr die Wange zu streicheln. »Im Augenblick genügt es mir schon, dich einfach wiederzusehen, einfach in deiner Nähe zu sein. Ich wünschte nur, daß die jetzige Situation nicht ganz so verzweifelt wäre.«

Sie nickte ernst. »Das ist alles so bizarr und verrückt, aber ich sage mir ständig, daß es so sein muß, denn du und Clodsahamp, ihr würdet mich nicht beide belügen.«

»Wir würden dich auch nicht allein belügen.«

»Also muß ich es glauben. Der Beweis liegt darin, daß ich bin hier.«

»So geht es mir auch.«

Sie zögerte. »Wenn es nur eine Frage der Magie sein

sollte, müßte Clodsahamp eigentlich auch allein damit zurechtkommen. Dann könnten wir beide ja gehen.«

»Ich kann nicht.« Er schluckte. Der Druck ihrer Hand in seiner ließ ihm das Feuer den Arm hinaufschießen. »Dazu bin ich Clodsahamp zuviel schuldig. Ich muß ihm dabei helfen, diese Sache zu Ende zu bringen, und wenn es mein eigenes Ende bedeuten sollte. Oder unseres.«

»Das wollte ich hören«, sagte sie erleichtert.

»Wolltest du das wirklich?«

»Ich hatte Angst, daß jener Teil von dir, jene Tapferkeit, jene Hingabe an die Gerechtigkeit angesichts des so zerstörbaren Bösen, sich vielleicht auch verändert hätte. Ich wollte sichergehen, daß das nicht so ist. Ich könnte dich nicht lieben, wenn du mir mit Vernunft allein gekommen wärst.«

»Danke ... glaube ich ...«

»Ich weiß von dem, was ihr mir erzählt habt, daß wir dieses Wandererdings dort oben befreien müssen.« Sie zeigte auf die Festung direkt oberhalb der Stelle, wo sie zuvor stehengeblieben war, um den letzten Angriff zu starten. »Ich würde jetzt nicht einmal dann fortgehen, wenn du damit einverstanden wärst. Ich bin benutzt worden. Ich *fühle* mich benutzt. Ich will dafür sorgen, daß dieser unsichtbare Bastard mir das büßt. Er hätte mich beinahe umgebracht, was ja nicht mal so schlimm wäre. Aber er hat versucht, dich dazu zu bringen, es zu tun. Das ist schmutzig. Ich mag keinen Schmutz, Jon-Tom. Ich habe es lieber sauber. Da oben ist etwas, das gesäubert werden muß.« Sie legte ihm beide Hände auf die Schultern. Ihre Lippen waren den seinen sehr nahe. Er beugte sich vor.

»Vielleicht«, flüsterte sie ihm liebevoll zu, »haben wir ein bißchen Glück und bekommen Gelegenheit, ihn ganz allein in Stücke zu reißen und in kleine Scheiben zu schneiden.«

Er fuhr sich mit der Zunge über die Lippen, lehnte

sich zurück und betrachtete das Licht in ihren Augen und das blutrünstige Grinsen auf ihrem wunderschönen Gesicht. Kein Zweifel, das war seine Talea!

»Äh, ja, vielleicht. Wollen wir mal wieder sehen, wie es mit dem Bein geht?«

»In Ordnung.« Sie ließ es zu, daß er ihr beim Aufstehen half. Als er sie losließ, ging sie ein paar Schritte. Das Bein war etwas steif, und zunächst fiel ihr das Gehen schwer, doch die Ruhepause hatte ihre Beweglichkeit eindeutig gefördert. »Schon viel besser.« Sie legte die Hände in die Hüften und versuchte, über ein paar kleine Steine zu springen. »Es wird noch besser werden.«

»Da bin ich froh.« Er legte die Arme um sie, und diesmal zögerte er nicht mehr, sie zu küssen. Schließlich lösten sie sich voneinander, und sie zeigte nach rechts.

»Die Hengstlin kenne ich schon, aber deinen kurzen dicken Freund noch nicht.«

»Sein Name ist Colin, und er ist nicht dick. Er ist kräftig und hart wie Eisen. Es ist ein Runenwerfer, ein Hellseher. Manchmal jedenfalls. Seine Beherrschung der Runen ist ungefähr vergleichbar mit meiner Beherrschung der Duar.«

»So schlimm, wie?« Als sie seinen Gesichtsausdruck sah, lächelte sie und tätschelte ihm liebevoll die Wange. »Ich mache ja nur Spaß, Bannsänger. Da wir schon davon reden: Du hast ja deine Duar. Kann ich solange deinen Rammholzstab haben?«

»Leih ihr lieber 'nen anderen Stab, Kumpel!« heulte Mudge hämisch.

»Diesen Otter hätte ich schon vor Jahren zerstückeln sollen!« preßte sie zwischen zusammengebissenen Zähnen hervor. Sie hob eines der Schwerter ihrer verschwundenen Klone auf und jagte Mudge über die Felsen. Die keckernde Wasserratte wich ihr mühelos aus und verhöhnte sie jedesmal, wenn Talea nach ihr hauen wollte.

Colin kam herbei, um sich davon zu überzeugen, daß Ausrüstung und Vorräte fest auf Dormas' Rücken verzurrt waren. »Freut mich zu sehen, daß das Bein deiner Verlobten schon wieder besser in Schuß ist.« Er verfolgte mit seinen Blicken die Jagd. »Ihr Schwertarm scheint auch in Ordnung zu sein.«

»Es sind alte Freunde«, teilte Jon-Tom ihm mit.

»Ich weiß. Das sieht man doch.«

Schließlich gab Talea atemlos die Jagd auf und gesellte sich erneut zu Jon-Tom. »Eines Tages werde ich diesem rotzfrechen Otter die Leviten lesen.« Sie strich sich das rote Haar aus den Augen. Dann legte sie das Schwert beiseite, um beide Arme um ihn zu schlingen.

»Versprich mir etwas, Jon-Tom.«

»Wenn ich kann.«

»Wenn wir diesen Bösewicht gefunden haben, laß mich diejenige sein, die ihn umbringt. Ich werde ihn ganz langsam verbluten lassen.«

»Talea, manchmal denke ich, daß du das Kämpfen viel zu sehr genießt.«

Schmollend wich sie zurück. »Wenn du ein süßes kleines Weibchen mit Rüschen haben willst, dann hättest du dich nie in mich verlieben dürfen, Jon-Tom!«

»Die Frau, die ich liebe, ist schon kräftiger als so ein Weibchen, aber sie muß ja auch nicht gleich ein barbarischer Haudegen sein.«

Schweigen. Dann wich ihr Schmollen einem strahlenden Lächeln. »Es heißt doch, daß Gegensätze sich anziehen, nicht wahr? Hast du mir das nicht einmal erzählt?«

»Ja, und nach reiflicher Überlegung glaube ich, daß es verdammt dämlich war, das zu sagen. Ich weiß nur, daß ich dich von ganzem Herzen liebe, und wenn du bei der Hochzeit unbedingt ein Schwert tragen willst, na schön, zum Teufel, dann soll mir das auch recht sein, solange es nicht den Standesbeamten verschreckt.«

»Den Standesbeamten.« Sie blickte verunsichert

drein. »Du hast gesagt, du wolltest nichts übereilen, Jon-Tom.«

»Hier wird nichts mehr übereilt, es sei denn bergauf.« Clodsahamp musterte die beiden streng. »Wir haben uns lange genug ausgeruht. Jetzt ist es Zeit, die Angelegenheit zu Ende zu führen, ehe sie uns zu Ende führt. Wir haben keine Ahnung, was wir zwischen jenen Mauern vorfinden werden. Talea hat wahrscheinlich nichts zu sehen bekommen, weil sie das nicht sollte. Ihr alle müßt auf einen Angreifer vorbereitet sein, der sich der unglaublichsten Möglichkeiten bedient.

Wir sind zwar schon weit gereist, doch die längste Strecke liegt noch vor uns. Und außerdem wissen wir nicht, wann die nächste schwere Störung stattfindet. Beeilen wir uns also, den Wanderer ausfindig zu machen und ihn freizusetzen.«

»Bin schon bereit, bei den Schenkeln meiner Allerliebsten«, verkündete Mudge lärmend. »Also voran, steif und stur! Ich bin auch dafür, der Sache endlich 'n Ende zu machen. Es gibt jede Menge Damen, die darauf warten, geliebt zu werden, Fusel, der getrunken werden will, und ich hab's auch langsam satt, vom Land leben zu müssen, wenn das Land nich sonderlich gastfreundlich is.«

»Da bist du nicht der einzige, Wasserratte«, meinte Dormas. »Ich möchte auch nur ungern den Eröffnungstrab der Festsaison verpassen.«

Mit Clodsahamp und Jon-Tom an der Spitze schritten sie auf das Tor zu.

Obwohl sie eigentlich auf alles vorbereitet waren und obwohl Colin und Mudge sich schon nach einem weiteren Handgemenge sehnten, erwies sich der eigentliche Angriff auf die einstürzende Festung als eine unerwartete Enttäuschung. Mudge erreichte das Tor als erster. Die Doppeltür war aus handgehauenem Holz verfertigt, und dieses Holz war nicht einmal gut abgelagert gewesen. Sie war zwar hoch, aber ansonsten alles andere als imposant. Es gab keine Wachen, die ihnen den Weg versperrten, keine Ungeheuer, die sich ihnen entgegenstellten. Tatsächlich gab es überhaupt nichts, was ihnen den Eingang verwehrte.

Mudge legte eine Pfote auf den Riegel, drückte ihn hinab und schob kräftig. Das Tor schwang einen Fuß einwärts, zwei Fuß – und dann gab es ein lautes Knakken. Alles verspannte sich, und der Otter machte rückwärts einen Satz von einer Elle, doch kam das Geräusch nicht von einem Angreifer. Das Tor hatte sich von seinem obersten Scharnier gelöst. Nun schwankte es vor ihnen, nur noch von der unteren Eisenschlinge hängend.

Der Otter schob sich langsam näher, um hineinzuspähen. »Nun?« drängte Clodsahamp ihn.

»Beim Sack eines Steuereintreibers von Lynchbany, Eure 'exerschaft, aber der Puff is so leer wie 'n Mausoleum!«

Beim Eintreten stellten sie fest, daß die Eingangshalle so kühl und leer war wie ein Grab, genau wie Mudge es beschrieben hatte. Doch das war erst seit kurzem der Fall: Überall lagen umgestürzte Bänke herum, Stühle waren an den Wänden zerschellt, Kerzenleuchter wie Zuckerstangen verbogen. Von der gebogenen Decke baumelten ein paar schmückende Banner herab, während andere in Fetzen auf dem Steinfußboden lagen. In einer Ecke hatte man mehrere davon zu einem primitiven Lager zusammengeworfen. Auf einem dazu passenden Sofa fehlten alle Kissen. Diese fanden sie ein paar Ellen weiter vorn. Man hatte die Füllung herausgerissen und überall verteilt.

Böden und Mauern wiesen Vertiefungen auf. Über allem waren halbaufgegessene Nahrungsmittel und anderer Müll verteilt. Dunkle Flecken auf einigen der Möbel und dem Boden schienen zunächst auf schauriges Geschehen hinzuweisen, doch bei genauerer Untersuchung stellte sich heraus, daß sie von verschüttetem

Wein herrührten und nicht etwa von Blut. »Na, das ist doch ermutigend.« Jon-Tom musterte den Gang, der vor ihnen lag und sich leicht nach rechts wandte. Mudge teilte seine Meinung offensichtlich nicht. Der Otter stieß ein verächtliches Schnauben aus.

»Warum? Weil es beweist, daß der Bastard, gegen den wir kämpfen, 'n schlampigen 'aus'alt führt? Irgendwie beruhigt mich das nich.« Die Blicke des Otters huschten unentwegt hin und her, von schmutzigen Ecken zu schattigen Brüstungen, während sie immer tiefer in die Festung eindrangen.

»Nein. Weil es ein Hinweis darauf sein könnte, daß er seine Kräfte verbraucht hat, als er versucht hat, uns draußen aufzuhalten«, erwiderte Jon-Tom. »Vielleicht hat er uns alles entgegengeworfen, was ihm einfiel, und rennt jetzt davon, um sich zu verstecken.«

»Das glaube ich nicht.« Clodsahamp zeigte auf die Zerstörung, die sie umgab. »Schau dich doch einmal um. Herabgerissene Banner, die ein provisorisches Lager ergeben, zerschlagene Stühle, um mitten auf dem Fußboden ein Feuer zu entfachen. Ein solcher Lebensstil leuchtet allenfalls einem Verrückten ein, und ein Verrückter hätte nicht genug Verstand, um zu fliehen. Außerdem glaube ich nicht, daß er nach dieser heftigen Verteidigung seines Heiligtums plötzlich einfach aufsteht und wegläuft. Ich will zugeben, daß ich nicht damit gerechnet habe, so leicht hier eindringen zu können, aber das ist nur ein weiterer Hinweis darauf, daß wir es mit einem gestörten Geist zu tun haben. Und das hier ist wohl kaum das Ergebnis einer unordentlichen Haushaltsführung.«

»Darauf könnt Ihr wetten«, pflichtete Colin ihm bei. »Es sieht hier aus wie nach einem Krieg.« Er zeigte an Stellen, wo eine Art Klinge nicht nur auf die Möbel, sondern auch auf die Wände eingehackt hatte. »Deutliche Anzeichen eines Kampfes, aber kein Blut, kein Todesgeruch. Ich frage mich, wer hier gegen wen gekämpft hat. Meint ihr, daß andere uns zuvorgekommen und gescheitert sind?« Es war ein ernüchternder Gedanke, der ihnen bisher noch nicht eingefallen war.

»Ich bezweifle es«, murmelte Clodsahamp. »Ich kenne niemanden, der geschickt genug wäre, um diesen Ort ausfindig zu machen und uns zuvorzukommen. Daß du ungefähr zur selben Zeit in diesem Gebiet eingetroffen bist, lag nur an deiner einzigartigen Fähigkeit, einen Teil der Zukunft vorherzusagen.«

Der Koala ließ seinen Blick wieder über die Verwüstung schweifen, durch die sie schritten. »Wer hat denn dann hier gekämpft?«

»Unser unbekannter Gegner. Ich habe den starken Verdacht, daß er mit sich selbst gekämpft hat, wie es unter Verrückten üblich ist. Ich frage mich, wie lange er schon von unsichtbaren Dämonen und eingebildetem Grauen angegriffen worden sein mag.«

Sorbl flatterte ihnen voran; es fiel ihm schwer, in dem engen Flugraum des Hallengangs in der Luft zu bleiben. »Meister, was für ein Verrückter ist das, der sich uns Meile um Meile in den Weg stellt, nur um dann sein eigenes Heim kampflos aufzugeben?«

»Das herauszufinden, ist einer der Hauptgründe, weshalb wir gekommen sind, Lehrling.«

»Schaut mal da!« Dormas blieb plötzlich stehen.

»Wo?« Gemeinsam mit den anderen blickte Jon-Tom sich besorgt um.

»Verdammte Straßenäpfel!« fluchte die Hengstlin. »Manchmal bedaure ich es doch, keine Hände zu haben. Es ist ziemlich schwierig, mit dem Huf auf etwas zu deuten. Dort oben, vor uns, links. Ich könnte schwören, daß ich dort eine Bewegung gesehen habe.«

»Na, dann los!« Mudge sprintete den Gang entlang, um ganz plötzlich wieder zu bremsen. »Was zum Teufel tu ich 'ier eigentlich?« Er wartete, bis seine Gefährten ihn eingeholt hatten, um dann etwas vorsichtiger weiterzugehen. Er ließ es auch zu, daß Jon-Tom und Colin die Führung übernahmen.

Clodsahamp bemerkte, daß über ihnen das Stroh- und Holzdach von festem Gestein abgelöst worden war. »Wir befinden uns jetzt im eigentlichen Berg. Diese Festung ist sehr viel größer, als es von außen den Anschein hat. Ich frage mich, wer sie wohl erbaut hat und wann. Die Außenmauern sind relativ neu, aber das hier ist alt. Präkalibrisch, würde ich sagen. Die erbärmlich gebauten Mauern draußen wirken fast wie eine Maske.«

Sorbl kam nervös zurück. »Meister, ich höre etwas.«

Waffen wurden gepackt, Muskeln angespannt. »Wie viele sind es?« fragte Mudge den Flugspäher.

»Es hörte sich nicht wie Leute an, die sich bewegen.« Der Eulerich wirkte aufgeregt. »Es hörte sich an wie ... wie jemand, der summt. Sehr laut.«

»Welche Richtung?« fragte Jon-Tom. Vor ihnen gabelte sich der Tunnel. Der rechte Gang führte nach unten ins Dunkle. Sein Anblick gefiel ihm nicht. Der Gang zur Linken wurde von einer einzigen Fackel matt erhellt. Er war erleichtert, als Sorbl meinte, sie sollten diesen Weg nehmen. Besser, einem Gegner im Licht zu begegnen, als den eigenen Ängsten im Dunkel.

Kaum hatten sie die Tunnelabzweigung betreten, vernahmen alle das Geräusch, das Sorbl erlauscht hatte. Sogar Jon-Tom und Talea konnten es trotz ihres minderwertigen menschlichen Gehörs deutlich spüren. Spüren – da es sich zunächst eher als Schwingung offenbarte denn als richtiges Geräusch. Er berührte die Mauer mit den Fingern. Ja, er konnte das Pulsieren durch das Gestein fühlen. Was immer dieses Geräusch hervorbrachte, es war jedenfalls um einiges kraftvoller als jedes Individuum.

Sorbl prallte von einer Wand gegen die andere, als er im Kreuzflug über ihren Köpfen hin und her schwirrte. »Es ist sehr nah, Meister, äußerst nah.«

Wieder eine Biegung im Gang. Die Schwingung und

das Summen wurden nun durch ein schrilles Pfeifen und einen Klang wie von verstärkten Panflöten ergänzt. Es war eine traurige, mächtige Klage. Jon-Tom dachte an die Vielzahl von Tönen, die ein guter Synthesizer erzeugen konnte, wie auch an das ungewöhnliche Klangspektrum, das seine Duar hervorzubringen imstande war; doch niemals in seiner bisherigen Erfahrung hatte er irgend etwas gehört, das diesen Tönen glich. Es war ebensosehr ein Aufwühlen des Gewebes der Existenz, wie es Musik war.

Ohne Vorwarnung weitete sich der Gang plötzlich, und plötzlich starrten sie in eine riesige sechseckige Höhle hinein. Die Wände waren mit Lapislazuli und Jaspis bedeckt, die Kuppeldecke war ein geschliffener Kristall. Dieser spiegelte tausendfach den einzigen Insassen der Höhle.

Das Licht, das von diesem ausging, war so intensiv, daß sie ihn kaum direkt anschauen konnten. Es überstrahlte die Fackeln, die an den Wänden hingen, und hätte dasselbe mühelos mit zehntausend solcher Lichtständer vollbringen können. Als sie ihre Augen abschirmten, versuchten diese, seine Grenzen auszumachen, während ihr Verstand darum kämpfte, das Wesen zu definieren. Das Summen, das Vibrieren, welches es hervorbrachte, schienen Jon-Toms ganzes Sein zu durchwirken. Er konnte den Gesang in den Knochen seiner Beine fühlen und in den Sehnen seiner Handgelenke. Es war weder schmerzlich noch unangenehm, nur tief und durchdringend. Es hob sich und fiel, suchend und unzusammenhängend wie Wellen am Strand und wurde überdeckt von dem noch tieferen Rumpeln einer gespenstischen Kombination aus Pfeifen und Panflöten.

Das war natürlich der Wanderer.

Jon-Tom hatte etwas erwartet, das voller Kraft und Majestät war. Das hätte auch zu einem Wesen gepaßt, das die Fähigkeit besaß, durch einen interdimensionalen Schluckauf ganze Welten zu verwandeln. Er hatte erwartet, daß es von stattlicher Größe sei, und das war es auch, denn es füllte die Höhle beinahe aus. Es war gleichzeitig feststofflich, aber auch leicht und luftig. Was er jedoch nicht erwartet hatte, das war seine Schönheit.

Es schwebte in der stagnierenden Luft der Höhle und blieb nie still. Sich verwandelnd, verschiebend, umformend, seine Struktur von einem Augenblick auf den anderen verändernd, sah es in einem Augenblick noch aus wie eine Reihe ineinander verschränkter Dodekaeder, im nächsten wie eine Explosion aus buntem Feuerwerk. Jede neue Gestalt war vollkommen und strengbeherrscht, und keine von ihnen hielt länger als wenige Sekunden vor. Gerade war es eine elektrisierende Masse aus spitzen fluoreszierenden Klingen, dann wurde es auch schon zu einer Reihe unendlicher, konzentrisch alternierender, goldsilberner Kugeln. Die Kugeln glichen einer Collage aus Quadraten und Dreiekken, die wiederum von einer explodierenden Masse winziger glühender Tornados verschlungen wurden. Beinahe war es transparent, dann undurchsichtig. Es war eine knurrende DNS-ähnliche Helix von tausend Umdrehungen pro Minute, blaue und grüne Funken stiebend. Die Helix brach zusammen und hinterließ einen aufragenden Lichtkegel, in dem sich vielfarbige Bänder vom Boden bis zur Spitze bewegten, bevor sie oben als reine Farbblasen in die Luft hinausplatzten.

Während das Wesen sich veränderte und verzerrte, waberte und glühte, sang es, ganz Pfeifen und Panflöten und synthesizerähnliche dominante Akkorde, eine lebende Fuge aus Farbe und Klang.

»Mannomann«, flüsterte Mudge, während er zusammen mit seinen Freunden dieses Wunder bestaunte. »Da könnte man glatt Eintritt für verlangen.«

»In den alten Schriften gibt es einige vereinzelte Beschreibungen.« Clodsahamp war ebenso gebannt von der sich stetig verändernden Pracht vor ihnen. »Doch die beruhen eher auf Annahmen als auf Augenzeugenberichten. Einen Wanderer tatsächlich zu sehen ...« Voller Ehrfurcht versagte ihm die Stimme.

»Außergewöhnlich«, sagte Dormas. »Sähe der nicht großartig aus über dem Eingang zu den Stallungen?«

»Hübsch, aber gefährlich.« Colin hatte einen Arm über die Augen gelegt. »Er gehört nicht hierhin. Das habt Ihr gesagt, Hexer, und ich kann es spüren.«

»Siehst du wieder die Zukunft voraus?« fragte Dormas ihn.

»Nein. Ich verlasse mich nur auf meine inneren Überzeugungen. Er ist schon viel zu lange hier. Er will hinaus.«

»Ist er intelligent?« wollte Jon-Tom wissen.

»Es gibt ebenso viele verschiedene Definitionen der Intelligenz, wie es verschiedene Arten der Intelligenz gibt, mein Junge.« Clodsahamp schien zwar in Verwunderung zu ertrinken, doch das ging nicht so weit, als daß er vergessen hätte, warum sie hier waren. »Das müßte ein klügerer Hexer bestimmen, als ich es bin. Aber ich bin einer Meinung mit unserem streitbaren pelzigen Freund. Dieses Wesen muß befreit werden, muß dieses kalte Gefängnis verlassen, damit es seine Reise durch den Kosmos fortsetzen kann.«

»Wieso muß es befreit werden?« Talea versuchte gleichzeitig, sich das Haar aus den Augen zu streichen und diese abzuschirmen. »Ich kann keine Fesseln oder Ketten erkennen, die es festhalten.«

Clodsahamp lächelte, soweit es ihm sein vergleichsweise unbeweglicher Mund gestattete. »Die Fesseln, die uns binden, sind nicht immer sichtbar, mein Mädchen. Den Wanderer auf eine solche Weise festzubinden, wie du sie erwähnst, wäre ebenso sinnlos, wie einen Stern in einer Flasche festhalten zu wollen. Nein, dazu bedarf es etwas anderen. Etwas gleichzeitig kaum Wahrnehmbaren und doch Starken, wie jener Kräfte, die die Bausteine der Materie zusammenhalten. Etwas, das nicht einmal der Wanderer durchzerren kann.« Er blickte geradewegs auf die sich explosiv wandelnde Masse und versuchte nicht mehr, seine Augen abzuschirmen. Er befand sich im Augenblick auf dem Höhepunkt hexerischer Wahrnehmung und saugte das Licht ein, wie er die Schönheit einsaugte.

Jon-Tom versuchte auch, ihn zu sehen, doch seine Augen tränten ständig, und zu seinem Bedauern war er dazu gezwungen, sich von der Helligkeit abzuwenden. »Ich kann nichts sehen, werter Herr.«

»Ja, wenn es 'ier 'n Käfig gibt, is der mehr als nur 'n bißchen unstofflich«, ergänzte Mudge.

»So ist es auch«, teilte Clodsahamp ihnen feierlich mit. »So unstofflich wie ein böser Gedanke, so zerbrechlich wie die geistige Gesundheit, so zäh wie ein Alptraum, aber ebenso kräftig wie Leben und Tod. Dieser Wanderer wurde in einen Käfig des Wahnsinns eingesperrt, der von Haß aufrechterhalten wird. Ich kann ihn ebenso deutlich sehen, als wäre er aus Eisen.

Denkt doch! Ein Wanderer befindet sich in ständiger Bewegung, ständiger Verwandlung, doch an ihm ist nichts Unlogisches oder Irrationales. Jenes Universum, durch welches er sich bewegt, beruht auf Logik und Konsistenz, so verschieden es auch von unserem sein mag. Doch jedes Universum ist auch ein Opfer der Verirrungen, der unberechenbaren Ausbrüche von Wahnsinn und Unlogik. Diesen geht der Wanderer sorgfältig aus dem Weg. Bisher hat er das jedenfalls getan. Denn es ist irgend jemandem gelungen, ihn in einer Sphäre des Wahnsinns einzufangen – und die ist das einzige, was er nicht durchdringen kann. Er ist eingemauert und festgespießt.

Doch er verändert sich weiterhin, und jedesmal, da wir ihn sich verändern sehen, jagt eine Störung in großem Tempo durch die Welt und beeinflußt das Gewebe der Existenz. Meistens sind diese Veränderungen winzig, und wir bemerken sie nicht. Aus einem roten Käfer wird ein gelber Käfer. Ein Blatt löst sich von einem Baum, um nach *oben* zu fallen. Die Bräune eines Menschen vertieft sich, oder von der Spitze eines Otterschwanzes fallen die Haare herab.« Sofort mußte Mudge seinen eigenen Schwanz überprüfen.

»Normalerweise kommt der Wanderer nur so selten an einer Welt vorbei, daß seine Gegenwart gar nicht bemerkt, seine Wirkung gar nicht beobachtet wird. Diese Wesen sind zu schnell, um aufgespürt zu werden, obgleich ihre Abfallprodukte manchmal mit hexerischen Mitteln gemessen werden können, sobald sie unsere eigenen Körper durchziehen, ohne Schaden anzurichten.«

Jon-Tom versuchte, für das Ganze eine Analogie aus seiner eigenen Welt zu finden, doch das einzige, was ihm einfiel, war nicht sonderlich schmeichelhaft. Konnten kosmische Strahlen wirklich Wandererpisse sein? Diese Erklärung sollte man mal einem Teilchenphysiker auftischen!

»Das ist es, womit wir es zu tun haben«, sagte der Hexer gerade. »Mit einem Käfig des Wahnsinns. Irgendwie müssen wir ihn vernichten.«

Jon-Tom merkte, wie seine Aufmerksamkeit sich von dem Wanderer löste und auf die Türen richtete, die die Höhle umgaben. Alle waren sie leer – im Augenblick.

»Wer könnte so etwas erzeugen?«

Auch Clodsahamp musterte gerade die Portale. »Ein Wesen von großer Macht und völligem Wahnwitz. Beide sind dazu erforderlich.«

»'n durchgedre'ter 'exer. Großartig.« Mudge preßte sich ein wenig dichter an seinen hochgewachsenen Freund. Talea tat das gleiche.

Ihr glaubt also, ich sei verrückt?

Alle drehten sich um. Anstatt in einem der anderen Gänge zu erscheinen, hatte die Gestalt sich von hinten angeschlichen.

Er war allein. Er ließ auch nicht viel Raum für andere in dem schmalen Gang. Er war fast so groß wie Jon-Tom und von weitaus kräftigerem Körperbau. Selbst von seinem Geisteszustand abgesehen, war der Eigner der herausfordernden Stimme niemand, dem Jon-Tom gern im Dunkeln in einer Seitenstraße begegnet wäre.

Colin packte mit beiden Händen seinen langen Säbel fest. »Ein Vielfraß. Der größte, den ich je gesehen habe.«

»Und völlig verrückt«, murmelte Clodsahamp.

Sogar Jon-Tom konnte den wilden Ausdruck der Vielfraßaugen erkennen, jenes schwache flackernde Licht, das eine Verhöhnung des Wandererlichts war. Das Wesen starrte sie an, ohne sie wirklich zu sehen, als sei seine Wahrnehmungsfähigkeit durcheinander. Der Vielfraß trug Lumpen, die früher einmal prächtige Roben aus Seide und Leder gewesen sein mußten, jetzt aber in Fetzen von seinem massigen Körper herabhingen.

In einer riesigen Pranke hielt er eine Streitaxt mit vier Klingen. Jon-Tom hätte die Waffe nicht einmal hochheben können, vom Kampfgebrauch ganz zu schweigen. Doch der Vielfraß machte keine Anstalten anzugreifen. Statt dessen schien er mit seinen Blicken die hinter ihnen liegende Höhle abzusuchen. Fast schien ihn ihre bloße Gegenwart zu verwirren.

»Ich bin nicht verrückt. Ich bin Braglob, der oberste Hexer der Nordsümpfe, und mir fehlt nichts.« Er streckte den freien Arm nach ihnen aus. »Verschwindet, geht fort! Fort mit euch allen! Laßt mich allein, sonst wird es euch noch schlimmer ergehen. Ich werde euch kein zweites Mal warnen.« Er hob die gewaltige Streitaxt und hielt sie mühelos über dem Kopf.

Mudge glitt hinter Jon-Tom, damit er unbemerkt einen Pfeil in seinen Langbogen einlegen konnte – und ganz nebenbei durch die schlaksige Gestalt des Menschen gedeckt wurde.

Clodsahamp trat einen Schritt vor. »Ich bin Clodsahamp vom Baum, der oberste *aller* Hexer, und ich sage dir, daß wir jetzt noch nicht gehen können. Du weißt, daß wir es nicht können.«

Die buschigen Augenbrauen des Vielfraßes zogen sich zusammen, als er versuchte, den Sinn dieses Kommentars zu verstehen. Jon-Tom gelangte zu der Überzeugung, daß dieser Braglob komplett daneben war. Nicht daß ihn das weniger gefährlich machte – höchstwahrscheinlich war eher das Gegenteil der Fall.

»Ihr seid gewarnt worden!« Braglob ließ die Axt über dem Kopf kreisen. »Ich bin der Beherrscher des Wanderers. Ich werde ihn dazu bringen, euch alle in Kieselsteine zu verwandeln. Nein, in winzige krabbelnde Dinger, in Würmer, die ich fürs Angeln verwenden kann. Dann werdet ihr euren eigenen Schleim als solchen erkennen.«

»Du wirst nichts dergleichen tun«, erwiderte Clodsahamp mit beeindruckender Selbstsicherheit, »sonst hättest du es nämlich bereits getan. Du hast wiederholt versucht, uns daran zu hindern, diesen Ort zu erreichen, und doch stehen wir nun vor dir. Es gibt nichts mehr, was du noch dagegen tun könntest. Ich glaube nicht, daß du den Wanderer beherrschst. Du kannst ihn zwar in einer einzigen Raum-Zeit-Sphäre gefangenhalten, aber du kannst ihn nicht beherrschen. Ich dachte einmal, es müsse möglich sein. Doch nachdem ich den Wanderer und dich gesehen habe, bin ich mir sicher, daß dem nicht so ist, denn er ist noch erstaunlicher und ehrfurchtgebietender, als ich es für möglich gehalten hätte, du aber bist weniger als dies.«

»Lügner, Eindringlinge, Dahergelaufene, Einmischer, allesamt!« Der Vielfraß kauerte sich nieder, und Jon-Tom spannte die Muskeln an; er versuchte sich zwischen die riesige Kreatur und Talea zu stellen. Die Rotschöpfige duldete das nicht und versuchte ständig, sich an ihm vorbei nach vorn zu zwängen. Es war schwierig,

Zwischendurch: [redacted] Braglob präsentierte sich – obwohl von imposanter Statur – eher bemitleidenswert: Er hat lange nichts mehr in den Magen bekommen. [redacted] Gut, daß es für den Leser immer eine Möglichkeit zu einer warmen Zwischenmahlzeit gibt – auch auf den „Wegen des Wanderers“ kann er sich – ganz nebenbei – zurücklehnen und genießen. Er braucht dazu nur heißes Wasser, einen Löffel und . . . [redacted]

ritterlich zu sein, überlegte er, wenn der Schützling sich nur darum sorgte, endlich das Schwert einzusetzen.

Wieder studierte Braglob sie, ohne sie zu erkennen. Clodsahamp hatte recht, dachte Jon-Tom. Er war vollkommen verrückt. Trotz der beinahe tödlichen Begegnungen während der langen Reise von Lynchbany, trotz all der Schwierigkeiten, die der Wanderer ihnen gemacht hatte, mußte er feststellen, daß er immer noch ein Quentchen Sympathie für ihren Gegner aufbringen konnte.

Körperlich war er mehr als nur beeindruckend, doch die zerrissene Kleidung und das schmutzige Fell machten die Wirkung teilweise wieder zunichte. Braglob hatte offensichtlich wer weiß wie lang kein Bad mehr genommen oder sich gekämmt, hatte keine vernünftige Mahlzeit mehr eingenommen. Er war ein Gegner, den man eher bemitleiden als fürchten sollte. Ein Individuum, das mit sich selbst im Kriegszustand lebte, gegen unsichtbare Gegner antrat, vor Quälgeistern floh, die nicht in seine Festung, sondern in seinen Geist eingedrungen waren.

»Laß den Wanderer ziehen«, sagte Clodsahamp gerade ruhig, »dann werden auch wir gehen. Wir brauchen nicht zu kämpfen. Zwischen uns herrscht keine Feindschaft, herrscht kein Streit: es ist nur ein Zufall der Übernatur. Laß das Wesen ziehen.«

»Nein!« fauchte Braglob und zeigte dabei kräftige Zähne. »Das schöne Ding bleibt. Es gibt mir ein gutes Gefühl. Es wärmt mir das Herz durch seine Gesellschaft.«

»Seht ihr?« flüsterte der Hexer seinen beunruhigten Gefährten zu. »Er findet die Störungen beruhigend. Sie überzeugen ihn davon, daß er nicht verrückter ist als der Rest der Welt.«

»Ich bin nicht verrückt!« kreischte der Vielfraß mit schriller Stimme. *»Ihr* seid verrückt, wollt mich einsperren, damit ich keine Herausforderung mehr für den fei-

gen, ekelerregenden Status quo darstelle, den ihr so beruhigend findet. Ihr und der Rest der Welt.« Und mit einer einzigen allumfassenden Geste umspannte er auch diese. »Doch der Wanderer wird das ändern.« Nun bekam er einen schlauen Gesichtsausdruck und grinste über einen geheimen Gedanken. »Ich werde ihn hier, nahe bei mir, behalten. Die Verwandlungen werden immer öfter kommen. Schon bald sind sie dauerhaft geworden.«

»Da du verrückt bist«, sagte Clodsahamp langsam, »stehen dir zwei Dinge zur Auswahl. Du kannst entweder den Rest der Welt genauso verrückt machen wie dich selbst, oder ...« Er streckte freundschaftlich die Hand aus. »... oder du kannst dich selbst gesund machen. Wenn du uns nur ließest, könnten wir dir helfen. Wenn dein Wahnsinn kuriert werden kann, wirst du nicht länger das Bedürfnis haben, in einer ebenso wahnsinnigen Welt leben zu wollen. Letzteres wirst du ohnehin nicht können, denn schon bald wird der Wanderer die Sonne selbst negativ stören. Die wird dann explodieren, und du wirst sterben, wahnsinnig oder gesund, genauso schnell wie wir alle. Gib es auf, Zunftgenosse, gib es auf!«

»Wortverdreher in der Schachtel, komm nur nicht näher, ich warne dich!« Der Vielfraß glitt ein paar Schritte in den Gang zurück und gestikulierte drohend mit der Streitaxt. Clodsahamp überhörte die Warnung und schritt weiterhin langsam voran, inzwischen beide Hände ausstreckend.

»Nun komm schon. Da du noch genug Verstand besitzt, um Zauber durchzuführen, mußt du in einer Kammer deines Hirns auch erkennen, daß du schwerkrank bist. Warum willst du uns dir nicht helfen lassen?«

»Nein, bitte, komm nicht näher!« Diesmal war es keine Drohung mehr, sondern ein Hilfeschrei in der Maske einer Bitte, ein verzweifeltes, flehendes Jammern. Der Vielfraß stand inzwischen mit dem Rücken gegen eine Wand und hielt schützend die Axt vor sich. Jon-Tom war erschrocken, als er sah, daß der Riese zitterte.

»Na, verdammt will ich sein«, murmelte Mudge, als Clodsahamp weiterhin mit ihrem Gegner in beruhigendem, besänftigendem Ton sprach. »Kein Wunder, daß der total plemplem is.«

»Wie meinst du das, Mudge?« fragte Talea ihn.

»Ja seht ihr das denn alle nich? Nein, offensichtlich nich. Für mich is die Sache so klar und deutlich wie mein Schwanz auf der 'interseite. Dieser Braglob 'ier, der is trotz seiner riesigen Größe und seiner 'exerfä'igkeiten nix als 'n erbärmlicher Feigling. Und ich erkenne 'n Feigling, wenn ich einen se'e, das glaubste aber! Kein Wunder, daß er verrückt is. So groß, und noch dazu 'n Vielfraß, Mann, wenn ich diese Größe und diese Muskeln 'ätte und soviel natürliche Kampffä'igkeiten und auch noch Magie und immer noch 'n Feigling wär, würde ich wahrscheinlich auch 'n bißchen aus 'n Gleisen springen.«

»*Das* ist es also!« Nun, da Mudge den Finger darauf gelegt hatte, wunderte Jon-Tom sich darüber, daß er es nicht auch sofort gesehen hatte. Das ganze Gehabe und die Körperhaltung des Vielfraßes seit ihrer Begegnung mit ihm wiesen nicht etwa auf Kampfgeist, sondern auf Furcht hin. *Er* fürchtete sich vor *ihnen*. Alle Drohungen, die er seitdem ausgestoßen hatte, waren ein einziger Bluff.

Das bedeutete allerdings nicht, daß er harmlos war. Er schleuderte die Streitaxt beiseite und versuchte in die Wand hineinzukriechen, das Gesicht zwischen beiden Armen verbergend, während er sich von ihnen abwandte.

»Nein, kommt nicht näher, *geht weg!*«

Möglicherweise würden sie niemals erfahren, wie gut er als Hexer war, doch konnte der Wahnsinn die Magie mit Sicherheit ebenso verstärken wie körperliche Kräfte. Es war bekannt, daß Verrückte die außerordentlichsten Dinge vollbracht hatten, vom Verbiegen der Gitterstäbe eines Krankenhausfensters bis zum Herunterreißen einer Zwangsjacke bei gleichzeitigem Kampf gegen ein ganzes Dutzend Männer.

Clodsahamp wurde von einem Stoß reinen, entsetzten Wahnsinn zurückgeschleudert, gespeist von Feigheit und angetrieben von Furcht. Er hatte gerade noch Zeit genug, um Kopf und Gliedmaßen einzuziehen, als er auch schon gegen die gegenüberliegende Wand prallte. Als er schaukelnd auf dem Boden lag und versuchte, sich von dem Stoß zu erholen, richtete Braglob seinen Verfolgungswahn gegen die anderen.

»Geht fort, tut mir nichts, laßt mich allein!« schluchzte er. Der Wind, der sie traf, stank nach Wahnwitz. Dormas stemmte sich dagegen und schaffte es irgendwie, die Stellung zu halten. Colins Körperschwerpunkt lag ohnehin recht tief, er ließ sich sofort zu Boden fallen und krallte sich mit den mächtigen Klauen rasch ins Erdreich.

Mudge jedoch wurde hochgerissen und zurückgeschleudert. Nur seine otternhafte akrobatische Fähigkeit ermöglichte es ihm, sich zusammenzuducken und abzurollen. Er zog sich nur leichte Schrammen zu, als er eines von Dormas' Hinterbeinen zu packen bekam. Daran hielt er sich fest, während der aberwitzige Sturmstoß an ihm riß und ihn davonzuwehen versuchte, ihn hinter der Hengstlin streckte und dehnte wie eine pelzige Flagge, die an einem Mast flatterte.

Jon-Tom hatte die Duar vor den Bauch geschoben und spielte bereits, bevor der erste Sturmstoß zuschlug. Die Hauptwucht teilte sich zu seinen beiden Seiten. Talea stand hinter ihm, von seinem Körper und der Aura der Unbeweglichkeit geschützt, in die er sich gehüllt hatte. Hinter ihr wehte ihr langes rotes Haar. Ein Teil des Windes, der den Banngesang durchstoßen konnte, zerrte an Jon-Toms Kleidung und blies ihm Staub in die Augen. Doch war es nicht stark genug, ihn umzuwerfen.

Braglob wandte sich langsam Jon-Tom zu, nachdem er alle anderen Gegner wenigstens vorübergehend ausgeschaltet hatte. »Du! Warum gehst du nicht weg? Ich will, daß du weggehst!« Er wedelte mit beiden Armen. Ein noch stärkerer Windstoß peitschte auf Jon-Tom ein, doch es gelang ihm, die Stellung zu halten. »Warum gehst du nicht weg?«

»Weil ich nicht von deiner Welt bin und deshalb auch nicht auf deinen Wahnsinn reagiere.«

»Was ist das nur für ein Wahnsinn?« brüllte der Vielfraß. »Noch eine solche Lüge!« Sein Gesicht verzerrte sich heftig. »Dann muß es für dich eben etwas ganz Besonderes sein. Etwas Einzigartiges. Etwas, das ich noch nie versucht habe. Etwas, das noch verheerender ist als dein Herzenswunsch.«

»O nein, das wird nicht sein! Dieser Wahnsinn muß aufhören. Nicht nur um unseretwegen und um des Rests der Welt willen, sondern auch deinetwegen, Braglob. Es spielt keine Rolle, was du von jetzt an tust, denn …« Und er begann zu singen: »We're not gonna take it. We're not gonna take it. We're not gonna take it any morrre …!«

Dee Snider und der Rest der Bande wären stolz auf ihn gewesen.

Braglob stieß ein gewaltiges Heulen aus. Gleichzeitig wurde das tiefkehlige Summen und Singen des Wanderers noch lauter. Jon-Tom sang weiter; er spürte, wie Talea an seinem Hemd zerrte.

»Jon-Tom – schau mal!«

In der hellerleuchteten Höhle war nun noch etwas anderes als der Wanderer: Gnieschies. Nicht nur ein oder zwei diesmal, sondern ein wahres Schneegestöber, alle so strahlend und intensiv wie der Wanderer selbst. Und zum ersten Mal außerhalb eines Traumes konnte er sie direkt anschauen, anstatt sie nur im Augenwinkel wahrzunehmen.

Sie tanzten in der Luft, verschmolzen miteinander, bis sie eine laserreine Spirale formten, die sich um den Wanderer wand. An seinen Kanten schienen sie wie auf Zehenspitzen zu gehen, die Erscheinung schneidend, aber noch nicht ganz berührend. Sie waren von Jon-Toms Banngesang angezogen worden und blieben nun, um die Instabilität zu genießen, die der Wanderer erzeugte.

Jon-Tom wurde langsam heiser bei dem Versuch, es mit dem Gesang der andersweltlichen Reisenden aufzunehmen. Das Geräusch hämmerte ihm ebensosehr gegen den ganzen Körper wie gegen die Trommelfelle. Die Musik des Wanderers tobte in seiner Seele. Viel länger würde er nicht mehr durchhalten können.

Also setzte er alles auf eine Karte und versuchte eine innere magische Zäsur, indem er mitten im Refrain den Song wechselte, ganz plötzlich (genauso plötzlich wie der Wanderer) von einer trotzigen Ballade zum lieblichsten kraftvollen Lied überwechselnd, das er kannte.

Braglob war auf den plötzlichen Taktikwechsel denkbar schlecht vorbereitet. Der Vielfraß taumelte von seiner Klagemauer fort, konnte sich nur mühsam aufrichten. Es war deutlich zu erkennen, wie der Wandel ihn überkam. Der Gesichtsausdruck wurde weich. Der Körper tat das gleiche, als die Spannung aus den Muskeln wich. Am enthüllendsten aber war die Tatsache, daß der wilde, undisziplinierte Blick aus den Augen schwand. Das entsetzte, eingefrorene Starren war verschwunden, verschwunden auch die hoffnungslose, abwehrende Haltung.

Er blinzelte einmal, zweimal, Braglob der Verrückte, und lächelte Jon-Tom an.

Hinter dem Bannsänger gab es eine Explosion aus Licht und Klang. Obwohl er nicht hinblickte, wurde er von dem plötzlichen Energiepuls kurz geblendet. Gnieschies flohen aus der Höhle wie eine Million davoneilender Miniatursonnen. Das Summen und Pfeifen der Panflöten wichen vor einem einzigen tiefhallenden Ton, der sich anhörte wie das unterste Register einer gigantischen Orgel.

Jon-Tom zwang sich dazu, sich umzudrehen, egal welche Konsequenzen es haben mochte. Der verheerende Lichtblitz war verblaßt, und er konnte feststellen, daß der Wanderer ein letztes Mal verwandelt worden war: in ein kristallenes geometrisches Gebilde von solcher Vollkommenheit von solch atemberaubender Schönheit, daß er in Tränen ausbrechen zu müssen meinte.

Gerade noch rechtzeitig wandte er den Blick ab. Ein zweiter Energieimpuls, noch mächtiger als der erste, ließ die Wände aufleuchten. Jon-Tom spürte, wie der schiere Druck des Lichts ihn von den Beinen riß. Er sah sich selbst drehend, torkelnd, mitten in der Luft einen trägen Purzelbaum vollführend und schließlich sanft von der gegenüberliegenden Wand prallend.

Das Orgelpedal verblaßte zusammen mit dem Licht, ebenso sein Bewußtsein.

XIV

Ruhe. Es ist so ruhig, dachte er, als seine Sinne zu ihm wiederkehrten. Es war still in der Höhle, aber im Geist hörte er noch immer diese zum Äußersten gesteigerte Endnote, spürte die Photonen, die ihn vom Boden rissen und gegen die Steine schleuderten. Doch als er sich langsam wieder vom Boden erhob und seine Knochen prüfte, stellte er fest, daß er kein Erinnerungsstück an den harten Aufprall davongetragen hatte, nichts war gebrochen, nicht einmal eine Schramme zeigte an, wo er mit der Wand in Berührung gekommen war. Sogar seine Kleidung war unversehrt geblieben.

Ganz in der Nähe lag eine kleine verknitterte Gestalt, geschmeidig und vertraut. Sie ließ ein Schluchzen vernehmen. Er stolperte hinüber, um neben ihr niederzuknien. »Talea.«

Sie lag auf dem Bauch. Er rollte sie herum, und sie griff mit beiden Händen fest nach ihm. Er zuckte zusammen, denn er hatte vergessen, wie kräftig sie war. Dann erkannte sie ihn wieder und lockerte den Griff.

»Jon-Tom?«

»Bist du in Ordnung?«

Sie antwortete nicht sofort, als verlange die Frage nach sorgfältiger Überlegung. »Ich schätze schon. Ich dürfte es eigentlich nicht sein. Ich glaube, ich bin mit dem Kopf von der Decke geprallt, wie ein Ball beim Squash.« Ohne seine Hilfe setzte sie sich auf. »Aber ich fühle mich in Ordnung. Nur ein bißchen benommen. Was ist geschehen?«

»Der Wanderer ist fort. Er ist zwar nicht gerade leise

verschwunden, aber ich glaube, daß er froh war. Indem wir Braglobs Wahnsinn brachen, haben wir auch seine Gewalt über ihn gebrochen.« Er blickte an ihr vorbei, in die Mitte der nun leeren Höhle. »Ich glaube, daß der Wanderer uns auf seine Weise Lebewohl gesagt hat. Vielleicht war es aber auch nichts anderes als ein abstraktes Geräusch. Ich schätze, wir werden es nie erfahren.«

Die Gefährten erhoben sich langsam vom Boden. Clodsahamp musterte die Luft unter der Kuppel. Von seinem Panzer geschützt und gepuffert, hatte er sich als erster erholt. Mudge schlug sich gerade den Pelz aus, während Dormas versuchte, ihre Beine von Colin zu lösen, der von der Wucht des Wanderers bei dessen Verschwinden gegen sie geschleudert worden war.

Doch da war noch einer, der sich nun schnell von dem Schock erholte. Jon-Tom verließ Talea, um sich vorsichtig ihrem Gegner zu nähern.

Braglob streckte gerade die Muskeln, prüfte erst die Beine und dann die kräftigen Arme. Sein Blick war klar und wach.

»Wie fühlst du dich?«

»Sehr seltsam, Mensch.« Der Vielfraß hob den Saum seines einstmals prächtigen Kleidungsstücks. »Warum bin ich in solche Lumpen gekleidet? Warte ... jetzt fällt es mir wieder ein. Ja, ich erinnere mich.« Er hob den Blick und sah Jon-Tom in die Augen. »Irgend etwas, das mit der Veränderung der Welt zu tun hatte. Ich wollte die Welt verändern, damit ich mich in ihr wohler fühlte.«

»Aber das brauchst du jetzt nicht mehr zu tun, nicht wahr? Es gibt keinen Grund mehr, in einer verrückten Welt zu leben, weil du selbst nicht mehr durcheinander bist. Du bist geheilt, Braglob. Dein Wahnsinn ist zusammen mit dem Wanderer verschwunden. So ein kleiner Banngesang kann sehr große Wirkungen zeitigen.«

Mudge hatte sich wieder zu Colin gesellt, nun beugte er sich vor, um dem Koala zuzuflüstern: »Ge'eilt, sagt er. Schau sie dir nur an, wie sie da rumste'en und sich angrinsen. Wennde mich fragst, sind die jetzt beide verrückt.«

Braglob hörte zu und nickte dabei langsam. »Es stimmt. Ich kann mich nicht mehr genau daran erinnern, was ich getan habe oder warum. Ich weiß nur noch, daß ich Angst hatte. Ich habe schon immer Angst gehabt. Schließlich haben mich meine Ängste von meiner Familie fortgetrieben, von meinen Freunden, meinem Heim. An diesen Ort hier, wo ich mich mit meinen Ängsten auseinandersetzen wollte, indem ich die Welt veränderte. Ich mußte es tun, verstehst du nicht? Es war die einzige Möglichkeit.

Meine Gefährten haben mich ausgelacht und gequält, bis ich schließlich in dieses abgelegene Gebiet geflohen bin, um ihrer Piesackerei zu entgehen. Sogar die allerkleinsten Einwohner, die Ratten und die Mäuse und die Würmer haben mir Dinge hinterhergeworfen und mich aus ihrer Mitte vertrieben. Also bin ich hierhergekommen, um meine Kunst zu üben. Ich habe fleißig studiert. Und ich habe den Wanderer eingefangen! Etwas, von dem die Bücher behaupteten, es sei unmöglich. Ich, Braglob, habe dies vollbracht.« Er suchte die Höhle hinter Jon-Tom ab. »Und nun ist er verschwunden, nicht wahr?«

Jon-Tom nickte. »Verschwunden wie dein Wahnsinn und die Angst, die dich in den Wahnsinn getrieben hat. Du konntest nicht mit deinen geheimen Ängsten leben, nicht wahr? Du konntest nicht damit zurechtkommen, daß du ein großer Vielfraß warst und doch zugleich ein Feigling.«

»Du verstehst es also. Aber jetzt bin ich nicht mehr ängstlich. Ich fühle mich so, wie ich sein sollte. Die Ängste sind fort, allesamt, zusammen mit dem Schmerz und der Pein, die mich jeden Tag begleiteten, hier.« Er rieb sich den Hinterkopf und den Nacken. »Ich fühle mich ... normal.« Sein Lächeln verschwand.

»Aber ich wollte die Welt verändern. Das kann ich jetzt nicht mehr tun. Ich wollte sie beherrschen. Sag mir, Mensch, ist es besser, ein geistig gesundes, aber gewöhnliches Leben zu führen oder ein verrückter Kaiser zu sein?« Er griff nach der wuchtigen Streitaxt, die noch immer an der Stelle lag, wo er sie hingeworfen hatte. »Ihr habt mir zwar meine geistige Gesundheit zurückgegeben, dafür habt ihr mir aber auch meine Träume geraubt.«

Jon-Tom wich einen Schritt zurück und ließ den Blick schnell von der Axt auf Braglobs Gesicht huschen. Die Sache entwickelte sich nicht gerade so, wie er es erwartet hatte. Der Vielfraß verhielt sich nicht nur alles andere als dankbar, er schien sogar über irgend etwas höchst verärgert zu sein.

»Ihr hättet mich in Ruhe lassen können, damit ich meine Probleme selbst löse«, knurrte Braglob.

»Dich in Ruhe lassen? Soll das heißen, daß du es genossen hast, ein Feigling zu sein?«

»Natürlich nicht.«

»Dann willst du also behaupten, daß du als Verrückter glücklich warst?«

»Nein, aber da *wußte* ich nicht, daß ich verrückt war. Ich wußte nur, daß ich die Welt beherrschen würde oder daß ich zumindest die Macht hatte, sie zu verändern und zu beeinflussen. Jetzt habe ich überhaupt keine Macht mehr.« Er hielt die Streitaxt leicht in einer Pranke.

»Die brauchst du jetzt nicht mehr, da deine geistige Gesundheit zurückgekehrt ist.«

»Ein Vielfraß, der keine Macht braucht? Was ist denn das für eine fremdländische Philosophie? Ich hatte Macht, und ihr habt sie mir gestohlen. Aber du hast recht. Ihr habt mich geheilt. Ich bin jetzt ich selbst. Ganz und gar.«

Plötzlich begriff Jon-Tom, daß sie nun, nachdem sie

den Wanderer und seine Störungen beseitigt, nachdem sie sogar das Wesen geheilt hatten, das ihn gefangenhielt, entscheiden mußten, wie sie mit einem wütenden, intelligenten, sechs Fuß großen Vielfraß zurechtkommen wollten, der buchstäblich das Kriegsbeil ausgegraben hatte. Ja, Braglob war wieder er selbst, und zwar mit dem typischen Temperament seiner Art.

»Oh, oh, geht das schon wieder los!« Mudge löste sich von Colin und flitzte davon, um sein Schwert und seinen Langbogen zu holen. Dormas drehte sich um, so daß ihre Hinterbeine auf den langsam näher kommenden Braglob zeigten.

»Sei vernünftig! Du denkst schon wieder nicht ganz klar«, sagte Jon-Tom ganz leise zu dem zornigen Vielfraß. »Wir sind zu sechst, und du bist allein.«

Braglob war nicht beeindruckt. »Sechs gegen einen Vielfraß, das ist kein schlechtes Verhältnis, Mensch.«

Jon-Tom wollte keinen Kampf. Das war verrückt! Es gab doch gar keinen Grund dafür. Der Wanderer, die wirkliche Ursache all des Ärgers und der Grund für ihre lange Reise in dieses abgelegene Bergtal, war fröhlich seiner Wege gezogen. Die Vorstellung war einfach lächerlich, daß sie alles erreicht hatten, was sie sich vorgenommen hatten, nur um nun vor einer völlig neuen und unerwarteten Gefahr in Gestalt dieses inzwischen genesenen, kampflustigen Braglob zu stehen. Das war doch einfach sinnlos, völlig sinnlos. Er würde es nicht dulden!

Doch mußte er erst noch Braglob davon überzeugen.

»Ich hätte damit leben können«, knurrte der Vielfraß zornig. »Ich wäre damit zurechtgekommen. Wir Vielfraße leben ohnehin schon unser ganzes Leben am Rand des Wahnsinns. Aber Macht ist schwer zu bekommen und noch schwerer zu halten. Ihr habt sie mir genommen.«

Jon-Tom versuchte, sich eine Erwiderung auszudenken, als eine kleine gedrungene Gestalt an ihm vorbeischritt. »Dein Problem«, sagte Colin, während er an seinem Rucksack nestelte, »liegt darin, daß du noch nicht ganz kuriert bist.«

Die drohende Streitaxt hoch über den Kopf haltend, blieb Braglob stehen und wandte sich an den Neuankömmling. »Was soll das heißen: noch nicht kuriert?«

»Das ist offensichtlich. Du bist immer noch ein Feigling.«

Die Augen des Vielfraß weiteten sich, und die Nüstern bebten. »Ich soll immer noch ein Feigling sein? Ich werde dir zeigen, wer hier der Feigling ist, Fettbär. Ich werde dich zerquetschen wie ein Ungeziefer.«

Colin hob die Hand. »Du hast immer noch Angst. Nicht vor mir, auch nicht vor uns anderen, aber vor der Zukunft. Du weißt nicht, was sie für dich bereithält, jetzt, da du wieder du selber geworden bist, und das ängstigt dich. Als du noch verrückt warst, hast du keinen Gedanken daran verschwendet. Jetzt hingegen mußt du es tun.«

»Jeder hat ein bißchen Angst vor der Zukunft«, fauchte Braglob. »Du genauso wie ich. Das ist keine Feigheit, das ist ganz normale Vernunft. Es gibt nichts, was man dagegen tun könnte.«

»Im Gegenteil.« Colin holte seinen vertrauten silberschwarzen Lederbeutel hervor und trat kühn vor. »Ich bin ein Runendeuter. Als Kenner der Zauberkünste weißt du, was das bedeutet. Ich kann die Zukunft vorhersagen. Auch deine.« Er schüttelte den Beutel, damit Braglob die Runen rasseln hörte.

Der Vielfraß zögerte. »Niemand kann die Zukunft vorhersagen. Alle Runenwerfer sind Scharlatane und Betrüger.«

»Nicht alle. Einige wenige von uns besitzen tatsächlich diese Fähigkeit. Zwar ist keiner von uns vollkommen, aber ich bin schon ziemlich gut.«

»Das ist nur ein Trick. Du versuchst lediglich, dich vor meinem Zorn zu schützen.«

»Schlangendreck! Du kannst ganz dicht neben mir sitzen und mich beobachten. Wenn ich irgend etwas versuchen sollte, was dir betrügerisch erscheint, bin ich in deiner Reichweite. Wenn ich deine Zukunft vorhersage und sie dir gut erscheint, überlegst du es dir vielleicht noch anders und läßt uns ohne Blutvergießen ziehen.«

Eine lange Pause. Dann senkte sich die Axt – um nun locker an der Seite des Vielfraßes herabzubaumeln. »Also gut.« Mit der freien Hand zeigte er an Colin vorbei. »Dort seht ihr fünf Gänge, die außer diesem hier von der Höhle fortführen. Es gibt nur einen weiteren, der in die Freiheit führt. Die anderen sind Sackgassen.« Er setzte sich Colin gegenüber auf den Boden und blokkierte den Gang mit seiner Körpermasse.

»Ihr könnt nicht an mir vorbeischlüpfen, und die Wahrscheinlichkeit, daß ihr gleich beim ersten Versuch den anderen Ausgang findet, ist sehr gering. Ihr bleibt hier als Geiseln meiner Enttäuschung, bis ich entschieden habe, ob ich diesen Fettbären belohne oder euch alle zertrample.«

»Einverstanden.« Colin setzte sich neben Braglob.

»Stürzen wir uns auf ihn, Kumpel!« flüsterte Mudge Jon-Tom zu. »Er is zwar groß und zäh und könnte einen oder zwei von uns erledigen, aber dann könnten die anderen wenigstens ab'auen. Und wenn wir ihn schnell genug treffen, schaffen wir es vielleicht alle. Knöpfen wir ihn uns vor, während er noch sitzt und beschäftigt is.« Langsam begannen seine Finger auf sein Schwert zuzugleiten.

Jon-Tom legte dem Otter beschwichtigend die Hand auf das Handgelenk. »Nein. Sehen wir erst einmal, was Colin kann.«

»Wir sollen 'ier abwarten, während er ihn auf unsere Kosten unter'ält? Da is es ja wohl besser, jetzt zu 'andeln, wo wir wenigstens noch 'ne kleine Chance 'aben, ihn zu überraschen.«

»Ich sagte: *Warte!*«

Der Otter flüsterte etwas besonders Übles, und Jon-Tom kochte innerlich, doch er wußte, daß Mudge nicht allein eingreifen würde. Sich als erster in ein Handgemenge zu stürzen, gehörte nicht unbedingt zu den Vorstellungen, die der Otter von einer vernünftigen Strategie hatte. Also kochte er lieber vor sich hin und hielt die Hand von der Waffe fern.

Jon-Tom seinerseits überlegte, was sie am besten tun könnten, falls Colins Deutung den Zorn des Vielfraß nicht besänftigte. Braglob war zweifellos groß und schnell genug, um den Gang zu blockieren, und nicht einmal Sorbl wäre an ihm vorbeigeschlüpft, denn die Decke befand sich in Reichweite seiner Waffe.

»Also dann, meine Zukunft, und beeil dich«, verlangte Braglob und gestikulierte drohend mit der Streitaxt.

»Du willst schließlich, daß die Sache richtig gemacht wird; das kann man nicht überstürzen. Zunächst muß der Boden vorbereitet werden.« Colin beugte sich vor und begann damit, den Staub von dem polierten Steinboden zu wischen. »Alles muß ganz in Ordnung sein, sonst ist die Befragung nutzlos.« Mit dem zusammengescharrten Staub und dem Erdreich zog er eine Ellipse auf den Boden. »Perfekte Vorbereitung ist das Geheimnis einer erfolgreichen Befragung.« In die Mitte der Ellipse gab er noch einige Geheimsymbole. »Schau mal hier. Indem wir die Runen auf diese Stelle konzentrieren, können wir deine unmittelbare Zukunft am besten sehen.«

Interessiert beugte sich Braglob vor, um die Symbole zu studieren. »Ich habe die magische Kunst zwar praktiziert, aber diese Zeichen erkenne ich nicht.«

»Sie sind nicht ungewöhnlich. Es ist nur schwierig, sie richtig zu erkennen, wenn man sie nur aus Staub und Erdreich zusammenstellen kann.«

Braglob beugte sich noch weiter vor, bis seine Nase

beinahe die Symbole berührte. »Du hast recht, ich glaube, ich erkenne sie doch.«

»Das ist gut, denn es ist schon gleich soweit zu werfen.« Indem er dies sagte, packte er das zusammengebundene Ende des Beutels mit beiden Händen und ließ diesen mit einer Schnelligkeit, die selbst Mudge nachzuahmen schwergefallen wäre, auf den Schädel des Vielfraß knallen. Es gab einen dumpfen Aufprall, und Jon-Tom fiel auf, daß er das Gewicht der Runen bisher immer nur metaphysisch gesehen hatte.

Braglobs Unterkiefer klappte herunter. Colin schlug ihm ein zweites Mal mit dem Knochen- und Steinbeutel auf den Kopf, und der Vielfraß stürzte mit dem Kinn voll in die Mitte des Kreises, während der Beutel platzte und sein Inhalt auseinanderstob.

Mudge rannte vor und beugte sich nieder, um das Gesicht des Gegners zu untersuchen. »Kaltgestellt. Gut getroffen, Kumpel. Das nenne ich 'ne saftige Zukunftsvor'ersage!«

»Ich meinte doch, für unseren kämpferischen Freund hier eine ausgedehnte Ruhepause zu erkennen. Aber es ist ja nicht leicht, die Runen durch das Leder hindurch zu deuten.« Wehmütig betrachtete er den zerfetzten Beutel. »Der wird sich nur schwer ersetzen lassen.«

»Die Flickarbeiten bezahle ich dir«, sagte Mudge großspurig. »Wie wär's, wenn wir von 'ier verschwinden und uns die nächste Nä'erin suchen? Vorzugsweise eine mit talentierten 'änden.« Er half dem Koalabären, die verstreuten Runen einzusammeln.

»Wollten wir ihn nicht ein für alle Male erledigen?« Dormas stupste Jon-Toms Rammholzstab. Der Gedanke daran, einen bewußtlosen Gegner zu töten, gefiel ihm nicht, doch er blickte Clodsahamp ratheischend an.

Zu seiner erheblichen Erleichterung stimmte der Hexer mit seinen Gefühlen überein. »Meine eigene Vorhersage lautet, daß er den Rest des Tages schlafen dürfte. Dabei stütze ich mich auf meine eigene Interpretation der Runen des schlauen Colin.« Im Blick des Hexers war die Andeutung eines Zwinkerns zu erkennen. »Wenn er sich wieder erholt hat, wird er erneut verrückt sein, aber das wird eine andere und sehr viel weniger bedrohliche Form annehmen. Wenn er sich irgend etwas hat zuschulden kommen lassen, so die Tatsache, daß er sich seiner Art gemäß verhalten hat. Ich kenne Vielfraße. Braglob wird uns nicht verfolgen. Sie haben ein kurzes Gedächtnis, wie auch ihre Geduld nur kurz angebunden ist. Und dieser hier muß noch eine Menge Realität aufholen. Wenn er zu sich kommt, wird er erst einmal andere Sorgen haben. Außerdem finden Vielfraße kein Vergnügen an ausgedehnten Jagden, und wir sind bis dahin schon weit fort.

Nein, ich glaube, daß unser irregeleiteter Freund mehr daran interessiert sein wird, nach Hause zurückzukehren und mit seinen alten Peinigern abzurechnen als mit uns. Außerdem habe ich etwas gegen unnötiges Töten.«

Mudge war es inzwischen leid geworden, nach Knochenstücken und Holzsplittern zu suchen, und hatte stumm der Erklärung des Hexers gelauscht. Jetzt konnte er sich allerdings nicht länger beherrschen.

»Unnötiges Töten? Dieser überdimensionale Kuhfladen versucht die ganze Welt – und uns im besonderen – zu vernichten, und dann sagt Ihr, es sei unnötiges Töten, wenn wir ihn auspusten? Ich jedenfalls fand Töten noch nie so notwendig wie 'ier.«

»Du hast Clodsahamp gehört«, warnte Jon-Tom seinen Freund. »Es wird hier kein Blutvergießen geben.«

»Ach ja, wer bin ich denn schon, um mich mit der Ethik Seiner 'exerschaft zu streiten? Ich bin ja schließlich kein Großmeister der Magie. Ich bin ja nur 'n einfacher Spieler, bin ich ja nur. Ich 'ab's nur gern, meine Wetten abzusichern, vor allem dann, wenn sonst mein Leben in den Topf wandert. Unnötiges Töten! Das 'abe ich von euch beiden Blödmännern schon tausendmal ge'ört. Ich 'abs satt! Versteht ihr denn nich, daß es so was wie unnötiges Töten gar nich gibt? Das definiert sich doch von selbst, tut es. Ich nenne so was 'ne Lebensversicherung, so nenne ich so was.«

»Dormas, bist du fertig?« Die Hengstlin nickte. »Sorbl?« Der Eulerich landete auf den Vorräten und stieß ein zustimmendes Krächzen aus. »Dann los!« Gemeinsam mit Clodsahamp führte er sie den Gang entlang, vorbei an der bewußtlosen Gestalt des Vielfraßes.

»Na klar, dann los, unbedingt!« grollte Mudge, während er beide Pfoten in die Taschen seiner kurzen Hosen stopfte und hinter ihnen herstapfte. »Meinen Rat will ja sowieso keiner 'ören.« Sein Knurren hallte durch den Gang, während sie wieder der Außenwelt entgegenschritten.

Jon-Tom zwang sich selbst zu einem beiläufigen Tonfall, als er Talea ansprach. »Du kommst doch mit uns nach Lynchbany, oder?« Der Atem stockte ihm, als er auf ihre Antwort wartete. Einige Minuten lang sagte sie nichts, blickte nur mit ernstem Ausdruck geradeaus, doch schließlich gab sie das Lächeln frei, das sie so lange beherrscht hatte. »Natürlich komme ich mit, du dummer Bannsänger. Wohin soll ich denn wohl sonst in diesem kahlen, öden Land?«

Er schluckte. »Vielleicht ... vielleicht bleibst du diesmal ja ein bißchen länger? Nicht«, fügte er hastig hinzu, »daß ich dir irgendwelche Auflagen machen möchte oder so. Ich weiß, wie sehr du deine Unabhängigkeit schätzt.«

Ihr Lächeln schien die Wolken an die Berggipfel zurückzudrängen, als sie aus dem Gang hinaus auf den Weg traten. »Weißt du, Jon-Tom, alles kann mal alt werden. Alles kann langweilig werden. Sogar die Unabhängigkeit.«

Gerade hatte er sich eine lange, sorgfältig durchdachte Erwiderung überlegt, als er sah, wie Clodsahamp ihn angrinste. Sofort begriff er, was der Hexer ihm sagen wollte. Es gab Zeiten, da er zuviel redete und sich schließlich in ein Netz von Problemen hineinmanövrierte, aus dem er sich nicht mehr befreien konnte und das zudem überhaupt nicht nötig gewesen wäre. Also nickte er Talea einfach nur zu und legte seinen reifsten und weitsichtigsten Gesichtsausdruck an.

»Ich verstehe.«

Das schien sie für die ideale Erwiderung zu halten, denn sie stellte sich auf die Zehenspitzen, packte ihn fest am Nacken und riß ihn mit Wucht zu ihr herab. Er hielt den Kuß so lange durch, bis der Rücken zu schmerzen begann. Schließlich richtete er sich wieder auf, japste nach Luft und drehte sich um, um die armselige Festung zu betrachten, in der sie soviel Wunderbares und Gefährliches vorgefunden hatten. Noch immer klingelten ihm die Ohren leise von der Wucht des Wandererabgangs. Anblick und Klang würde er niemals vergessen, eine Erinnerung, die er während Phasen der Finsternis heraufbeschwören konnte, um Geist und Stimmung zu verjüngen und zu beleben. Er hatte das Glück, die Majestät des Universums geschaut zu haben.

Herrje, er hatte sogar mit ihr eine Jamsession abgehalten!

Sie kamen sehr schnell voran, wie es Reisende immer taten, wenn sie auf dem Heimweg waren, und lagerten an diesem Abend am anderen Ende des Gebirgspasses.

»Der arme Braglob«, murmelte Jon-Tom. »Vielleicht hat er ja endlich in sich selbst Zufriedenheit und Glück gefunden.«

»Glück wird er vielleicht finden.« Mudge kratzte sich hinterm Ohr. »Aber Zufriedenheit? 'öchst unwahrscheinlich. Ich 'abe noch nie 'nen zufriedenen Vielfraß gese'en. Diese Leute regen sich ständig über irgendwas auf. Selbst beim Liebemachen schreien und brüllen sie sich an. Zum Glück gibt es nicht viele von ihnen. Wahrscheinlich des'alb, weil sie im Bett genauso wenig miteinander auskommen wie in Gesellschaft.«

Jon-Tom drehte sich zu Clodsahamp um. Der Hexer hatte sich auf der anderen Seite des Lagerfeuers gegen einen Stamm gelehnt. Die Augen waren halb geschlossen, und er schien den Nachthimmel zu betrachten, eine weite Fläche aus Sternen und Konstellationen, die sich sehr gründlich von jenen unterschieden, mit denen Jon-Tom aufgewachsen war.

»Was, glauben Sie, ist mit dem Wanderer passiert?«

»Wie?« Der Schildkröt warf seinem jungen Schützling einen Blick zu. »Der ist natürlich wieder seines Weges gezogen. Durch den Kosmos. Hinaus aus diesem Universum und hinein in ein anderes. Ich dachte gerade: Was, wenn man auf kontrollierte Weise solche Entfernungen hinter sich legen und auch wieder zurückkehren könnte? Was würden wir dann über die Wirklichkeit erfahren? Welche Bilder würden wir schauen, welche Geheimnisse enthüllen?« Er seufzte schwer.

»Das ist eine Bürde, unter der du auch eines Tages leiden wirst, mein Junge. Unter der Qual des Nichtwissens, unter dem Schmerz der Unkenntnis, unter dem Drang zu erfahren, was auf der anderen Seite des Berges liegt, während du gleichzeitig erkennst, daß du so viel lernen kannst, wie du willst, daß es aber stets noch einen weiteren Berg zu erklimmen gibt. Das ist der Fluch der Wissenssucher, der Fluch, niemals zufrieden zu sein.

Als ich sehr jung war und bei dem berühmten Hexer Jogachord in die Lehre ging, stellte ich ihm ständig neue Fragen. Irgendwann war er es müde, damit belästigt zu werden, und erwiderte: ›Muß es denn auf alles eine Antwort geben?‹ Und ich pflegte mit größtem Ernst zu antworten: ›Ja!‹ Dann pflegte er mich anzulächeln und zu sagen: ›Lehrling, mit dieser Einstellung wirst du weit kommen – vorausgesetzt, daß du nicht vorher von irgend jemandem umgebracht wirst.‹«

»Der Fluch, nie befriedigt zu sein? Darunter leide ich auch«, erklärte Mudge. »Nur daß das nix mit Tor'eiten wie mit ›zuviel Wissen‹ zu tun 'at.«

»Wir wissen alle, womit es zu tun hat, Mudge«, bemerkte Talea trocken. »Du brauchst uns nicht mit den Einzelheiten zu belämmern.«

Der Otter blickte verletzt drein. »Also wo'er willste denn jetzt wissen, was ich gerade sagen wollte, Liebchen?«

»Weil du bei jeder passenden und unpassenden Gelegenheit immer über dasselbe redest, Wasserratte. Du hast einen sehr beschränkten Geist.«

»Ja, aber was is das doch für 'ne angenehme eine Seite, vor allen Dingen, wenn es dazu ge'ört ...«

»Mudge!« tadelte Jon-Tom ärgerlich.

Abwehrend hob der Otter beide Pfoten. »Schon gut, Kumpel. 'ab schon begriffen, daß du mein Lieblingsgesprächsthema nich mit mir teilst. Dann wirste eben den ganzen Abend leiden müssen, ohne etwas über meine großartigen Erlebnisse zu erfahren ... 'oppla, schon wieder vergessen. Darüber soll ich ja nix sagen.«

Ein plötzlicher Gedanke ließ Jon-Tom sich ruckartig aufsetzen. »He, wenn Colin doch die Zukunft vorhersagen kann, müßte er doch eigentlich auch vorhersagen können, ob ich jemals nach Hause zurückkomme oder nicht!«

Clodsahamp erwiderte, so achselzuckend es ohne Achseln eben ging: »Alles ist möglich, mein Junge. Vielleicht ist es den Versuch wert, es herauszufinden.«

»Es ist mehr als nur einen Versuch wert.« Er ließ den Blick über das Lager schweifen. Etwas abseits schlief Dormas bereits tief und fest. Talea lag neben ihm zusammengerollt, ihr Gesicht ein Porträt falscher Unschuld, der Umriß ihres Körpers eine köstliche Sinuskurve vor dem Erdboden. Mudge saß ganz in der Nähe, die Pfoten hinter dem Kopf verschränkt und die Mütze tief in die Augen gezogen.

Doch wo war der Runenwerfer? Und wenn man schon dabei war zu zählen – wo war Sorbl? Er erhob sich, musterte nervös die nahende Nacht und murmelte Clodsahamp zu: »Braglob? Glauben Sie, daß er uns doch noch gefolgt ist?«

»Nein, nein, mein Junge. Das ist höchst unwahrscheinlich. Und außerdem hätten wir ihn inzwischen bemerkt. Die Vielfraßwitterung ist sehr kräftig, und unter uns gibt es sehr empfindliche Nasen.« Er erhob sich und machte sich zusammen mit Jon-Tom daran, mit seinen Blicken den Wald abzusuchen. »Aber deine Sorge ist gerechtfertigt. Auch ich frage mich, wohin unser Freund und mein Lehrling sich begeben haben mögen. Sorbl! Du nichtsnutziger Famulus, wo bist du?«

Jon-Tom legte die Hände zu einer Schale um den Mund. »Colin! Colin! Gib Antwort!«

»Was is denn nun schon wieder? Erst darf ich nich über Liebe reden, und jetzt läßt man mich nich mal schlafen.« Der Otter sprang auf. »In was für 'ne Gesellschaft ich doch immer gerate!«

Sie verteilten sich, brauchten aber nicht lange zu suchen. Die beiden fehlenden Mitglieder ihrer Gruppe lagen unter dem breiten Laubdach eines Kletterbaums. Leise sangen sie einander von ihrer Zufriedenheit und von den Enttäuschungen des Lebens. Die beinahe leere Flasche, die Sorbl noch mit einer biegsamen Flügelspitze umklammert hielt, erklärte sowohl ihr Verschwinden als auch ihr improvisiertes Konzert.

Clodsahamp riß die Flasche an sich und stellte sie auf den Kopf. Aus dem Flaschenhals troffen ein paar goldene Tropfen hervor. Er schüttelte die Flasche vor dem Gesicht des völlig trunkenen Eulerichs.

»Du nutzloses Federknäuel, wir haben erreicht, was wir uns vorgenommen hatten! Danach wolltest du aufhören zu trinken. So lautete unsere Abmachung. Was immer an Alkohol übrig war, sollte lediglich zu medizinischen Zwecken aufbewahrt werden!«

»Dasch war esch ...« Der Eulerich schluckte und schien Sprechschwierigkeiten zu haben. »... woschu wir esch ja auch benutscht haben, Meischter.« Prompt kippte er hintüber. »Nicht hauen, Meischter!«

»Widerlich.« Clodsahamp warf die leere Flasche ins Gebüsch. »Und *so etwas* will mal Hexer werden!« Er machte kehrt und stapfte wütend zurück ins Lager.

»Das is wirklich widerlich. Die Sache stinkt geradezu.« Mudge führte das Gesicht an das des Eulerichs. »Warum 'abt ihr mich nich ge'olt, wenn ihr schon 'ne verdammte Party veranstalten wolltet?«

»Wollte nisch ... wollte disch nich schtören.«

»Und außerdem«, sagte Colin, er sprach ernst und schleppend, »war wirklich nicht genug für drei da.«

Mudge warf dem Koala einen bösen Blick zu. »Und so was will sich Freund nennen?« Er erhob sich und folgte dem Hexer, so daß Jon-Tom allein bei den beiden Säufern zurückblieb. Er stand ebenfalls auf und schritt zu dem Koala hinüber, um sich neben ihn zu knien.

»Colin?«

»Wer?«

»He, dasch isch doch mein Witz«, gluckste Sorbl. Gemeinsam mit Colin begann er hysterisch zu kichern.

Jon-Tom wartete einen Augenblick, bevor er dem Koala die Hand auf die Schulter legte und daran rüttelte. »Colin, hör mir zu. Es ist ernst. Ich muß wissen, ob du meine Zukunft vorhersagen kannst. Ich muß herausfinden, ob ich jemals wieder nach Hause zurückkehren kann, zurück in meine eigene Welt.«

»Nun, ich könnte schon«, erwiderte der Koala mit gezwungener Feierlichkeit. »Ich könnte. Bis auf eine Kleinigkeit.«

»Welche Kleinigkeit?« Eine Hand legte sich auf Jon-Toms Schulter, und als er zurücksah, erblickte er Taleas mondbeschienenes Gesicht. Hoffnungsvoll lächelte sie zu ihm herab.

Colin richtete sich so weit auf, bis seine Lippen dicht

an Jon-Toms Ohr waren. »Heute nacht kann ich keine Runen deuten.«

»Kannst du nicht? Aber du hast sie früher auch schon nachts gedeutet.«

»Ich weiß. Aber heute nacht kann ich sie nicht deuten.«

»Warum nicht?«

Der Koala legte einen dicken Finger an die Lippen und beugte sich wieder zu Jon-Toms Ohr. »Weil Mudge und ich sie heute nachmittag in den Fluß geschmissen haben.« Seine Miene verzerrte sich, und zusammen mit Sorbl fing er wieder an, völlig unbeherrscht zu lachen.

Jon-Tom starrte ihn fassungslos an. »*Was* hast du getan?«

»Sie in den Fluß geschmissen. Hatte sowieso nie sehr viel fürs Runendeuten übrig. Ständig gehen einem die Leute auf den Geist, fragen einen die blödesten Sachen, lassen einen nie in Frieden. Zum Teufel damit. Ich gehe zurück nach Hause und werde in der Eukalyptuspresse meines Schwagers arbeiten, wie meine Schwester es ja schon immer wollte. Das ist ein netter, vernünftiger, angesehener Beruf.«

»Hättest du nicht wenigstens einen Tag damit warten können?« Er hockte sich mit einem schweren Ruck auf die Fersen. »Ich nehme an, ohne Runen kannst du die Zukunft wohl nicht vorhersagen?«

»Für was hältst du mich? Für einen Magier?« Der Koala begann im Eiltempo einzuschlafen.

Talea streckte den Arm aus und ließ eine Hand durch Jon-Toms Haar fahren. Ihre Anwesenheit machte alles gleich wieder viel besser. »Ganz ruhig, und nimm es dir nicht so zu Herzen, Jonny-Tom! Manchen von uns bleibt die Zukunft eben verschlossen.« Ihre Stimme wurde noch leiser, und Jon-Tom mußte grinsen, als sie weiterhin auf ihn einflüsterte.

Trotzdem war er noch immer erzürnt, und das teilte

er Colin auch mit. Der Koala runzelte die Stirn und versuchte, bei Bewußtsein zu bleiben.

»Genaugenommen habe ich die Runen sogar noch ein letztes Mal gedeutet, bevor wir sie gewissermaßen in den Strom des Schicksals warfen. Eine Art Abschiedsvorhersage.«

Jon-Tom beugte sich vor. »Wessen Zukunft hast du da gedeutet? Meine ja wohl nicht, sonst hättest du das schon gesagt. Mudges? Taleas?«

»Nö.«

»Clodsahamps?« Der Koala schüttelte den Kopf. »Also Sorbls?«

»Nö. Keine von denen. Ich habe mich dafür interessiert, wohin der Wanderer sich wohl begeben hat, nachdem ich dir und dem Alten immer wieder dabei zugehört habe, wie ihr davon erzähltet, daß er überallhin gehen kann. Ich wurde neugierig und wollte wissen, ob er wohl in unsere Welt zurückkehren würde, um wieder von neuem Ärger zu machen.«

Jon-Tom schüttelte den Kopf. »Da brauchen wir uns keine Sorgen zu machen, es sei denn, daß er durch irgendeinen unglaublichen Zufall wieder in Braglobs Nähe landet. Obwohl auch das keine große Bedrohung wäre, denn der ist ja nicht mehr verrückt. Wie gesagt, darüber brauchen wir uns nicht mehr zu sorgen.«

»Die meisten von uns vielleicht nicht, aber *du* möglicherweise schon.«

»Ich? Wieso ich?«

»Weil er auf dem Weg zu deiner Welt ist. Er wird dort eine Weile herumhängen und seinen Tanz aufführen. Da wird alles ein bißchen durchdrehen, möglicherweise einige Jahre anstelle einiger Monate. Die Zeitlinie konnte ich nicht deutlich erkennen. Er ist wahrscheinlich schon da, jetzt, in diesem Augenblick, da wir hier sitzen und darüber reden. Und ich fürchte, er hängt dort fest. Das meinen jedenfalls die Runen.« Er ließ den Kopf wieder in die Hände sinken und rollte sich herum.

»Und nun hau ab und laß mich schlafen. Ich bin plötzlich irgendwie müde.«

»Nein, warte!« Jon-Tom schüttelte ihn erneut. »Ich muß das wissen, für den Fall, daß ich zurückkehre. Vielleicht hängt er irgendwo fest, wo er keinen echten Schaden anrichten kann. Du mußt mir sagen, wo er hingeht!«

Colin murmelte halblaut etwas vor sich hin und blinzelte den beharrlichen Jon-Tom schläfrig an. »Wohin? Oh, in so ein kleines Städtchen namens Columbia, in einem Distrikt oder Staat namens Washington.«

Jon-Tom seufzte erleichtert. »Das hört sich ziemlich harmlos an. Das liegt irgendwo ganz oben im Norden in den Wäldern.«

»Oder«, murmelte Colin unsicher, während er wieder in den Schlaf hinüberdämmerte, »war es ein Ort namens Washington im Distrikt Columbia?«

»Colin? Colin?« Schließlich hörte Jon-Tom auf, den ehemaligen Runendeuter zu schütteln. Der schlief inzwischen fest und schnarchte laut. »Ich wünschte, ich wüßte, was von beiden stimmt. Möglicherweise ist er bereits dort, unentdeckt und unsichtbar, sich windend und drehend, sein Unheil anrichtend.«

»Es spielt keine Rolle. Du kannst sowieso nichts dagegen tun.« Talea führte ihn sanft zurück, pflanzte kleine, aber intensive Küsse auf Hals und Brust, während sie dies tat.

Schon bald blickte er nachdenklich zu den Sternen empor. »Was soll's«, brummte er schließlich, »dort merken sie sowieso nie den Unterschied.«

Dann blickte er zu Talea empor anstatt zu den Sternen, doch durch diesen Wechsel ging nicht ein Jota an Schönheit verloren ...